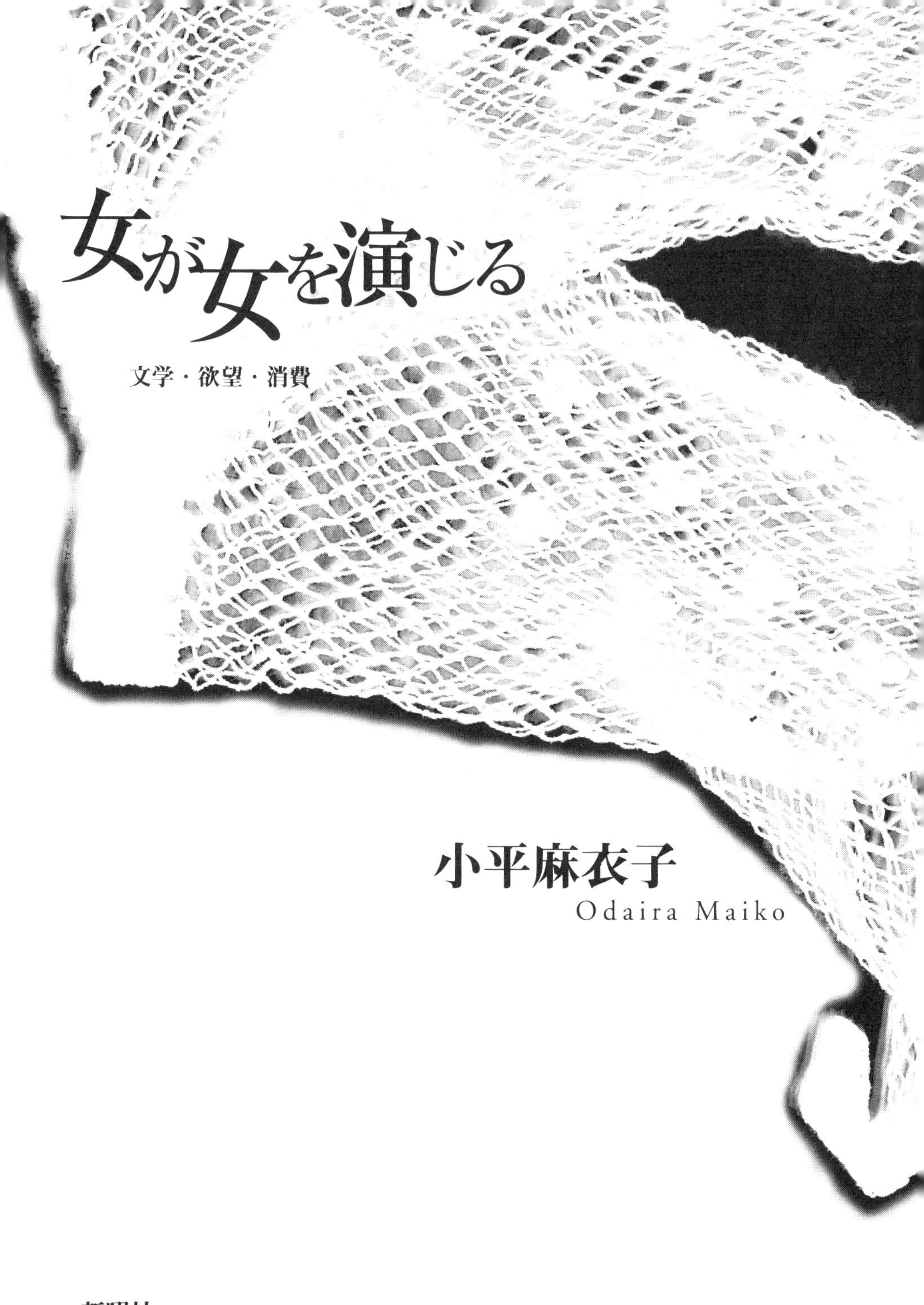

女が女を演じる

文学・欲望・消費

小平麻衣子
Odaira Maiko

新曜社

女が女を演じる——目次

装幀——難波園子

凡例

・引用文の漢字や変体仮名は、原則として現在通行の字体に改めた。ふりがな、圏点は適宜省略し、ふりがなを補った場合には〔 〕で括った。それ以外は原文の通りとした。
・引用の出典は、それぞれ本文中、注に示した。
・資料の引用に際しては、書名・作品名、新聞・雑誌名は『 』に、新聞、雑誌記事のタイトルは「 」に統一した。
・引用者の注記は〔 〕で括って示した。
・年代の表記は、原則として元号を用い、必要に応じて（ ）内に西暦を補った。明治・大正の時代構造を描き出すことを意図しているためである。

はじめに

誘う女の系譜

このとき〈女性〉は、一体どこにいるのだろうか。私と、その女性はいかなる関係を持てるというのだろうか。小説のなかの彼女たちはいつも華麗で、そして不幸である。

男性を翻弄し、「どの男に対しても自分との関係の絶頂が何処にあるかを見抜いてゐて、そこに来かゝると情容赦もなくその男を振捨て」、「淫らな満足」を求めながら、男が弱みを見せた途端、「驕慢な女王のやうに、その捕虜から面を背けて、その出来事を悪夢のやうに忌み嫌つた」と描かれるのは、有島武郎の『或る女』(1)のヒロイン、早月葉子である。

近代小説の始まりに必ず引き合いに出される坪内逍遙が、小説の主題を「人情」とし(2)、「人情は愛に於て最も切なり(3)」と記して以来、女性は近代文学の主要な登場人物となった。だが数あるなかでもとりわけ、婚約者の待つアメリカへ向かう葉子が、船中で妻子ある事務長・倉地と恋に落ち、目前に迫った上陸を拒否して倉地との愛の生活を選ぶ『或る女』は、圧倒的なスケールと獲得した読者の多さによって、女性の目覚めと苦悩を描いた代表的な作品だといえるだろう。

ただし、『或る女』の舞台が、明治三四(一九〇一)年の九月上旬から翌年夏までに設定されているのを見るとき、ほぼ同時期の文学に、類似する女性像を見ることは容易である。例えば、泉鏡花の『高野聖』(4)(『新小説』

明治三三・二）である。われわれと過去の彼女たちとの関係を考える順序として、まずはしばしここに立ち入り、女性をめぐるファンタジーと現実との関係を見定めてみよう。

旅の僧は、迷い入った山中の孤家《ひとつや》に住む「婦人《をんな》」の崇高さに惹かれ、後ろ髪を引かれながら孤家を後にするが、後から聞けばその「婦人《をんな》」は、「如意自在、男はより取つて、飽けば、息をかけて獣にする」妖女であった。寓話とまがうようなストーリーや、僧から聞いた昔話が「私」によって再び語られる話者と時間の朧化、そして、洪水によって山中に取り残されて以降、その水から霊力を得るという「婦人《をんな》」の神話的造型などによって、反近代の作家とも言われる泉鏡花が、リアリズム小説としての『或る女』と並べられることはまずない。が、明治三〇年代とは、近代国家による良妻賢母教育が重点化され始めた時代であるのをみるとき、葉子と「婦人《をんな》」は明らかに時代を共有する女性像である。

水浴びにかこつけて裸身をさらし、旅人を誘惑する『高野聖』の「婦人《をんな》」は、「然もうまれつきの色好み、殊に又若いのが好《すき》」だそうだが、「婦人《をんな》」とは、当時のあるべき女性の姿が貞淑な家庭の主婦であったために、その役割から逸脱する性欲を持つ女性が、人間ではない妖魔として描かれた姿に他ならない。「婦人《をんな》」はその性欲のせいで、男たちが変えられたという馬や猿など、むき出しの性欲の象徴である獣とともに、日常から隔絶した山中の異界にのみ生息させられているのである。

もちろん、男性の側の強迫観念によって、である。僧は、孤家を見つける直前、深い森で蛭の大群に襲われ、恐怖のあまり、血と泥の大洪水が起こってこの世が滅びる幻想に襲われている。鏡花世界の混沌や始原を象徴する、重要なエピソードである。が、この血と洪水こそ、男性の強迫観念を表わすものだろう。なぜなら、「婦人《をんな》」は現在、精神・身体双方に障害を持つ若い夫と二人きりで暮らしているのだが、その原因は、かつて夫が受けた手術の失敗と、二人を孤立させた大洪水である。僧による血の洪水幻想は、この流血と洪水に通じているのだ。夫の障害が「両足が立ちません」「腰が抜けた」と下半身、つまり性的不能として強調されているのと併せるとき、僧の血の洪水への畏怖とは、性的不能への恐怖以外ではないといえるだろう。

人外の境地に放擲されるのは、「婦人《をんな》」つまり女の荒ぶる性欲だけではない。かつては年齢を詐称して徴兵逃れをしていた夫が、現在もはや兵役に耐えられる体ではないとすれば、この作品では、性的不能は国家のために戦えないのと同程度に男らしさを欠くものとみなされている。日清、日露二つの戦間期にあたるこの時代、女性が主婦役割に囲い込まれた一方で、男性にとっても兵士としての国民化を強制された時代なのであり、力強さと次世代の国民の創出という使命は、私的領域にみえる性的欲望までを管理下に置くようになったといえるだろう。夫が「これから蛙にならうとするやうな」と描写される通り、「婦人《をんな》」の裸を見ても欲情しない者もまた人間の男ではない。一方、僧は欲望の節　制《コントロール》（無欲なのではない）によって、汽車が通り地図に記されるこの世に、辛くも生還するが、これは、節制の重要さを説く教訓であるよりも、節制すべき欲情を備えることこそが、文明世界の住人たるべき資格であるということだ。いつでも誘って男を試そうとする、恐るべき女性の幻想が、いつでも欲情しなくてはならないという男性の強迫観念によって作り上げられたのは、もはや明白である。

鏡花は、その幻想的な作風で人気のある作家だが、文学作品は、夢のような別世界を描いたかに見えながら、現実の生活や身体を規制する規範、ここでは特にジェンダーとセクシュアリティにまつわるそれを、独自の形式で宣言するものである。しかも、国民として期待される男性と主婦という画一化された役割が、現代の私たちと無縁でないからこそ、『高野聖』は現在も読み継がれる、というより現在に読み解くことができる。このように、書かれた時間と読まれた時間の輻輳を解きほぐしていくことは、文学研究の重要な特徴の一つだといえるだろう。『或る女』でさらに確認しよう。

輻輳する時間

『高野聖』の「婦人《をんな》」が、当時の日常から逸脱した存在として山中にのみ生を受けていたとすれば、『或る女』

の葉子もまた、貞淑な主婦にはあるまじき淫らな欲望のゆえに、「昔のまゝの女であらせようとするものばかり」の現実とは決して相容れない。そのために、「何所《どこ》か外国に生れてゐればよかつた」、「自分は如何《どう》しても生まるべきでない時代に、生まるべきでない所に生まれて来たのだ。自分の生まるべき時代と所とはどこか別にある」と思い続け、日常としての日本から、アメリカに放擲されるのだといえよう。もちろん、アメリカ行きの当初の目的は、食べるために経済力のある夫を求める、いわば主婦規範との妥協であったから、アメリカがようやく葉子にとって別天地の象徴となるのは、船中で倉地の虜になり、この婚約者をも振り捨ててからである。そのとき、倉地の旺盛な精力は、「猿《ましら》のやうに」、「馬のやうに」、そして数え切れないほど「猛獣」、「野獣」と喩えられ、「魔女」と言われる葉子と「野獣」の近しさを示すことになろう。

こうして、葉子は、『高野聖』の「婦人《をんな》」と同時代のヒロインとなるのだが、にもかかわらず、そのように思うことすら困難であるのは、『或る女』発表の経緯によるものである。周知のように、『或る女』は、まず、『或る女のグリンプス』[5]（以下『グリンプス』と略記）として明治四四（一九一一）年一月から大正二（一九一三）年三月にかけて『白樺』に断続的に掲載されたが、それを大幅に改稿したものが『或る女』前編（有島武郎著作集第八輯、叢文閣、大正八・三）となり、続いて新たに『或る女』後編（有島武郎著作集第九輯、叢文閣、大正八・六）が加えられて完成した。『或る女』の舞台は明治三四年だとしても、ずっと後年から語られているのである。

葉子が「その頃の女としては」と対象化して語られる現在は、「女優らしい女優を持たず、カフエーらしいカフエーを持たない当時の路上に葉子の姿は眩しいものゝ一つだ」といった言い回しからすれば、少なくとも東京で最初のカフェー、プランタンが開店し、文芸協会の女優・松井須磨子が『人形の家』出演で評判となった明治四四年、もちろん『グリンプス』が書き始められたその年以降と考えるのが妥当であろう。

己れが周囲に与える影響について十分自覚的な葉子は、たびたび女優に喩えられ、人をそらさない魅力は、横浜や越後屋（現・三越百貨店）で贅沢な買い物をし、衣服の選択やメイクアップについては「天才」的である彼女の日常的な演出に関連づけられている。多くの文献が述べるように、労働を賃金と交換する社会の成立は、賃金労働を男性に割り振る傍ら、支払いを受けずに再生産労働を担う主婦役割を作り出した。男性に選ばれ、結婚によってその経済力の恩恵を受けなくては生きられない事情は、葉子のような一般女性が女優のように装いを凝らすまでに、女性の媚態も訓練する。演じない女などいない、といわれる女性の性情はここから始まる。

比べてみるなら、このような誘う女性像が、まだ夢想としての山中異界にしかなかった『高野聖』と、現実の東京で金の算段をし、買い物する『或る女』の差は歴然としており、『高野聖』から『或る女』執筆時に至る間に、以上のような女性の新しい役割はずいぶんと浸透し、また、賃金労働の定着と密接に結びつく消費生活も発達を遂げたのだといえるだろう。葉子がまさに「自分は如何《どう》しても生まるべきでない時代に、生まるべきでない所に生まれて来た」のは、女優が実現しかけ、消費が発展した明治末年以降の状況を先取りしたこの女性が、明治三四年にはほぼ実在しなかったからなのである。

ただし、明治三四年を過去とみなす『或る女』の現在が、『グリンプス』の書かれた明治四四年なのか、『或る女』が書かれた大正八（一九一九）年であるのかは、微妙な問題である。『グリンプス』と『或る女』前編では、主役の名前は田鶴子から葉子に変わっているが、ストーリーそのものは大きく変わるわけではない。『或る女』には『グリンプス』の時間が畳み込まれている。とはいうものの、『グリンプス』から『或る女』への、ほぼ逐語訳とでもいえる改変は、語彙や修辞の変化だけを意味しない。

両者を比較すると、『或る女』最大の特徴といえる葉子の「タクト」、つまり魅力によって男性の好奇心を惹きつけながら、自分を見失わずに優位に立とうとするその才知は、実は、『グリンプス』ではなく、『或る女』において、ようやく登場したといえる。ここでいうのは、明治三〇年代にもあった男性を惹きつける魔性ではなく、関係をコントロールする技術のことである。

こうした改変をすべて詳細に見ていけばきりがないが、例えば葉子のタクトに惹きつけられた一人、船中で知り合った青年・岡については、『グリンプス』の田鶴子では「今はどうすればいゝか分らぬ程のいぢらしさが胸に込みあげて来て、若し人目がなかつたならば、羽がひに抱きすくめもし兼ねなかつたのを強ひてこらへて」のように、岡への同情はこらえなければならない自然な感情であったのに比べ、『或る女』では、「葉子はいかにも同情するやうに合点々々した。岡が葉子とかうして一緒にゐるのをひどく嬉しがつてゐるのが葉子にはよく知れた」〔傍線引用者〕と、同情自体、自分がどのように見えるのかを意識しながら行なった行為なのであり、だからこそ「葉子は僅かなタクトですぐ隔てを取去つてしまつた」の一文が付加されることになるのである。

自然さと演技

他の箇所でも、(6)『グリンプス』での「青年は物慣れない処女の様な羞恥と、心の底に閃めく一種の屈辱とを感じて俯向いて仕舞つた」という表現が、『或る女』では「青年が物慣れない処女のやうに羞かんで、而《し》かも自分ながら自分を怒つてゐるのが葉子には面白く眺めやられた」〔傍線引用者〕とされるなど、他の人物の内面として描かれたものが葉子による認識に統一される変更は多いのだが、「タクト」を考える上で注意したいのは、このように視点が葉子一人に絞られても、それが予想されるような狭窄や限定を意味しないことだ。

商人は本統に鞭《むちう》たれた人が泣き出す前にする笑ふ様な顔付をして、さすがに面を背けてしまつた。其意気地のない体度《ていたらく》が亦むつとする程癪にさはる。(『グリンプス』三)

商人は、本統に鞭れた人が泣き出す前にするやうに、笑やふうな、はにかんだやうな不思議な顔のゆがめ方をして、さすがに顔を背けてしまつた。その意気地のない態度がまた葉子の心をいら〳〵させた。(『或る女』前編三)

冒頭に近い、横浜へ行く汽車中での場面である。彼女を見つめた見知らぬ男性に対し、前者では「意気地のない体度」は田鶴子の視点からの判断だが、後者では、「意気地のない態度」は、最終的には葉子の不快でありながらも、それとは独立し、「葉子の心」に影響を与える事態になっている。語り手が説明する商人の態度は、葉子とは微妙に切り離された、いわば客観性を含んだ事実として保証されており、結論だけをいえば、『或る女』に至って登場したタクト、それを成功に導く葉子の「解剖刀《メス》のやうな」批判力とは、おそらく状況を正しく把握する、この複眼的な判断のことである。というのは、葉子が打ち込んだ最初の恋であるにもかかわらず、結局は見下げて捨ててしまう木部とのいきさつに、類似のパターンを見ることができるからである。

> 後ろから見た木部は葉子には取り所のない平凡な気の弱い精力の足りない男に過ぎなかつた。筆一本握る事もせずに朝から晩まで葉子に膠着し、感傷的な癖に恐ろしく我儘で、今日々々の生活にさへ事欠きながら、万事を葉子の肩になげかけてそれが当然な事でもあるやうな鈍感なお坊ちやん染みた生活のしかたが葉子の鋭い神経をいら〳〵させ出した。(『或る女』前編二)

葉子にとって大きな恋は二回あり、一つがこの木部との恋、そしてもう一つがいうまでもなく倉地との恋である。そして、二つの恋は始まりにおいて、葉子を夢中にさせた点では同じである。にもかかわらず、木部の方は、恋によってなまったはずの批判力が復活して見捨てられ、倉地とのみ命を打ち込んだ関係が成立するように見えるのは、木部を飾っていた日清戦争時の名声の凋落や、倉地の無尽蔵な精力といった内容的な理由だけではない。葉子自身の感情に見えながら、葉子から独立した情報が与えられているか否かという、語り方の違いなのだといえよう。

語り手の判断を借りた複眼的な視野は、男の裏面をより正しく把握させ、葉子を失望させる。『或る女』で、『グリンプス』にはなかった倉地への惑溺の部分が肥大化していくのも、これとの関係で説明できるだろう。語り方の再編によって生じた男への失望が、それを解消しようと新たに生みだした動きが『或る女』後編の惑溺なのである。(7) 倉地への合一が頂点に達するのは、すでに『グリンプス』の拘束を離れた後編であり、旅館竹芝館での一夜において葉子は、「倉地に於て今まで自分から離れてゐた葉子自身を引き寄せ」る。

付け加えるならば、『或る女』の複雑さは、こうした肉体的心理的な合一の実現すら、「気分の荒んだ倉地も同じ葉子と同じ心で同じ事を求めてゐた」との語り手による客観的な保証を取り付けざるを得ず、語り手と、葉子が経験している合一との間に軋みが生じていくことによるが、それはともかくとして、『或る女』では「タクト」がすべての前提であり、『グリンプス』の田鶴子が自然な言動を見せるのと大きく異なっていることは重要である。倉地と初めて関係を結ぶ場面に立ち戻って再度確認しよう。

田鶴子は捨鉢と云ふ気分になつて、づか〳〵と行つて事務長と押並んで長椅子に腰をかけた。夫れと共に心の乱れは急にとゝのつて、事務長を流し眼に見やつて一寸ほゝゑんだ其微笑には、田鶴子の性格の底から湧いた恐ろしい自然さが流れて居た。(『グリンプス』一五)

その言葉を聞くと葉子はその云ひなり放題になるより仕方がなかつた。「お前は結局はこゝに坐るやうになるんだよ」と事務長は言葉の裏に未来を予知し切つてゐるのが葉子の心を一種捨鉢なものにした。「坐つてやるものか」といふ習慣的な男に対する反抗心は唯訳もなくひしがれてゐた。葉子はつか〳〵と進みよつて事務長と押並んで寝台に腰かけてしまつた。

この一つの挙動が——この何んでもない一つの挙動が急に葉子の心を軽くしてくれた。葉子はその瞬間に大急ぎで今まで失ひかけてゐたものを自分の方にたぐり戻した。而して事務長を流し眼に見やつて、一寸ほゝゑんだその微笑には、先刻の微笑の愚しさが潜んでゐないのを信ずる事が出来た。葉子の性格の深みから湧き出る怖ろしい自然さがまとまつた姿を現はし始めた。（『或る女』前編一五）

葉子では、きっかけはあるものの、「今まで失ひかけてゐたものを自分の方にたぐり戻」すという行為の主体となっている。おかげで、「心の乱れ」が「急にと、のつ」た田鶴子では、「自然さ」は既に存在するものとしてあったが、葉子の方では、演技の果てにようやく「まとまつ」て来るそれに名づけられるものとなる。『或る女』では男性との関係に関して、「始めは一種の企らみから狂言でもやるような気でか、つたのだつたけれども、かうなると葉子は何時の間にか自分で自分の感情に溺れてしまつてゐた」というような言が繰り返されることをみても、衝動を実行する田鶴子に対し、『或る女』においては、男性を惹きつけようとする意志的な演技と、その演技性の忘却が問題になっているのである。田鶴子は「自分が今まで全く知らずに居た自己に目覚めた。（中略）其のもてあつかひに迷つて彼女は何度つまづいたか知れぬ」と自分自身に振り回され、葉子は、「時代の不思議な目覚めを経験した葉子に取つては恐しい敵は男だつた。葉子はその為めに何度礎《つまづ》いたか知れない」と男への対応に心を砕かなくてはならない。

女はどこにいるのか

さて問題は、このように自然な田鶴子を擁する『グリンプス』が、倉地との関係を結んだところで終えられたのに対し、葉子のタクトが存在する『或る女』でのみ、その後の倉地との食違い、自らの加齢による妹や岡への疑心暗鬼、果ては子宮後屈を得て死んでいく彼女の破滅が執拗に描かれるという点である。

『グリンプス』を『或る女』の途上形とだけみれば気づかないが、倉地との関係が、貞淑な主婦からの逸脱を意味し、新たな世界への希望として開いたまま物語が閉じられるのと、八方塞となって葉子が死んでいくのでは、大きな違いである。一体、この二つの間に、何が起こったのだろうか。そして、今や遙か遠くに位置する『高野聖』に比べて男性の強迫観念が後退しているようにみえることと、どのような関係があるのだろうか。

むろんその直接の答えは、有島の文学的営為の曲折や、それを中心化した〈時代背景〉になるだろうし、ここまで行なってきたように、二つのテクストに限定した分析でもある程度の答えは出る。しかし、この問いには、以上の方法ではなく、ジェンダーとセクシュアリティに関する近代の規範の成立について、対象を文学に限定せず論じた本書全体を通じて、婉曲に答えようと思う。なぜなら、瞠目させられるほどの女性像を描いた『或る女』に対峙したとき、〈女性〉はどこに存在するのか、という素朴な疑問が生じるのを抑えることができないからである。

理由の一つは、『或る女』や有島武郎に注目するほど、女性たちが覆い隠されてしまうことだ。田鶴子と葉子が生きた明治三〇年代からは、明治三二（一八九九）年の高等女学校令の公布をメルクマールとする高等女学校の全国的な整備、明治三四年の日本女子大学校の設立といった女子教育の進展、その進学熱を背景にした博文館の『女学世界』の創刊といった出来事に象徴されるように、女子のリテラシーは高まり、自らも何かを書こうとする女性は増えていた。明治三八年には女性向の投稿雑誌『女子文壇』が発刊され、明治四四年には、有名な女性だけの文学雑誌『青鞜』が創刊されることになる。『或る女』のようによく出来た文学テクストの周囲には、それほどでもない多くの女性の書き物や、書くことに留まらない身体的な表現がひしめいている。

そもそも、フェミニズムの誕生によって当然文学にもその目が向けられたとき、明治から大正の文学界が男性に占有されている事実のなかで、男性作家のテクストを論じることは戦略としても有効であった。当初からの男性作家批判はもちろんだが、近代文学研究は、作家の意図とテクストの分離という方法の変化を経験してきている。男性作家のテクストには、作中女性のフェミニスト的活躍から、規範的な文体規範の逸脱という意味合いまで、さまざまな位相での〈女性性〉が見出されて評価の対象にもなり、一部のフェミニズムによる男性批判の類型化への批判としても機能してきたのである。鏡花も有島も、〈女性〉に親和性を持つ作家の一例であろう。

しかしながら、これら作家や作品への評価を含みこんだ分析は、称揚するにしろ批判するにしろ、裁断する研究主体が保持する、〈あるべき女性像〉を基準にしており、それを普遍化し、あるいは普遍化に無自覚にならざるをえなかった。さらに、作家が男性であれ女性であれ、女性を語る小説と、女性自身の活躍とには当然すぎることだが距離があり、すでに文学史に登録されている作家や作品を、再評価または批判してみても、なぜ多くの女性が長い時間文壇から排除されてきたのかを説明できない。本書は、このような事態と、周辺にある女性の表現を取り上げたいのである。にもかかわらず、本書は女性の文学史を作ろうとする試みではない。

むろん、周縁化されてきた女性に注目するだけなら、ここでわざわざ有島のテクスト分析を経て見せなければ気づかない問題ではない。それこそフェミニズムの始まりから多くの研究者が取り組み、成果を上げてきたことがらである。しかし、以上の経緯は、語られたものには、複雑な時間の痕跡とそれにかかわって変形もされる力関係が折りたたまれているという認識をもたらした。この自覚を経て、再び、かつてとは異なるやり方で過去の女性と向き合えるようになったといえるだろう。ありていにいえば、女性の表現にも同様の力の痕跡があり、男性中心社会に対して戦った成果として、あるいは女性の代表例としてみるだけではなく、その力と変形の軌跡までを分析することが必要であり、また可能にもなったということだ。具体的には、女性作家の努力についてふれるだけでなく、承認をめざす彼女の戦略によって何を失ったかについても論じることになるだろう。そして例えば遂に作家と呼ばれなかった投稿者や、名前の記憶されない少女の踊り手についてすら、同じ態度は求められる。

もちろん、これはただちに彼女たちの価値を低く見積もったり、論じるための材料に貶めたりすることではないと思われる。というのは、これによって得られるより重要な自覚は、テクストに織り込まれた複雑な時間の痕跡と力関係のなかに、研究主体こそがもっとも主要な要素として組み込まれている、ということだからである。

その〈女性〉がどこにいるのか、という問いはここにも生じる。書く、あるいは演じるという日常的には不自然な行為を犯して、収まらない何かを意志化しようとした彼女たち。その彼女たちとの対話は、彼女たちから何かを汲み取り、研究主体自らが置かれた歴史的状況をも批判的に打開しようとする強い願望から望まれるものでもある。研究主体は、例えば過去のその女性と対話しながら、己れの女性として（女性を拒否する選択も含めて）の立場を見出していくのだといえよう。研究主体などといわなくてもよい。なぜ私は日常的に演じてしまい、買ってしまうのか、あるいはなぜ自然に文系に進んでしまったのか、そして、女子学生も多い文系学部のイメージと、研究に従事する男女数の逆転は何であるのか、彼女たちは、私が持っていた些細な問いへの回答やヒントであった。そのとき、彼女は過去にいるが、しかし、現在の私を／私とともに形作る。

このような対話は、テクストを創造的に読むさまざまな方法を精錬してきた文学研究の最大の長所である。だが、だとすれば、未紹介の資料を取り上げることをもって、新たな事実の発掘や文学史の構築と呼ぶことが単純に過ぎるのも確かだろう。従来の文学史が排除してきたものに目を向けるほど、それらは文学の完成度から外れてみえるゆえに、飾りのない事実の証言のようにもみえるのだが、そこには研究主体による創造的な読みが持ち越されてもいる。それを実証というとき、創造的な読みは自由すぎる読みとなり、そこに生じるある種の無節操さに、どのような倫理的歯止めを設けるのかという課題を残す。

むろん、歯止めは基準として列挙できるわけもないとすれば、本書では、多岐にわたる文化の領域に踏み込みながらも、意味の決定に際しては用心深さに踏みとどまり、排除されてきた女性たちと私の間の埋められない落差を、楽天的な可能性としてだけではなく確保することを行ないたい。本書の記述は時にストレートなメッセージではないが、それもまた、選択した一つの方法である。女性の文学史を構築しない、とは、そのような意味である。

本書は、近代のジェンダーとセクシュアリティの規範がいかにして成立するのか、認定されるものとされないものがいかに策定されていくのか、変化し続けるその境界線の一瞬を記述しようとする試みである。女性の規範と都市的な生活が手を伸ばせば届きそうに現実味を帯びてくる明治三〇年代後半から、感情の自然な発露を持つ田鶴子が、世間に反抗することの力強さを示した明治四〇年代、そして、タクトを操る葉子が、この世に生きる場をなくしてしまう大正半ばに至るまでの間に何が起こったのか、田鶴子の力強い表象が女性自身にとって幸運なものであったかまでを含めて、明らかにしていく。具体的な概要は、三部構成のそれぞれの冒頭に掲げたが、〈女性〉を規定しようとする言説は文学の領域に限らず、演劇、広告、医学的言説までを広く視野に入れながら、堅固に制度化されるそれらに対し、個々の女性が交渉する具体相と、その結果制度に開く一瞬の破れ目をみてみたい。それが、過去の事実と私のあわいに生起する言説であることも十分に自覚しながら、困難だが、その微妙な窮地に分析の足をとどめていこうと思う。

第一部　〈女〉の魅せ方

第一部では、百貨店のPR誌や、新聞広告を通して、消費文化のなかで生成されたジェンダー規範を検証し、文学がどのような物語によってそれに説得的な理屈づけを提供していたか、さらに、女性の書き手自身はどのように関わったのかを考察する。

近代における文学という領域の成立は、概念の精錬のみならず、商品として自立した市場を形成することと密接にかかわっているが、その同じ背景としての資本主義社会は、男女の役割も明確に規定した。家庭の主婦という役割を振られた女性は、生産の場から排除され、文学もその例に洩れない。ただし、領域を文学に限定せず、ファッションや化粧、演劇といった領域をとりあげることで、生産からの排除が、新たな楽しみや主体化といった変化と引き換えに起こり、女性自らが非対称な規範の協力者となっていった経緯を明らかにする。

以上について第一章では、文学における〈自然主義〉をはじめ、演劇や化粧業界までも広く覆った〈自然〉をキーワードとして分析する。ジェンダー（社会的・文化的性差）は、言うまでもなくフェミニズムによって練り上げられてきた重要な概念であり、それがもたらしたもっとも初歩的、かつ依然として重要な転回とは、ながらく自然と考えられてきたことが、多く社会的・文化的に構築されてきたものであったという見解である。構築されたものなら可変的である、ということこそ、ジェンダー論がもたらしたシンプルでかつ力強い認識であろう。ここでは、女優の登場という事件を取り上げ、この見解に具体的な事例を付け加える。文学・演劇領域における女性たちの活躍への期待が、〈素人〉という別席への囲い込みと表裏であったことを示し、〈自然〉の欺瞞を明らかにする。

だが同時に、〈女〉であることが社会的・文化的、あるいは言語的な規定であるとすれば、〈自然〉に基づく〈女〉の体験を自明視できなくなり、それらの体験をよりどころに女性たちが主体として立ち上がった、という文学史、演劇史の常識が問い直されることにもなる。それは、〈女〉を共通の基盤とした抵抗の拠点を失わせると見せるかもしれない。

しかし一方で、不均衡な形で〈女〉と見なされることがなくなるわけではなく、そうした状況と〈女〉の解体には大きなギャップが生じることになるが、そのズレ自体に承認と変革の可能性を見ようとする研究の進展もある。代表的なものとして、ジュディス・バトラーを挙げることは妥当であろう。バトラーによれば、発話をするとき、人はそれまでにあった言語を、そこに含まれる社会的な規範や慣習も含めて反復せざるを得ない。そのため、常に体制の保持に加担することになるのだが、同時にパロディとしての再文脈化も行なう。つまり、規範(ここでは〈女らしさ〉というようなもの)が、反復されなければ形成も確認もされないことを考えれば、反復とは、規範を引用しているようでいながら、そもそも最もオリジナルな起源としての規範などないことを暴露する行為である。であればこそ、反復は規範をずらし、「再意味づけや再文脈化に向かって開かれる流動的なアイデンティティを構築する」のである(『ジェンダー・トラブル――フェミニズムとアイデンティティの攪乱』原著一九九〇年、竹村和子訳、青土社、一九九九年)。

このような行為をバトラーはパフォーマティヴィティと呼び、同様に反復だが本質化するものをパフォーマンス(本質の表出)と呼んで区別する。パフォーマンスとは、社会のなかで自らを理解可能なものとして主張し生存するために、(そうせざるを得ないという点では既に強制である側面も持つものの)主体の自由意志により選択される規範の引用・模倣であるのに対し、パフォーマティヴィティの理論は、パフォーマンスが常に意図したような成功を収めるわけではない点、その遂行の失敗にこそ可能性を見出そうとするものである。

本書の第二章、第三章では、特に〈演じる〉ということを前景化するが、それは、このパフォーマンス/パフォーマティヴィティという概念に基づいている。ただし、その行為は、可能性が引用・模倣に依っているのと同じ理由で、規制的な虚構の権威化にもっとも接近するものでもある。バトラー理論は、両者のどちらが実現するかが予測不可能であり、その効果が極めて偶発的である点にこそ可能性を見出すものだといえるが、本書は、すでに起こってしまった出来事について理論的岐路を跡づけ、パフォーマティヴィティの可能性を言説の痕跡として記述することが可能かどうかを問うものである。

具体的に検証するのは、田村俊子において、文学作品が現実の反映や批判としてだけでなく、女性である作家自身の文壇における位置をパフォーマティヴに作り出すものであったことである。だが、その女性主体としての認知すら、自然化された女性規範とみなされることによって起こった、当人の意図せざる偶発的事件であるということ、したがって、その戦略としての利用しにくさが、バトラーの言うような可能性としてではなく、ネガティヴに作用してしまう局面である。また、セクシュアリティについては、第二部でさらに取り上げるが、前提として、俊子のテクストを通して、セクシュアリティがジェンダーとセット化され、一元化されていく様子にも注意を払う。

第一章　もっと自分らしくおなりなさい
──百貨店文化と女性

「明後日《あさって》は日曜だ、何処《どこ》かへ行かうよ。着物を見に三井へでも行かうか。」(『金色夜叉』後編（二）[1])

尾崎紅葉によって「超明治式」と評された『金色夜叉』(『読売新聞』明治三〇・一・一～三五・五・一一)の主人公・宮《みや》、その栄燿を象徴する富山唯継《とみやまただつぐ》の言葉である。よく知られるように宮は、幼馴染で自他ともに将来の夫と目されていた間貫一《はざまかんいち》を捨て、富山銀行頭取の子息である富山唯継と結婚する。後に流行歌にも歌われたように、富山の指に輝くダイヤモンドに目がくらんだのかどうか、彼女が玉の輿結婚を選択したわけは、紅葉の病没によって、本文では最後まで明かされないが、随所で絢爛に描写される宮の装束は、少なくとも見るものにとっては、彼女の欲望のありかを指し示している。だが、結婚すると一転、金への復讐のため高利貸に身を落としてしまった貫一への思いに悩み、身の破滅を賭して辞さない。慎ましやかではあるが、金も愛も二つながら手に入れようとした欲望する女性が小説に登場した瞬間であり、紅葉が「超明治式」と評した所以である。

冒頭の一文は、妻である宮が貫一を思っていることにも気づかず、ふさぐ彼女の機嫌をとろうとして富山が発したものであり、まさに消費と愛という二つの欲望の交点を示している。『金色夜叉』の成立は、紅葉が三井呉服店のPR誌に携わっていたという個人的な関係を引合いに出すまでもなく、そのさまざまな位相において女性が主役を演じた消費社会の加速と不可分なのだと言えよう。本章では、消費社会の成立過程でどのようにジェンダーが再編されるのか、特に百貨店のPR誌に探り、またそれぞれに創刊当初から設けられている文芸欄がそれにどのように関わっていくのかを考察する。(2)

第一節　デパート時代の幕開け

『金色夜叉』のこの部分が書かれた明治三一(一八九八)年、三井呉服店は大きく変わりつつあった。延宝から続く老舗だが、維新後経営不振に陥っていた三井呉服店に新たな時代をもたらしたのは、明治二八年理事に就任するやいなや、アメリカのデパートメントストアに学んだ大胆な諸改革を行なった高橋義雄であった。これによって三井呉服店は、明治三七年には「株式会社三越呉服店」となり、日比翁助が専務取締役に就任、他に先駆けて「デパートメントストーア宣言」を出すに至る。以後、呉服、洋服をはじめ、家具、美術品から子どもの玩具に至るまでライフスタイルをトータルにコーディネートするさまざまな商品を取り揃え、瞬く間に食堂や写真部、劇場などを備えて「デパート」の呼び名にふさわしい巨大娯楽施設へ成長した三越は、消費社会のシンボルになっていった。

だがそもそも冒頭の『金色夜叉』の場面が富山唯継の富の象徴であるように、それまで消費は特別な階級にのみ許された特権であった。より廉価な商品も置くことはもとより、消費を罪悪だとする人々の意識を変えるために、創世期のデパートはあの手この手を使わなければならなかった。その最も初歩的にしてかつ最重要だったのが、階級に代わってだれもが従わざるを得ない〈流行〉という概念を普及させ、汚れたり破れたりしていなくても次の服を買うように仕向けることであった。具体的方策として何よりも先に挙げなければならないのが、高橋義雄の改革のあまりにも有名な一つ、陳列販売方式の採用である(図1)。店員が客の求めに応じて商品を運び出す、それまでの座売方式とはうって変わり、それほど買うつもりもなかった客も店内に気軽に入り、商品を見るのを楽しめるようにしたこの改革は、消費の階級性を取り払う最初のステップであると同時に、どんな些少な品物でも売るというデパートの新方針と連動し、〈見るだけ〉が〈見るだけ〉に終わらない欲望のシステムの作動する地点であった(3)。

そして、こうしたデパートの戦略もまたメディアの存在を抜きにしては語れない。明治三〇年代から四〇年代にかけてはデパートのPR誌も創刊ラッシュといえるが(4)、ここでも一歩リードしているのは三井で、明治三二(一八九九)年一月発行の『花ごろも』から、『夏衣』、『春模様』、『夏模様』、『氷面鏡』、『みやこぶり』と年二回発行し、シーズンにあった新柄、流行、または衣服に関する知識などを提供していった。暑い、寒いといった個人的な身体感覚によって感知されていた季節は、雑誌の発行によって、天候の変動に無関係に、だれにでもやってくるものになった。その時間意識が流行と消費のサイクルを規定したのである。この〈流行〉という時の流れは加速し、明治三六(一九〇三)年八月より、PR誌は『時好』と題して月刊化された(図2)。以後「新柄陳列会」、「寄切見切反物大売出」(明治三四年から毎年春秋二回開催)などデパートで行なわれる季節ごとの企画と両輪となり、人々の生活のサイクルを規定し、定期的に思い起こされる年中行事として定着していくことになる。

また、これらは発刊当初から、記事で報告される都市の流行を巻頭のグラビアに商品として並べ、別に価格表と巻末の注文用紙、振り込み用紙をつけた通信販売カタログでもあった(5)。PR誌によって、商品を眺める楽しみは地方に住む人や実際には頻繁に店を訪れることのできない人々にも平等に分配されたのである。

むろん、改めて断わるまでもないが、こうした消費文化の成立の実質性が問題であるわけではない。和田敦彦が『婦人画報』や『中央公論』の緻密な分析によって取り出してみせたのは、「新たな中産階級の実質的な増加」という裏付けを持たずに「「中流階級」という想像上の集団」が説得力を持つ明治四〇年代前後の言説空間であったが(6)、ここで起こっているのも、この中流階級の成立と密接に関わりながら、自由に買い物をするという

図１　１階は以前からの座売り形式，２階は陳列販売方式の三井呉服店（『風俗画報』明治28年12月）

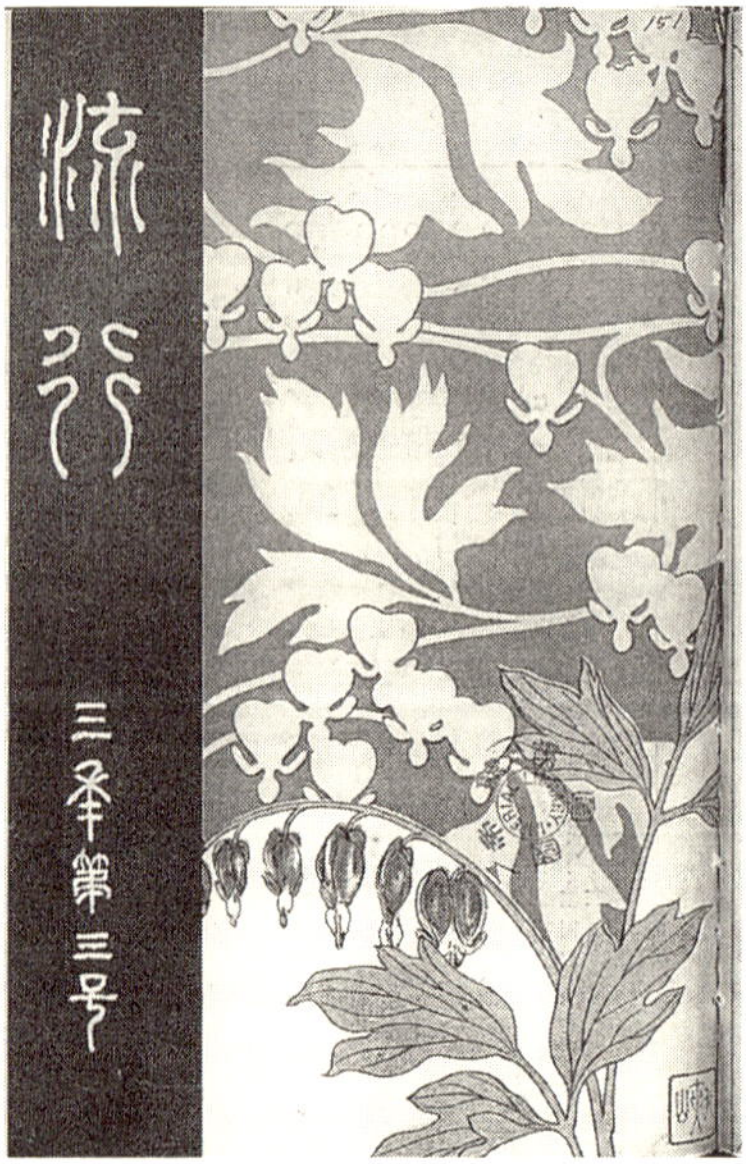

図３　白木屋呉服店『流行』明治39年３月

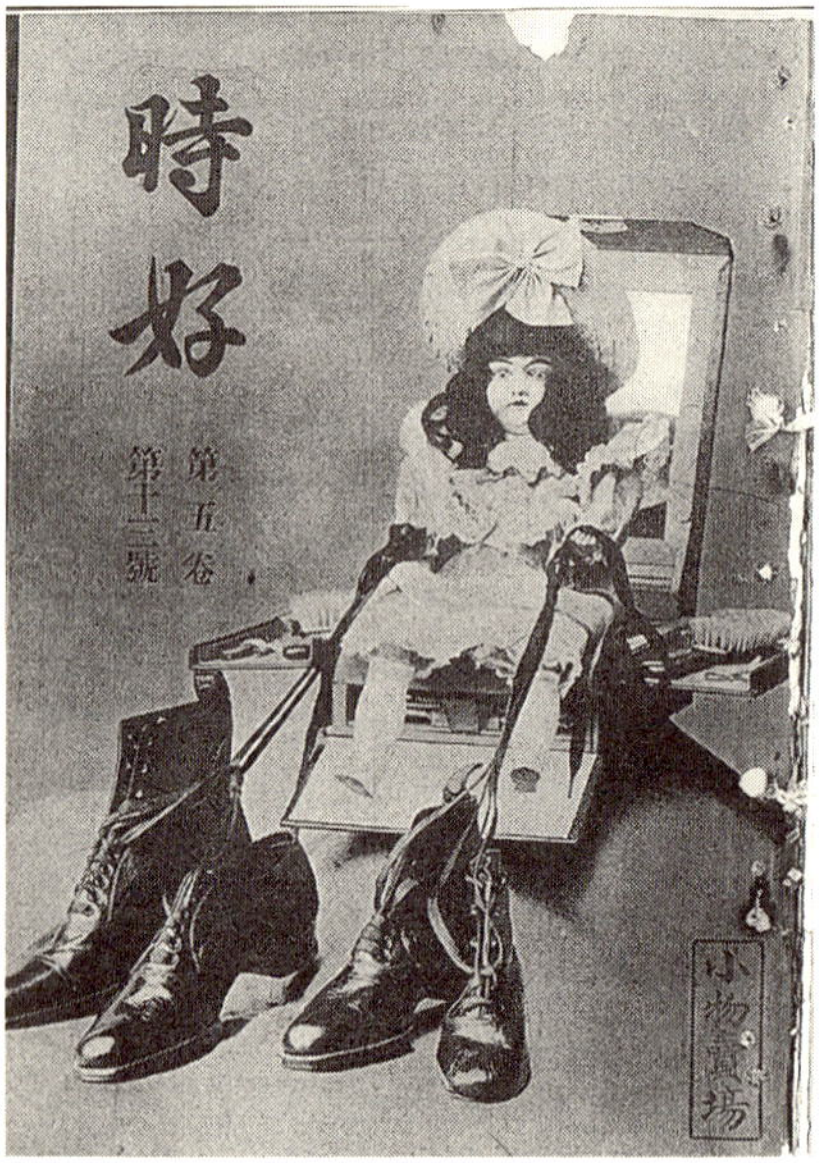

図２　三越呉服店『時好』明治40年10月

想像的行為が人々の手元に手繰り寄せられていくことだからである。

商品を〈見るだけ〉のつもりで店に入った客が〈いつか買いたい〉という欲望にとりつかれるように、雑誌の読者も注文用紙という未来への切符を手元に置きながら、買い物の夢を膨らませる。〈流行〉という概念を全国レベルで普及させ、消費文化の成立を促進したのは、何よりもどこにでも届く雑誌だったのである。

次節では、特に三越と、そのライバル白木屋のPR誌（図3）の内容を具体的に見ることにしよう。

第二節　〈消費者〉というジェンダー

デパート文化の主役が現在に至るまで女性であることに異論はないであろう。女性と消費が結びつけられる御馴染みの光景は、PR誌でも繰り返し見ることができる。

区画の別になつた大広間の入口に寄せ切売場と記して有るマア見た計《ばかり》でゾツとする二千居やうか三千居やうか甚だ希に帽子冠つて男を見るのみ只だ雑然たる女の塊りで紫陽花の花が風に吹かれて揺れる如くである（『時好』明治三九・一一）(7)

しかし、デパートの出発点となった呉服店の商品が女性向きだからというのは、その理由としては単純すぎる。グラビアに載る商品の数からいえば圧倒的に女性向きの呉服の新柄が多いとはいえ、男性向きのそれが無いわけではない。また、グラビアから記事本文に目を転じるならば、洋服を勧める記事のほとんどは男性向けのものである。ジャンルの別を考えるならば、ファッションが女性の占有とは決して言えないのである。

確かに、いったん閉鎖されていた洋服部は明治三九（一九〇六）年一〇月と遅れて再開され、ファッションの

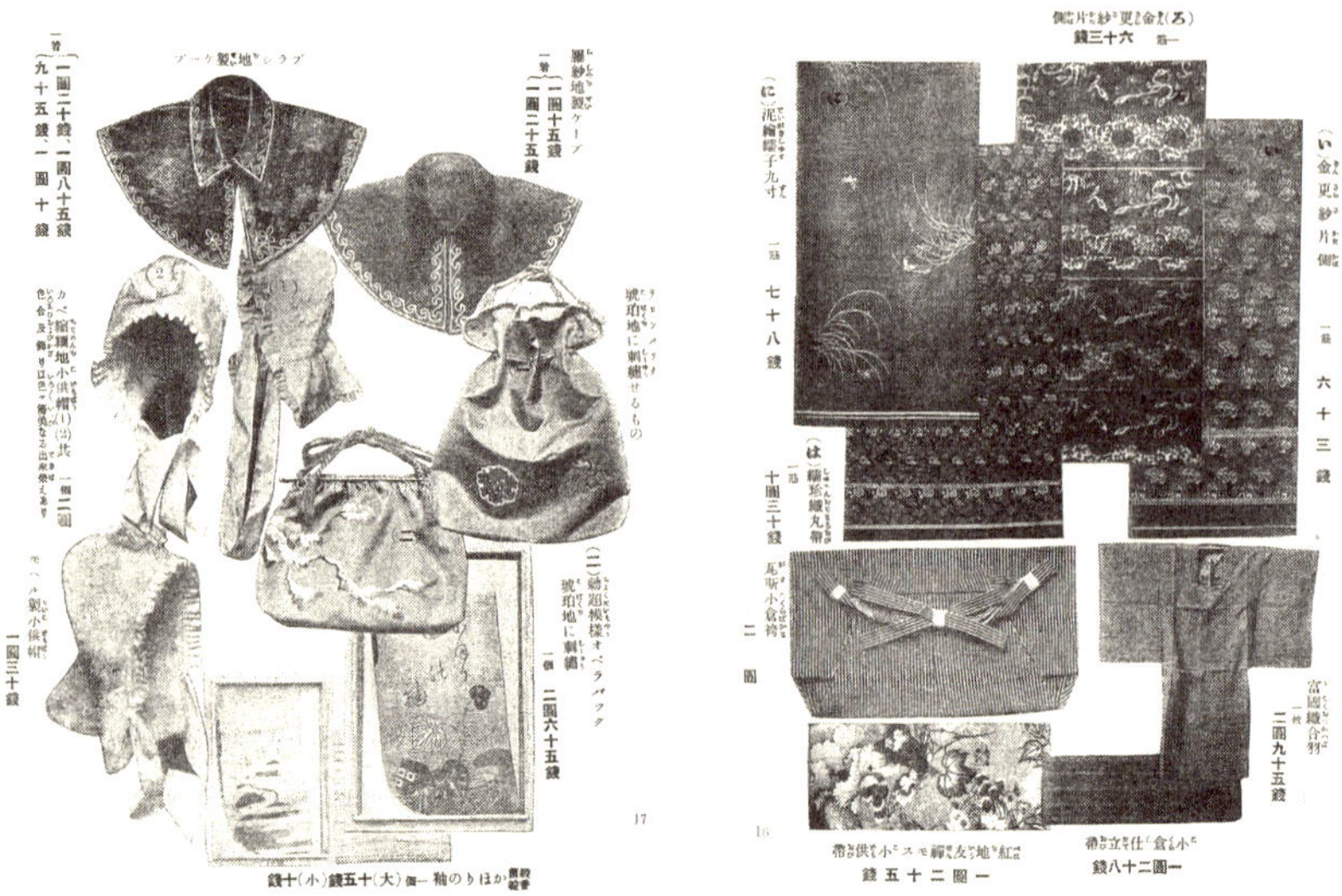

図４　通信販売カタログでもあるグラビア（『みつこしタイムス』明治41年12月）

図５　「最新流行の洋服いろいろ」（『みつこしタイムス』明治41年12月）

需要者が女性から男性に拡大したようにも見えるのだが、グラビアが人目を惹く効果を最優先する以上、女性の呉服にしたところで、そこに載る高価な呉服が、実際に売れているものばかりとは限らない。これらの男性用洋服紹介の記事には、スタイル画が必ずのせられており、グラビアには呉服の柄だけが平面的に並んでいることからすれば、人体を美しく撮影・印刷するところまで達していなかったこの時期のグラビア技術が、形を流行の重要な要素とする洋服を載せることを嫌い、グラビアとスタイル画の住み分けを要求したと考えられる（図4、5）。グラビアでの女性向け商品の多さが、買い手が女性であるという事実に直接結びつくことはない。

しかも雑誌の初期には、消費者としての女性は登場しない。むろん自分で代金を支払ったりせずとも、三井で買い物できた上流階級の女性は実際にはいたはずである。しかしPR誌にみられる女性と呉服との縁の深さは、呉服を仕立てる裁縫が女性の仕事である、という関係に尽きる。日露戦時下という事情も考慮しなくてはならないが、明治三八年ごろまでのPR誌の小説や記事に見ることができるのは、出征した夫の留守宅を裁縫の賃仕事をして守る妻の姿[8]、つまり労働者としての女性であり、消費者としての女性ではないのである。にもかかわらず、なぜ女性が消費の主役として名指されてしまうのか、その経緯こそが見るべき問題である。

女性と消費の結びつきは、デパートの起源が女性向きの商売である呉服店だから[9]、とか、実際に買い物をするのが女性だったから、という実体的な理由とは無関係であり、それらは逆に消費のイメージの浸透とともに起こってくることがわかる。とすれば、それをもたらす消費形態の変化がいかに表象されているかを確認しなくてはならない。

呉服屋といふはおもしろい商売だ。御客さんの金で自分の好きな物を拵《こしら》へる事の出来る商売は余処《よそ》にはあるまい。元禄模様の流行《はや》る時には元禄模様が昨今流行るから御拵ひなさいといふ。そんならお前に任せると仰しやる。自分の思ふ通りにやる。出来上る。素晴しい奇麗なものが出来る。嬉しいといつてこんなうれしい事はない。（中略）自分はお客様の為めをのみ計つて居るのだ。自分の事などは顧みる暇もない、お客さまがあればこそお店もあるのだ。（白鼠生「我輩は呉服屋である」『時好』明治四〇・一一）

一見、店員が商売の論理の赴くままに客を翻弄しているかのような書出しだが、実はそうすることがお客様を最も満足させることであり、お客様の望むものが店員の望むものであると示している。以後デパートが全面に押し出していく〈客の身になる〉サービスである。店員は客と対峙するものではないという安心感のもと、客はデパートの戦略を受け入れるようになるであろう。こうした変化をもたらすのは、店員の実質的変化とばかりは言い切れない。実際に店員に接すれば「全く客の為を思はず、眼前の利益に執着して居る」（泉鏡花「三越趣味に就て」〔談話〕『太陽』明治四二・四）というような不満も出てくるからである。とすれば実は店員がいない（ように見える）ことこそが最も効果的な幻想のふりまき方に違いない。

いうまでもなく、商品を陳列する販売方式の変化と、それに伴う現金正札附のサービスである。客が店員に干渉されることなく商品を眺められるサービスは、店内から客と店員が値段を交渉する戦いも一掃する。店員と客との間に設けられた距離こそが、店に買わされているのではなく、自ら買う買い物を客に保証する。もちろん裏を返せば、客は安心感に酔いしれ、デパートがふりまく幻想に簡単に引っかかるということでもある。自ら買う消費者は受動化するのである。そして、この受動化こそが消費者と女性ジェンダーを結びつける。男性支配的な社会のなかでは、受動性とは女性に許されている行動規範だからである。消費がだれにでも許されているというイメージが浸透する時点にこそ消費者と女性を結びつける転換点があるのである。

そしてファッション（一般的には社会、経済、美意識にかかわる行動様式を指す語だが、ここでは衣服や身体装飾を指す狭義で使用する）の都合のよさは、こうした消費の受動化の妥当性を具体的に説明できるところにある。この時期、流行にのっとった衣服を身にまとうことが、経済性や衛生性を説くさまざまな擬似科学的言説によって勧められることになるが(10)、そのなかでもとりわけ頻繁に登場するキーワードが〈色の調和〉である。この点に、なぜほかの領域ではなく、ファッションがまず女性と結んだ近代的消費の主領域となり、同じく陳列販売をした勧工場《かんこうば》などではなく、呉服店がデパートの起源となり得たかのヒントがある。

色彩の科学的分析を根拠にして勧められる〈色の調和〉が、消費を促進する目的に奉仕していることは明らかである。色彩を調和させるためには「頭の上から足の先まで」（浜田生〔浜田四郎〕「頭の上から足の先まで（デパートメントストーアとはどんなものか）」『時好』明治四〇・一一）トータルで品物を買わなくてはならないし、組合わせを楽しむためには同じアイテムを何色も持っていなければならないからである。だが流行の経済性を主張するものや、着替えの衛生性を語るもののなかにおいても、〈色の調和〉が圧倒的な説得力を持ち得たのは、むしろ衣服だけではなく、常に皮膚の色との関係で語られる、その論理にこそあった。

色は独立して美しいのと、さうでないものとがあります。（中略）そこで衣服の色は、（中略）数多《あまた》の色の組合せになります。而して其色の組合せの中に、何時も組み入れられるものは、其人の皮膚の色であります。（星常子「衣服の色合」『時好』明治三九・一。『日本の家庭』からの転載）

調和と申すのは自分では訳りません、自分で衣服丈の調和は見られても、自分と衣服との調和には、いくら鏡と相談為ましても出来ないのです、そこに来ますと、顧客を見るに巧みに馴れて居ります店の番頭さんなどが功労を積んで居らるゝのですから、其の見立を受けて決した方が調和した物を着る事が出来ます。（女子高等師範学校教諭吉村千鶴子談「衣服の見立」『流行』明治四一・七）

ことは〈外見〉に関わるゆえに、その主導権は己れの外部に委ねるほかない。店員に身を委ねることこそあなたが最も美しく見える方法なのだと、これらの言葉は誘惑し、装うことを受動的な作業にする。〈色の調和〉の席捲は、それが消費とファッションに受動性という折合いをつける魔法の言葉だったからに他ならない。消費を勧める言葉は〈見られる〉という異なったカテゴリーをも併呑し、完璧なまでに女性だけに向けた誘惑の言葉へと仕立て上げられるのである。

一体夫人と申すものは男子と異《ちが》つて天職を持つて居るものですから、男子で出来ない個所や及ばない点に働らかねばなりますまい、ですから良人《をつと》は外からドシ〳〵御儲けに成れば夫人は夫《そ》れをドシ〳〵と巧く費《つか》ふのが役です、（中略）斯く内面から慰め励まして良夫を少しでも進歩せしむるやうに致すのは、誠に必要なことゝ考へますから、世の夫人がたは盛んに贅沢な服装も成さり、立派な装飾も出来ますやうに、良人を慰め励まして置いて、沢山装飾にも御費《おつひや》しになれば、好いでせう。（山脇房子女史談「注意すべき婦人の服装」『時好』明治四〇・一二）

しかし、確認しておくべきなのは、このような受動的イメージを受け持つ女性は、個々の存在としては主体である、というより、主体となることが求められてもいた、ということである。というのは、結局は女性一人一人が自らの欲望に従ってデパートに足を運ばなければ、物は売れない。また、ファッションが店側に強制されるお仕着せであれば、だれがそれを買いたいと自分から望むだろうか。現在から見ていかに陳腐に見えようとも、消費が主体化という変革を保証しなければ、女性の共犯を獲得はできなかったであろう。〈色の調和〉が支配的な言説になったもう一つの理由は、女性のそれぞれを分離し、自分自身の欲望の主体に変えるのに大きな効力を発揮したことなのである。

着物の色は各々《めい〳〵》顔色の異なつて居るにつれて、それ〴〵似合ふべき色がありますから、人が如何なる色をきて、如何に美しく見えたからと申して、自分の顔と能く相談もせずに、競ふて流行の色を用ゆることは、配色の上からしても余程注意すべきこと丶存じます、（某夫人談「顔と着物の配色」『流行』明治四〇・一二）

顔色が各自で違うように、衣服もそれぞれに似合うものは異なる。(11) それを考慮せずに流行に飛びつくことの愚かさは繰り返し非難される。〈流行〉にのっとった消費の浸透は、従来強固にあった階級ではなく、〈個性〉をこそ階層化のキーワードとしたのである。もちろん、改めて断わるまでもなく、人々は個性を発揮することによってのみ、消費者という均質な集団の一員になるということである。かつてのように流行だからといってだれもが同じ服を着る時代は終わりました、今はより進化した個性の時代です、とは現在でも語られる常套句だが、流行と個性の両立しなかった時代などないというべきであろう。

「三越好み」とは派手模様をいふにもあらず、又は意気向といふにもあらず、又は渋い好みといふにもあらず、またはハイカラ好みといふにもあらず。只其趣味が一種他の模すべからざるものあることをいふなり。（中略）されど又注意せよ。所謂三越式なる者は、事実を以て説明する能はずとも、今もし多数の集会ありたらん際に、其新装せる貴婦人連の衣裳には何となく意匠の似通ひたるもの丶点々たるを見、更に注意して其色合、模様の染工合、帯の柄合、其配合等を見ば、著しき特殊の趣味の存在せるを認むるなるべし。（巻頭言〔無署名〕「三越このみ」『時好』明治四〇・一二）

消費の言説は、女性をひとからげにしたり、分離したりするのである。

第三節　私より美しい〈私〉

では、個々の女性たちが自分自身の欲望の主体となることは、どのようにして学習されたのであろうか。

従来の消費社会にふれた論は、人々の見る行為を重視し、その衝撃的な体験をもたらした商品陳列棚や、街路に面したショーウィンドウについて論じてきた。(12) とくに積極的に店に足を踏み入れない通行人をも客にしてしまう点で、店内の商品陳列棚よりも人々の欲望の育成に遙かに大きな効力を発揮するのは、ショーウィンドウである。巨大な面積のガラスを生産できる工業技術の発達と、その輸入量の増加という物理的条件によって初めて可能になるショーウィンドウは、早い例としては高島屋京都本店で明治二九（一八九六）年、東京では三越、白木屋ともに明治三六（一九〇三）年に設置されている。

これらを論じたものの功績は、〈見る〉という主体的体験と（想像的にでも）家から出て街を歩く自由が女性にも分け与えられたこと、つまり個々の女性にとっても消費というのが自らを賭ける価値のある新たな場であったことを示した点にある。ところがこれらでは商品に対する主体的な欲望と、先に述べたような、あくまでも受動的なファッションを繋ぐ回路を説明できないだけでなく、男性と女性にひとしなみに分配されている、商品を見ることをのみ論じる結果、消費が男性と女性に振り分ける役割の違いを見落としてしまう。どのように女性の欲望だけが受動へと落ちていくのかの具体的提示にはなっていないのである。

女性的な欲望の成立には、さらなる学習システムの存在を考える必要がある。女性を象ったマネキン人形の登場がそれである(13)（図６）。

マネキン人形を用いたディスプレイは関西での登場がより早いが、東京でも明治三〇年代後半にはその例を見ることができる。(14) とくに白木屋では、古代から近世に至る時代別に代表的な衣装を復元し、人形にまとわせた時代風俗標本人形[15]（『流行』明治四〇・一一）などから、三世安本亀八などに依頼して人形の制作にも力を注ぎ、季節行事としての定着を狙った「染色競技会」などでは毎回大変凝ったディスプレイを見せた。雑誌でも写真を見ることができるが、そのほとんどが女性の人形である。

これらショーウィンドウの中のマネキン人形は、彼女たちの欲望を形作るのに大いにあずかったはずである。というのは、その衣装を着た自分がどんなふうに見えるかを想像することは、商品のみを陳列したショーウィンドウや、柄のみを写真版として載せた雑誌のグラビアなどの平面的なものより遥かに、商品に対する欲望を〈自分自身の〉欲望に仕立てあげる。自分の顔色にぴったりな一着、自分だけをより美しく見せてくれる一着がそこにあるかのように感じるからである。

そしてこのことは、ショーウィンドウを可能にしたガラス輸入量の増加が他方で引き起こしていた大きな変化と連動している。ガラスの普及が、鏡をも普及させつつあったという事実である[16]。もちろん鏡は古来女性と切り離せないものではあったが、明治三〇年代から四〇年代にかけて、幸田露伴が『不蔵庵物語』（明治三八年）で唐鏡とガラス鏡を対話させたように、新旧の鏡の交替が起こっている。そして、姿見というような大型の鏡はこのガラス鏡でしか実現できなかった。唐鏡とは異質な明らかな自己の反射像を目の当たりにして、女性たちはようやく自分の全体が他人にはどんな風に見えているかを知ることになったし、その自己像は徐々に鏡の所有という形で自己の管理下におかれるようになったのである。

図６　「大阪三越に於ける衣裳競陳列会人形美人（其七）」（『三越』明治45年１月）

つまり、商品を〈見る〉という主体的体験と、〈見られる〉または〈買わされる〉受動性を何の矛盾もなく繋いでしまうのがガラスという魔法の鏡だったのである。女性たちはショーウィンドウのマネキン人形にありうべき自己像を想像する、つまり、ショーウィンドウを鏡を見るように見る見方を学習したのである。

そうした学習システムの典型として白木屋「染色競技会」でのディスプレイを挙げる（図7）。これは「一人の美人が、美麗なる洋室の中にて、安楽椅子に横たはりながら本誌〔『流行』―引用者注〕を持ちつゝうた寐に耽り居る処へ、兀《ママ》然として花の如き女神現はれ、二三の天使《ゼンゼル（ママ）》をして、帯、金鎖、其他高貴の装飾品を運ばしめ居る」（『流行』明治四一・一二）場面である。

注目すべきは、部屋の中央にさりげなく鏡に向かう女性を描いた画額が懸けられていることである。この画額はまさに、どのようにこのウィンドウを見るべきかを眺める女性に教えている。ウィンドウという鏡面に映っているのはあなたのありうべき姿なのだと。「夢想」というタイトル通り、きらびやかな女性の姿はウィンドウの中の女性の夢であるばかりでなく、ウィンドウを眺める女性の夢でもある。もちろんウィンドウ中の女性が『流行』を持っているように、店頭のディスプレイの写真や流行の詳細を映しだす雑誌の誌面もまた、そこに向き合う女性の鏡の役割を果たすのである。

このように、デパートの本店に出向かなくてもイメージは人々の手元に届けられる。そして、雑誌とともにこの役割を担うものに広告額がある。例えば三越では明治三二（一八九九）年に各地の駅などに等身大の肉筆美人画を設置して以来、ポスターなどの宣伝にも力を入れているが[17]、店内の様子などを描いたものよりは美人画が多い。これらの広告は、雑誌のグラビアがほぼモノクロであるのに対して〈色の調和〉を補完し、等身大の鏡として機能していったのだと考えられる。

画家が意識的かどうか[18]はさておき、それを示した非常に興味深い構図をポスターに見ることができる（図8）。ここに描かれた二人の女性の互いに似通った着物の好みは、女性同士の親密さを示すと同時に、微妙な角度で向

図7　「夢想」（『流行』明治41年11月）　ウィンドウという鏡こそが本当のあなたを写す。

図8　波々伯部金洲「当世美人」（明治45春，提供・三越資料室）　広告は「当世美人」の反射像を増殖させる。

図9　「葭町伊達姿（吾妻振昔人形）」（『時好』明治38年5月）　商品でも売り手でもある女性たち。

かい合う二人をあたかも鏡に対する一人の女性のように見せている。興味深いのは、横顔だけではっきりと顔が判別できない手前の人物は、おそらく見る者が自己投影する場所でもあるということである。等身大のポスターとしてならもちろん、『三越』誌面でこれを見ている多くの女性にとっても、手前の女性が手にしている『三越』が、自らをこの構図への参入資格を持つものとして夢想させてくれるはずである。つまり、商品を買いたいと思う女性は、広告の女性像を自らの鏡像とするのであり、その時点ですでに広告中の人物であることを、このポスターは示しているのである。

さらに、女性をショーウィンドウや広告のなかに立たせるこのようなシステムが、女性自身が商品である傾向を助長していくのも想像に難くない。マネキン人形は、あくまでも女性消費者に衣装を売る販売者であるにもかかわらず、ひとたびショーウィンドウに陳列されれば、人形＝女性それ自体が男性にとっての商品であるかのように見えてしまうからである。

例えば、明治三八（一九〇五）年ごろからの元禄ブームの火付け役、三越が行なった一つの宣伝イベントがある。葭町《よしちよう》芸者に元禄模様の衣装を着せ、元禄踊を踊らせるというイベントであるが、『時好』（明治三八・五）に掲載されたその際の写真には、「吾妻振昔人形」とタイトルがつけられている（図9）。ポーズをとった美人を人形に見立てること自体はありふれた趣向だとしても、ショーウィンドウや芸者をモデルにしたポスターの普及に合わせて、他でもないマネキン人形に見立てた点がこの写真の新しさであり、ことさら新奇さが要求されるこの場面で使われた理由だろう。この趣向が示すのは、衆人の注目を集めるファッション・リーダーとしての芸者の存在以上に、商品としてのマネキン人形と芸者との近さである。そしてもちろん、買い物という行為を通して、一般女性がマネキン人形に憧れるとすれば、それまでは厳然たる区別があった芸者と一般女性の境界がなくなり、一般女性も性を売り物にする商品と見做されるまでは、そう遠くない。

ここには、近代消費社会という特定の状況が、客体としてしか主体化しえない女性を生み出し、同様に〈見る〉行為も完全に非対称なものにしてしまう過程をみてとることができる。確かに、すでに述べたように、商品を〈見る〉行為は消費が男女に平等に与えた楽しみであるに違いないが、女性にとっての〈見る〉行為が、〈見られる〉ことの学習としてしか許容されていないのに対して、男性にとってのそれは、単なる商品を眺めることであれ、ウィンドウ中の女性を眺めることであれ、御馴染みの〈見られることなしに見る〉行為なのである。

第四節　誘う女／買わない男――デパート小説群と『三四郎』

これらは、小説という領域でも繰り返される。[19] ここからは、特にPR誌に掲載された小説群をみてみよう。元禄踊のイベントとほぼ同時期に発表された松居松葉『神話喜劇元禄姿』（『時好』明治三八・六。翻案との断わりがある）には、鎌倉の仏師三橋甚内が妻の姿を写した人形が登場する。この人形の出来栄えに土地の大分限来栖主馬が買うことを希望するが甚内は意地から譲らない。だが妻の留守中に人形が動きだし、甚内を誘惑する。人形に命をあたえよとの無体な願をかけた自らへの神罰と思い困惑した甚内は、人形を妹に預けるが、妻の嫉妬、人形の非常識ぶりに悩み、ついに人形を来栖に譲る。来栖は報酬がわりに甚内に念願の大仏建立を約束し、妹の結婚も纏める。

甚内は動き出した人形が自らの美しさを知り、自分を誘惑してくることに狼狽するが、人形が来栖に商品として懇望されているように、人形の性質が性を商売にする女性のそれであるのは明らかである。だがそれは妻の似姿でもあり、貞淑なはずの妻の変貌ぶりこそが甚内を驚かせているのだといえよう。一方、妻にとっては、自分の外にいる自分が自分より美しいことになり、嫉妬もそこに向けられている。『神話喜劇元禄姿』が当て込んだ元禄踊のイベントないし「吾妻振昔人形」を参照するまでもなく、妻の嫉妬は、ちょうど女性がショーウィンドウのマネキン人形を自分の鏡像と見て嫉妬するのと対応する。人形に成り代わりたいとの女性の願望が、女性一般を性の商品へと変えていくのである。

だが、このように女性一般の商品化があからさまであるにもかかわらず、男性が買い手として書かれることはない。女性を所有する行為は、わずかにずらされて語られていく。

楽斎『蘆手日記』(『流行』明治四一・六)は、白木屋の蘆手模様懸賞図案一等を狙って田端の寺の離れで暮らす、美術学校卒業生の志賀という青年の日記風の小説である。やがて彼は隣家の娘に恋をするが、彼女は偶然にも志賀の友人の知合いであったため、友人の奔走で縁談は纏まり、懸賞にも入選する。最後に、白木屋の秋の蘆手模様陳列会で自分の図案による裾模様が陳列されていること、それを着ている若い奥さん風の人形こそ、愛妻妙子を写したものであることが記されて終わる。

ここでは実際に人形や女性が売買されるわけではないにしろ、妙子がマネキン人形と重ねて語られることで、女性は結婚によって誰かに所有されることを待つ存在であると示され、一般女性の商品化を描いた『神話喜劇元禄姿』と似た構造を持つ小説だといえる。

しかし、このように男性が女性を所有することと、消費者がショーウィンドウの商品を買うことが類比的に語られる環境が整っているにもかかわらず、男性が消費者として語られることはない。『蘆手日記』で語られているのは、あくまでも男性が生産する商品が女性を誘惑するということであって、男性が買い手として女性を得るということではない。男性が、女性に委ねられた消費者の役割を身にまとって、そのジェンダー・アイデンティティを危うくすることはないのである。

消費のなかで特に画家がクローズアップされてくるのも、おそらくは画家が実際にポスターの女性像などを描いて宣伝に貢献したからだけでなく、画家の表象が男性消費者の抹消に役立ったからと考えられる。実際に雑誌で繰り返し行なわれる図案の懸賞は[20]、当選者のほとんどが男性であり、買い手＝女性に対する商品の作り手＝男性というイメージを形成してはいたが、それだけで一足飛びに男性消費者の隠蔽へと繋がるわけではない。

ところで、『蘆手日記』では図案家は美術学校出という設定、次に扱う『橋姫』でも画家が図案を作成している。図案の需要増加が実際には図案家と画家の専門分化を進めるであろう事実を無視して、この時期に商品を作る芸術家像が増加するのは、消費がもたらした芸術の商品化や図案の芸術化の反映であるばかりではない。男性芸術家の存在意義は女性の流行を写すことにあるが、実はその観察者としての位置こそが、見られることなしにショーウィンドウの女性を見る消費者としての男性を代表しているのは明らかであろう。つまり、画家を近接領域の図案家にスライドさせる操作は極めて自然に見えるが、実際に起こっているのは男性消費者を商品の作り手にすり替え、消費の痕跡を消去することなのである。(21)男性芸術家の表象の重宝さはここにあり、また、こうした男性消費者の抹消によってしか、消費が完全に女性のものとなることはなかったはずである。

こうして完全に消費が男性から女性への誘惑としてのみ語られるようになると、商品を欲しがる女性が、性の欲求の強い女性として読み替えられるという事態が起こる。懸賞文芸募集で小説の部第一等に入選した袖頭巾『橋姫』(『時好』明治四一・二)にも、例を見ることができる。そのストーリーは以下のようなものである。

「私」の郷里(備前児島)で幼馴染みだったお玉さんは非常なる美人だが単純で、「私」の帰省の度に都会の流行のことばかり訊く。そのお玉さんは娘時代にも浮き名を流し、その後結婚もしたが破れてしまった。一昨年の帰省の際、「私」は美術学校出の青年画家で三越の懸賞図案に入選したこともある煙雨を同伴した。煙雨は自身の図案になる浴衣を着たお玉さんをモデルに絵を描き、展覧会で優賞をとり、絵は三越に引き取られて休憩室で変わらぬ美貌を誇っているが、お玉さんがどうしているかはわからない。

女性が広告中の人となる同じ結末をもつ『蘆手日記』が、彼女がだれかのものになることを示していたとすれば、ここでは、それが誰のものでもありうるという裏面、〈誘う女〉への不安が示されている。

そして、このテクストは、明治四〇年代的な女性の表象と男性の文学的欲望が、消費の構図に直接的に接続していることをも明らかにする。飯田祐子は、美禰子の表情や目に向けられた三四郎の視線や語りの分析によって、

『三四郎』における美禰子の謎の生成過程を明らかにしたが[22]、明治四〇年代的な男性の欲望とは、この『三四郎』論を受けた藤森清が、田山花袋『蒲団』（明治四〇年）、森田草平『煤煙』（明治四二年）、そして有島武郎『或る女のグリンプス』（明治四四年）にも共通すると指摘した、女の謎＝内面を読むという欲望のことをいう[23]。ここでは、述べてきた小説群と『三四郎』とが構造を共有することを指摘し、この問題の端緒を示しておきたい[24]。

そもそも、述べてきたＰＲ誌掲載の小説について、作家はスポンサーであるデパートによって制約を被り、完全に自由な創作ができたわけではないと考えるのは早計であろう。例えば三越を題材にすることを要求された懸賞文芸に対してさえ「応募小説中に、三越の案内記めいたもので美文と見られないもの」があった（遅塚麗水談、『時好』明治四一・一）との批評がなされることからすれば、この時期文学者自身は、文学の実践がスポンサーから自立していることをこそ誇りにしていたことが伺える。したがってＰＲ誌掲載の小説とほかの媒体に発表された小説を連続的に扱うことに問題はない。

また、そのように断わるまでもなく、夏目漱石『三四郎』（『東京朝日新聞』明治四一・九・一〜一二・二九）は宣伝とは無関係に書かれている。しかしながら、熊本から上京して東京帝国大学に入学した三四郎の、近代の発見と動揺を描く『三四郎』は、単なる一点景として三越を取り上げているだけではなく、実はここまで述べてきた小説群と構図自体を共有しているといえる。三四郎を取り巻く世界は、故郷、学問、そして女性の三つに整理されるが、第三の世界をほぼ一人で領有するのは、「迷《ストレイ》える子《シープ》」と謎の語を投げかけ、三四郎を翻弄する都会の女性、里見美禰子である。その美禰子は、

三四郎は板の間に懸けてある三越呉服店の看板を見た。奇麗な女が画いてある。其女の顔が何所か美禰子に似てゐる。（六の九）

と、銭湯に掲げられた三越の広告美人と結び付けられる。そして別の場面では、彼女の家の応接間の暖炉の「上が横に長い鏡になつてゐ」る（八の五）。そして、大きさや調度からガラス鏡であるはずのこの「明らかな鏡」（八の六）のなかに、「何時の間にか立つてゐる」という形で、美禰子は訪問した三四郎の前に姿を現わすのである。

戸の後に掛けてある幕を片手で押し分けた美禰子の胸から上が明らかに写つてゐる。美禰子は鏡の中で三四郎を見た。三四郎は鏡の中の美禰子を見た。美禰子はにこりと笑つた。（八の五）

ここでの三四郎の訪問の目的は、美禰子から借金をするためである。その込み入った事情はここでは省略するが、注目すべきは、この一件で、美禰子が自分名義の口座を持ち、自由に金を使えることが露わになっていることである。[25]他の場面では買い物をする存在として書かれているが（九の六）、その経済生活が明示されるわけであり、先ほどの鏡像は、こうした美禰子の属性と密接な関係にある。つまり鏡像としての美禰子は、枠どられた半身像というイメージの共通性だけでなく、消費という行為によって広告の美人像と結び付けられている。鏡のガラスの向こうから見返す美禰子はまるでショーウィンドウのガラス越しに立っているようであり、消費行為が女性を広告されるイメージとそっくりにしてしまうことを示しているのである。むろん先の引用での広告美人は、美禰子のように見えるばかりでなく、違うようにも見えるのだが、これとても、結局は誰でもないからこそ誰の自画像にもなり得る、という広告のあからさまな事実の提示に過ぎない（図10）。

そして何より、画家原口によって描かれた美禰子の絵が展覧会で不特定多数の視線にさらされ、それによって、彼女がその多数のなかのだれかに手に入れられるべきものであるという事態を示して『三四郎』は終わる（一三）。「あんまり美しく描くと、結婚の申込みが多くなつて困るぜ」と広田に揶揄されたとおりに、「当人の希望」（七

図10　橋口五葉「此美人」（明治44年春，提供・三越資料室）　夏目漱石の装幀も手がけた画家による三越呉服店の広告画。

の五）によって三四郎と初めて出会った時の服装で描かれた画は、愛と見えないこともない三四郎とのいきさつや、美禰子をめぐる三四郎と野々宮との駆引きを多義的に表わしながら展示されている。それを彼ら全員が見守るなかに、美禰子は結婚相手となった別の男性と現われ、野々宮は結婚式の招待状を破るのだ。美禰子の選択に、結婚相手の経済的優位が絡んでいるのだろうことも、容易に推測される。

　とすれば、原口の絵が広告的意図を含んでいないとしても、その機能はすでに検討してきたPR誌中の広告画やマネキン人形と同じであり、美禰子は広告美人として封じ込められたということも可能であろう。『三四郎』には遙かに綿密な考察があるにせよ、すでに述べてきた『橋姫』などの小説群と同じ構図を共有している。

　そして、この美禰子について漱石が語ったとされるあまりにも有名な言葉が「無意識なる偽善家」であった(26)。三四郎からみても、読者からみても、美禰子は何を考えているかよくわからないのである。話をPR誌の小説に戻せば、前述の『橋姫』においても、語り手の男性とその友人である教師が、お玉さんに催眠術をかけ「性質を矯《た》め」ることをめぐって議論する場面がある。催眠術によってお玉さん自身も知らない内面が分析されようとし、揚げ句、お玉さんはだれにもその真価を知られていない、謎の存在として位置づけられている。男性的欲望と女性の内面の謎が、個別のテクストの問題ではなく、女性を客体として主体化する消費という文化装置によって生み出されているのは明らかであろう。お玉さんや美禰子の存在が謎であるのは、マネキンや広告美人として差し出される他者の外見を自分と思いこむよう、消費が女性たちに仕向けるからに他ならない。他人が差し出してくれるのが自分だとしたら、女性たちは自分自身が何をしようとしているのか知らず、謎に見えるのは当然であろう。

そして、その他人の外見が見せかけのように見え、その下に容易には現われない実体があるかのように見えてしまうとき、「無意識なる偽善家」という矛盾、自分の行動に無自覚でありながら、自覚的に自らを偽るという矛盾は可能になる。だがもちろん、消費の直中にいる彼女たちに、他人の外見以外の自己があるはずはない。男性たちは、自分が女性に何を欲しがれと言ったのかを忘れて、女性は一体何を欲しているのか、と頭を抱えるのである。

男性たちが、藤森が言うように「彼女たちを新しい主体とみるか、性的対象と見るかのあいだで揺れていた(27)」のは、女性を新たな成員として組み込もうとする消費社会の構造が両者を要求していたからであり、消費は性的対象としての主体・無意識的主体という折衷案へ向けて、巧妙に女性を誘導していったのである。

これらは、消費社会の期待にそって表象された女性像であり、個々の女性が実際にどうであったか、とはレベルを異にする問題ではある。しかし、それが繰り返されることによって、女性の多くが内面化してしまうことも確かである。女性の側からいえば、そうした消費の構図の内面化は、女性の自己実現を大変困難なものにしてしまう。女性が常に、自己の外に自らが実現すべき自己を見出し、自分はまだ自分自身ではない、という認識にとらえられる以上、彼女は現在の自分に自信を持つことができず、いつの日か本当の自分になるのだという夢を持ち続けるしかないからである。しかも、女性が客体でしかないわけではなく、男性とは質の違った主体化をわりふられているのであれば、こうした自己認識は、客体としてのみ存在することを脱しようとする醒めた女性をも絡めとるであろう。女性が女性の身でありながら何ごとかをなそうと真摯な志を抱けば抱くほど、自分がまだ自分と呼べるだけの確固とした輪郭を持たないことに苛立ち、絶望することになる。この時期に多くみられる女性の煩悶は、目覚めた女性を受け入れる環境が整っていなかったという理由以上に、こうした自己認識にかかわるものだと考えられる。

そして、自分自身が何者であるか知らない女性に、その自画像を差し出すものが男性芸術家（画家はむろん、ＰＲ誌で画家と同じくらい多く表象される小説家も、デパートから女性像の創出を期待されていた）であるとすれば、彼女たちは己れを彼らに預けるしかない。この時期以後、消費者である女性たちは、文化のお得意様にもなっていく。女性が文化（男性芸術家）に群がる現象は、消費の領域をさらに広げようと〈もの〉ではなく文化を売り、他の人とはちょっと違った生活を勧めるデパートの戦略に、女性たちが簡単に引っかかってしまったことばかりを意味しない。彼女たちの真面目な自分さがしなのである。

第五節　女性の職場としてのデパート

ところで最後に、こうした構造が、一方で当の女性たちの活躍を促したことにも触れておかなければならない。継続している『流行』においては明治四三（一九一一）年、『三越』はその創刊を期に、ＰＲ誌に載る女性作家の作品は著しく増えている。正確な状況把握にならないことは承知の上でひとまずの目安として大雑把なパーセンテージをあげるならば、例えば毎号二編程度小説もしくは脚本を載せている『時好』では、創刊から終刊までの五年間に女性作家は小山内八千代の「門の草」（『時好』明治三八・三）を見る程度なのに対し、『三越』では女性作家の作品は全体の五割程度にも達する。『流行』の事情も同様だといっていい。主な執筆者は、小金井喜美子、森しげ、岡田八千代、長谷川時雨、田村俊子、尾島菊子などである。この時期がすでに『青鞜』創刊を目前に控え、女性の力がまさに臨界点まで達していたことを考慮すれば、その原因を単純化はできないが、ＰＲ誌においては以下のような要請がその主な原因であったことは否めない。

服飾を叙す点に於ては当世の作家が筆は特別の知識が十分だとは思はれない。そこへゆくと女流の作家は苦もなく筆をつけて居る。これは（一）女流の観察は労さずして自然に服飾の上に細かに行き届く（二）男性の作家よりもその交際が上流の家庭に多く接近する便がある、この二因であらう。（岡野知十「女流作家が作中の服飾」『流行』明治四一・八）

むろん女性作家のすべてが服装を細かに描くことを信条としているなどとは決して言いえない。にもかかわらず引用のように、女性はファッションを描けるというイメージは、女性は自分を飾るものだから他を観察するのに長けている、つまり前述の〈見ること〉による〈見られる〉学習の論理にそのまま乗っていることはいうまでもないであろう。そしてこれと類似の構造はデパート内に容易に見出すことができる。女性店員である。

まだ好い事は売場の人のぢろぢろとお客を見ぬ事、殊に女店員といふものは人の悪いもの、夫《それ》が此処のは優しいのです（くれは「歳暮の三越呉服店」『時好』明治三八・一二）

図11　新館模型を持つ秋期売出しポスター
（明治42年秋，提供・三越資料室）　欲望は女性から女性へ手渡される。

三越はいち早く明治三三（一九〇〇）年に女店員を採用、三六年には二六名を採用している。これ以来、デパートは他の業種より比較的早く女性の職場として開かれるようになった。これが〈客の身になる〉というサービスの開始がなければ起こり得ない変化であるのは明らかであろう。消費者＝女性だからこそ、その気持を理解で

図12　岡田三郎助「美人観桜の図」（明治41年，提供・三越資料室）
大阪梅田駅の貴賓待合室に飾られた，横３メートル縦２メートルの肉筆広告。妻の八千代はPR誌への執筆も多い。

きるのは女店員だというわけである。買い手だからこそ売り手（むろん商品の作り手ではない）になれるというこの論理は、女性が消費によって美しくなった自らを衆人のまなざしに晒したい、売るべき流行の衣服をまとうショーウィンドウのマネキン人形に成り代わりたい、という女性的欲望と同じ構造を持つ。客と店員は、両者が入れ代わり可能な鏡像なのであり、二人は鏡を覗きこむように互いに己れの姿を見せびらかす。そして、そうである以上、どちらがより〈ありうべき〉女性像であるかをめぐって、彼女たちは熾烈なライバル関係を結ぶことにもなる。女店員の人の悪さは、実は女店員ならではのやさしさが構造的に作り出すものでもある（図11）。こうしてデパートは、女性にとって居心地の良さと、逆撫でされるスリルの両者を保証する女の園と化していくのである。

女性作家にもどれば、彼女たちは、見られることなしに見る位置を獲得していた男性作家とは、明らかに異なる論理によって求められている。つまり、男性作家の書く行為は広告自体を作り出す行為として期待されている[28]のに対し、女性の書く行為は、広告の内容、広告されるものとして期待されている。すでにさまざまな女性作家の活躍が見られる時期にあって、彼女たちの多くが「〈衣装の―引用者注〉選択、平《ひらた》くいふと、選り好みといふことで、此一番自由を有するものは、小説家と画家とである」といわれる「小説家の細君」と「画家の細君」（大島宝水「選択と調和」『流行』明治四二・六）であることも偶然ではない。森しげは森鷗外夫人、岡田八千代が画家の岡田三郎助夫人であり（図12）、田村俊子は田村松魚《しょうぎょ》と、また尾島菊子は大正三年になるが画家の小寺健吉と結婚している。想像力によって卓越したファッション・センスを実現する芸術家の、厳しい目に適った妻たちこそが、ファッション・リーダーとして相応しい女性だったのである。

このようにしてデパートのPR誌は、女性作家の活動が保証される稀有な場となった。もちろん、どんな理由であれ書く場が与えられたことによって、その規範自体に疑問を突き付ける実践が生まれてくることはありえよう。その意味で販売者という媒介的行為者《エージェント》を考えてみることもできるだろう。ここで見通しだけを述べるとすれば、こうした女性作家の作品のなかには、女性同士の濃密な感情（いわゆる同性愛）[29]や姉妹の関係を描いたものがみられるなど、女の園だからこそ可能な新たな表現の息吹を感じとることもできる。ただし、以上に述べてきたように、こうした同性社会こそが男性の女性に向けられる欲望を裏面で支える場として機能していたこともまた確かである。

以上、消費のジェンダー化のおおまかな見取り図を、それが集約的に現われる百貨店PR誌に限定して述べてきた。これらにおいて、男性／女性の対関係が、同性同士を強い絆で結ぶ社会を形成していくことは興味深いが、それは第四章で改めて論じることとし、次章以降では、女性の書き手が状況とどのように切り結んでいたのかを、見ていくことにする。

第二章　女が女を演じる

――明治四〇年代の化粧と演劇、女性作家誕生の力学

永井荷風が、「クラブ洗粉御園白粉を使はなければ美人になれない。この意味に於いて「三田文学」を読まないものは文学を知らないものである」(1)と書いたのは明治四三（一九一〇）年五月、自らが編集主幹となった『三田文学』創刊号である。『三田文学』の広告であると同時に文学的実践でもあるこの文章は、広告と文学の近さを明らかにし、のみならず、とりわけ化粧品広告を用いてそれを示した点で、同時代を鮮やかに写しているといえる。本章では、前章でのファッションに引き続き、化粧を取り上げる。演劇の文学化ともいえる新劇運動をも視野にいれつつ、単なる比喩以上である化粧品広告と文学の関係を具体的に探っていきたい。

第一節　〈自然〉な化粧

明治四〇年代、女性の化粧は大きな変換を遂げた。

総じて日本婦人で化粧は餘りに人為的で、白粉《おしろい》を塗ると云へば白壁の如く、口紅はと云へば紫色に光るまで濃くして殆んど自然の肉色を没して了つて居る、恁那《こんな》不自然な化粧法は何処の国でも見受けぬ処であるから

追々改良したいものである。（KT生「米国女優の化粧法」『女学世界』明治四〇・七）

〈自然〉な化粧への転換である。この時期に発見された〈自然〉が、その後の化粧の大きな流れになっていくことは、成田龍一が指摘するとおりである。(2) 成田は、一九二〇年代の美意識とセクシュアリティの特徴を、一八八〇年代に形成され外延化した衛生意識との結合として記述しているが、明治四〇年代の女性をターゲットにした雑誌でも、「外形の美即ち肉体の美は何より生ずるかと云ふと、前の話にもある如く健康より生ずるものですから、最も健康なる婦人で無ければ最も美なる婦人とはなれません」（村井弦斎「婦人一代の生活法」『婦人世界』明治四〇・一）といった、同様の議論を確認することができる。美の前提は〈健康〉になったのである。

遡って明治二〇（一八八七）年の二葉亭四迷『浮雲』には、「横幅の広い筋骨のたくましい、ズングリ、ムックリ」した下女を「生理学上の美人」と呼ぶくだりがある。これが皮肉として成立することは、衛生や生理学といった当時最新の知見が勧める健康で優良な身体が、必ずしも一般的な美人観とは合致していないことを示している(3)から、明治四〇年代に健康＝美人となったことは、確かに大きな変化であった。

美の最優先課題が素肌美の実現となったのも、この事態とかかわるだろう。皮膚は、健康な身体を外部の危険から守る外郭として、(4) また、器官や精神といった眼に見えない身体内部の健康を表わす表面として、(5) その重要性が認識されたからである。〈自然〉への変革は、口紅やアイメイクといった他の身体的部位からではなく、肌から起こる。

とすれば、多く喧伝される化粧法の具体的な改良が、入浴の重視と白粉の改良であるのも当然である。入浴は、「単に皮膚の不潔物を去るのみならず血液の新陳代謝を促がして血液をよくし且つ消化を助ける効がある」（岸恒彦「日常生活女子美容法」『女学世界』明治三九・八）と外側にも内側にも皮膚の健康に効果を発揮するものとされ、「化粧の前には顔を良く洗はなければいけません」（『婦人世界』臨時増刊「化粧かゞみ」明治四〇・四）と化粧とセットで語られるようになった。

しかも、洗顔後に化粧、という現在にも通じる方法だけでなく、「素顔で奇麗に見せようとしまするには、寝白粉を翌朝洗ひ落すに限ります」（前掲「化粧かゞみ」）、「仏国化粧法の極めて気取つた贅沢なる化粧で意気なる方法は一旦念に念を入れ十分仕上げた化粧を奇麗に洗ひ落して了ふのであります此の洗ひ落した顔は最初化粧をしなかつた時の素顔とは大変な相違があるのであります」（東京美容院『欧米最新美容術』明治四一・二）というように、化粧後の洗顔が頻繁に紹介されている。現在の常識からは極めて効果が疑わしいこれらが信じられていたとすれば、入浴が化粧の前提になったというよりも、入浴自体が化粧法として位置づけられていたということであろう。

▲水は天然の化粧品　口にさへ入れねば何んな水でも差支無いかと云ふに、決してさうでは無い、何時もドロ〳〵の濁水で洗つて居れば、長くの間には皮膚其《ママ》影響を受けて、或は寄生物の屯所《たむろじょ》となり、或は皮膚の質を粗くし、従つて色艶も悪くなり、白き顔も次第に黒くなる道理、（糸左近「をなごの喜び――如何にして美貌となるか」『女学世界』明治四〇・一）

まさに水自体が化粧品だというこの引用も、入浴自体が化粧法ととらえられていたこと(6)の傍証となるが、これらが「寄生物」や「新陳代謝」、「消化」といった言葉に彩られているように、それ自体は珍しくもない入浴は、この時期、科学的な知識の裏づけを得てこそ、最新の化粧法に格上げされたのである。(7)

そして白粉では、素肌のように見せる塗り方と、色の改良が喧伝された。

▲耳の後から襟へかけて白粉

歌留多会などへ行つてみますと、（中略）美しいお召をめして、白粉を美しく塗つてゐらつしやいますから、前から見るとまことにお美しくみえますが、少し俯向いて歌留多をとつてゐらつしやるのを後からみますと、耳のうしろから襟へかけては白粉がチツともついてゐないものですから、生地のあまり美しくないところがみえて、折角のお召もお化粧も見られないものになつてしまふといふやうなことがよくあります。（素水生「顔を美しく見せるのは白粉の塗り方一つ」『婦人世界』明治四二・三）

素肌自体が美しいように見せなくてはならないのだから、皮膚に破れめがないように、白粉もすべての皮膚を覆わなくてはならないとされ、しかも、素肌美の発揮を妨げないためには、皮膚を塗り隠す従来の白粉をやめて、「クリームが白粉の上に宛《さなが》らの皮膚のやう打込《ママ》んだ白粉を人体色素の如くに引き包み、シカと身体肌と合致調和する」粉白粉を使わなくてはならない（藤波芙蓉『新式化粧法』家庭百科全書第二五編、博文館、明治四三・一二）。また、より肌に近く見せるためには、従来の白一色から、自分の肌色に近いものを選ぶように勧められる。

〔「最も天然に近い」「最近の」化粧法では――引用者注〕白粉も西洋の肉色のを用ゐますから、只の白粉のやうに、際立つて見えません。（中略）西洋では、紅色《こうしょく》でも、いろいろ濃いのと淡《うす》いのがあります、その外、黄色の白粉もあり、種々なのがあつて、買ふ人はみな、各各自分の皮膚の色に適当した白粉を選んで買ふのでありま す。（前掲「化粧かゞみ」）

だが、人々の意識の変化によって新商品が開発される、という一般的な予想からすれば逆なようだが、新しい意識の普及の方が、具体的な商品の発売と普及度にかなりの程度依存しているのはいうまでもない。塗り方の工夫だけなら各自の努力で可能だが、薄くつけるためにはパフでつける粉白粉が、肌色を美しくするためには肉色白粉が、商品としてだれにでも買えるようにならなければ、雑誌に書かれたことは自分とは関係のない知識でしかなく、定着しないからである。ここからは特に明治四〇年代に新製品ラッシュを迎えた白粉の広告を取り上げるが、その理由の一つ目は、白粉が、意識の変化をまず目に見える形で提供した商品だからであり、二つ目は、広告が、雑誌の言説をなぞりながらも読者個々の意識を変えるより大きな力を持つと考えられるからである。美の規範化、あるいは排除や差別が、広告を媒介とした化粧意識の全体化の直中で始まり、浸透していく様相を確認しよう。

第二節　御園とクラブ――白粉広告合戦

化粧品史のみならず広告史に「御園白粉《みそのおしろい》」の名を残すことになった新聞・雑誌での大々的な広告展開もまた、明治四〇（一九〇七）年頃に端を発している。伊東胡蝶園（現・パピリオ株式会社に受け継がれている）は、明治三三（一九〇〇）年、従来の鉛を含む白粉の有害さへの注目と改良の声に乗り、いち早く御園白粉（以下御園）を発売していた。にもかかわらず、広告が改めて重視されたのは、明治四〇年代である。

これは、前年明治三九年四月、中山太陽堂（現・クラブコスメチックス株式会社）が最初の近代的洗粉「クラブ洗粉」を発売し、大量の広告を出して成功していたのに刺激されたものであろう。だが広告量の増大にもまして注目すべきは、内容の百八十度の転換である。それまで御園は、王朝風の姫君を描いた図柄、何より皇族の雅称「竹の園生《そのふ》」にちなんだ「御園」というネーミングによって、高貴なイメージを演出し、さらに「畏《かしこ》き辺りの御料に召させ給ふ完全無鉛《なまりなし》高貴御化粧料」というキャッチコピーに明らかなように、皇室に買い上げられたことで保証された無鉛の安全性をセールスポイントにしていた[8]。

しかし、明治四〇年頃からは皇室のイメージに俳優がとってかわる。もちろん化粧品を俳優が広告すること

広告

俳優化粧談　清潭記

（其一）　中村芝翫

（其二）　河合武雄

図13　「俳優化粧談（其一）（其二）」（『東京朝日新聞』明治41年7月19日）

自体は近代の発明ではないが、この御園広告で画期的だったのは、俳優自身の談話が素顔写真とともに載せられたことである。たとえば、「俳優化粧談」[9]として各新聞に[10]掲載された広告シリーズ（図13）は、小説や劇界事情と同じ紙面に載り、劇評などで著名な川尻清潭の署名を冠して、あたかも記事と見まがうような体裁をとったものである。俳優が出演している芝居の役作りや化粧法などを語り、その試行錯誤のなかで辿り着いた御園製品を推奨し、日常の場面や肌質に合った製品の選び方や使い方などを具体的に紹介している。

　起用された俳優は、中村芝翫、河合武雄、以下、尾上梅幸、市川羽左衛門、伊井蓉峰、尾上菊五郎、市川高麗蔵、市川猿之助、中村吉右衛門、喜多村緑郎、尾上芙雀、関三十郎、守田勘弥、川上貞奴、沢村宗十郎、市川左団次、といった顔ぶれである。当時演劇は、長い歴史を持つ歌舞伎と、明治期に自由民権運動を広めるための壮士芝居から発展して、家庭悲劇などを演じて人気を博していた新派に二分されるが、「俳優化粧談」の面々は、いずれにもまたがる人気俳優であり、以後「名優化粧談」[11]、「御園化粧品の使用法」[12]、「素顔と扮装」[13]と名を変えた同様のシリーズが次々と掲載されていく。

　御園白粉については、伊東胡蝶園創立者の長谷部仲彦と医師・橋本綱常が、市川団十郎から鉛毒の恐ろしさを聞いて無鉛白粉発明に乗り出した、とのエピソード[14]が起源として繰り返し語られるが、俳優広告の背景には、個人的なつながりだけでなく、写真や印刷技術の著しい進化に支えられた演劇雑誌の変化があることは疑いない。例えば明治四〇年一月に創刊された『演芸画報』は、役者の芸談や化粧苦心談といった生の声の掲載、そして素顔写真などのふんだんなグラビアによって、『歌舞伎新報』や『歌舞伎』といったそれまでの演劇雑誌に大きく差をつけ、人気を博していた。

これらに後押しされた御園の俳優広告の狙いは、俳優の人気と商品の人気を直結させる狙いもさることながら、素顔写真によって舞台姿との差を喚起することで、俳優の化粧技術の高さをアピールし、それを支える化粧品の優秀性と化粧意識の必要性を一般女性に植え付けるところにあったと考えられる。その後御園は、製品を自由に試せる化粧室を歌舞伎座に設置し、製品などのお土産つきの御園会と称する総見物を開催するなど、劇場とタイアップした新機軸を次々に打ち出していたことが新聞広告から伺えるが、こうした話題づくりを割り引いても、俳優の特権だった見られる意識、あるいは見せる意識を一般の女性に広めることに大きな貢献をしたといえる。[15]

こうした御園の独走態勢だった白粉広告に参入したのが「クラブ白粉」（以下クラブ）である。中山太陽堂は前述のようにすでにクラブ洗粉（明治三九年四月発売）という商品と広告の成功例を持っており、その実績をもって一大キャンペーンを行なった。このときクラブがとった戦略は、「俳優の化粧と素人の化粧に就て」という題で懸賞文を募集し（図14）、当選作を各新聞、雑誌に掲載、さらにそれに対する三行批評文を募集、その当選作も掲載する、というものであった。掲載された当選作の一つを挙げる。[16][17][18][19]

最後に俳優の化粧は、非自然又は反自然を根底としてることを忘れてはならぬ俳優は各其扮する役々に応じ、いろんな技巧を加へて自己本来の自然を没却せんことを勧める、自然を隠し自然を偽はり、乃至は自然を害せん為に化粧をする場合が多い素人の化粧はとくに技巧を加へるにしても高尚にして其程度は只自然美を発揮する為、乃至は天真美を助長する為めの目的であらねばならぬ。（懸賞文「俳優の化粧と素人の化粧に就て」

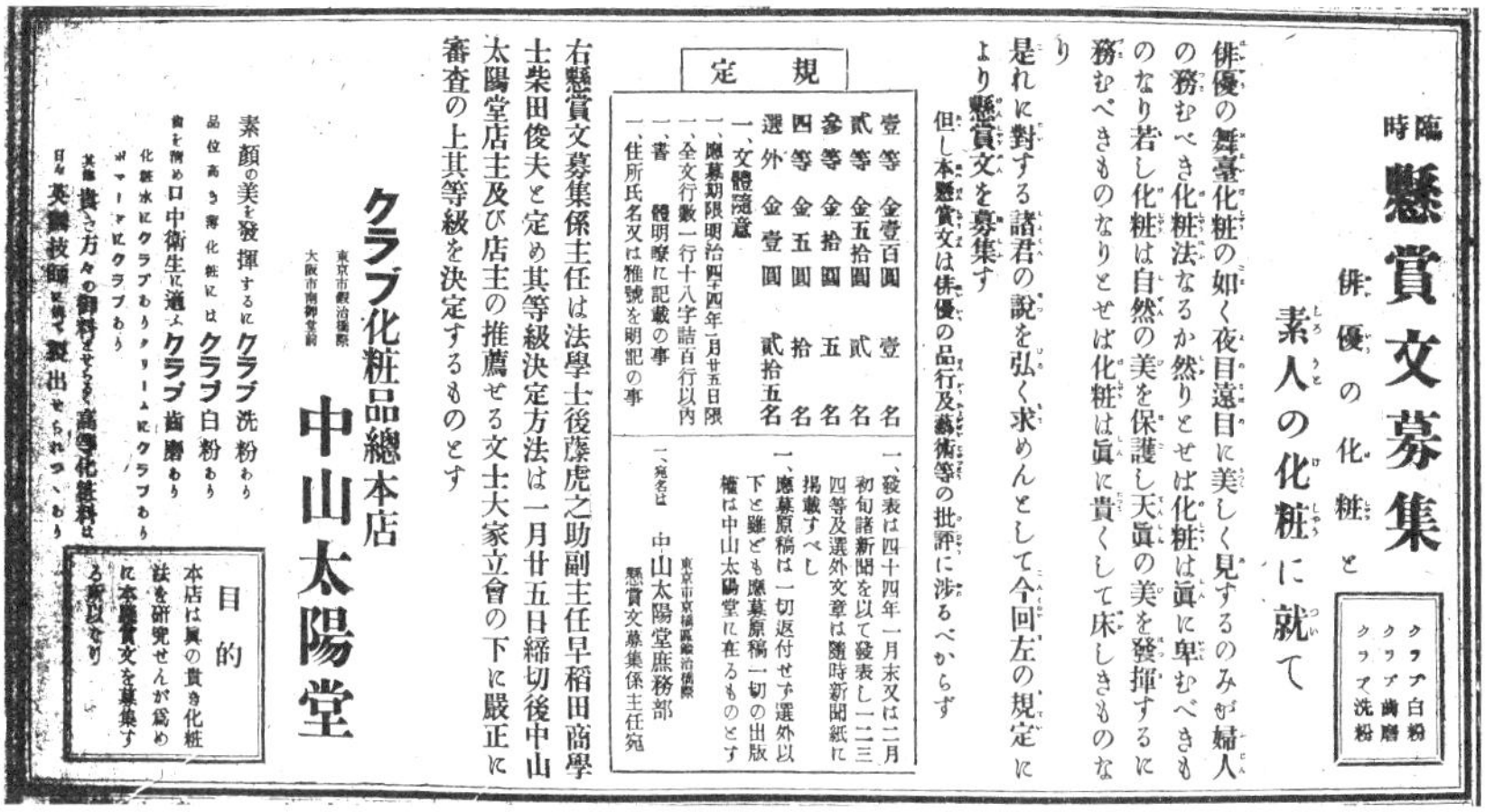

図14　「臨時懸賞文募集」（『東京朝日新聞』明治43年12月8日）　三段抜きの広告。

第一等当選者　東京市麹町区富士見町五ノ四　宇知多生、『東京朝日新聞』明治四四・四・一七）

懸賞を選んだ時点で、クラブには一日の長があったといえる。

もちろん懸賞の大きな効果の一つには賞金、賞品の人目を惹く効果がある。しかし例えば、後にクラブを追って懸賞を導入し、俳優の影絵の名前当てクイズなどで応募数を誇るようになる御園と、このクラブの懸賞には決定的な違いがある。俳優の名前当てが、商品のことを知らなくても賞金目当てに応募できるのと異なり、クラブの懸賞では、応募者は自ら書くために商品名とコンセプトを理解しなくてはならない。また当選作発表において読者は、広告の内容だけでなく、自分と同じ読者からの発信によって情報や商品の普及の度合を知ることになり、欲望は高められる。メーカーに何を言われても、売らんかなの宣伝として聞き流すことはできるが、隣の人が商品を知っており、もしかするとそのために綺麗になっている、という事実は競争心をあおらずにはおかないだろう。

読者を消費者に変えなければ商品は売れない。製品の近代的な生産技術も高まり、資本主義化するなかでは、少数の業界人ではなく、多数の一般人に売ることが求められる。そのため、読者一人一人の意識を変えることに、懸賞文は一定の効果を発揮するといえるだろう。このターゲットと、「素人の化粧」という懸賞テーマは、別のものではない。

そして、俳優の化粧を真似するべきではない、ということれらが、御園の広告イメージを逆用し、排撃したものであることは明らかである。[20] クラブは、御園が素顔と舞台上の役の落差として目に見える形にした化粧の〈技術〉を、〈不自然〉と価値転換してみせたのである。だから同時に、俳優への攻撃は落差を象徴する俳優の性に集中している。

俳優は何の為めに化粧を施すかと申しますに、劇中の人物に扮する為めで御座いまして、決して真正の人間美を発揮する為めでは御座いません、其証拠には美人に扮する時ですら、只夜目遠目に美しく見せる事を専一として居ります、即ち俳優の化粧はホンの一時丈けのもので御座いまして、巧に人相を変へ得れば宜しいのでありますが、素人の化粧は飽迄も天与の美を発揮させねばならぬので御座います、（懸賞文「俳優の化粧法は素人に適せず」二等選外　東京府豊多摩郡高田村亀原三六河野方　玉兎子、『東京朝日新聞』明治四四・四・一五）

其役々によつて異るが、大方、女形になると、手も足も、鉛分の多いだけ附着のよい固煉《ねり》白粉で塗り立て、真白である、無論これを持続せしむる時間とても長くても一時間以内であるから、其間さへ保てばよいと云ふ、所謂急拵《ごしら》へで、（中略）素人が之を真似て、白昼大道を歩行《ある》かうものなら、それこそ狂人扱をせられる、（懸賞文「俳優の化粧と素人の化粧に就て」二等当選者　大阪府堺市新在家東三丁目五　石川天風、『東京朝日新聞』明治四四・四・一〇）

「美人に扮する」「女形」といわれるように、クラブの俳優批判は実質的には女形批判として、素顔と役の落差はすべて性の落差に還元されて展開されていく。これは化粧品が女性のみを消費者と想定する商品だからである一方、女形批判が、化粧品広告の領域にとどまらず、当時広く議論されていた話題の一つだったからでもある。(21)議論の展開されていた演劇界との連動を、次に確認する。

第三節　化粧のモデルとしての〈女優〉

演劇界において、同じ頃集中してあらわれる女形への批判は、女優への期待と相互補完するものである。男女が同じ舞台に立つ、いわゆる男女合同演劇が明治二三（一八九〇）年に政府によって許可されて以後、度たび声はあがりながら、なかなか大きな潮流を形成するには至らなかった女優の導入が、この時期にわかに現実味を持つ議論として沸騰したのである。

演劇界の動向を見れば、ヨーロッパ留学から帰国した島村抱月が、母校早稲田大学で教鞭をとり、『早稲田文学』で気鋭の文芸評論を展開する傍ら、師である坪内逍遙の意を受け、逍遙を中心に行なわれていた脚本朗読会・易風会を発展させて文芸協会を発足させるのが明治三九（一九〇六）年二月である。一方、小山内薫が新派劇と袂を分かち、市川左団次が西洋演劇視察の旅から帰国するのに促されて構想した自由劇場は、その第一回目の公演を明治四二年一一月に行なっている。いわゆる新劇の幕が上がろうとしていたのである。

彼らは、それまで主流であった歌舞伎劇や新派劇を、客受け狙い、俳優中心主義として批判、ヨーロッパに範をとった近代的演劇を目指していた。したがって、女優導入についても、新劇側の理論的要請という観点からのみ語られることが多いのだが、実際には、むしろ歌舞伎や新派でこそ活発な議論が行なわれている。そのなかから、いかにして新劇だけが女優と結びついたイメージとしてせり上がってくるかが重要であろう。もちろん女優導入反対もあるが、少なくはない歌舞伎への女優必要論を支えるのは、「今日の様に洋服を着ていられては、宗十郎も梅幸も伊藤君寺島君である、（中略）女形が散髪である限り、女優は必要である」（食満《けま》南北「女優と女形の価値」『演芸画報』明治四五・三）などの、俳優の日常の姿と舞台上の姿との落差の認識である。ほかにも歌舞伎への女優導入を消極的に論ずるものの多くに、昔の女形は普段から女のようにしていたが今は俳優のレベルが落ちてそうした名優はいないから、という発言を見ることができる。今昔の比較の当否は別としても、やはり問題は俳優の日常であり、それだけ俳優の日常が一般に知られていることを示している。

確かに、明治期には俳優の地位向上や交際範囲の拡大があり、かつては一部の芝居通しか知り得なかった俳優の日常が、より広く知られるようになったかもしれない。しかし、俳優の日常を問題化する女形批判論者の多さからすれば、彼らが直接俳優の日常を目にしていたというよりは、先に触れたような演劇雑誌・新聞などを通して俳優の素顔や日常の情報を得ていたと考えるほうが自然だろう。俳優の日常の一般化とは、雑誌・新聞などで大量に露出する〈日常イメージ〉の一般化である。つまり前述の化粧品広告は、演劇界の議論に便乗したといえる一方で、女形批判自体が極めて即物的な問題として化粧品広告と背景を共有していたともいえるのである。

舞台上での女形にさほど違和感を覚えなくても、紙面で夫として父として日常を過ごす姿を見てしまえば、男性が女性を〈演じている〉ことが意識され、〈不自然〉という謗《そし》りを招く。[22] そして女優は、それに伴って新しく要請されるものながら、「大賛成だね、何しろ不自然が自然に帰つて来るのだから勿論必要なものさ」（畔柳芥舟「文芸談叢　女優の必要ありや」『万朝報』明治四二・一・二九）など、女性そのものという本来の姿への回帰、〈自然〉ととらえられることになるのである。

このような、女性そのものであるゆえの女優の〈自然さ〉は、新しい化粧の概念としての〈自然〉と一致し、女優を一般女性の化粧のモデルとして結び付け易くする。だがさらに、次のような広告をみると、特にこの時期に女優がモデルとされるのは、女形との対比によって獲得する〈自然さ〉によるだけではなく、女性も細分化さ

図15　文芸協会と結んだクラブデー広告（『東京朝日新聞』明治44年11月30日）　クラブ化粧品の見本を配布。運がよければ，観劇券が入っている。

れ、新たな意味の境界が引き直されたからであることがわかる。

その広告とは、クラブによる「クラブデー」広告である。これは「クラブデー」にクラブ化粧品販売店に行った客に、化粧品の見本とともに演劇の入場券、化粧品引換券を進呈するもので、試行錯誤を重ねるが、そのうちの何回かは坪内逍遙の文芸協会と結んでおり、なかんずく明治四四（一九一一）年一一月三一日のクラブデーには同年一二月二日の帝国劇場でのイプセン劇の入場券が用意された（図15）。このイプセン劇とは、松井須磨子という近代女優の登場で演劇史上に特筆される『人形の家』公演である。これを、この頃までに女性として舞台に立っていた数少ない一人である川上貞奴が御園の広告の方に名を連ねているのと対比するとき、クラブがそれとの差異化を行なっていることが明らかになるだろう。

文芸協会の女優は、「将来の日本の劇は、純然たる素人、而も高等教育を受けたる男女の間から起らねばなるまいと思ふ」（坪内雄蔵「女優問題に就て」『婦女新聞』明治四三・八・一九）との逍遙の主張に基づいて、素人のなかから求められた。それまで女優というものが確立されていなかったのだから、職業的女優以外から採用しなければならなかったのはもちろんのことだが、「今の処此れまで習つて居た踊《をどり》とか芝居の真似事とか云ふものが、却つて邪魔になつて、むしろ全然素人の方が好く進むだらうと思はれる」（松居松葉「女優と結婚」『趣味』明治四〇・一二）といった発言で補うならば、逍遙のいう「純然たる素人」とは、さらに選別されたもので、従来の芝居とつながる踊りなどの芸事もいっさい習得していない者を指す。その意味で、既に演劇の舞台を経験した者だけでなく、芸事を職業とする芸者などの中間領域も排除したのが「純然たる素人」である。

広告に戻れば、御園に名を連ねている川上貞奴が元芸者であり、夫である壮士芝居の役者・川上音二郎一座のアメリカ巡業中、出演できなくなった女形の穴を埋めるため、前歴を生かして急遽『娘道成寺』を踊ったのが評判になり、帰国後も舞台に立つようになったという事実は、当時から周知のことであった(23)。

貞奴と松井須磨子は、女性の演じ手という意味では同じであるが、芸事の経験の有無、そして何より、女性自身が商品化されているか否か、という点で決定的な違いがあったのである。芸者に代表される〈玄人〉女性が、ファッション・リーダー的存在ではあっても不道徳なものとされていた時代において、それを演技者として起用したというだけでは、広告は一般女性のお手本にはならない。松井須磨子のような新女優は、その〈素人性〉によって、それまでの〈玄人〉ファッション・リーダーとは一線を画したからこそ、道徳家の批判をかわし(24)、一般女性のお手本となることができたのである（これ以後本書で〈女優〉というときには、女性俳優全般を指すのではなく、〈素人性〉を要求された新劇以後の女性俳優を特に指す(25)）。クラブの方が、時代に一歩先んじていた。

婦人雑誌においても、例えば米国女優の化粧法を真似るように勧めながら、俳優や芸娼妓は一まとめに、「白粉中毒」で「襟足と眼の縁の黛《くろ》づんで」おり、甚だしいものは「顔面の皮膚が凡て蒼黒《さうこく》色に変じて全身の要《かなめ》部々の機能《はたらき》が弛《ゆる》」んでいる（KT生「米国女優の化粧法」『女学世界』明治四〇・七）と、懸隔をもって語られている例などは、述べてきた女性間の差異化の一例であるといえる(26)。

もちろんこの点について、クラブがどの程度意図的であったのかは分からない。クラブデーそのものが、御園のように出演俳優が製品を宣伝するわけではないにしろ、すでに俳優の化粧を否定した方針とは矛盾した企画であり、御園会に対抗するためだけのものと推測されるのだが、そのなかでも、新興の文芸協会という選択は、歌舞伎から新派まで演劇界の著名な俳優を御園に押さえられている故の苦肉の策に過ぎなかったであろう。しかし事情はどうであろうが、この選択が、結果としてクラブに有利に働くことになったのは、文芸協会の〈女優〉の〈素人〉イメージが、〈素人の化粧〉というクラブのコンセプトと一致したからに他ならないのである。(27)

第四節　〈女優〉理念の矛盾

クラブが利用した文芸協会の〈女優〉採用方針は、明治四一年に開設された帝国劇場女優養成所(28)など、新たに女性俳優が募集される際のモデルとなり、広がりを見せた。とすれば、〈女優〉の化粧を真似したい一般女性が増えるだけでなく、私も舞台に立てるかもしれない、との期待が一般女性に広がったとしても不思議はない。実際、女優を志願する女性は、わずかずつではあるが現われたのである。こうした風潮を受けて、一部の識者からは、人前に姿をさらす職業の女性と〈素人〉の間の壁を崩してはならない、という強い信念をうかがわせる次のような発言がなされるようになる。

然るに、輓近の風潮は、純然たる素人女優の出世を促すやうな傾向が動き初めて、今後の形勢はどうあらうかと、注意ぶかき者をして首を傾けしむるのである。(戯庵「女優論」『明星』明治四一・六)

▲同じ仲間の女優　今までの所では俳優《やくしや》と言へば男女《なんによ》とも我々普通人とは全然別箇の圏内に居る者であるとの思想《かんがへ》があつたので両者の間には常に截然たる区画を置いて仮初《かりそめ》にも混同するといふ事が無《な》くて済んだ。(中略)処が今度の様に女学生上りの女《もの》が俳優になつたとすると一般女学生の頭には彼等は至つて自分等と縁の

近い者であるとの思想が浮ぶ之は寔《まこと》に余儀ない結果だ恁《かう》なれば従来の截然たる区画は破られて両者の間には自然の連絡が付く事となる。（三輪田元道談「女優と女学生」『朝日新聞』明治四一・九・一二）

〈素人〉が華美に流れ、または性的に奔放になることを危惧するこれらが、高尚な芸術にかかわる〈女優〉という新たな概念を理解せず、宴席に侍る芸者でもあるかのように考えているとして、その頑迷さを笑うことはたやすい。しかし、意外にも、事実の一端を言い当てているともいえよう。なぜなら、〈女優〉を〈素人〉に求めた新劇側の人間こそが、〈女優〉が〈素人〉すぎるという不満、つまりは〈女優〉と〈素人〉の混同に困惑する、次のような不満を述べているからである。

さて女優問題については、吾人も久しく頭を悩ましてゐるが、何と言つても女を知てるのは女自身《みづから》であつて、女の性情を発揮し、活躍させるのは女優でなければならぬ。（中略）ところが今日の女優は、其天禀《てんぴん》の才不才は別問題として、兎に角時日の上に於て、女形よりは修業が積まれてゐない。元より本来が女であるから、普通《なみ》の動作は学ばずして自然に備つてゐる、（中略）自然が自然を表す処に、多少、面白味が無いでも無いが、何と言つても初心《うぶ》である、自然がまだ芸術化するに至つてゐない。（土肥春曙「新女優と女形」『読売新聞』明治四一・一一・一二）

易風会時代から坪内逍遙の演劇観に身近にふれ、もちろん文芸協会の中心的俳優でもあった土肥春曙の言葉から読み取れるのは、〈女優〉とは修業を積んだ、ある技能のプロとして求められ、「本来が女」であるだけの〈素人〉とは区別されるということである。これはどうしたことであろうか。そもそも文芸協会が〈素人〉を求めたのは、先にも述べたように、演劇の刷新を目指す新劇と旧劇では「到底相融通することが出来」ず、「生中《なまなか》前代の修養に富んでゐる者には過去の幽霊《ゴースト》が附纏つてゐてどうもならぬ。昔の修養を忘却《イグノーア》してかゝらねばならぬがそれが出来ぬ」から、「その俳優は必ずや純素人中から求めねばなるまい」（坪内逍遙「将来の俳優教育　殊に女優に就て」『太陽』明治四三・九・一）というのが理由であった。内田魯庵は、逍遙ら大学出のエリートが〈芸術〉を掲げて行なう場違いな芝居参入について、

角藤や川上が壮士芝居の看板を上げた時は素人として迎へられ、従来の芝居好きや芝居道のものから茶番ぐらゐにしか思はれなかつたのが、今度初手から新芸術界の神使の如くもてはやされる。（内田魯庵君談「女優論」『太陽』明治四一・一〇・一）

と、新派の祖・角藤定憲《すどうさだのり》や川上音二郎を引合いに出し、やや揶揄しているが、逍遙らの方針は、こうした揶揄をも積極的に既存の演劇を革新する自らの旗印とし、演劇界における〈素人〉として自己規定したものであったことがわかる。だが、その彼らが〈女優〉に不満を洩らすなら、新劇が求めていたのは新しい演劇を背負って立つ象徴としての〈素人〉、旧劇についての〈素人〉であって、演劇の〈素人〉ではなかったということである。

〈女優〉の技術不足への不満を述べていた土肥の言に戻れば、彼らの主張する〈自然〉も同様に、あくまでも〈芸術〉＝〈技術〉(29)の範囲内で求められるものであり、技術の範囲を逸脱したいわば〈生な自然〉とでもいうべきものは、〈自然〉と呼ばれる資格がない。いいかえれば、〈女優〉への期待において、〈自然〉と〈技術〉の評価軸は一致しており、〈技術〉＝〈不自然〉では決してない。女形批判にあらわれる〈技術〉＝〈不自然〉の論理は、むしろ、〈遅れた技術〉を〈技術〉と言い換えることで、彼らが求めた〈自然〉の〈技術〉性を隠蔽してしまうのだともいえよう。これらによって現実の〈女優〉たちは、〈素人〉であることが期待されながら、〈素人〉を抜け出ていない、〈技術〉が未熟であるという批判の集中砲火を浴びることになる。

こうした批判とは全く反対に、〈女優〉の〈自然さ〉の不足を言う批判も多い。例えば、文芸協会とともに新劇の領袖といわれる自由劇場は、同様に〈女優〉を切望しながらも、実際には女形を使い続けていた。小山内にとって現実の女性俳優はすべて、男が女を演じる女形と同じく不自然な「女役者」、つまり〈女優〉未満でしかなかったからである。

> 三崎座でやる女は男が扮します女形の型を真似てやつて居る、即ち女が女として現はれて来るのではない、女が男の扮します女を真似てやつて居る、それを手本として芸を演じて居る、即ち彼等は自分が女でありながら男の扮する女にならうとして居るのであります。ですから彼等の芸は男の女形以上に不自然なものであらうと思はれます。（小山内薫「女優論」『帝国文学』明治四三・六）

> 日本の女優といふ者は、まだ何所にも始まつてゐないやうに思はれる。
> 三崎座系の女優は女の役者といふだけの者で、吾々の考へてゐるactressといふ者とは丸で別種のものだ。貞奴系の女優は、三崎座系の女優よりは、稍吾々の考へてゐる女優に近いが、後者が旧派の型に嵌つてゐるやうに、前者は新派の型に嵌つてゐる。旧派新派が違ふだけの事で、やはり女役者といふ域を脱してゐはい《ママ》。
> （小山内薫「日本の女優」『中央公論』明治四四・一二）

小山内は女性俳優全体を語るのに、女性だけで歌舞伎を演じていた三崎座[30]の〈女役者〉で代表させ、否定する。だがこれも、〈技術〉の最先端を〈自然〉と呼ぶ矛盾を負うからこそ、〈自然〉とは決して実現できない想像的なものであり、それゆえに追い求められるロマン主義的なものでもあると考えれば納得がいく。実現するはずのない〈女優〉理念と比較すれば、現実の女性俳優の演技が、女が女を演じる〈遅れた技術〉とみなされ、〈自然〉

な女にいまだ到達できないものとされるのは当然だからである。

現実に女性たちがどんな演技をしようと、いつか偉大なる〈女優〉を生み出すための犠牲という以上に評価されることはない。〈技術〉不足と〈自然〉不足という正反対の批判は、実現し得ない〈女優〉の理念が生んだ双子であり、実際の女性俳優を板ばさみにし、翻弄していくのである。

第五節　田村俊子『あきらめ』と化粧品広告の欺瞞

ところで、既に述べた広告における懸賞は、その後流行に拍車がかかり、募集内容は、自社製品の商品名やキャッチコピーなどを読み込んだ狂句、そして小説と、さまざまなバリエーションを見せるようになる。例えば、御園は「御園白粉及び御園各化粧品の名称を咏込《よみこ》むか或は暗に其特長効能等を仄《ほのめ》かすも可なり」との条件で狂句・狂歌・都々一を募集、総額七百円とうたわれる賞金・御園製品や小説の賞品を用意し、(31)当選作を掲載、(32)また美顔水で有名な桃谷順天館は、「必ず美顔水の効及び用途等を含ます事」との条件で小説を募集し、(33)審査発表、第一等作品を掲載している。(34)これらは小説という形式面だけでなく、新聞の文化面に載るという視覚面でも、広告を意図しない文学に近づいているといえる。また、それらを模した小説風広告もある（図16）。

そうした状況のなかで、『大阪朝日新聞』に連載された文学作品が、田村俊子(35)の『あきらめ』（明治四四・一・一～四四・三・二一、八〇回）である。

女子大学生・荻生野《おぎゅうの》富枝が、脚本家になる夢と、家を継ぐために実家に戻る選択肢の間で考え迷い、ある結論を出すまでを中心に、女優を志す三輪との交流、すでに他家に嫁いだ姉や、他家の養女になっている妹との軋轢、大学の後輩・染子との同性の恋ともいえる関係など、女性同士のさまざまな関係を配した『あきらめ』の登場は、樋口一葉以降の女性作家の空白期を破る一つのメルクマールといえる。その状況をみれば、物語内容における女

◉新年の粧
序幕、銀行頭取福内幸造門口の場
登場人名　主人福内幸造　車夫熊吉　令嬢同花子　下女お政

図16　大学白粉広告（『東京朝日新聞』明治43年1月27日）　下女お政は大学白粉で女を上げ，車夫熊吉に惚れられる。

性の自立に関心が集中し、富枝が祖母の介護を手伝うために帰郷してしまう結末について、富枝は自立を〈あきらめ〉たのか否か、などが議論されてきたのも、首肯される。

しかし、それらがあまり注目してこなかったのは、『あきらめ』が『大阪朝日新聞』主催の懸賞小説の当選作として掲載されたという事実である。幸田露伴、夏目漱石、[36]島村抱月を審査員とする懸賞小説で二等をとり、一等該当作がなかったため、繰上げで第一面に掲載されたのである。その経緯が有名すぎるせいか、詳しい検討がなされてきたとは言いがたい初出を紙面に埋め戻してみると、これまで述べてきた化粧品広告との密接な関係を指摘することができる（以下『あきらめ』引用は初出の回数を記す[37]）。

『あきらめ』には、キンツル香水（八回）、ミソノ香水（一二回）、ホルマリン石鹸（三六回）など[38]、女子大生・富枝の都市的ライフスタイルにみあう流行の商品名がちりばめられ、化粧をする女性の姿が描かれるが、特にそれに挿絵[39]が加えられた初出の一部（図17、図18）は、全く広告的意図など持ち合わせない文学的企画であったにもかかわらず、図19、20のような化粧品広告に酷似している。図19、20は、化粧品広告における懸賞文募集の流行に載りつつ、広告と気づかれずに読ませるためにことさらに新聞小説に似せたと思われる大学白粉の広告である[40]。

化粧品広告に鏡に向かう女性の図柄が使われることは多く、図19、20はそれぞれ、メインの顧客として広告登場頻度も高い若い夫人と芸妓である

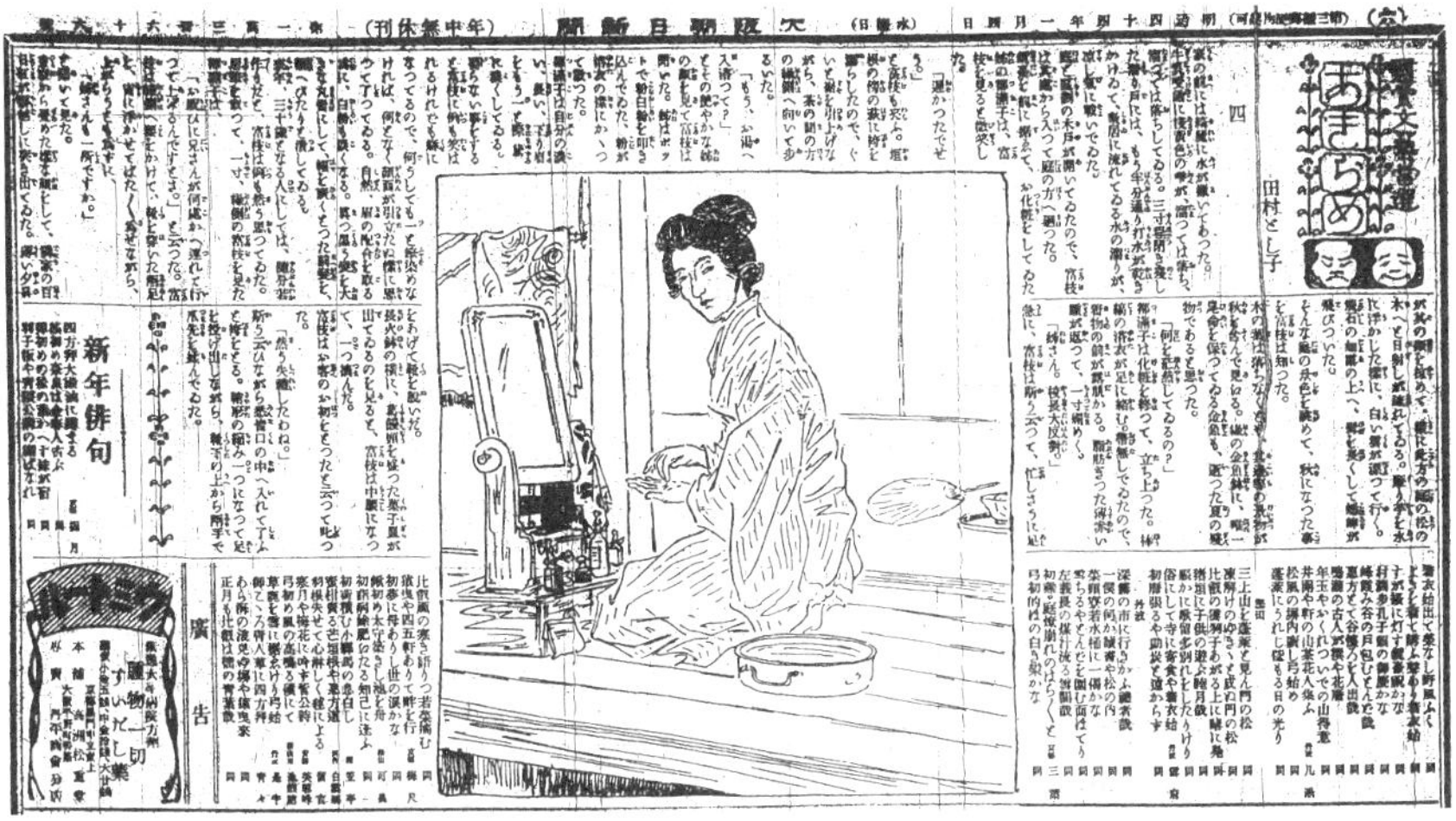

図17　田村俊子『あきらめ』第４回（『大阪朝日新聞』明治44年１月４日）

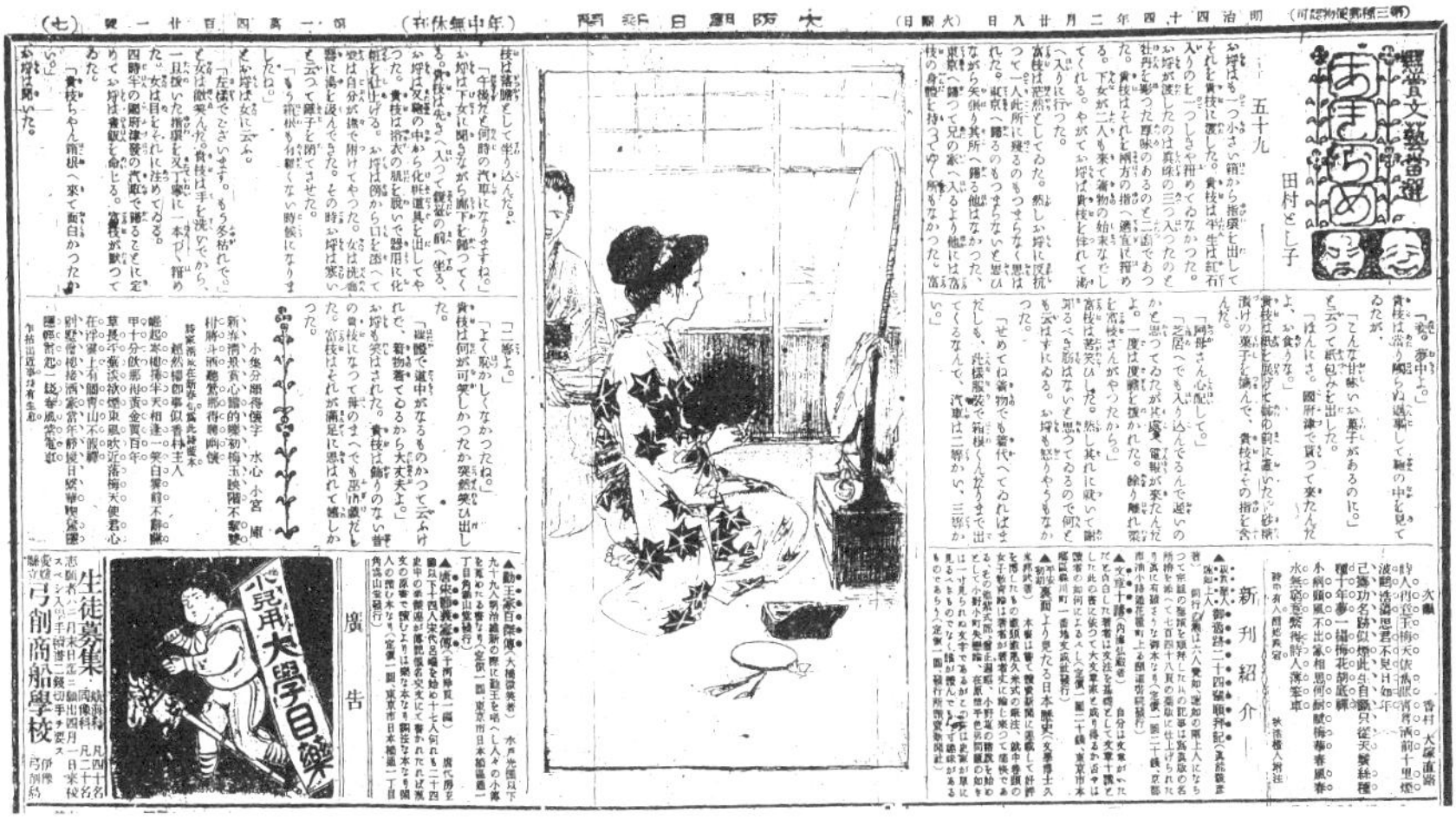

図18　田村俊子『あきらめ』第59回（『大阪朝日新聞』明治44年2月28日）

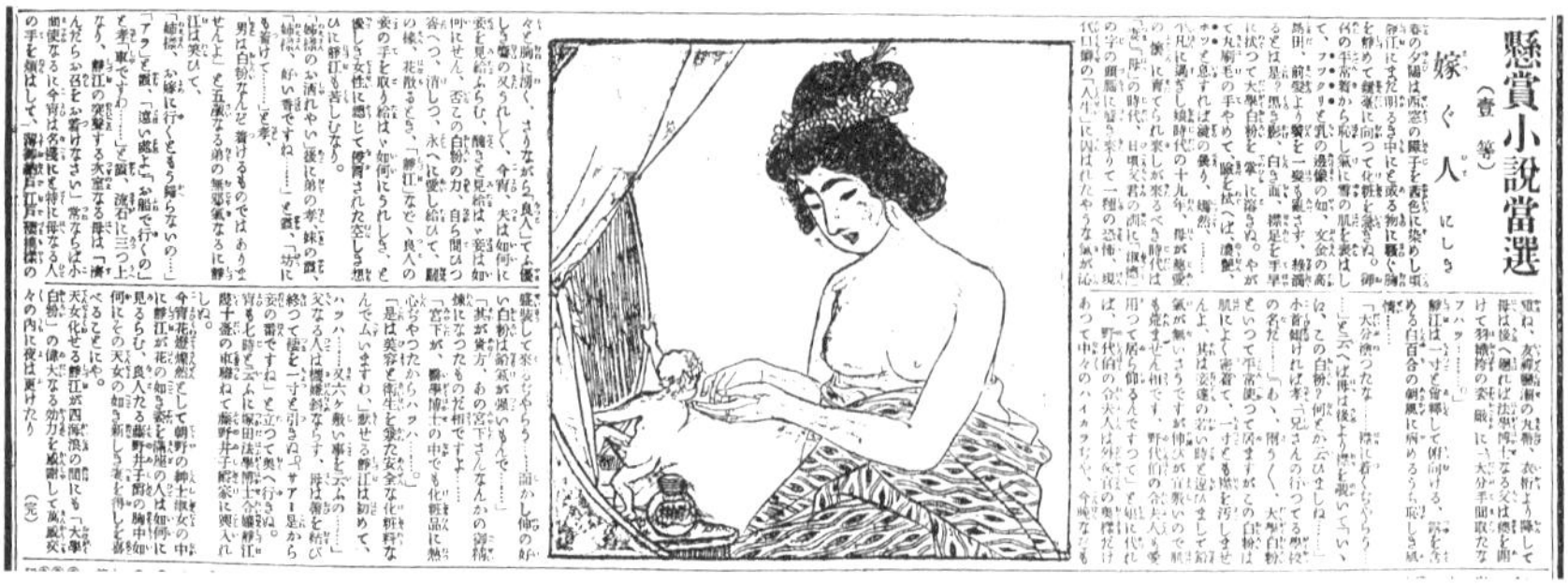

図19　大学白粉広告・懸賞小説当選（一等）にしき「嫁ぐ人」（『東京朝日新聞』明治43年４月16日）
花嫁の入念な化粧でも大学白粉なら襟につかない。家族の会話に効能が織り込まれている。

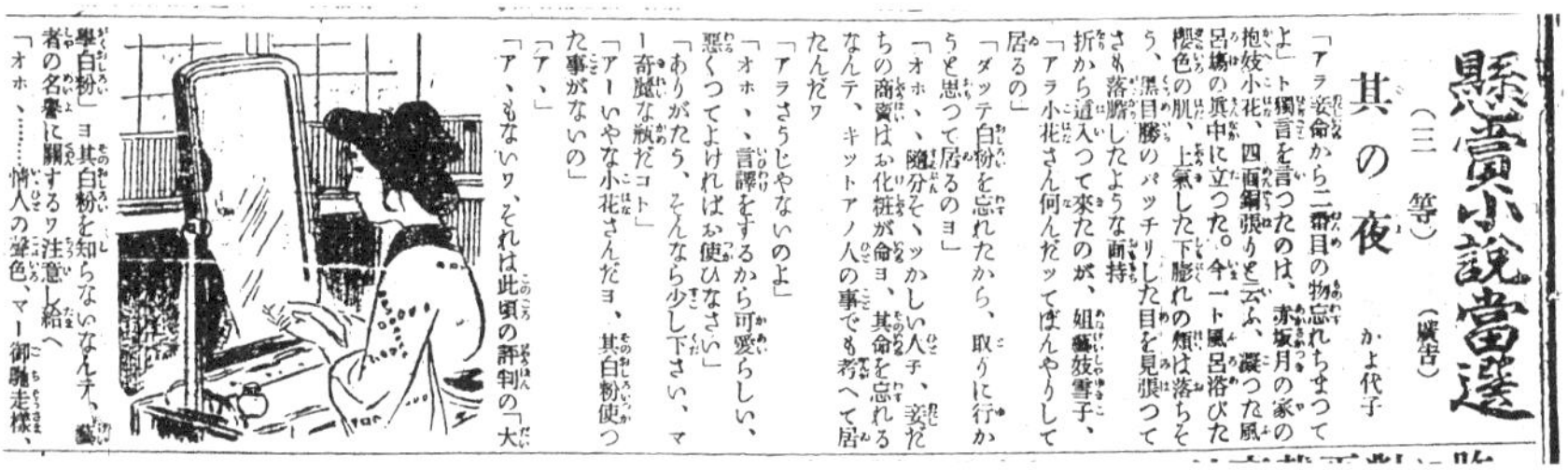
懸賞小説當選（廣告）
（三　等）
其の夜
かよ代子

「アラ妾命から二番目の物忘れちまつてよ」ト獨言を言つたのは、赤坂月の家の抱妓小花、四面鏡張りと云ふ、凝つた風呂場の眞中に立つた。今一ト風呂浴びた櫻色の肌、上氣した下膨れの頰は落ちそう、黒目勝のパッチリした目を見張つてさも落膽したような面持

折から這入つて來たのが、姐藝妓雪子、「アラ小花さん何んだッてぼんやりして居るの」

「ダッテ白粉を忘れたから、取りに行かうと思つて居るのヨ」

「オホ、、隨分そ、ッかしい人ナ、妾だちの商賣はお化粧が命ヨ、其命を忘れるなんテ、キットアノ人の事でも考へて居たんだワ」

「アラさうじやないのよ」

「オホ、、言譯をするから可愛らしい、惡くつてよければお使ひなさい」

「ありがたう、そんなら少し下さい、マー奇麗な瓶だコト」

「アー いやな小花さんだヨ、其白粉使つた事がないの」

「ア、」

「ア、もないワ、それは此頃の評判の「大學白粉」ヨ其白粉を知らないなんテ、藝者の名譽に關するワ注意し給へ」

「オホ、……情人の氣色、マー御馳走樣、

図20　大学白粉広告・懸賞小説当選（三等）かよ代子「其の夜」（『東京朝日新聞』明治44年２月28日）
朋輩の白粉を借り、素顔のような仕上がりに驚く芸者。「妾は一生「大学白粉」と定《き》めたの」。

が、『あきらめ』において化粧をしている女性も、図17が、主人公富枝の実姉・都満《つま》子で、子供はいるがまだ若い専業主婦、図18は、芸者になる修業のため、今は他家の養女になっている実妹・貴枝《きえ》である。

挿絵に対応する本文を見てみると、いずれも一見、描写されている人物自身の行動にも、他の人物との関係にも、大して影響を与えている場面とも思われない。例えば、図17は物語冒頭近く、富枝が、脚本執筆を学生らしくないと大学で注意され、寄宿している姉夫婦の家に帰宅すると、ちょうど都満子が化粧していたという場面、[41] 図18は、富枝が貴枝との買い物途中から、突然の思いつきで旅行の準備もせずに箱根に一泊した翌朝、化粧道具をもった養母が追ってきて身じまいをする箇所にあたる。[42]

だが、数多い女性作中人物のなかでとくにこの二人にだけ化粧場面が設けられているのは偶然ではない。なぜならストーリーにおいて、都満子の夫である緑紫《りよくし》が、若い貴枝との擬似恋愛的関係を持ったため、都満子と貴枝とは、実の姉妹でありながら、激しく嫉妬する関係となっており、この三角関係と都満子の狂態は、富枝の悩みによってなかなか進展しないストーリーを推進する重要な原動力となっているからである。

先ほどの化粧の場面がなぜ都満子に設けられているのかは、富枝の書いた脚本「塵泥」のストーリーを間に置けばはっきりするだろう。富枝が執筆し、新聞の懸賞に応募・入選した「塵泥」は、大和座という一座で上演されることが決定しており、内容は語り手によって要約されている(43)。それによれば、夫の嫉妬によって顔を傷つけられた奇術師の小満名《こまな》が、美しさの喪失ゆえに夫の愛が他の女性に移るのではないかと疑うようになり、嫉妬から自分の妹を夫の愛人と誤解し、ついには夫を刺し殺すというものである（三三回）。とすれば、夫を中に置いた姉妹の関係、夫の女性関係が「丁度男が芸妓《げいこ》に思はれて弱つてる時なので愈《いよ〳〵》女の嫉妬は募」る、とほのめかされているなど、「塵泥」と『あきらめ』自体の人物設定が重なっていることは明らかである。

この「塵泥」における文字通りの愛憎劇は、「女は最初は男の愛の為に自分の顔の醜面《みつとも》なくなつたのを恨みもせず、寧ろ満足に感じてゐたのが、次第々々に良人の愛情の自分に対して薄らいでゆく様な気がして、唇の歪んだのや、眼跛《めつぱ》になつた自分の顔を鏡に映して見ては嘆くやうになる」（三三回）と、愛情と容貌が直結されるところに起こる。夫の愛情への小満名の疑問は、傷つけられたこと自体ではなく、鏡による自己認識から始まっている。鏡によって自分の顔を他人の顔を見るように見ることが、それらの比較、順位づけを導き、すべての女性が競争相手に見え、事実の如何にかかわらず嫉妬を引き起こすのである。

比較する尺度も小満名の個人的な基準ではない。なぜなら、そもそも小満名の顔が傷つけられたのは、「男は海外にある間でも女の美貌なために嫉妬を起しては女を苦しめてゐたが、日本へ帰つて来てから愈々その嫉妬が募つて」（三三回）のことである。つまり夫の嫉妬も、小満名の美貌が自分だけでなく多数の男性を惹きつける点に発しており、美貌を計る基準は多数と共有されているのである。小満名は鏡で自分の視線を外化することで、美を計る他人の視線を先どりするのであり、「塵泥」において人と人との関係はそうした美の尺度を仲立ちにしてしか成り立っていないのである。

こうした小満名と他の女性との関係、とりわけ「塵泥」をクライマックスに導く妹との関係は、『あきらめ』の都満子と貴枝が、常に緑紫を媒介としてしか関係をもてないことを示唆するものである。二人は鏡を覗き、緑紫の視線に代表される他者の視線を意識し、その視線が内包する美の尺度に己れの容貌を従わせるべく、化粧によって外貌を加工しているのである。

『あきらめ』で語られる化粧の構造に深入りしてきたが、これらは、広告を通じてみた〈自然〉の席捲という状況と、何を共有し、あるいはずらしているのだろうか。話を戻そう。「塵泥」の小満名は、奇術師というかなり特異な設定となっており、都満子をこれに重ねてみることができるなら、都満子を化粧に駆り立てる〈見られる（見せる）〉意識が、舞台での演技者のそれと同じである点が強調されているといえる。都満子は〈素人〉でありながら、他者の期待する己れを演じて見せるのである。

化粧品広告で〈女優〉は、演ずることを必要としない女そのもの、〈素人〉だからこそ一般女性のモデルになっていた。その意味で、『あきらめ』で描かれるこの〈演じる素人〉は、〈女優〉というより、そのようなものを女優とは呼ばない新劇の用語を使って〈女役者〉と呼び分けておいた方がいいであろう。しかしいずれにしろ、『あきらめ』で化粧とは、〈女が女を演じる〉ことに他ならない。つまり、〈自然〉なものではないということだ。広告は〈女優〉＝〈素人〉だと言い、それを真似することこそあなたの〈自然〉なのだ、と言ったわけだが、実は主張とは裏腹に、素人に〈演じること〉を強制しつつ、それを隠蔽しているだけなのだと、都満子の演技性は暴露する。これは、化粧と演技を日常的に繰り返す女性ならではの観察だと、ひとまずは言えるであろう。

第六節　〈演じない女優〉と女性作家の成立

だが広告の欺瞞をあぶり出すからといって、女性の実態を描き、女性を縛る規範に反抗したとして、『あきらめ』をフェミニズムの観点から手放しで評価できるわけでもない。都満子と貴枝の女役者化は、かえって真の〈女優〉をくくりだすのに貢献してゆくからである。

『あきらめ』で重要な役回りである富枝の友人・三輪は、革新座から今まさに女優デビューしようとしている。革新座が新進の文学士・千早梓を擁し、女優採用をも積極的に行なう、その名の通り革新的な一座で、富枝の脚本を上演する大和座[44]は女形を使いながらもこれと対抗しているのは、女優導入をめぐる文芸協会と自由劇場の立場を髣髴とさせ、新劇が起ころうとしていた当時の演劇界の見取り図をそのまま写しているといえる。「既になってしまったものに用はない」との千早梓の発言に顕著なように、小説の外と同様、革新座でも女優には〈素人〉が要請されており、かつては女子大学に在学し、「まだ一度も舞台を踏まない」(二四回)三輪に期待がかかっている。

だが三輪は『あきらめ』のなかでデビューを果たし得ない。千早梓の父で、実業家の千早阿一郎とのスキャンダル報道をきっかけに、関係自体の当否は明らかにされないものの、彼に金銭的援助を受けて米国への留学を決定してしまうのである(四七回)。これは、物語世界においては、三輪が都満子と同じ〈素人〉にとどまることを意味するであろう。

しかし、物語言説としてみたとき、両者の違いは決定的である。「幾年かの後に、女優学校から目指される程の女優も出ず、春の早蕨《さわらび》のやうに一列一体によき〳〵と頭を擡げた新しい女優が、まだ身体半分も伸し切らぬうちに何か西洋での名声を人気的に摑んだ三輪が、大評判で日本から迎へられる時の有様までが、富枝には見える」（四八回）といわれるデビューの先送りは、三輪が潜在的には俳優であり続けることを示し、都満子が〈演じる素人〉であるとするならば、対比的に、三輪を〈演じない女優〉として意味づけるからである。

もちろんこれは、『あきらめ』を取り巻く言説のなかでこそ意味を持つ。〈演じない女優〉とは、新劇のいう〈女優〉理念、つまり、女が女を演じる亀裂を回避した、女それ自体としての〈女優〉そのものだからである。三輪は、演劇界が待ち望んだ〈女優〉の一つの具体化、もちろん小説としてのみ実現可能な具体化なのである。

女性が俳優として自立する苦悩を描くことが、反対に、捏造された〈自然な女性〉の幻想の再生産になり、結果として現実の女性俳優を板挾みに追いやる側に加担してゆく。言説がさまざまな要素の相関である以上、このように物語の内容と外側での効果が逆方向を向いてしまうこと自体は珍しくはないのかもしれない。また、田村俊子自身、この時期に新たな生き方を模索した一人として、小説を書く傍ら女優を志して実際に舞台も踏んでおり(45)、特に、後に文芸協会の中心にもなる中村吉蔵（春雨）主催の新社会劇団に参加(46)するなど、早稲田人脈との接近もあったため、〈女優〉理念をよく吸収できる立場であったろう。一方、演劇界の混迷そのままに、彼女の演劇的人脈は、歌舞伎から新派にまでわたっており(47)、理念も身体訓練も異なるそれぞれのなかで、時代の潮流を読みつつ、自分の就くべきところをしたたかに見定めざるをえない、その厳しい軌跡を辿ったのであろうことも想像に難くない。

しかし『あきらめ』の場合、〈演じない女優〉の体現は、既に懸賞によって選ばれ、新聞掲載されているという優位性によって保証されており、しかも小説自体がそのことに自己言及しているため、さらに事情は複雑である。

富枝は、スキャンダル報道によって三輪との感情的な擦れ違いに至るとはいえ、女性として初めて演劇界に乗り出す共通の夢を語り合う仲でもあり、また、女子大学に在学中の〈素人〉ながら演劇界に評価されようとしている点や、終局において家族のために岐阜へ帰ることを決意して、〈素人〉にとどまる点でも、三輪とほぼ同じ軌跡を辿る。そして、一連の動きは、富枝が応募した新聞懸賞脚本が当選したことをめぐって起こっており、それ自体が懸賞文芸当選作として新聞連載されている『あきらめ』という外枠を指し示すものでもある。

ところが、富枝が結局〈素人〉にとどまる結末によれば、懸賞への当選は〈素人〉であることを妨げない。つまり当選すればそこからプロになる可能性もある懸賞とは、裏を返せば、基本的には誰でも応募できる文学の〈素人〉のためのものである。後者の点を強調する『あきらめ』の内容は、外枠である懸賞文芸当選作『あきらめ』自体の〈素人〉性をも保証しているといえる。

しかし一方では、当選作とは明らかに選ばれた特権的なものである。〈素人〉のだれでもが〈女優〉になる可能性はあるが、「美、極まるもの」（二四回）でなければ実際に〈女優〉にはなれない。つまり〈女優〉のように化粧をすることと、〈女優〉になることが違うように、富枝も「万人に一人」（七一回）の選ばれたものである。すでに当選作として掲載されている『あきらめ』に関しても当て嵌まるその事実を、富枝が〈素人〉に止まる結末は覆い隠しているのである。

そしてこれは、『あきらめ』を、化粧品広告のように見せてしまう一つの要因でもあると考えられる。既にみたように、懸賞小説を装った化粧品広告においては、当選し、選ばれたというイメージが必要であったわけではなく、読者と同じ資格のだれでもが化粧に対する意識を持っている、というイメージが必要とされていた。つまり、懸賞小説の〈素人〉性の側面が前景化されていたのである。『あきらめ』が行なったのは、自らを化粧品広告から決定的に隔てている文芸当選作という特権を〈素人〉化し、広告のレベルへ引き下げることであった。

『あきらめ』の作者田村俊子が「隠れたる女流作家」、「未来ある女作家」（『大阪朝日新聞』明治四三・一一・一二）と紹介され、『あきらめ』が選者の一人である島村抱月には、まさに「女性作家風」と評されている（『大阪朝日新聞』明治四三・一一・一二）のも偶然ではないであろう。抱月がその急先鋒を担う新劇において、女そのものとしての〈女優〉への期待が、〈素人〉とみなされることと重なっていたように、小説の〈素人〉であることが、女そのもの＝〈女流〉小説家を形成する。女性作家払底といわれる厳しい状況のなかで、〈女流〉作家・田村俊子が立ち上がったのは、それが決して男性作家の領域を邪魔しないからなのである。

田村俊子が、独特の感性で、樋口一葉後の女性文学の新たな時代を用意したと評価されることは既に述べた。男性に占有される場で、まずは認知されなくてはならない田村俊子自身の困難さは想像に余りある。だが『あきらめ』初出のあり方とは、男性が規定した女性像を、女性作家自らが書くことで演じ、しかもそうした女性規範を〈自然〉と言いなして、明らかに人為的な〈女らしさ〉への批判の契機を自ら見失うものでもある。もちろん、彼女は男性の目など気にせず自由にふるまうべきだった、あるいはもっとうまく切り抜けるべきだった、との現在からの批判は不毛である。むしろ問題は、経緯の正視抜きに田村俊子をフェミニズムの主体とし、あるいはそれを戦略と呼んで田村俊子の突出性に帰すようなわれわれの態度だろう。

ただし、『あきらめ』は、単行本化の際に大幅な改稿がなされている。発表機関の変化への対応であるとともに、自らの意図をも越えた新聞掲載の効果に対する反応であったかどうか。次の章で検討してみたい。

第三章　再演される〈女〉
――田村俊子『あきらめ』のジェンダー・パフォーマンス

女性としてのアイデンティティは、生物学的性差に基づいて、あらかじめ固定化されているわけではない。にもかかわらず、それらは女性自身によって獲得され、あるいは日常的な権威づけを固定化していく。前章では、この過程を記述してきた。

気にかかっているのは、近代文学研究全体を見渡せば、問い直しもされ、ある程度の検討も経られた作家概念が、こと女性作家となると、比較的素朴に使用される場合があるということである。作者の性と作中人物の性、そしてそれがフェミニズムの主体であることが一致として語られるのだ。それがもちろん、文学史が置き去りにしてきた女性という半身を一刻も早く取り戻す目的であることはわかっている。だから、単に素朴というよりは、戦略と名乗りつつ行なわれているのが実際であろう。だが、仮に戦略として行なうとしても、女性を普遍的に、また存在論的に語るそれらが、かえって近代の性差別の根拠を見えにくくしてしまうこともある。前章で煩雑な過程を経ながら、作者あるいは作中人物をフェミニズムの主体とみる幸福な一致を極力解きほぐすことを試みたのは、ここに理由がある。〈上演〉をキー概念として使用したのは、テクスト内部の複層化や、作中人物と作者の位相など、いくつかのカテゴリーにまたがる構造を記述するに際し、有効な手段としてあったと思う。

さて、田村俊子の『あきらめ』（初出『大阪朝日新聞』明治四四・一・一～同三・三一、単行本『あきらめ』明治四四・七、金尾文淵堂）は、前章で確認したデビューを経た後、大きく改稿されて単行本化された。本章では、この改稿の意味を精しく検証することで、〈女性〉もまた一つの歴史的状況であることを改めて示してみたい。それは、ジェンダーだけでなく、ジェンダーとセクシュアリティの規範の強固な結合の成り立ちを明らかにする作業にもなるはずである（引用は、初出をもとに回数を示し、同じ部分が単行本にもある場合はその章を並記した。その際、単行本での主な改変を〔　〕内に示した）。

第一節　観察する〈女〉

『あきらめ』の冒頭は、女子大学から帰宅しようとする富枝の視点から、多くの女学生たちが描写されている。

オリーヴ色の袴が蹴上る。余り白くない脛《すね》が白足袋の上を一寸ばかり露はれるのが遠目に分る。（一回、一章）

と描かれるのは、放課後を好きな園芸に費やそうとしている古井、「立並んだ寮の二階」では「赤い色、白い色が消えたり現れたり」し、「小学部の小さい生徒」は「青だの桃色だの、兵児帯を下げてゐる」。

水色のスカートが、帆に膨らんで走つてゆく。砂が僅かづゝ尾をひく。襟を廻ぐつた飾りがきら〳〵する。金髪の鬠が帽の下から食〔喰〕み出して、真つ白な頸筋《えりすぢ》が白玉のやうに綺麗だ。（二回、一章）

これは、自転車で帰宅しようとする英語教師の「ミッセス、スミス」である。だが、これだけ微細な描写をされている彼女たちは、不思議なことに、富枝に関するメインプロットには、その後全く関与してこない。富枝の通う女子大学の教育方針は、「絶対に世に出るな。甘んじて犠牲になれ。隠れて奮闘せよ」というものであり、冒頭の富枝の帰宅とは、彼女の脚本執筆がその教育方針にそぐわず、「虚名に心を腐らせた」と学監から注意を受けたために、他の学生より遅れた帰宅である。したがって詳しい学内描写は、この時点では「学校さへ廃めればいゝ」と考えている富枝が名残を惜しんでいるものともみえるが、決してそれだけではない。

注目したいのは、先ほどの二つの女性の外見描写の間には、上級生の上田が富枝に追いつき、富枝の退校を惜しむ会話がさしはさまれていることである。上田は「アイボリー石鹸のやうな顔生地をしてゐる。毛が赤く生際の辺りは縮れてゐる。本郷通の洋品店の看板人形と云ふ評があつた」（二回、一章）と紹介された後、二人が共に校門を出る際に、次のようなエピソードが語られている。

> 校門の傍の洋品店の女が二人を見て店から挨拶した。その笑顔を見るとこの女にも逢へなくなるかも知れないと富枝は一寸振向いた。美術函の硝子戸に上田の姿が映つてゐた。（二回、一章）

「本郷通の洋品店」と「校門の傍の洋品店」が、実定的に同一であるとは限らないにしろ、両者の文章上での隣接によって、「美術函」（ショーケース）上の上田の反射像は、同様に商品を紹介する看板人形のイメージと強く連結されるだろう。看板人形の写しのような上田がさらに反射する、幾重にもわたる反射イメージとなるが、とすれば第一章で論じた、消費文化が女性を顧客とすべく要請した自己形成のシステムとの類似を見てとれるだろう。この時期のガラス輸入量の増加は、百貨店などのショーウィンドウ設置と、各家庭への姿見の普及を同時に進行させて、女性の身体像を女性自身の管理下に置き、女性たちは、ショーウィンドウのガラス越しに見えるマネキン人形を己れの鏡像のように見ることを学習しつつあったのである。

上田に関する描写は、こうしたシステムと符合する。そして、他者の外観を己れとする自己認識――社会的に形作られたものであり、女性の本質に根ざしたものではない、という意味で、カッコつきで〈女性的〉と呼ぶ――は、女性が女性をまなざし、その往還のなかに〈女性的〉欲望を手渡していく同性集団を形作る。ならば、洋品店と、同性集団である女子大学との隣接は必然的である。書くことを選んだ富枝の退校は、象徴的な〈女の楽園〉への訣別、あるいはそこからの追放という意味として立ち現われてくる。その意味を、初出での三輪という人物を媒介に、さらに見ていくことにする。前章では、内容が曲解されたゆえに『あきらめ』が男性審査員に受け入れられた経緯の方を先に見た。ここでは、順番は逆になるが、そうしたバイアスを取り除いた『あきらめ』自身のメッセージを確認し、改めて内容と受け取られ方のギャップの大きさを認識したい。

『あきらめ』は、初出から単行本への過程で大規模な改変がなされたが、『田村俊子作品集』第一巻（オリジン出版センター、一九八七年）長谷川啓解題が詳細に整理したように、その大部分がこの三輪に関するものである。かつては同窓だった富枝と三輪は、それぞれ脚本家と女優を目指している縁で再会するが、前章でも一瞥したように、初出での二人は、男性中心の演劇界に女として「特殊の功績を残したい」（三六回、単行本になし）との強い欲望を共有する点で分身のような関係だといってもいい。単行本でどのように改変されるかは後に述べることにして、初出での富枝との関係を追えば、新聞連載約八回分にもわたる長い時間を、二人はともに語って過ごす。そのなかで、同居する姉が夫の浮気への嫉妬から実の妹すら疑うのを不快に思う富枝に、三輪は母と住む自宅への食客を勧め、富枝の自立をサポートする姿勢を見せるし、文学士・千早梓をはじめとする男性に対し、辛辣な批評を展開する。三輪宅に一泊した翌朝は、富枝は「三輪が懐愛《なつか》しくて仕方がなかつた。云はれた儘に今日も一日三輪の宅に宿ればよかつたと、今更後悔される」（四〇回、単行本になし）という感情を抱き、三輪のスキャンダル後の留学についても、「今度の記事を好い口実に位置も名もない婦女の身で欧米へ飛ぶ幸福を作つた」ことを「偉い」と評価し、何年か後の三輪の出世を思い描く（四八回、単行本になし）。

この三輪について、「何かの広告のモデル美人にあつたやうな顔だと朝菅〔劇団関係者の男性―引用者注〕は眺める」(二六回、一〇章)と、広告の美人画のイメージが書き込まれていることを確認して、冒頭の女性描写の問題に戻ろう。三輪が喩えられている美人画は、上田についてみたマネキン人形と並んで、街行く女性にありうべき自己像を提供したもう一つの媒体であったことは、第一章で見たとおりである。例として、夏目漱石『三四郎』における三越呉服店の看板と美禰子の面影の類似を挙げたことを思い起こせば、現在〈女優〉デビューを目前に控える三輪にも、同じ系譜を辿ることができるだろう。帝国劇場(後述)を代表とする演劇隆盛の時代、ファッションを先導する三越が「今日は帝劇、明日は三越」のキャッチコピーを作ったことは有名だが、これに集約されるような、観客と舞台上の俳優との間の〈見る―見られる〉関係が顕在化した近代的劇場の誕生と、同じ関係をファッションや化粧を通して一般人がとり結ぶ都市の劇場化の同時進行のなかに出現した女性の系譜である。

だが、美禰子と三輪には決定的な違いがある。三輪において重要なのは、「一方に職業がある」、「絵師」・「看板画き」(二六回、一〇章)と設定されていることである。三輪の家業は絵看板なのだが、すでに父親が他界した現在、残っている父の弟子は丹吾のみ、しかも彼は三輪が「父に代つて」下図を描いてやらなければ筆を下せない。老母と丹吾の暮らしは、三輪にかかっているのである。

『三四郎』で美禰子は、画家原口の筆で絵のなかに一方的に封じられた。これに限らず消費のジェンダー化の過程において量産された小説群において、広告美人となるのは、男性芸術家によって創作された女性像であったという事実をもう一度確認したい(第一章)。これらに覆い尽くされて、女性のまなざしは、まなざされることの学習という閉じた円環に回収され、女性は消費の快楽と引き替えに、商品や芸術を作る生産活動から全面的に締め出されたのである。

とすれば、広告美人として眺められる三輪自身が絵師であることの意味は明確である。それまで男性に限定されていた生産者（描き手）の役割を女性に書き替え、〈女性が女性に向けるまなざし〉を、男性に接収されるものとしてではなく、女性の生産行為として再文脈化すること、つまり、『三四郎』周囲の小説群のあからさまなパロディ化である。

そして、以上の小説群では、女性を観察し描くのは、男性画家とともに男性小説家でもあった事実を経由して、再び『あきらめ』冒頭に立ち返るなら、女性たちが富枝の視点から描写されていることの重要性がにわかに浮かび上がって来る。〈書く女〉である富枝が、他の女性の外観（容貌やファッション）に向ける視線の顕在化である。冒頭に限らず『あきらめ』では、女性の視点からとらえた女性の外観が執拗に繰り返される。ファッションに対する繊細な描写は、〈女性作家ならでは〉とイメージされがちであるが、以上の経緯から、女性に本質的に備わっている性質、というようなものではないことは明らかである。ファッションへの敏感さが、そもそもが消費社会によって女性に割り振られた後づけの役割であるとすると、ファッションを描写することは、その役割を引き受けながら絵筆やペンで抵抗を示していく、再文脈化なのだということができるだろう。

男性中心社会に裏打ちされた〈女の楽園〉において、女性たちのまなざしは、比喩的にいえば無言のまま交錯するしかなかったが、それをことばに変えようとする富枝は、〈女の楽園〉の安定を乱すものとして女子大から退くのだし、同じような退校の経緯を辿った三輪と富枝の親近性もここにある。富枝の姉・都満子《つまこ》が、夫である緑紫と実妹・貴枝の関係を疑う一連の事件について、不快を表明する富枝に、三輪は次のように忠告する。

> 例へれば今度のお貴枝さんの事に就いても、夫《それ》を或る種の研究材料にしてゐる兄さんに対して、唯嫌悪ばかりで其の眼を瞑《つぶ》つて了《しま》はずに、飽くまで其の避けたい眼を見開いて、疎ましい状態を熟々《つくづく》と見る様になさい、何程蛇が嫌いで、絵を見ても気絶する程の貴女でも、その蛇が何かに捲きついた或る材料となるべきものを目撃した時、捲き附かれたもの、苦痛の状態、又捲き附いたもの、悪辣な状態を、見るに堪へぬと云つて顔

を背けて了ふ様な事では、貴女は文の人とは云はれまい。芸術の為には、自分が蛇になつて捲きついても、捲き附かれたもの、苦痛の状態を観察しなければならない時があるかも知れぬ。（四〇回、単行本にはなし）

他でもない文士である緑紫を、目を見開いて見よという三輪は、自ら装うだけの観察者を卒業し、着飾る以外の表現法を手に入れるよう富枝に促し、女が書く（描く）という共闘へ誘うものなのである。

第二節　〈女〉は再演されるに過ぎない

そしてこの共闘が、書く（描く）ことの領域だけでなく、演じることとの接点で起こっているのは偶然ではない。演じることも一つの自己表現であるからだけではない。作中人物の書き手（描き手）を女性に書き直すことは、漱石のような男性作家が描いてきた表象を引用しながら、その男性を女性におおげさにすりかえてみせる、テクスト・レベルでのパロディだといえるが、これは、作中人物のレベルでは、男性が演じてきた役を女性が再演してみせる行為によって行なわれている。つまり、書くことは演じることと比喩的な関係にある。ならば富枝が、それまで男性の占有であった書く行為を自ら行なってみるのも、富枝による男性作家の再演であると言いかえることもできるだろう。書くこと自体が、勝れてジェンダー撹乱的な再演であり、それはすなわち〈行為〉であるということである。

富枝が書いた脚本「塵泥」の主人公小満名《こまな》について、三輪が「この女主人公の小満名だのを演《や》つて見たいやうな気がしますよ」（三二回、単行本にはなし）と告げ、富枝も「富枝は心で、三輪さんが小満名を演《や》つて呉れたら、作物は何様に譏《くさ》されやうと構はないと考へてゐた」（四二回、単行本にはなし）と応じるように、男性中心の規範をなぞることでその問題点を指し示すパロディは、まさに再演という行為の持つ可能性として共有されているの

である。(1)

だがここには、富枝の脚本が男性演者によってこそ実現されるという逆転もある。「塵泥」の小満名役を実際に演じるのは、大和座の田里有明という女形なのである。これが意味するのは、まだまだ女形が幅を利かせる世の中だから、パロディによるヘゲモニー奪取が効果的なのだ、という事実ばかりではない。

第二章でも確認したが、「塵泥」で「女奇術師」である小満名は、嫉妬深い夫に美貌を傷つけられて以後も覆面をして舞台に立つが、己れの醜さから逆に夫に嫉妬し、実の妹を夫の愛人だと誤解して夫を刺殺する。彼女の覆面は、鏡による自己認識と密接に関係しており、以後にこそ、他の女性をライバルとみなす女性同士の関係にも入ってゆく。つまり覆面は、顔を加工する化粧と身体を装う服地との交点として、当時女性を覆いつつあった日常的な身体表象を問題化したもので、なおかつ、それを舞台上での〈上演〉として表象しているといえよう。

その小満名を演じるのが女形の田里である。そして、物語世界に直接登場しない田里が「化粧籠」で象徴されるとおり、彼の上演とは、化粧という覆面をつけて〈女性〉を作り出す行為である。彼が上演する内容と、彼自身の上演行為は相似形なのである。とすれば、上演という行為こそがジェンダーという現実を作り出す、という女形についての事実は、小満名が〈女性である〉ことにすら当て嵌まるだろう。〈女性〉とはそのままで女であるわけではなく、〈女による女の再演〉以外ではない。これが、〈男が〉を〈女が〉に変える再演の、もう一面の事実である。絵筆を持つことをめぐる〈女性〉の主体化は、既存の女性表象を利用してのみ行なわれたが、同様に、〈女が演じる〉ことの認知は、実は〈女を演じる〉なかでしか起こらないのだと、このテクストは暴露する。

物語内で、富枝の義母・お伊豫が理解できなかったのも、こうした〈行為〉の部分である。物語末尾で、郷里の岐阜に住むお伊豫が急に上京し、祖母の衰えを伝えたことをきっかけに、富枝は帰郷を決意し、東京で脚本を書く生活をいったん〈あきらめ〉るのであるが、「厳しい親達の手に育つて芝居と云ふものは見た事がな」く、演劇という概念を解しないお伊豫は、「塵泥」の上演を見せられても「どれを富〔富枝―引用者注〕が拵《こしら》へたのか」と質問して周囲を困惑させる（七〇回、二七章）。

岐阜の生活と都会のそれの落差が印象的であり、富枝の選択の厳しさが浮彫りになる箇所であるが、お伊豫がようやく得心するのは、「昨日阿母《おつか》さんが見てらしつた様のものを、幾つも作《こしら》へてはお金を貰ふんです」と、富枝が脚本を商売に、つまり〈もの〉を作り売ることに翻訳したときである（七二回、二八章）。だが富枝に満足を与えるのは、「自分の筆の先き一つで、こんなに多くの人が熱心に力を労《つか》らして動いてゐる」こと、「この演劇を見て一所に泣いたり笑つたり喜んだりしてる観客」がいるということ、直接的な〈行為〉である点である。それは、演じる役者たちが「自分の書いたもの以上巧者《うま》」いと同時に、「今日は役者の技倆によつて喝采する人とは思はれずに、自分の作を賞賛して拍手してくれる様にしきや思はれな」い、つまり脚本自体が演技と溶け合いながら、社会的な現実を作り出す発話行為であることでもある（六六回、二四章）。お伊豫の家が営む商売が「鏡《かゞみ》商《や》」であるのも偶然ではない。「今年六十三になる先代からの番頭」にまかせているという古風な経営形態をとるその店の商品は、「妾も鏡を研《みが》く」とのお伊豫の言葉から察するに、研く必要のないガラス鏡であったかは疑わしい（六九回、二六章）。鏡を〈もの〉として扱うお伊豫は、鏡の表面で起こる〈できごと〉には無関心であり、ガラス鏡世代の富枝を、行為の場から引き離そうとするのである。

このように見てくると、『あきらめ』は、ずいぶんと女性の自立を目指したテクストであることがわかる。その上で本書第二章を振り返るならば、この内容ですらが〈素人〉の御しやすさとして受け入れられた状況とのギャップが、改めて浮彫りになるだろう。ただし、論の並び順から誤解されてはならないが、田村俊子は当時誤解されていたが、実はフェミニズムの闘士であった、といった主張をするのが本書の目的では全くない。評価という観点だけからいえば、近代文学研究においては、今行なったような闘士としてプラスの評価をする方がはるかに多かった。本書の力点はむしろ、テクストの意図を確認した上でもなお、それが意図どおりに機能しているわけではない状況の叙述の方にある。テクストの目指すものとは異なる観点から俊子が評価され、そうした周囲の要求に俊子自身が合わせもしてしまう実情を正視しないなら、一部のフェミニストが行なう評価すら、当時の誤解による高評価と地続きなのではないかと思うからである。テクストの内容をくわしく確認したここからは、この初出が、本書第二章でみたような誤解によって受け入れられた後、どのような経緯を辿ったのかを、さらに見ていくことにする。

第三節　承認と本質化

さて、ここまで作中人物の行なった再演について論じてきたが、『あきらめ』という作品自体が行なった再演行為はどのようなものでありえただろうか。書き手の名前を三輪や富枝という女性名に書き換えるパロディ行為によって、現実の書き手もまた、田村俊子という女性名に書き替えられたことはいうまでもない。

女性が不可視で表現の主体ですらないとき、女性と主体という背反するものの接合はジェンダー規範の攪乱として大きな意味を持ち、女性の承認を促進する。ところが問題は、女性の主体化が、〈女が女を演じる〉パロディとして企図されるしかないために、本気と取り違えられるか贋ものとして断罪されるか、いずれにしろ額面通りには受け取られない、むしろ受け取られないことで効果を発揮することである。

〈女優〉が、〈男が女を演じる〉違和感にともなって新たに要請された理念でありながら、〈女そのもの〉つまり演じられたものではない〈自然〉への回帰として転倒的に語られたことを思い出したい。『あきらめ』が男性審査員に受け入れられたのも、その強い自立志向とは裏腹に、三輪が結局はデビューを果たさず〈演じない〉点だった。〈女優〉という女性の主体化とその認知は、〈女が女を演じる〉パロディを〈女そのもの〉という本質と取り違えることでなされたのである。その逆に、〈女が女を演じている〉ことが露呈する場合は、それが女性俳優のすべてを覆う事実であるにもかかわらず、一部の女性俳優の特殊性に仕立て上げられて、局所的な攻撃を受けることになる。その具体例は、帝国劇場の女性俳優に関するバッシングに見ることができる。

よく知られる帝国劇場[2]は、演劇改良会での大劇場構想から二十年余り、渋沢栄一らを創立主唱者とし、外国貴賓を迎えられる劇場建築として、明治四四（一九一一）年三月開場した。横河民輔設計の三階建てルネッサンス風フランス式建築、すべて椅子席で一七〇二名を収容できる日本で最初の洋式大劇場である（図21、22）。文芸協会や自由劇場といった新劇もここで上演されたが、中心は、尾上梅幸、沢村宗十郎ら人気役者を引き抜いての歌舞伎である。女性俳優は、柿落《こけらお》としの山崎紫紅『頼朝』にすでに参加しており、第一回帝劇女優劇は、同年五月一〇日に早くも河竹黙阿弥『透写筆命毛《すきのうつすふでのいのちげ》』、益田太郎冠者『ふた面』以下で幕を上げていた。帝国劇場の女優養成は、新派の川上貞奴が作った帝国女優養成所を吸収する形で、四二年七月、帝劇附属技芸学校として開設されたものであり、第一期生には森律子、村田嘉久子らがいる。帝劇で女優劇という場合は、女優のみで演じられるそれを指し、内容は、歌舞伎から、洋舞やレビュー的要素を取り入れた軽演劇まで、幅広い。

彼女たちについては、「当初の目的は文芸協会の其れと共通のものであつたかも知れぬが、帝国劇場の営業方針に束縛されてゐる限り、又科白《せりふ》の型が旧劇に拠つてゐる限り、文芸協会の女優とは正反対」（服部嘉香「二種の女優の型」『読売新聞』明治四四・一〇・二二）のように、文芸協会の女性俳優と対立させるのが当時の一般的な傾向であった。二項対立であるから当然ともいえるが、彼女たちへの不満は、文芸協会の〈女優〉への高評価を全く裏返したものになっている。

第一に、文芸協会では、男性社会における〈素人〉とされた〈女優〉概念と、ジャンルとしての新しさによる文芸協会自身の〈素人〉イメージとが、その偶発的な結びつきにもかかわらず、両者の組合わせがふさわしいかのようなイメージを醸し出したが、これは反対に、旧劇をもレパートリーとした帝劇と〈女優〉の組合わせを不釣合にした。第二に、帝劇が恒常的に興行する利益団体であることが、〈素人〉＝〈女優〉と抵触した。だがそれ以上に、この批評が両者の違いを、文芸協会の「腹芸」や「性格の同化」に対する、帝劇の「技芸」、「科白の巧

図21　明治44年開場した帝国劇場のプロセニアム・アーチ（『帝劇の五十年』東宝株式会社，昭和41年９月より）

図22　帝国劇場の客席の一部（『帝劇の五十年』東宝株式会社，昭和41年９月より）

妙」に求めていることから端的にわかるとおり、役への「同化」の有無、つまり〈女そのもの〉であるか、〈女が女を演じる〉のであるかが両者を分かつ最大のポイントであり、女の贋ものとして後者が排斥されたのである。

確認しておくが、演劇経験者や芸者をも排除し、女学校卒業生や良家の娘を含む〈素人〉から生徒を募集する女優養成の方針は、新劇であれ帝劇であれ同じであった。例えば、森律子が、後に代議士になった森肇の娘で、自身は跡見女学校を卒業していることは有名である。また、演劇という場において、女の役そのものであること＝演じない、などということは文芸協会の女性俳優だったとしても実際には有り得ない。その意味で、帝劇の女性俳優が担った役割とは帝劇に固有の問題ではない。後に松井須磨子が演じるスキャンダル（第十章で述べる）が、彼女が文芸協会所属ではあっても、もはや当初の〈女優〉理念とは合致しないことから起こったように、遅かれ早かれ実現された女性俳優一般を襲うものであり、それは実在の女性俳優の階層化という形で現われてはいるが、〈女優〉が実現できない理念であることが引き起こした問題である。帝劇の女性俳優は割に合わない役を押し付けられたのだ。

ここでは、文芸協会と帝劇の女性俳優に対する評が、それぞれ〈演じていない〉かのような幻想を生んだにしろ、〈女が女を演じる〉のをバッシングによって抑圧したにしろ、女性俳優とは〈女が女を演じる〉ものであるという事実の露呈が、両面から封じ込められたことを確認したい。そして、このような形でしか女性俳優という存在が認知されることはなかった。〈女性主体〉の承認とは、ジェンダーが〈演じられたもの〉に過ぎないと明示することで、ジェンダーの生産システム自体を暴露しようとしながらも、その挫折、ジェンダーを〈自然〉とみなして存続させる再生産としてしか起こらないのである。

だから、懸賞の〈素人〉性によって〈女そのもの〉＝女性作家として立ち上げられた田村俊子自身も、懸賞当選の不安定な一回性を卒業し、恒常的に作品を発表してその〈女性〉を反復し、しかも収入を得て、「婦人の腕一つで、可也派手な生活を自身に享楽すると同時に、多くの人の生活を支へてゐる」（徳田秋声「女優であつた時から」『新潮』大正六・五）といった、女性のなかでは稀有な存在までになったとき、その評価ががらりと一変したのも、たいへんわかりやすい。彼女が「技巧」に満ちて（森田草平「新しき女としての女史」『新潮』大正二・三）いることが憎々しげに繰り返され、揚げ句（秋江の趣味の問題もあるだろうが）「まるで場末の人ずれのしたお酌かなんかゞお客に馴々しく口を利いてゐるやう」、「場末の不見転《みずてん》芸者」（近松秋江「人見知りする女」『新潮』大正六・五）とまで性を売り物にするイメージを付与されることになったのだが、これは帝劇の女優たちに向けられたバッシングと通底するものだろう。帝劇の女優劇の初演が、『あきらめ』の新聞連載終了と単行本出版の間の出来事であるのも偶然ではない。田村俊子が、その舞台時代が実際にはほとんど知られていないにもかかわらず、いつでも女優のイメージで語られてしまうのは、こうした文脈によるものである。

『あきらめ』でも、パロディが実践される一方、三輪と実業家千早阿一郎とのスキャンダルが報道され、攪乱の意図自体が性的身体として回収されてしまうことが仄めかされていたのだが、パロディによる現実変革が行為の偶発性に頼る以上、どのように受容されるかわからない。そして、この事実は物語の外でも同じなのである。田村俊子の戦略は、その後に続く女性に、自由を用意したであろうか。自信をもって頷くことはできないのである。

第四節　同性愛は〈あきらめ〉られるか

さらに、『あきらめ』についてもう一点確認しておきたいのは、ジェンダーをめぐるパフォーマンスは、セクシュアリティという問題への開口部ともなっていることである。

富枝が田里から贈られた化粧籠を、彼のファンである芸者・千萬次《ちまじ》に譲ったことを縁に、田里と千萬次は恋仲になる。しかし二人は、ジェンダーを横断する女形と主婦規範からずれる芸者という組合わせによるセクシュア

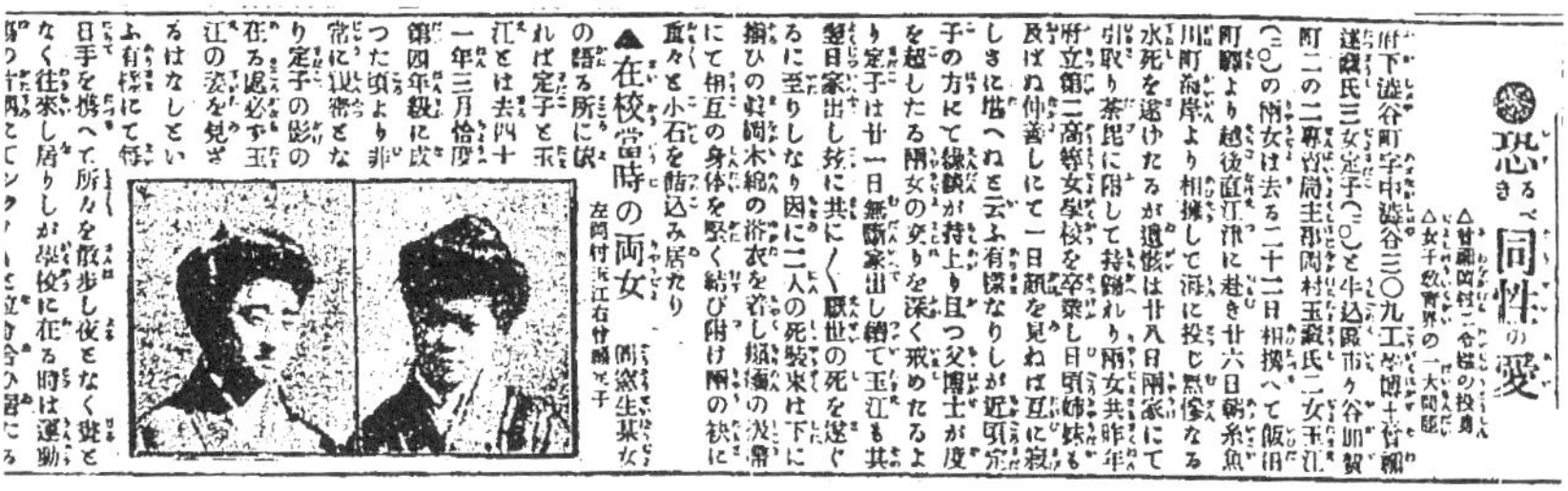
恐《おそ》るべき同性《どうせい》の愛《あい》
△女子教育界の一大問題
在校当時の両女

図23　「恐るべき同性の愛」と報道された女学生同士の心中（『読売新聞』明治44年7月31日）

リティの多様性、などといった希望的ビジョンではなく、かなり限定的な意味しか担わされていない。

富枝にとって千萬次は、妹・貴枝の朋輩の姉、というだけで特に深い接点もなく、田里も噂だけで物語世界に実際に登場してくることはない。二人の関係は、千萬次の「あなたに、聞いて戴きたいことがある」（八〇回、三〇章）との富枝への告白によって僅かに知れるだけであり、しかも、これは物語の結末で、岐阜に帰る決意をした富枝によって、すでに関係ないものとして聞き流されてしまうために、いかにも取ってつけたような印象を与える。だが二人の恋愛の浮上は、物語末尾であればこそ、瑣末な付け足しではない。結末の富枝の帰郷により、男性中心社会を攪乱する女性の自立は〈あきらめ〉られ、物語がいったん挫折として閉じているとすれば、田里と千萬次の恋愛は、それに対応した物語を閉じるにふさわしいエピソード、つまり、富枝が東京で築いた三輪や染子との女性同士の関係に異性愛[3]が取って代わる、もう一つの〈あきらめ〉だと考えられるからである。

古川誠は、森鷗外の『青年』や、雑誌『新公論』の性欲特集号を挙げながら、明治四四（一九一一）年を、「同性の愛」という表現の成立と抑圧のターニング・ポイントと指摘する。また同時に、新潟県親不知の海岸で女学生同士が心中した事件が、「同性の恋」と大きく報道されたことを取り上げ、「同性愛」が指すものが、男色から女性同士の恋愛にシフトした、ともいう[4]（図23）。資本主義社会は発展のために、例えば性別役割分業と再生産といった生活形態を望み、それに合致しない者たちの排除に手を着けだしたのだ。異性愛（で、なおかつ子どもを持つカップル）

だけが奨励されるのは、この極めて限定された社会の都合に過ぎないことは、多くの文献の明らかにするところである。

『あきらめ』の発表年が、その明治四四年であることも、この時代に始まった同性愛、とりわけ女性のそれの抑圧と、異性愛の秩序の回復を確保する『あきらめ』の結末を関係づける事実であろう。むろんそれは逆に、抑圧されている女性同性愛を新聞の第一面に描くには、ほどほどの迎合を申し訳程度につけ加えるくらいの戦略は必要だった、と好意的に解釈することもできる。最近では川崎賢子(5)や吉川豊子(6)などが、同性愛を実行あるいは描いた作家として田村俊子を評価している。

レズビアンは、特に一九七〇年代以降、フェミニズムにおいても重要な問題を提起してきた。例えばアドリエンヌ・リッチが「レズビアン連続体」の語で示したのは、文化や社会を超えた、女性と一体化する女性の体験の連なりであり、女性同士の性的関係に限定されない多様な関係性であった(7)。それは、男性の支配によって、それぞれ分断されてしまった女性同士が、互いの体験をすりあわせ、ともに支配に立ち向かわなくてはならないというフェミニズムの急務と、フェミニズム運動のなかでもマイノリティ化させられていたレズビアンを可視化する別の目標を統合し、より大きな流れを作ろうとする戦略として選択されたものであった。田村俊子などのレズビアニズムが注目されたのも、この文脈によるものであろう。

『あきらめ』について、吉川豊子は初出のテクストを採っているようだが、平塚らいてう『茅ヶ崎へ、茅ヶ崎へ』(明治四五・八)を中心とする論の性質や、紙数の制約もあってか、内容を論じてはいない。高等女学校出身の令嬢同士の心中報道が過熱し、田村俊子が『あきらめ』でデビューを果たした同じ明治四四(一九一一)年に創刊された『青鞜』は、婦人運動の先駆として名高いが、『茅ヶ崎へ、茅ヶ崎へ』は、ここに掲載され、らいてうが、同人の女性・尾竹紅吉《こうきち》(一枝)の結核発覚に動揺しながら、二人の関係を回想、叙述するもので、紅吉がらいてうに寄せた熱烈な愛が、彼女の手紙を大量に引用しながら描かれている。そして紅吉が、生来の天真爛漫さから『青鞜』外部のジャーナリズムに恰好のスキャンダルを提供し、同人からも非難を浴びるのを、らいてうも先輩としてかばうだけでなく、「いつまでも〳〵その腕を離したくない。いや、腕としてかうして置くことが既に堪へられない」や、「「淋しい？　どうした。」と言ひざま私は両手を紅吉の首にかけて、胸と胸とを犇《ひし》と押し付けて仕舞つた」といったように、紅吉からの愛に応えるかにも見える。だが事実としては、この後らいてうは、皮肉にも紅吉の療養地茅ヶ崎で知り合った男性、奥村博（後に奥村博史）との恋愛に突き進み、紅吉の狂態を招くことになる。

同性愛差別の歴史のなかで認知されなかったレズビアンを、目に見えるものにしようとすることの重要性はいくら強調してもしすぎることはないだろう。『青鞜』は、生田長江のアドバイスこそあったものの、平塚らいてうを筆頭に、五人の女性発起人が起こした、女性だけの雑誌である。ここにこそ女性同性愛が現われるのは、女性同性愛が、もっぱら男性中心主義におけるジェンダーとセクシュアリティにわたる女性の二重の抑圧に異を唱える女性主体の確立としてあったからであり、これは、リッチの言う「レズビアン連続体」へと連なるものであろう。ただし、問題は、女性同士の関係が描かれているか否かではなく、どのように描かれているのか、である。

吉川豊子は『茅ヶ崎へ、茅ヶ崎へ』について、異性愛中心主義の台頭と、それを支えた性心理学の学習の結果として、らいてうが尾竹紅吉とのレズビアン・ラブを事後から〈異常〉と解釈し直し、当時〈正常〉とみなされた奥村博との恋愛に自らを〈矯正〉したと指摘した。らいてうの制度への服従を指摘した点においては、女性同性愛を単純に女性のユートピアとみなしているわけでもない。しかし、同じ文脈で『あきらめ』にふれ、自己の女性への欲望に蓋をしてしまった『茅ヶ崎へ、茅ヶ崎へ』とは反対に、果敢にもレズビアンのセクシュアリティを描いたと位置づけており、この点にこそ、依然として「女性同性愛」概念の歴史性に関する陥穽を見出すことができる。

まず一つには、『あきらめ』作中人物と田村俊子自身のレベル差をひとまず棚上げにするとすれば、田村俊子も、『あきらめ』をはじめ、「春の晩」（『新潮』大正三・六）など、女性同士の濃密な関係を描いた作品を執筆し、自身も長沼智恵子との関係があったといわれるが、一方で、田村松魚との異性愛の結婚生活、また鈴木悦との異性愛を貫いている。もちろん、長沼智恵子も高村光太郎への愛に走った。とすれば、異性愛を学習したらいてうと同性愛を（たとえ創作の上ではあれ）貫いた俊子、という対立は廃さなければならないであろう。といって、もっと純粋なレズビアンでなければいけない、と期待しているわけではない。問題なのは次のような点である。

　俊子の発言によれば、「同性の恋と云ふものは誰でも一度は感じるもの」で、「この一種の友情がどこまで進んだところで、その間柄に決して危険性を帯びてくる筈はない」。そして、処女同士の感情は、「肉的の誘惑のない危険のない結構なおもちゃ」というのだから、その後の異性愛と抵触するものではない（「同性の恋」『中央公論』大正二・一）。つまり、異性愛中心主義の席捲による同性愛の完全なる抑圧、というよりは、時間的分断を条件にした両者の両立であり、その点で平塚らいてうの自認とも酷似している。異性愛中心主義が生み出したのは、女性同士による異性愛の予行演習から異性愛へ、という〈正常〉なライフストーリーそのもの、同性愛と異性愛の並立である。らいてうのような〈転向〉もこの軌道に捉えられた結果であり、同性愛が異性愛に座を譲った地点として歴史に投影すべきではない。

　ただし、これらは女性同士の関係が〈ホモセクシュアル〉として認知されていたということではもちろんない。同性愛がもし〈ホモセクシュアル〉を意味するなら、それはすでに抑圧されるべきであったが、その意味での同性愛はなかった。[8] 俊子は、女同士の感情を「恋」ではなく、あくまでも「友情」と呼び、「異性の手で肉的の誘惑を受けない以上、処女はある年齢までその欲求を知らずに過ごしてゐるものなのです。処女のほうから能動的な感覚をもつて異性の方に接してゆくと云ふ事は決してある筈がないのです」と女性の性欲を否定し、「相手が一度異性に接した事のある女性であつたり又は異性に接した事のない老嬢などであっては道徳的に解釈してそれこそ危険」と決めつける。「同性の恋」の成立は、女性のセクシュアリティの不可視を前提としているのである。

既出の古川誠も指摘するように、同性〈愛〉という精神的なイメージのある語が採用され、特に女性同士の関係に使われるようになった所以でもある。性的な関係の成立は、男性器が介在するときのみ認識されるというわけである。女性には性欲がないとみなす、あるいは女性同士の親密すぎる関係は見えないことにする、という偏りから、俊子も免れてはいない。確かに異性愛中心主義は異性間での性行為を唯一の〈正しい〉関係と指名し、強制した。しかし、というよりもだからこそ、以上のような特定のパターンの〈同性愛〉だけはわれわれにおなじみなのだ。そして、女性のセクシュアリティが不可視にされていたゆえに、たとえ女性同士が実際にはどのようなセクシュアルな関係を結んでいようとも、異性愛制度に含意されることができたのである。

それでは『あきらめ』は、このような関係をどう扱っているのだろうか。確かに、そこには濃密な女性同士のセクシュアリティ表現がある。初出では三輪について「恋人を思ふが如くに富枝は友の三輪に憧憬《あこが》れ切つてゐる」（一八回、単行本にはなし）と恋愛感情が書き込まれ、三輪宅で共に入浴した際には「出やうとした三輪と、入浴《はい》らうとした富枝と、熱した肌と冷えた肌とが、腕のところで僅触れる。富枝は異様に恥かしさを感じた」（三八回、単行本にはなし）などとあり、染子については「染子の眼は、もう恋を知つた眼の様に、情の動く儘に閃《ひらめ》いてゐる〔た〕」（四五回、一五章）などがある。

だが初出では、この二つの関係の間には落差がある。富枝を恋しがって泣いたり、下女を困らせたりする染子について、はっきりと「脳神経衰弱」と書き込まれるだけでなく、富枝も「ですから妄想狂に罹つてるんですよ」と労《いたわ》り、「染子が恋しがつて泣かない様になつたら自分も染子の許へは来ない様になるだらうと思つてる」。つまり染子の存在には明らかに〈狂〉の意味づけがなされ、遠ざけられようとしているのである（四三回。単行本での相当部分である一四章では、「身体を悪くしたり、両親に心配をかけたりするやうなら、私は貴女の為を思つても う来ない」）。

しかも既に見たように、富枝と三輪の場合には、性的な感情が書き込まれるのは富枝についてであり、三輪から富枝に対するものはない。これを富枝が視点人物であることの帰結とのみ処理できないのは、「富枝の濃い男性的な眉毛と、三輪の淡く長い下り尻の眉毛とが、相対して互の性格を語つてゐる様だ」（三二回、単行本にはなし）と両者の対照的な性イメージがあるからだ。ここに明らかなのは、性的な欲望は〈男性的〉な特徴であるから〈女性的〉な三輪にはないはず、という認識であり、女性でありながらそれを感じる染子は〈異常〉として排除されるという図式である。その意味で染子は、俊子の言い方に倣えば「同性の恋」ではなく、「それこそ危険」な排除されるべきものとみなされていたといえる。女性同士の関係が最終的に田里と千萬次の恋愛に置き換えられる〈正常〉なライフストーリーの裏面を支えるのは、女性のセクシュアリティの抑圧と、女性作家自身によるその内面化であり、セクシュアリティが書かれていることを手放しで評価できるわけではない。

そうであれば、単行本での大幅な改稿を、新聞掲載によって文壇における一応の発言の資格を獲得した作家が、無名時代にデビューのために使った戦略に対して、せめてもの罪滅ぼしを行なったと見ることができるであろうか。単行本では、染子の病は呼吸器の病と書き替えられ、富枝の敬遠も削除されるなど、初出に比べて染子の異常性は軽減されている（結果むしろ〈狂〉が都満子の嫉妬に絞りこまれている）。また「かうして富枝の傍にゐるとき、染子は自分の身体中の血を富枝の口にくゝんで温められるほどなつかしかつた。そうして取られた手をいつまでも放すのがいやだつた」（八章）、「富枝はいきなり染子の手を取つて其の甲に接吻した。染子は赤い顔をして富枝の袖の内に顔を埋めながら、「沢山して頂戴。」と云つた」（一四章）などのより積極的な交情も書き加えられているのである。

ある意味ではそうだろう。だが、そこには新たな問題がある。単行本では染子のセクシュアリティが浮上してくると同時に、実は三輪を書いた部分が大幅に削除されているからである。冒頭で示したとおり、初出では、三輪は富枝と大変親しく描かれている。ところが単行本では（現在目にする本文の多くは、単行本を底本としている）、二人の関係は、極端に省略されるのみならず、すれ違う関係として描かれている。単行本での三輪は、再会してもかつてのようには富枝に抱負や感情を語ることもせず、「その場なりに済ましてゐる」様子、「始終興のない顔」をしており、「何もお互の胸に触れるところもなくつて別れ」てしまう（一三章）。互いが抱負を語る新聞連載八回分はまるまる削除されているし、また、三輪が、劇団関係者の実業家・千早阿一郎の「寵妾《おもひもの》」であると新聞に報道された際も、富枝は三輪本人と会うことはできず、洋行費用を阿一郎に出させて留学することを三輪の母親から間接的に知らされるのみであり、「新聞記事が事実なのかも知れない」と「疎ましく」、「敵陣のなかへ三輪が立つたやう」とまで思っている。関係としては、百八十度の転換といってもいいほどである。

すでに見てきたとおり、初出の三輪は、女性が〈女が女を演じる〉ものであることを明示する役割であった。つまり、女性は生まれついた身体の特徴（セックス）のゆえにではなく、すでに社会的に構築された役割やイメージを身につけることで、〈女性〉として社会に受け入れられるのだという、ジェンダー生成システムの仕組みを暴露していたのである。三輪との関係の削除によってそうした暴露が放棄されるとすると、染子の同性愛の浮上もまた、ジェンダーがもはや意識化されない、〈女性〉の自然化を条件にしてのみ成立しているということになる。たとえ三輪との関係の削除が俊子にとって、意図に反して三輪が〈自然な女〉として迎えられたことへの抵抗であったとしても、である。

一方、富枝の男性らしさと三輪の女性らしさを示した部分も、単行本では削除されている。これにもいくつかの意味づけは可能であろうが、ひとまずは、二人の同性の差異が消去され、同性同士の性関係からバリエーションが消し去られたのだといえよう。以上によって、セクシュアリティは、単純に二つのセックスに基づく対象選択の問題――性行為の対象を自分の生物学的性と同じものとするか違うものとするか――としてのみ語ることが可能になったといえる。富枝と三輪の関係削除後の単行本において、女性同士の関係は、確かにむしろすっきり整理できる。都満子と貴枝という血の繋がった姉妹と、富枝と彼女を「お姉様」と呼ぶ染子の擬似姉妹、いずれも姉妹と呼ばれる関係の、緑紫という男性の媒介を必要とする前者と、媒介を必要としない後者という完璧な対照性としてである。言い換えれば、姉妹という同じ条件を備えた二組が、性の対象選択に関して、異なった性を選ぶのか、同じ性を選ぶのか、という二者択一である。そしてもちろん、男性は批判の対象である。とすると、女性の同一性が確認され、別の女性に対する愛が同一という比喩で語られるようになったこの時点でこそ、同性愛はフェミニズムにとってユートピア化する。さきほど、ある意味での罪滅ぼしといったのは、不可視であった女性のセクシュアリティを掬い上げた点だが、しかし、女性をおしなべて同一と見なすことや、同性愛をユートピアと見なすことは、新たな問題を引き寄せるだろう。

同性愛がナルシシズムと近いものとして語られるのが、もっとも自然になるのもこの時点である。『あきらめ』では、富枝が染子と一夜を過ごした翌朝に「新聞を持つて立上がると、前の姿見に染子の姿が映つてゐる〔た〕」（四五回、一五章）というシーンが挿入されている。些細な記述だが、すでに見たように『あきらめ』における鏡の表象は重要である。鏡像としての染子と相対する構図は、二人の関係をあたかも鏡に映った自己への愛のように見せる効果を持つ。そして実はこれこそ、消費が女性に強要した、他者と自己の同一化を生む女性の視線の交錯と重なってしまうものである。女性に男性の欲望の対象となることを学ばせるシステムこそが、女性のまなざしの交錯・女性の同性社会を構成要素に成立しているという消費の構図はすでに確認済みであるが（第一章）、これはそのまま、異性愛と（特定のパターンの）同性愛の、対立を必要としながらの並立構造に重なるものであろう。社会的に許容される女性同士の関係でカムフラージュしながら〈ホモセクシュアル〉を語るという二重操作が可能になるのも、作り上げられた消費の構図が身体の自然な欲望だといいくるめられるのも、この地点である。

このように、『あきらめ』ではその改稿をまって、セックス、ジェンダー、セクシュアリティを互いに留めつける消費の構図は完成する。注意したいのは、こうした改稿は、先ほどから述べてきた〈女性主体〉の承認後にしか起こらないということだ。男性のカウンターとしての女性の確立自体が、個体間の差異を抑圧した〈女性〉

という唯一のカテゴリーの立ち上げと不可分であり、その同質化が異性愛／同性愛の対立を完成させたのである。

そしてこれはすでに大正的な言説圏に位置するものでもあるだろう。例えば演劇的な文脈でいえば、デパート文化の申し子たる〈素人〉集団、宝塚少女歌劇において、将来、男役が再びジェンダーの撹乱と言われるときが来ようとも、娘役に撹乱の徴候が見出されることはない。ここには、〈女が女を演じる〉ことが忘れ去られ、捏造された女が自然に見えてしまう転倒があるだけである。〈女性〉であることが本質に見えてしまうような実践を選ばざるを得ない当事者性を十分に受け止めながら、これらを評価することには慎重であらねばならないだろう。

第二部　欲望と挫折

第二部においては、運よく〈女性作家〉になれた者だけでなく、自らの存在に形を与えてくれるものとして文学に信頼を寄せながら、例えば『女子文壇』の投稿者など、表舞台には現われなかった女性の書き物を取り上げる。これまで聞き取られることのなかった女性の声や書き物を発掘し、歴史に書き入れる作業は、未だ十分というわけではないからである。ただし、第一部と同様、ストレートな再評価として行なうことはできない。本書で明らかにしたいのは、非対称なジェンダー規範が個々の女性に受け入れられる際の複雑なありようである。対象とするのは、明治から大正にかけての文学とその当事者であり、文学に触れることができた彼女らの社会的階層はそもそも限定されてはいるが、ある条件への隷属化は、それ以前よりは良い、ある種の承認との引き換えになされるという点を明らかにする。第四章、五章では、投稿雑誌『女子文壇』を対象として、女性たちが実際にはかなり大きな文学共同体を形成していたこと、にもかかわらずマイノリティ化されてしまう構造を提示する。第一部で〈女優〉について見た構造は、ジャンルを異にしても共通し、女性の書き手が、活発な活動の直中でこそ〈素人〉化されていく様態を分析する。

果敢にも規範に抗して破ることのできた少数以外の多くの女性を、良心的な意図から、支配されたものとしてのみ言い続けることは、結果としてその言動の積極性を抑圧することにもなる。また、研究の舞台に上らない、つまり認知されない空白が多ければ、時に女性は、美しい可能性のメタファーとしての倒錯的な位置に再び送り返される。承認としての隷属化という両義的な概念を使用し、作家ではない彼女たちに注目することで行ないたいのは、近代が置き去りにしてきた半身を取り戻すというフェミニズムの当初の目的に、いま少し謙虚になることだともいえよう。同じ目的で、既にフェミニズムの主体として評価されてきた作家、例えば樋口一葉について、その評価の妥当性も検討する（第五章）。これは、さまざまな女性のどれもこれもが、〈女性〉という階級に認定されて貶められる際、一女性表現者がどのように利用されるのかを明らかにするものであり、特定の女性作家をフェミニズムの主体として優先的に価値づけする一部のフェミニズム文学批評が、抑圧に加担しないのかを問い直すものである。

また、第四章では、ジェンダー規範だけでなく、セクシュアリティの問題についても、同様の作業を行なう。近代において、異性愛が唯一の正しいセクシュアリティとして構築されてきた、その際の一つの基盤に資本主義がある、ということはよく指摘されるが、ここでは、文学を通じて、女性たち自身がそれらと如何なる共犯関係を結び、かつその仕組みを隠蔽してしまったかを論じる。具体的に論じるのは〈同性愛〉である。

従来の研究において、女性同性愛がフェミニズムの重要な話題であったのは、異性愛が愛情という形を取りながら男性の優位性と不可分であり、女性同性愛は、それへの抵抗として機能するからである。また一方、マイノリティ化させられていたレズビアンの可視化も必要であり、両者は微妙にずれながらも、セクト化による女性勢力の弱体化よりは、例えばアドリエンヌ・リッチの「レズビアン連続体」のように、性的指向を限定しないゆるやかな女性同士のつながりを戦略として選択してきた。だが、戦略としての意識が薄れるなら、近代における、〈同性愛〉という用語の歴史的過程は忘却され、〈同性愛〉に、現代実現されるべき理想的なレズビアンが投影されるという倒錯が起こる。文学をファンタジーとしてのみ考えるなら、描かれた同性愛は、異性愛という規範に抑圧されたものの噴出ともいえる一方、われわれが扱うことのできる、書かれ、遺されたものとは、常にさまざまな制度の検閲を通過したものでもある。〈同性愛〉についても、ありえたかもしれない可能性として夢想するのではなく、ジェンダーとセクシュアリティにわたる抑圧装置の結果としてとらえる。

しかし、このように論じることは、規範に対する批判や変革を封じるものではない。その可能性については、第六章で、平塚らいてうの小説『峠』を中心に探る。ただし、最も伝統的な意味でフェミニズムの主体と考えられてきたらいてうに、さらなる権威を加える意図からではない。理論化あるいは戦略化され、その後の婦人解放運動を先導した諸評論ではなく、彼女においてあきらめられた小説に、承認としての隷属化に統合しきれないものの一瞬の露呈、戦略化不可能な抵抗のあり方の具体例を探る。また、『峠』をとりあげるのは、規範への抵抗を読みとれるからだけではなく、らいてうや『青鞜』同人がこの後文学を捨て、政治的運動に身を投じていくことになる交点ともなっているからである。文学は、その特性から、女性の（だけではないが）文化的アイデンティティの承認という問題を論じるのに長じているといえる。フェミニズムやジェンダー批評、クィア理論が、文学研究において大きな成果を挙げてこられたのはその証しであろう。だがそれでは、経済的再配分の問題との調停は可能なのか。こうした問題自体は新しいものではないが、〈女性〉の〈文学〉を場としてなされるなら、より困難な課題となるそれの、具体的表われを検討したい。

第四章　「けれど貴女！　文学を捨ては為ないでせうね」
——『女子文壇』愛読諸嬢と欲望するその姉たち

『青鞜』に掲載された女性同性愛小説は、『茅ヶ崎へ、茅ヶ崎へ』だけではない。まず渡辺みえこ[1]が研究に先鞭をつけた神崎恒『雑木林』（大正二・一）や菅原初『旬日の友』（大正四・三）、川田よしの『女友達』（大正四・三）などには、複雑で熱烈な女性への愛があふれている。

例えば『雑木林』では、「私は中性なんですよ」と語る薫さんへの「私」の畏敬と距離感が描かれ、『旬日の友』には、Pという女性が「男性的な」Kという女性に惹かれ、「Kの唇に触る私の唇」が感じえた「恰も異性のそれに触るるような感覚」、また「力をこめて」抱かれるさまが書き込まれる。『女友達』では、二人の友人のうち一人が、もう一人と仲良くしたことによる同性間の嫉妬が「恋人でもあるように」と表現される。『茅ヶ崎へ、茅ヶ崎へ』も含め、これらに見られる時制の輻輳や、語りの形式の混乱は、同人誌的『青鞜』が完成度の必ずしも高くない習作も許容していたというだけでなく、女性同士の関係性を描く先例を持たなかった彼女たちの、さまざまな試行錯誤の故であろう。実際、『青鞜』の名は高いが、作品について研究しつくされたとはいえない状況であり、個々の参加者やテクストについての分析は、貴重である[2]。

しかし、これらは、渡辺みえこが指摘したように、「明治時代の一般的言語体系の専制から自由な」表現の多い『青鞜』だから実現し得た「父権異性愛空間とは異質の世界」なのであろうか。渡辺は、『青鞜』の女性同性愛を、異性愛中心主義の席捲以前にあった理想的状態として記述する。しかし、そうとらえるならば必然的に、女性同士の解放的実践は「やがて精神病理学の一症例として病理化されていくまでのつかの間」に限定されざるをえず、女性ジェンダーとセクシュアリティが不可視とされたそれ以降の長い時間、彼女たちは完全に姿の見えない被抑圧者としてしか歴史とかかわれないことになる。そして、ここでの同性愛が理想的に捉えられるもう一つの原因は、『青鞜』が、すでに女性の自立のシンボルとして特権化されていることだろう。

本章では、平塚らいてうや伊藤野枝よりも、さらに『青鞜』に集った他の書き手よりも、文壇からは注目されなかった書き手のテクストまでも広く対象とし、特定のテクストの特権化を避けると同時に、彼女たちが歴史のなかに、いつも望ましい形でというわけではないかもしれないが、参加していることを確認する。そして、女性同性愛を個人の意識の問題としてではなく文化の無意識として論じることで、ジェンダーとセクシュアリティにわたる拘束の再生産の様態を探ってゆきたい。

第一節 『女子文壇』における同性同士の絆

まず女性同士の感情をテーマにした文学の系譜を、明治三八（一九〇五）年一月創刊の『女子文壇』の投稿小説で確認したい。[(3)]『女子文壇』は、女子の投稿雑誌としては当時ほぼ唯一の存在であり、また、生田花世、岡本かの子、加藤みどり、原阿佐緒、水野仙子、山田邦子など、後の『青鞜』参加者の投稿も多く、その連続性も測れる雑誌であるため、飯田祐子をはじめ、近年研究の機運が高まりつつある[(4)]（図24、25）。月刊に加えて年四回増刊号を発行し、名家の寄稿である「本欄」と、『女子文壇』の最大の特徴といえる、一般投稿者による小説や、美文、日記文、書簡文、論文、新体詩や和歌などからなる「創作欄」、そして手紙や書籍、手芸の交換といった交流の場である「誌友倶楽部」からなる構成を基本スタイルとする。

図25　『女子文壇』明治42年３月

図24　『女子文壇』増刊号、明治41年５月15日

女性たちが、発展する自我の流れ込む先として文学を信頼し始めていた頃、その欲望を開花させた『女子文壇』は、「ずつと以前に河井酔茗が女子文壇の編輯をして居た頃、多くの婦人文学愛好家をつくつた功績があつて、『青鞜』も『ビアトリウス』も、また『処女地』も或は女子文壇に及ばないかとさへ思はれる」（加藤朝鳥「一葉以後の女流文学」『婦人公論』大正三・二）とまで評されるほど強い影響力を持ったのである。投稿には、ジャンルごとに天、地、人、各賞が設けられ、繰り返し受賞する代表的投稿者は、誌面で写真や動向が伝えられ、他の投稿者から繰り返し賛辞が寄せられるスターとなり、さらには寄稿家として「本欄」に迎えられて他の著名人と並ぶ栄誉を与えられた。その一方、文通や、手芸や書籍の交換も行なわれた「誌友倶楽部」では、文学的なことがらに特に高い価値を与えない横並びの交流が盛り上がりを見せており、飯田が「非文学的」と呼ぶこれらが、文学的投稿と並列していることが『女子文壇』最大の特徴である。

欄構成の内実については後に述べることとし、ここでは、女性同士の感情がどのように描かれたかを見ることにする。

投稿小説（以下、特に断わりのないものはすべて小説）では、例えば、ぎよう子「心の底」（『女子文壇』五巻一一号。以下特に断わりのないものは『女子文壇』からの引用。発行年月日は省略する）が、孤高の上級生に寄せる「私」の思いの高まりから、ついに姉妹の契りを求めて出した手紙を断わられるまでの経緯を描いている。その思いは成就はしないものの、「かくて私が明星さんを思ふ度合は、ます〳〵熱烈なものとなつて終つた。（中略）其の黒目勝な目で見られるのさへも、美しい笑を浴びせかけられる時も、私は消え入る程はづかしくて、明星さんの前では碌々人にも挨拶が出来なかつた。何だか眩しい様に感ずるので……勉強してゝも明星さんの姿が夢の様に目の前に浮ぶ。男女間ではあの様な恋はとてもようせないだらう、明星さんが私を愛してくれた事も勿論である」と濃密な言葉で女性への思いを綴っている。

こうした女学生の親密さは、「実際血を分けた姉妹でもよもや斯うまではと思われる位の親密さ、足袋から襦袢から、洗濯物は皆お千香さんが一人で引受けて、虚言か本当《ほんと》か、肌に巻くものさへ二人は一所」の女性同士を描く岡田美知代「侮辱」（四巻六号）、一人の結婚が決まったためにすれ違う感情のなかでかつての親密さをそれぞれが思い返す寂静子「若き女同士」（六巻四号）など小説欄に頻出するのみならず、自己の体験を語る散文（紅薔薇「新入生」（六巻八号）他、ジャンルを問わず多く見られる。前述の『青鞜』掲載の小説でも女学校は親密さの主な舞台であったが、『女子文壇』は『青鞜』よりはやや若い読者が支えているからか、女教師と生徒の関係を描いたものも枚挙に暇がない。風窓「女」（五巻三号）では、艶子の学歴と才能に嫉妬した女教師が、艶子を慕う下級生の光子を愛する屈折した三角関係が描かれるし、教師の部屋に一泊して女学校中の噂になる「私」の体験を語る下枝子「デヤレスト」（六巻三号）、中野妙子「旧師」（四巻一八号）などが数えられる。

これらの他、佐藤万寿子「桃代」（五巻一一号）では、兄の借りた三味線を返しに芸者屋へ行った桃代と芸者・

お染の相互の交情が、「お染は心の内でお美しい、とさけんだ」、「お染は堪らなく可愛らしそうに、だんだん傍へ寄て来て其の愛らしい顔を窺く」、また「桃代は帰て来てからもお染の濃い眉や小鼻の高い事や、あのきゆつと締りのある口が物云ふ度に愛嬌が出るのを今考へて不思議に思つて居る、そして何だか懐しくつて恋しく思われてならないんだ」と描かれるなど、女学生以外を登場人物にするものもある。投稿規程が定める短さ（二四字×八〇行以内）からさほど複雑なストーリーは描けないとはいえ、女性同士のセクシュアリティ表現は『青鞜』を待つまでもなく、大量に確認できるのである。

だが『女子文壇』は投稿雑誌である。これらの創作は、男性作家が選び選評をつけていた、つまり男性の検閲の目に常に曝されていたものでもある。冒頭に引用した渡辺みえこが言うように、女性同士を描いたテクストが男性中心社会にとって攪乱的なものであったとすれば、これらについて、選者（小説欄は小栗風葉。明治四三年から水野葉舟）は厳しい指導をしていなければならないはずなのだが、実際にはどうであろうか。

たとえば佐藤万寿子「桃代」への評は「斯う云ふ作が真実に女の心持を書いた作だらう」というものだが、これはかなり肯定的な評価である。というのは、田山花袋の「私は従来男子が書いたもので真の女性を描写したのはあるまいと思ふ」、「それで真の女の心持をあらはしたものは女で無ければ書けない事になるので、さう云ふ作家の出るのを希望するの他は無い」（「女の心持」、五巻四号）との言葉に端的に表われるように、『女子文壇』で投稿者に求められていた規範とは、〈女性にしかわからないことを書く〉というものであったからである。

選者が高く評価するテーマは、たとえば妊娠・出産といった女性特有の身体現象であり、先に結婚する友に対しての嫉妬や、見栄をはりあうライバル心であったことは、選評から窺える。「浅はかな名誉心に駆られて、あたら身の春を仇に過した婦人が、妹の結婚を見て今更につく〴〵孤独の寂しさを感じ、我一人世に取残されたやうな哀切な思を写したのは面白い」（中山八千代「老嬢《オールドミス》」選評、四巻四号）、「斯う云ふ事は今の女学生の間にいくらもあらうと思ふ。（中略）確かに女性の筆として受取れる」（筆子「春の怨」選評、四巻六号）といった選評、

「友人に対する競争心から、恋を捨て、心無き結婚をする、女性の皮肉な特性を捉へた点は面白い」（芳枝子「月桂冠」選評、四巻一六号）などは、いずれも結婚をめぐる女性同士の嫉妬の物語を肯定的に評価したものである。そして投稿者の女性自身も、これらの繰り返される教育を内面化するのであろう、「女性の心は女性にでなくては解らない筈である。妾等は真を描かうと力めてゐる。何を好んで男性を描く必要があらう。虚栄、嫉妬、結婚や恋愛に対する不安、悲哀、出産など、妾等は妾等の心持を偽らずに描けば、それで充分である」（草村瑩子「女の心は女」新論文欄、四巻一八号）と述べるのである。

すると、先ほどの同性同士の強い絆の物語も、これらの恐ろしいまでにパターン化された選者の〈女性〉イメージの一つであるということになる。「桃代」だけではない。既出の寂静子「若き女同士」では「自分は女の小説を読んだ経験が少ない、（中略）とにかく女の感情——愛に対する同情、異性の分かちなく起す女の嫉妬と言ふ事だけは味へる」とのコメント、「終生親友と誓った三人の、私を残して、峰さんと玉枝さんとは相抱いて死んだ」と強い感情を描く筆子「生前」（四巻一五号）には「争はれない女性の筆のにほひを取る」と、とにかく〈女らしい〉との高い評価が下されているのである。

これらは、「私は女ですけれど、婦人問題には飽いてよ」、「女の問題は男の方のはうが多く聞きたがつてると云ふぢやありませんか」（本郷のおてんば、気炎欄、七巻四号）などが、パターン化した反抗のポーズでもありながら事実の一端を言い当ててもいるように、男性作家たちが女性の書き手を許容する条件として分業制を敷いたために、女性への観察がいっそう覗き見的興味を強めていった結果であろう。「選者なぞには希しい取材である。女教師と女生徒間に斯ういふ一種の交情のある事は聞いてゐたが、女生《ママ》の方の心持は是を見て略《ほ》ぼ解する事を得た、面白い」（中野妙子「旧師」選評）といった評に明らかなように、通常男性が入りこめない女学校の寄宿舎などが、秘密の空間として、選者に恰好の覗き見材料を提供していたのである。

むろん女性の書き手は、そうした覗き趣味的なまなざしをそそりつつ、いかにして検閲をすりぬけるかに腐心することになるだろうが、それが可能になるのも、そもそも秘密自体が、無視されたり選者の逆鱗に触れるほどではなく、〈見られてもいい〉程度のものとして、選者にも投稿者にも判断されていたからであろう。同性愛的な感情とは、あくまでも選者の望む〈女性らしさ〉の涵養と矛盾するものではなかったのである。これはいかなる事態であろうか。

第二節　消費のエロス

ここで参照軸として、岡田八千代、森しげ、田村俊子のテクストを見てみたい。彼女らや与謝野晶子や国木田治子、尾島菊子は、『青鞜』にも参加していながら、平塚らいてうをはじめとするはえぬきの社員とは区別される「賛助員」であったり、あるいは同人に〈新しい女〉であることを否定されたりするため、女性作家としては傍流の位置を負わせられてしまうことが多い(5)。だが『女子文壇』では、本欄の文学作品が予想通りほぼ男性作家によって占められているなかで、寄稿しえた特権的女性であり、投稿者たちのお手本でもあった。

例えば岡田八千代の『角』（四巻一号）は、交番の角で偶然行き会った女学校時代の親友同士が、かつて卒業式で「私貴女と離れて如何して暮さう」とまで思いあった関係でありながら、そんな過去などなかったかのように、新しい住所を交換しても結婚後の忙しさを口実についに一通の便りもしないことを書いた作品である。短いものであるが、誌上での反応は盛り上がりをみせている。「小説「角」を拝見して妾《わたし》は非常に感じました、（中略）吁《あゝ》我親愛なる当文壇愛読諸嬢よ！　諸嬢は決して斯る浮薄なる人となられざる様切に希望して止みませぬ」（睦月君代「小説「角」を読みて」短文欄、四巻四号）、また、「私は本誌新年号の小説「角」を読みまして其当時は思ひました、如何に人心が軽薄に成つても親友間にまさかそんな事がと然し近頃思ひ当りました」（杉山花枝「親友につきて」新論文欄、四巻一六号）など、寄せられた共感は痛切である。

だが『角』の内容自体が物語るように、若い投稿者たちにとって、岡田八千代や森しげ、田村俊子の世代の作家たちは極めてアンビヴァレントな存在であったと思われる。というのは、既出の寂静子「若き女同士」に顕著なのだが、『女子文壇』の創作の多くにおいては、主人公は若い女性であり、彼女より少し年上の女性たちは、多く結婚や出産という男性との関係に入ってしまった、女性同士の親密な関係に対するいわば裏切り者として描かれる（他に芳枝子「月桂冠」、四巻一六号、梅子「手紙」、六巻一〇号など）。そして、女性たちが結婚というイベントにおいて最も衣服消費の主役となることから当然でもあるが、「短歌会催《す》るよりお召しの品定めが肝要ね……」と、美しい着物や帯がその裏切りの象徴となっているのだ（他には「いつその事自己をも偽つて、姉様や芳様等と美しい帯や衣服簪《かんざし》に生き様か——女はそうした物かも知れぬ」（菊地りう子「観音様」美文欄、五巻九号）など）。

注意すべきは、先ほどの女性作家たちが、既婚者であるだけでなく、ほぼ例外なく衣服消費の先導を務めた百貨店のPR誌の中心的寄稿者だったという事実である。(6) ここで取り上げるPR誌とは、第一章で取り上げた、三井呉服店の『三越』、白木屋呉服店の『流行』である（詳細は第一章注2参照）。そもそも、消費社会が要請した〈男性＝生産者〉、〈女性＝消費者〉（むろん男性に〈買ってもらう〉のだが）の役割とは、これらのPR誌がくり返し生産したイメージによって実体化したものであった。そこにおいて前述の女性作家たちは、本人の意識はどうあれ、多くが作家や画家といった著名人の妻であるという理由から、理想的な消費者のモデルとして期待されていたことはすでに確認した。(7) つまり彼女らは、結婚や出産経験者という女性の運命に従ったという意味でも、ファッションの先導者であったという意味でも、二重に少女同士の親密な空間を切り裂く、裏切り者の姉であったということである。(8)

それでは、その姉たちのテクストはPR誌で何を語っているのであろうか。妹たちの恨みとは裏腹に、意外なほど多いのは、妹たちと地続きの女性同士の濃密な交情である。

例えば、岡田八千代『お島』（『三越』明治四四・六）(9)。お島は、女学校の寄宿舎で同室のお光のための買い物から帰ると、舎監にお光の縁談を聞かされる。その相手はお島も詩などを贈られたことのある田島文学士であり、お島は、身寄りがなく肺病でもあるお光の将来のためと思いながらも、「何処へも嫁《い》かない」と言っていたお光の不実をせめて泣く。お光が寝た後、お島は「たき野」（誰なのかは作中でもはっきりしない）にあてて手紙を書き、そのなかで、誰も結婚しない世の中ならいい、との願望を語る。

または、田村俊子『あねの恋』（『流行』明治四五・四）。「白木へ行くにも、歌舞伎へ行くにも二人の姉妹ははなれられない伴れ」で、「人の居ないところへ寄り合つて然うして二人切りでひそ〳〵と話を」していた姉妹のそれまでの仲を、昨日結婚した姉の衣桁に掛けたままになっている長襦袢のなまめかしさに妹が偲ぶというもので、姉妹間ではあるがやはり女性同士の濃密な関係を描いたものである(10)。

また森しげ『お鯉さん』（『三越』大正一・一〇）では、八重子が女学校時代の親友・亀子を訪ねると、亀子は自身のしどけないなりを病のせいといいながら、芸者二人が来て、八重子が見たこともないような騒ぎが繰り広げられる。八重子はその一人お鯉さんの美しさを忘れられなくなるが、次に亀子から、お鯉さんも来るからと招待された時には、罪悪のような気がして断わってしまう。「八重子の想像には、お鯉さんの美しい姿が刻み附けられている。光る様に白い前歯で軽く唇を噛む癖のある事、薄桃色をした素足の綺麗だつた事、濃いお納戸地《なんどぢ》に白の細かい匹田《ひつた》の絽縮緬《ろちりめん》の裾を引いて騒ぐ時、美しい模様の長襦袢の隙から優しい白い脛迄見えた事なんぞが、目の前にちらついてゐる」とセクシュアリティが描きこまれたものである。

これらは確かに、女性同士の親密な関係を扱う点で『女子文壇』や『青鞜』との連続性を持っている。だがPR誌という観点からみると、百貨店の戦略との共犯関係という別の側面も兼ね備えていることがわかる。

たとえば『お鯉さん』で、当時良家の女性にとって蔑視の対象でもあった芸者が執着の対象であることが注目される。だが三越の広告戦略に即していえば、明治三〇年代からの大きな柱であった広告額でモデルとして起用されていたのが、例えば赤坂・春本の万龍（五三頁、図11）などの芸者であり、また三越調製の衣服をまとった芸者がさまざまなイベントにも駆り出されていたのは第一章で見たとおりであり、小山内薫に「たま〱粋な様子や、いなせがあつても、それは三越で教はつて来た粋やいなせの程度」（「新橋と芸者の特徴」『新潮』明治四五・五）と言われるほど、芸者と三越は既に緊密なイメージを作っていた。

そもそも初期のモデルが芸者であったのは、美しさもさることながら、まずは消費のターゲットとなるべき中流以上の女性が、人前に姿を曝すのを忌避する行動規範を持ち、モデルに採用しにくかったからでもあろう。しかし、そうだとすれば、人にアピールするファッションが彼女たちに売れるはずもない。芸者といった一部の女性ではなく、多くの一般人に売ろうとする消費拡大の要請は、芸者と一般女性の障壁を取り崩し、まずはターゲットとなる女性に芸者への憧れを植えつけなくてはならなかった。つまり八重子という女学校出の女性の「お鯉さん」への注視は、読者に広告の女性像への注目を促し、憧れのモデル芸者のように服をまといたい、という欲望を女性に起こさせる百貨店の戦略に沿ったものなのである。世間並みの〈女性らしさ〉に苛立つ『青鞜』はもちろん、『女子文壇』もこうした作家たちとの間に線引きをしようとするのは、確かに、理由のないことではない。しかし、見てきたように、本人たちの意識とは異なり、これらが共通性ももっているとすると、広く表われた同性愛パターンなのであり、『青鞜』がひとり時代から突出していたとみるよりも、むしろ『青鞜』ですら免れられない文化的規制のパターンをここから抽出することが妥当なのではないか。

例えば『お鯉さん』は、女性から女性へのセクシュアルな注視が、上のような消費を勧める関係のなかでこそ発生していることを明示する。もちろん、芸者が男性に対する性の商品であることから容易に読み取れるのは、八重子からお鯉さんへの注視が、男性にまなざされ、所有したいとの男性の欲望をそそる、いわば〈もてる女性〉への羨みであり、自分もそうなりたいと思う同一化の欲望であることだ。だがむしろ、従来、異性愛を前提としたこのような構図を自明視してきたからこそ、引用したような女性から女性への注視が、明らかにセクシュアルであるにもかかわらず、その欲望を見過ごしてきたともいえる。『お鯉さん』が従っているのが女性にファッションを消費させる目的ならなおさら、百貨店はモデルで理想の女性身体像を提示しながら、まなざす女性自身に〈それが欲しい〉という所有の欲望をかきたてなくてはならないだろう。女性による女性への注視は、同一化の欲望だけでなく、男性の欲望とも一致してしまう相手を所有する欲望をも含みこんでいるのである。

このような女性の欲望の性質は、男性登場人物を有する『お島』にいっそう明らかである。お島は、お光の縁談を聞いて抱きあって泣くほど、彼女とは離れがたい親密な仲である。にもかかわらず、お光の縁談の相手は、お島も過去に歌など貰って意識していた田島文学士であったのだから、お島のお光への嫉妬を、異性に選ばれる理想的女性に自分が成り代わりたいという同一化の欲望だと名づけることができる[11]。だがここでも、お島の同一化の願望は、お光を自分一人のものにしておきたいという所有の欲望と区別がつくものではない。

これは『お島』が、商品を、そして自身をも男性に〈買ってもらう〉女性の欲望を描いた尾崎紅葉の『金色夜叉』(『読売新聞』明治三〇・一・一〜三五・五・一一[12])をいかに参照しているかをみればより明快になる[13]。『金色夜叉』で、宮が許婚同然の貫一を裏切り、富豪の富山唯継に嫁す、熱海の海岸で演じられる別れの場面は有名であるが、『お島』において、結婚しないと誓ったお光の心がわりをお島が責める「随分あなたは嘘つき、あたしを偽つたのね」が、熱海海岸での貫一の「宮さん、お前は好くも僕を欺いたね」と対応し、それに応えた「夫《それ》ぢやアあたしはどうすれば好いの」というお光の台詞は、宮が貫一に応えた「嗚呼《あゝ》、私は如何《どう》したら可《よ》からう!」と酷似している。『金色夜叉』では、宮の裏切りはむしろ物語の導入部といってもよく、その後にさまざまな人物、もちろん女性登場人物も絡み[14]、なぞらえるべきキャラクターには事欠かない。岡田八千代自身が『金色夜叉』の熱烈なファンであったのだから、なおさらである。にもかかわらず、お島とお光の関係が重ねられるのが貫一と宮の関係であるのは、注目に値する。つまりお島は、貫一が宮を欲望する如くお光を欲望しているのだからである[15]。男性に望まれる女性への同一化の欲望と、女性を所有したい欲望は、女性においては重なっているのである。

これらを同時に満たすとすれば、憧れの女性を、それに〈なる〉ことを通して手に入れる、というのが、女性の自己成型とエロスの構造なのだといえよう。だがもちろんこの構造は、〈なる〉ことを通してでしか手に入れられない、と裏返せるものである。〈生産者＝男性〉〈消費者＝女性〉のメタファーがくり返され、男性のみを経済的主体として再生産する社会では、まさに貫一が金を持たないゆえに宮を所有できなかったように、経済力をその条件とする（女性の）所有は、女性には達成できないからである。女性が、欲望する女性をそれに〈なる〉ことを通じて手に入れる、というのこそは、資本主義社会という事件が馴致したエロスの構図なのである。その意味で、『お島』冒頭に置かれた、お光のために買い物をするお島が三越の風呂敷を手にしているエピソードは、裏切りではなく、彼女たちの親密な関係をこそ象徴するものである。

このような関係は田村俊子『あねの恋』でも同じである。姉の結婚のためにあっけなくふられた恋人を妹が思いやることで、妹の姉への感情は男から女への愛に重ねあわされているが、一方で姉は、おそらくは自分も同じく辿る人生の先輩、同一化の対象でもあり、その同一化は、やはり冒頭に述べられた衣服への偏愛において語られているからである。

消費を女性に勧めた三越の日比翁助は、明治三三（一九〇〇）年いち早く女性店員を採用したことでも知られているが、彼女たちについて次のように語っている。

> 私が或日店内を見廻つて居ますと、二人の婦人が体と体とをクツつけ合つて、左も睦まじ相に話して居るので、姉妹の客であらうと思つて居ましたが、近寄つて見ると其一人は店員ですから、後で其店員に貴女は先刻《さつき》の客を知つて居るのかと聞いたら、知らない客だと答へました、で私は其時、これは大きな成功である、追々馴れて来れば、恁成《こうな》る事と考へると同時に「異性相寄る時は虚偽的軽薄的に多く効を奏すれども、同性

相対する時は誠実真情遂に勝を制す」と云ふ、西哲の言葉も思ひ出されました。(「女子事務員」『女学世界』明治三九・三)

店員が客と見まがわれるのは、彼女たちが女性客の身になれる、つまりやはり一種の客として導入されたからであり、だからこそモデルとしての女性店員の姿に欲望をそそられた女性客が、彼女たちのように装い、両者の区別がつかなくなるという事態に他ならない。こうした連鎖が作り出す女性同士の集団と、客とモデルの親密すぎる関係[16]とは、女性に消費を勧める歴史的に極めて限定された社会の帰結であり、それにとって「大きな成功」だった。そして、同じ時期に田村俊子が『あきらめ』冒頭において女子大学と洋品店を隣接させたように、『女子文壇』のような向学心に燃えた女性の絆と消費が作り出す女性の絆は、決して相反するものではなく、これらの姉たちの小説において触れ合っていたのである[17]。

第三節　同性愛の忘却

このように、消費社会のなかでの女性の教育が、女性同士の親密さを不可欠な要素として組みこんでいるなら、『女子文壇』の選者たちが同性愛的な感情を奨励していたからといって驚くほどのことではないであろう。むしろ〈女性〉らしく教育するシステムが十全に機能していることなのだからそれはとがめられないし、まして同一化と所有の欲望を完全に分けることも困難だからである。

だが、このような関係は、異性愛の女性を再生産するシステムとして構築されながら、一方でそれ自らを脅かす契機を内包してしまうのも確かである(『青鞜』の小説が反抗として捉えられるのも理由のないことではない)。女性が女性を欲望すれば、同じく女性を欲望する男性との間に競合関係が生じ、男性と女性の(少なくとも)エロス的序列は混乱してしまうからである。何とかして序列の混乱を回避しようとする文化のつじつま合わせは、例えば、女性を所有したいとする欲望をあくまでも男性のものとし、女性のそれについては、男性の欲望の受容である限り許容し、女性自身が〈男らしい〉欲望を持つと判断されるなら厳しく否定するという、苦しい二枚舌を試みる。

具体例としては、セクソロジーの先駆者ハヴロック・エリスを下敷きにした、桑谷定逸「戦慄すべき女性間の顚倒性欲」(『新公論』明治四四・九)が挙げられる。ここでは、「男装男職を好む」いわゆる「男らしい女」のなかに、「男を愛する余りに」男の「真似」をする愛すべき女性と、女性を性の対象とする「有機的本能の点に於て男性的」な「性欲顚倒の女」という悪しき存在を区別しようとしているが、これは、はなはだ困難な課題であろう。

他にも、世間の耳目を集めた新潟での女性同士の心中(九七頁)についての一連の報道が、女性同士の関係を、「関係ある二人の境遇年齢性格等が相似たる」ときに生ずる「精神的友情」と、「一人が必ず男性的性格境遇の女子にして、他を支配する」「女夫婦」の二種類に区別し、もちろん後者を危険視するなどは、その典型であろう(「同性の愛」『婦女新聞』明治四四・八・一一)。この筆者は、「精神的友情」は、その時期を「女学生」時に限って、「善導し燃ゆべき適当の際に燃えしむる」ことは、異性愛にとって必要な発達階梯だといい、システムがはらみこんだ危険を何とか飼い馴らそうとする。彼のお気に入りである、若い女性の「相似たる」画一性は、すでに随所で見てきたとおり、女性を消費者に仕立て上げようとする教育の、むしろ成果であった。とすればこの時、教育の成果としての同質性こそが、女性が同性愛に向かう原因として転倒的に措定されており、同様に、時間軸上でも、女性同士の関係は男性との関係に座を譲るものとして語られ、転倒はより強化されている。これらの問題は、実際には異なる女性間の愛であるものを、同質と言いなして女性の関係から抹消するのみならず、女性たちに消費させようとする社会が継続する限り不断に起こっているはずの女性に対する女性の欲望を、一度限りの成長過程と言いくるめて隠蔽し、忘却にさらそうとするところにある。

既に取り上げた『女子文壇』の投稿小説が、姉たちの小説と連続性を見せながら対立もしていた理由も納得できる。こうした教育システムを姉たちと共有しながら、それゆえに要求される転倒を内面化し、姉たちがいつまでも女性同士を語る危険さには自ら目をふさぎ、無いことにしようとしていたといえるだろう。というのも投稿小説では、すでに所々でふれてきた、片方の結婚による二人の関係の終焉というパターンのみならず、一人称で自己の体験として書いたものも、実はほぼ例外なく女性同士の絆は過ぎ去ったもの、もしくは過ぎ去りつつあるものとして書いており、男性が設置した発達の階梯を、そのまま実現しているからだ。

先ほども触れたぎよう子「心の底」では、「私」が熱く想った明星さんは、結末で現在では平凡な人妻であることが記され、「私もとつて二十一才明星さんから譲り受けた独身論の前にも、もう降参しかけて居る」と閉じられている。また下枝子「デヤレスト」は、「私」をかわいがっていた教師のほうが新しい「デヤレスト」をつくって関係は終結し、「私」が寄宿舎中で最も年少で「ベビー」であった時代の思い出となっている。

ここでの過去が、実在の過去ではなく、現在不断に生起することを望まれながらも〈非在〉であらねばならないゆえに、過去を偽装した姿であるのはいうまでもない。そして不幸にも、男性の言うことを真に受けて、姉たちのセクシュアリティを見ようともしない彼女たち自身の行為によって、女性から女性への欲望がなぜ周縁化を条件に生み出されるのか、その機構は見えにくくなってしまうのである。(18)

加えてここでは、こうした個人の成長過程のなかで同性愛が過去に押しやられてしまうだけではなく、歴史的にも過去へ放擲されている点を確認したい。例えば『お島』において、一度は通るはずでありながら卒業しなければならない少女たちのユートピアは、漠然とした過去ではなく、「読売新聞に紅葉山人の『金色夜叉』が続載されて居る頃」、「まだ田山花袋などゝいふ名も一部の人にしか知られなかつたにも係はらず」傾倒する生徒がいたり、「泣菫の詩よりも藤村の詩の方が好く読まれた」、またお島が泉鏡花の『女仙前記』、『湯島まうで』(『湯島詣』）を好むなどの多くの記号に示唆された歴史上の時点（整合的に考えるとすれば明治三五年頃）だからである。[20] これもまた、既出の「戦慄すべき女性間の転倒性欲」が、「看破に困難」であるはずの女性同性愛を、「ニユージーランド」、「南米土人」、「北米印度人」、「ザンジバー」などの「未開人の間にも随分盛ん」としていること、つまりは空間的距離を時間的距離に読み替えて、同性愛を忘れられた歴史の過去として表象しようとしていることと足並みをそろえるものでもある。これらが重要であるのは、むろん、歴史的な過去としての表象によって、個人的な過去としてよりも、より回復不可能なものとして女性同性愛が文化全体の忘却にさらされるからだが、一方、女性にとっての文学史の問題がここから導き出されるからでもある。

第四節　不在をめぐる文学共同体

『女子文壇』の創作において文学が書きこまれる時、それは以上で確認した女性同士の連帯の象徴であり、従ってほぼ例外なく戻らぬ過去としてである。

筆子「春の怨」（四巻六号）で「けれど貴女！　文学を捨ては為ないでせうね」と「私」が呼びかけるのは「此の日頃世界に、光さん程好きな人は無い、可笑しいけれど、私の恋人は光さんである」とまで思った光さんの結婚に際してであり、文学は「人の妻たる以上は、既《も》う彼様《あのやう》な、無我の境に現《うつ》なく、花に憧るゝ胡蝶にも似た、那麼《あんな》折は千年も万年も再び返る術《すべ》は無い」ものとして回想されている。「偉い人と姉の様に慕つてたのに其は皆欺かれてた、あの文学論も宗教論も、噫《あゝ》京様も矢張り平凡な人だつた、」（寂静子「若き女同士」既出）や、「慰藉《なぐさめ》を〳〵とあらゆるものを求めて、つひに文芸に行つた」瑠璃さんと「日本海の怒濤《なみ》に沈まうと共に〳〵誓つた」のに「私は棄てられて了ふのだ！　と云ふ強い〳〵未練」を感じる（若杉浜子「面がはり」、六巻一五号）などでも、文学は、親密だった女性の結婚という裏切りに対して、返らぬ蜜のような日々なのである。

これは、同性社会性を『女子文壇』にまず見出した飯田祐子が「女性にとって、文学は、独立と女性の連帯を生み出す装置となっている」(21) と指摘したことに再考を促す事態でもある。女性たちにとって、文学による連帯は、〈既にないもの〉だからである。

これと対応するように、『女子文壇』の現在は、文学を書くことへの絶望にあふれている。「自分の思ふ事を、自在に筆に表せるようになりたい。しかしやめやう！　文学なんかやつたつて何にもなりやしないもの」（清瀬子「私と云ふ女」散文欄、六巻八号）、「私は詩人になるのではない。私は小説家になるのでもない。どうぞ誤解して下さるな。私は何にもなりたくはない。私は、妻にも、母にも、文学者にも何にもなりたくない」（長曽我部菊子（生田花世）「この頃の思ひ」、六巻一五号。この増刊号は欄分けなし）、「この頃の私の心は乾き切つて了つてゐる。何を見ても何をしても少しの刺激も与へられはしない。寂しい只何かしらず空虚な心持なのだ。一日々々と惰勢《ママ》で引きずられてゆくやうな……。詩だの歌だのに情緒のゆらぎを表はせるうちはまだい、、若いのです。乾ききつた心には詩歌はない。歌や詩ではおつつかなくなつた」（白木絲子「自ら警むる記」、七巻九号、この増刊号は欄分けなし）など、文学への熱烈な絶望という矛盾が雑誌を支えている。

これらは、飯田が女性たちの連帯を〈文学的欲望〉と呼ぶのに「やはり」と留保をつけざるを得なかった事態と関連する。飯田が、青年男子に人気のあった投稿雑誌『文章世界』との比較を通じて行なった分析によれば、『女子文壇』の選者たちは、文学で世に出たいなどと思うのは本当の文学ではない、と投稿者の向上心につけこんで言葉巧みに警告し、彼女たちに素人のままでいることを要求した。また文学のなかで、詩や短歌や小説などのいずれのジャンルが主流となるかは時代状況によって異なるが、既に小説が文学の最も一般的な表現手段となりつつあったこの時期、美文・散文は小説より下位のジャンルとして位置づけられ、女性投稿者たちには、その美文・散文を奨励して、明らかに男性ジェンダー化された文学への昇華を阻んでいた（飯田の分析は美文欄・散文欄についてなされているが、『女子文壇』における「美文」は、三巻までの「叙事文」と「叙情文」を四巻から合併してつけられた名称であり、これが六巻で「散文」と変更され、七巻ではさらにそれまであった「日記」、「論文」、「書簡文」、「短文」も吸収している。したがって、これ以後これらのジャンルの総称を「散文」とし、それぞれを区別する必要のある場合は「〜欄」と呼ぶことにする)。

改めて確認すれば、確かに『女子文壇』内外で、一般的に女子には小説は不向きで、散文が向いているという主張は多い。

女子に小説は無理である。(中略)単純な生活をしてゐる女子に、複雑な小説などは書けないのが普通である。(三輪田元道「女子の文章の長所短所」『文章世界』明治四〇・八)

女は猿を脱しない。模倣性に富んで居る。(中略)なまなか女が特に独創的な頭を要する小説を書くなどは僭越だ。(「女流作家を罵る」『新潮』明治四一・五)

女子は稍もすると形式にかかはる弊ありと見ゆ。自分のお友達と話しする気にて、叙事叙情の文を物し玉へ、一葉女史に劣らぬ傑作が出来るかも知れず。(高須梅渓「一滴又二滴」、四巻一二号)

何にしても女はセンチメンタルが其本質ですから、詩などの方が可か知れません、明治の作家では一葉でせうが、一葉の作でも叙情風の処が良ので、矢張センチメンタルの文学です、(中略)清少納言の書いたやうな随筆ですが、あゝ云ふ風のものを今日の女流作家が書いたら好からうと思ひます、随筆などは最も女子の文学に適しています。(島村抱月「随筆文学(女子に適す)」、増刊号「文壇の光」四巻一五号)

これらを、「私は文章を練習するには日誌を記載するのが一番良法であらうと存じます」、「其れを在りの儘に記載するのが此の日誌なので厶《こざ》いますから」（西垣琴枝「日誌」、新論文欄、五巻三号）のように読者も内面化した結果、「寄稿中最も多く集まったのは美文でした。（中略）成績も美文が最も好いやうです」（「総評言」、五巻七号）や、「而して詩歌小説文章の各欄を通じて見るに、毎《いつ》も云ふことであるが、散文欄が最も特色を存してゐる若き女子の感情と云ふやうなものが、最も散文に書き易いからであらう、（中略）男子の文壇を渉猟しても此種の文字は滅多に見つけることが出来ぬ」（一記者「誌友作家の進境」、六巻九号）といわれるように、散文の肥大が『女子文壇』の特徴となっており、投稿小説欄に多く見られる〈まだ小説になっていない〉旨の低い評価とあわせて、男性向きの小説より下位のジャンルとして女性の散文が置かれていることを再確認できる。

むろん、平行して韻文を勧める「女には韻文が適して居る」（「己を忘れたる女流作家」『新潮』明治四一・五）や、「韻文の方では晶子女史の如きがあつて、女子ならではと思はる丶、感情の声を度々聞いたが、それが散文となるとさうは行かない、同じ作者であつてもそれが小説に向ふと矢張り嘘の女子が出て居る」（田山花袋「女の心持」、五巻四号）などの発言も多く、散文の内容が定義づけ不能であるように、要するに小説と対置され得るすべてのもの、小説ではないすべてが女子向きだと言われているのと同じであり、これらは男性作家たちによって捏造された、根拠を問うことができないメタファーでしかない。

このような文学からの女性の排除は『女子文壇』の外でも広く見られ、少なくとも今回取り上げたPR誌に寄稿していた女性作家が、文学の生産者ではなく消費者のモデルとして要請されていたこともその一例である。彼女たちが想起する〈文学的過去〉とはそのような絶望に対してなされるものなのだが、果してそれは、実在の過去だろうか。先ほど見たように、同性同士の親密さが、個体における成長という時間にしろ、歴史という進化にしろ、時間軸上に再配置された〈非在〉の過去ならば、それと重ねて語られる文学共同体が、かつて実在した過去なのかと問うてみることは可能なのである。これは単なる類推ではなく、女性の文学（ここでは特に小説）からの排除がいかにして発生したかを見るとき確実な解答となるだろう。

管見では、『女子文壇』における投稿小説と投稿散文とは、実質的に区別のつきにくいものである。美文欄の投稿に対し、「艶麗、寧ろ小説の部に属すべきもの」（田中久子「温泉の宿」選評、四巻四号）、また「此は小説の方へ行くべきものかも知れぬ、併し美文として来て居ますから、美文として取り扱います」（木村しま子「京の思い出」選評、五巻五号）のように小説との区別を選者自体が疑う選評が幾度か見られるとおりで、美文欄の投稿が、すでに雅文体ではなく言文一致で書かれており文体上の区別も機能していないのはもちろん、ほとんどが一人称で書かれている投稿小説と、美文欄や日記欄、書簡文欄の投稿は、長さ以外の区別はつきにくい。

ついには欄分けが廃止され、「其他の散文中にも創作ともつかず、感想ともつかず一種の告白文が多く、純乎たる創作の少いやうに見えるのは、本誌編輯の体裁上余儀ない次第だが、それらの区別は一に読者の眼底に映るまゝに任せて置く」（記者「『若き婦人』の後に」、六巻三号）と投げ出されてしまうほど、『女子文壇』でのジャンルは大変流動的である。

このような事態を招いた一因である一人称小説の流行は、自然主義に顕著な告白という装置が機能し始めていることを示すが、そうであればなおさら、『女子文壇』における散文は実質小説なのだと言うこともできるだろう。このことからわかるのは、女性には散文が向いている、という言説とは、女性の書き物が教育や投稿雑誌の整備などによって飛躍的に増加し、男性の作家にとっての占有的な場が脅かされようとしたときに、しかし、無視できないその物量をやり過ごすために、特別席を用意するものだったということだろう。女性の書き物が無視できるほどの量しかないとき、おそらく制度は寛容である。女性には散文が向いている、というのは事実の提示ではもちろんなく、女性の書くものは散文である、という枠どりを繰り返し行なうことでむしろ階層化を守る、行為遂行的な言説であったということになる。投稿者が同じようなものを書いたとしても、小説欄に送れば不当な評価を下され、散文欄に送れば誉められる、というなら、散文欄に送るようになるのは至極当然であろう。そこに、小説と区別のつかない『女子文壇』の散文欄の肥大化が起こるが、中心的な文学と見なされるのはあくまで小説である。

つまり、女性の書き手がごく少数であったかつての時代とは異なり、女子教育の普及や雑誌などのメディア状況の整備をきっかけとして、女性の書き手が無視できない量として現われたという事実こそが、文学を女性にとって不可能なものにしている。彼女たちは、文学を媒介とした連帯の不可能性を言い募ることで、かろうじて同質の集団に見えており、共同体としての相互確認は持ち得ない、いわば不可能な共同体を成している。ただし、それが消極的なものであったとしても、書き手の少ないこれ以前には、女性の文学をめぐる熱烈な共同体自体がありえない。とすれば、彼女たちが集団的に懐古する文学共同体とは、現在の不可能な文学をめぐって形成された共同体が現象させる想像的な過去なのである。

そして確かに、『お島』で名が挙げられていたような文学は、実は彼女たちの現在こそが流通させているものでもある。『女子文壇』の人気コーナー「誌友倶楽部」は、既に述べたように誌面を通じて手紙や物品の交換が行なわれ、彼女たちが文学の中心から排除されていることを象徴的に示す欄でもあるが、ここで交換を希望される図書とは、もちろんその膨大な量について統計をとるべくもないのだが、『女子文壇』その他雑誌のバックナンバーを除けば、圧倒的に多いのが『金色夜叉』、『紅葉全集』や徳富蘆花『不如帰』（明治三一～三二年）であり、菊池幽芳『己が罪』（明治三二年）や『乳姉妹』（明治三六年）、小杉天外『魔風恋風』（明治三六年）、そして島崎藤村『藤村詩集』（明治三七年）といった、文壇的には既に古いと決めつけられてしまうようなものたちである。(22)

これらの文学は発表されてから時間が経っている。例えば岡田八千代は、明治一六（一八八三）年生まれでこの時期三〇歳手前だが、『金色夜叉』などがこの世代の青春の愛読書であったことは先ほど見たとおりである。にもかかわらずこの時期には若い層に熱心に交換されているのだ。このタイム・ラグを、「私が昔、紅葉の『金色夜叉』を、非常な大芸術だと思つたのを考えて、愧《はずか》しさに堪へぬのです。あゝ、時代は推移せり」（江原田鶴子

「自然主義に就て」新論文欄、五巻三号）のような投稿者の言葉から、創作を投稿できず交流欄にのみ甘んじる読者が、文学の最先端から二歩ほども遅れた読者だったのだと位置づけるのは早計であろう。交流欄での投稿の方法をたずねる投書の多さは、ここに集った読者が創作投稿もしたい読者だったことを示しているし、対する編集側は、初めての投稿者専用の「初作」欄を設けるなどの工夫で、こうした投稿者を階層化の頂点へ向かって上昇させる通路を確保しており、この時期にそれほど完全な読者間の分断はなかったと考えられるからである(23)。むろん、読者と投稿者が完全に住み分けていたとしても、少なくとも交流欄での図書交換が投稿創作を読む行為と連動して起こっていたことは確かである。

これらの遅れた文学をしきりに交換して読むことと、「島崎先生のあの家庭的な、おだやかな筆に接したいと思つて、藤村詩集を出してみましたけど、何やらものたらぬやうな、煮え沸つた湯をうすい布《きれ》で包んだやうな、そんな気がして一編ともよみ得ませんでした」（安木はる子「覚めたる日記」、六巻一五号、この増刊号に欄分けなし）と紅葉も藤村も自分たちには味方しないものとして〈文学ならぬもの〉を書きつける、という一見断絶たは対立したような二つの行為が同時に現われることとの意味は、過ぎ去ってしまう女性同士の連帯を文学と重ねて語るパターンを間に置いてみると、見えてくる。現在の文学からの疎外が、かつてあったはずの文学による連帯を愛惜しながら、それを想像的に投影した過去の文学作品を彼女たちに交換させていく。もちろん岡田八千代とはすでに十歳以上の年齢差すら想定される読者にはあずかり知らぬ過去であろうとも、その現在の行為によってこそ、想像された文学の過去は、流行おくれの家庭小説を今頃読む〈遅れた女性読者〉イメージとともに実体化されてきたのではないだろうか。

彼女たちの営為を〈文学的〉と呼ぶ根拠を、彼女たちの書き物が実際には文学であったことに見出すべきか、文学史を後ろ向きに形成していく点に求めるべきかの判断は難しい。だが、この女性同士の絆による、文学への絶え間ない交渉と不徹底な挫折こそ、彼女らを体制のなかに留め置こうとする異性愛体制とその性差別の老獪さを表わすものであり、同時に、その虚構性を露わにして新たな交渉へと導くものでもあるのではないだろうか。

第五章　〈一葉〉という抑圧装置

——ポルノグラフィックな文壇アイドルとの攻防

樋口一葉の師であった半井桃水《なからいとうすい》は、その指導について、一葉夭折のはるか後年、次のように回想した。

始め十回程書かれるまでは、何分女の言葉が荒ッぽいので、或時私は斯いふ話を致しました「貴嬢一度三崎座へ行て女優の演劇を御覧なさい、男形は存外旨いが、女形は男優の演る程何もやさしく行きません、是は畢竟自分が女仕種でも台語でも多少自分を標準とする為、荒ッぽくなりたがります、女流作家も其の通り、自分の平生用ふる言葉を全然使へば女であると気を許す処から、女の言葉が荒くなる、口では巧みに言廻して、さほど耳立たぬ辞でも、書いて見れば優しくない。（半井桃水「一葉女史」『中央公論』明治四〇・六）

一葉は、中島歌子の主催する歌塾・萩の舎に入門して和歌などを修める傍ら、新時代の表現ジャンルとしての小説を志し、当時新聞小説などで活躍していた桃水に弟子入りしていたのである。

「故一葉女史に就て」（『三越』大正一・一二）でも同様の内容が繰り返されるこの回想について関礼子は、樋口一葉の小説家としての出発点に、桃水を通した小説文体におけるジェンダー規範の学習があったと指摘し、それを「女装文体」と呼んだ。(1) 明らかに異なる指導の以前と以後の一葉の文体を引き比べた関は、指導が、男性表現者が作り上げた規範的な女性表現を注入される矯正でもあることを明らかにし、一葉が日常をストレートに表現する活力のある文体を失った、と分析したのである。本書の趣旨にひきつければ、一葉がすでに流通している規範的な女性文体をまねび、自らが承認される位置を確保したことは、これまで田村俊子について指摘してきた〈再演〉であるといえるだろう。〈女らしさ〉が生物学的に女性の身体を持つものの実情とは別個な、教育されるべき規範であることを明らかにしたこの論の重要性は現在も変わらない。しかし、問題にしたいのは桃水の発言の時期である。

桃水の発言で引合いに出されている三崎座とは、女性のみによって演じられる芝居の代名詞であるが、内容は歌舞伎劇である。女役者による歌舞伎が徳川期に禁じられて以降、女性演者は踊りの師匠やお狂言師として過ごしてきたが、岩井粂八（のち市川粂八、九女八）が明治六（一八七三）年になって一座を組織して以降、本所緑町の寿座や吾妻座などに出演、いくつかの離散集合を経て、神田三崎町にできたこの座に落ち着いた(2)。そして、桃水自身が三崎町に明治二五（一八九二）年七月から二八年五月まで住んでいたという事実からも、これを目にした可能性は当然高い。だが、三崎座という芝居小屋自体は明治二四年六月二七日に開場しているとしても、この座を女性ばかりの芝居として定着させた市川鯉昇一座の上演となると明治二七年六月、それ以前の市川久女八一座の出演まで遡っても二六年二月である(3)。

一葉研究ではよく知られた事実だが、一葉の周囲には、桃水の女性関係についての不品行の噂があり、そのような男性との交際を危ぶむ声が囁かれていた。むろん、未婚の女性が、小説指導とはいえ、男性を家に訪ねることだけで耳目を引く時代である。一葉が師・中島歌子の勧めを決定打として、桃水にしばらく交際を絶つ旨を伝えたのが二五年六月一二日である。桃水からの小説指導が頻繁に行なわれたのはこれ以前であるとすると、三崎座を見ながら指導を行なったというのは、少々時期が合わないことになる。

むろん、三崎座については研究・調査が充分になされていないこともあり、これ以前に行なわれていた女性ばかりの芝居を見ながら桃水が指導した可能性が絶無なわけではなく、桃水の回想の不確実さを槍玉に挙げたいわけでもない。研究・調査の困難さが示すように、明治二〇年代から女性ばかりで上演を続けていた三崎座は、当時の文学界、演劇界では話題になることすらなく、言説として浮上してくるのがまさに明治四〇年代、演劇界で女優が必要かどうかの議論がかまびすしくなる時期だということである。(4)

例えば、第二章でも引用したが、女優導入論者である小山内薫が、その意に反して女優は当面使わない方針を述べた際、その理由である現在の女優の演技過剰の例として挙げていたのが三崎座であった。小山内は、「三崎座でやる女は男が扮します女形の型を真似てやつて居る」から、「彼等の芸は男の女形以上に不自然」(「女優論」『帝国文学』明治四三・六)と述べたのだ。このあと、例えば児玉花外「劇場のまぼろし」(『女子文壇』明治四三・六)など、逆に三崎座にノスタルジーを感じるものなども現われ、三崎座はやや見えやすくなってくる。前述の桃水の発言は、ちょうどこの時期に重なるものである。

つまり、回想された内容、明治二〇年代の一葉にもっと〈女性らしい〉文体で書くように指導したことについては、類似の事実があったとしても、それを改めて明治四〇年代に語る際、当時の女優をめぐる文学界での議論の高まりを背景に、改めて選択された比喩が三崎座のエピソードであると考えるのが妥当なのである。そして、この瑣末な違いが重要なのは、桃水の発言を誘発した一連の女優論が、既に見たように、女性の役は男性俳優と女性俳優のどちらが演じるのがより自然で〈女らしい〉のかを問題にするものだからであり、この大問題が、この時期になるまでほとんど等閑に付されていた事実が、桃水がいう〈女らしさ〉という問題系自体が明治四〇年代の特定の知見であることを明らかにし、不変であると考えられてきた〈女流作家〉としての一葉像に亀裂を入れるからである。

第一節　一葉はいつ〈女性〉と認定されたのか？

一葉は一体いつ〈女性〉と認定されたのであろうか。この問いは当然大変奇妙にもみえるが、作家としての一葉が、われわれの多くがそう捉えているようにフェミニズムの旗手として、つまり女性一般の代表として捉えられるのは、自明なことではむろんない(5)。

実際、一葉に対する評価は、とくにその〈女らしさ〉を中心に見たとき、大きな転換を経ているようである。明治二〇年代から三〇年代初頭にかけては、「元禄体の軽妙なる語調に、さすがは女の、緻細なる観察を写されて」（「一葉女史」『青年文』明治二八・三・一〇）などの〈女性らしい〉という評価はむしろ例外で、

筆は着想の凡ならざると共に鋭く、人をして其婦人の作なるを疑はしむるものあり（星野天知「明治廿五年文界」『女学生』明治二五・一二）

げによく書かれたれどわれは其よくの上に女性に似ずといふ語を置くことを忘るゝ能はず（正太夫〔斎藤緑雨〕「金剛杵」『めざまし草』明治二九・一）

吾人は女史が一閨秀として此くまでの技倆あるを嘆賞するを禁ずる能はず。（無署名「一葉」『青年文』明治二九・二・一〇）

またその文章のみならず、描ける人物にも多少洒脱の趣ありて、女流の筆に似合はず、梅花の雪に笑ふが如

き風度あるを見る。（桂月生〔大町桂月〕「一葉全集を読む」『帝国文学』明治三〇・二）（いずれも傍線は引用者）

など、「女流」らしくもない、一般の女性とは一線を画した特別な存在である、というのが一葉評価の主流である。

ところが、明治四〇年代になると評価は一転する。例えば「女流作家論」という『新潮』（明治四一・五）の特集（冒頭に小栗風葉、柳川春葉、徳田〔近松〕秋江、生田長江、真山青果の名がまとめて挙げられるだけで、それぞれの談話の主が誰であるかは明記されていない）では、

一葉女史の作物には稍々突飛な材料を取り扱つたものも、奇抜な観察もあるが、然し、女でなければならぬ、男には到底真似の出来ぬ特色があつた。（「其大成せざる所以」）

女は、女の見た人生、女の見た男其のまゝを忠実に書けば好いのだ。（中略）そこへ行くと一葉女史は偉い。自分の観察した所を忠実に描いて居る。（「女流作家を罵る」）

女流作家もポツ〳〵あるやうですが、まだ一葉女史らしいのはありません。（中略）女史の傑作は殆と凡《ママ》て女史が真の内部の声であったに相違ない。（中略）女性は女性で、女性が当然思考し、観察し、煩悶（あれば）する人生を其のまゝ露出《さらけだ》したら何《どう》でせう。今の女流作家にはそれをやる者がないぢやありませんか。私どもは女性からは女性の真の声を聞きたいのです。何を苦しんでか女性から男子の仮声《こはいろ》を聞くを要せんや。（「曰く、気取るな」）

などと一葉評価がなされるが、そもそもこれが「女流作家論」であることから明らかなように、これまでのような単独の一葉論というよりも、女性作家論のなかで触れられている。つまり一葉の捉えられ方は、明治二〇年代での一般の女性とは一線を画した特別な存在から、四〇年代ではものを書く〈女性の代表〉へと変化しているのである。

この傾向は何も『新潮』の特集に限ったことではない。次にいくつかの例を挙げるように、一葉の作中人物が〈女性〉を代表したり、一葉本人が〈女流作家〉の見本として語られる例は、雑誌の如何にかかわらず容易に見出せる。

一葉女史の「大晦日」のお峯とか、「十三夜」のお関など、普通の女であつて、普通の人情が現はれて居る。（徳田秋江「作品中の女性」『新潮』明治四二・四）

故樋口一葉女史は女子の間にあつて、殊にすぐれた天分のあつた人である。而して殊に芸術家として彼女の尊むべき点は、その女性らしき点にある。彼女の胸には女子としての煩悶あり（男子と同じ煩悶ではない）彼女の眼には女子としての観察あり、（男子と同じ観察ではない）彼女の腕には女子としての技巧があつた。（男子と同じ技巧ではない）。（中略）女性として煩悶せよ。その煩悶よ深かれ。かくて大《おほい》なる女流芸術家出でむ。彼等が多く大成せぬは男子のまねをするからである、一葉の不朽であるのは偶然ではない。（松原至文「近代的女性の意義」『女子文壇』明治四二・八）

この作家〔大塚楠緒子――引用者注〕の惜しむ処は、題材が多く男子の題材である。女子が、さういふ物を書いてもイケナイといふのではないが、なるべくならば女性からは女性の声を聞きたい。一葉女史の作は凡て女性を主人公としてゐる。さうして自分の境遇に近い人間を取扱つてゐる。成功の秘訣も一つは其処にあると思ふ。（徳田秋江「当今の女流作家」『文章世界』明治四三・一一）

だが以上の引用で確認しておくべきなのは、ここで一葉を女性作家の代表たらしめている〈女らしさ〉、あるべき女性像が、例えば優美さや従順などあるべき性質をあげつらう従来の女徳のように規範化、限定されているわけではない、ということである。「私は従来男子が書いたもので真の女性を描写したものはあるまいと思ふ、（中略）それで真の女の心持をあらはしたものは女で無ければ書けない事になるので、さう云ふ作家の出るのを希望するの他は無い」（田山花袋「女の心持」『女子文壇』明治四二・三）という作家はもちろん、例えば教育家でもある三輪田元道ですら、女子の文章について、窮屈に「女子の文章は斯くあるべしと規定する必要はない」と言いきり、「自由なる筆を以つて自由なる思想を書き現はすことを、今後の大方針と」している間に「自から女子の文体が生じ来る」（「女子の文章の長所短所」『文章世界』明治四〇・八）というように、むしろ男性によって描かれてきた女性像の模倣を拒否し、女性にしかわからないことを書けばよい、という女性自身の声が求められていたのである。

そして、既出「女流作家論」でも「女は弥張り女らしいと云ふ特色を保存して行くのが、如何なる場合にもナチユラルで、且つ、又便利であらうと思ふ。尤も、女らしいと云つた処で、単に繊巧だの、優美だのと云ふやうな趣味だけを云ふのではない。どんなに鋭くとも、どんなに烈しくとも、どんなに皮肉でも、どんなに意地悪くとも、それが、女らしく強く、鋭く、烈しく、皮肉で、意地悪くあれば好いのだ」（「己を忘れたる女流作家」）と同様の主張がなされていたが、ここで要請される女性自身の声が「ナチユラル」と呼ばれているように、これらの傾向は、多かれ少なかれ〈自然〉（主義）を話題にしていた文壇全体を覆う女性観であるといってよい。

第二章で見たように、新劇における〈女優〉も、男性の作り上げた〈女らしさ〉の規範を脱する〈自然な女〉、

〈女そのもの〉として要請されていた。新劇が、それまでの芝居の流れからではなく、文学者の側から興った演劇の文学化でもあることを考えれば当然でもあるが、女性作家論はまさにこれらと足並みをそろえているのである。だが、そうであれば、一見女性たちの解放に見える従来の女徳の棄却は、女性作家にとって直ちに福音となるわけではない。

第二節　実現されえない理念

すでに見たように、女優論は、まさに誰もが演じなければならない演劇という場において、〈女そのもの〉であること、いいかえれば演じないことが求められるという矛盾をはらむものであった。つまり、いかにも男性によって作り上げられた〈女らしさ〉からの脱却と見える〈女優〉とは、女性の実体とはかけ離れた実現不可能な理念に他ならず、しかもそれこそが〈自然〉の名を騙って女性たちに実行を迫ってはその不手際を攻め立てる、さらに抑圧的な事態だったのである。

むろん、先ほどの引用で確認したように「ナチユラル」を期待される「女流作家」も、同様の布置のなかにある。「どんなに鋭くとも、どんなに烈しくとも、どんなに皮肉でも、どんなに意地悪くとも、それが、女らしく強く、鋭く、烈しく、皮肉で、意地悪くあれば好いのだ」（「己を忘れたる女流作家」）という主張が、具体性を求めて言葉を重ねるほど、ではどのような書き方が具体的に〈女らしい〉のか、という疑問のリストを増やしてしまうだけであるように、一見女性に表現の可能性を開くように見える新たな〈女流作家〉像も、実現のおぼつかない理念のヴァリエーションに過ぎないのである。

この〈自然な女〉理念の席捲のなかに、冒頭の桃水の発言をおいてみれば、男性の演じる女形の演技を女性に要求する彼が、女優導入をめぐる議論において流行に乗れない敗者の側に位置づけられることがわかるが、とすれば、その彼が、一葉を語るものとしても一葉を語るものとしても傍流に追いやられていくのは当然過ぎるくらいであろう。対照的に、文壇内の位置においても一葉を語るものとしても、主流の座に着くことになるのは、一葉についての「男らしい気象の婦人で」、「男の友達の一寸毛色の変つたのだ位に思つて」、恋愛対象としての女性とは一線を画している（馬場孤蝶「故一葉女史」『明星』明治三六・八）との三〇年代までの認識を四〇年代になって翻し、「如何にも女らしい処が日記には沢山ある」（馬場孤蝶「日記を通して観たる樋口一葉」『早稲田文学』明治四四・一二）と、一葉をそのままで女であるものとして捉えなおした馬場孤蝶[6]や、「あれほどサツパリした人であつたにも関らず私には女といふものを全くヌキにして一葉を考へることは出来なかつた」（島崎藤村「一葉女史論」『女子文壇』大正一・一二）と発言しだした島崎藤村の方である。[7]

当然、このような文脈において女性作家の代表として浮上するならば、〈一葉〉もまた〈自然な女〉理念の一翼を担っている。ここからは、〈一葉〉という名が、〈女優〉の語と同様に、内実を欠いたまま理念の入れ物として機能していったこと、そして、実際の女性たちを抑圧していったとしたらどのようにしてか、を検討することにする。

〈一葉〉という名が理念の入れ物として機能していった点については、引用した明治四〇年代の一葉評において、必ずしも一葉作品の内実が評価されずに名前のみが取り沙汰されていたという事実のみでも事足りるが、ここではさらに明治三八（一九〇五）年創刊の『女子文壇』における〈一葉〉の取扱いを一例として確認しておく。

ここに至るまでに、例えば金井景子は、明治三〇年代を代表する女性雑誌『女学世界』の投稿小説を分析し、「投稿者たちの書架を覗いてみたいと思うほど、その〔一葉全集の——引用者注〕影響力は大きい」[8]と投稿小説における一葉の影響の大きさを指摘しており、また『文章世界』で一葉の文章が文範として取り上げられていることはよく知られている。しかし、充実した創作の投稿欄を持ち、『青鞜』発刊まではほぼ唯一の女性文学雑誌といわれる『女子文壇』では、先ほどのような一葉評価の多さからすれば意外なほど、一葉は必ずしも読者・投稿

者としての女性たち自身の憧れとしては機能していない。(9)

例えば、文通や書籍・手芸の交換が盛んに行なわれていた人気欄「誌友倶楽部」では、凡てを統計するのは不可能ながら、ここに一葉関連の書名が出てくることは極めて稀れである。また投稿小説に目を転じれば、例えば桐一葉「い、小母様」(『女子文壇』明治四一・二)は、ペンネームもさることながら、売られていく少女の無邪気さを描いていて、『大つごもり』(明治二七年)、『たけくらべ』(明治二八年)などで、金銭によって身を縛られる女性たちに同情のまなざしを注いだ一葉作品を髣髴させる。また、妻の述懐が綴られる深瀬ます子「新家庭」(『女子文壇』明治四一・三)(10)、同様に、実家へ戻ろうかと苦悩する妻を書いた紅百合「夕暮」(『女子文壇』増刊号「夏すがた」明治四一・五)などは一葉の『十三夜』(明治二八年)を連想させる作品で、内容に一葉の影響を読み取れる作品が全くないわけではない。

しかし、この時期の選者である小栗風葉の批評を見るならば、「新家庭」について「始めて人の妻になつた我儘な女の不平」と評しているのを筆頭に、「い、小母さま」、「夕暮」にはそれぞれ「此の中の少女のやうな運命は、故一葉女史などが書き尽くして居る」、「之れ迄先人の手に幾度か書き古された題材だ」など、既出の『新潮』の「女性作家論」で一葉をほめちぎっていた人物か、少なくともそれと同じ文化圏の作家の発言とは見えないくらいかなり手厳しい。一葉作品のテーマや人物造形がこの時代の女性の書き物に求められていたわけではないといえるであろう。投稿における模倣の禁止という点を差し引いたとしても、作品の内容に触れた一葉評価の少なさと合わせて、一葉は、その内実を欠いたまま、〈一葉〉という名としてのみ流通しているのである。

ここに、物を書く女性のお手本が一葉でなければならない理由を探すのは困難である。だが、〈女優〉論とひき合わせてみるならば、一葉を浮上させた条件のいくつかを推測することは可能である。

例えば第二章で確認したように、〈女優〉は、かつてあった過去への〈回帰〉として語られていたが、女性作家論が「従来のみならず現今日本の閨秀作家等には男子の作家を模倣して居る。(昔の日本の閨秀作家は左様で無かつた）」（「閨秀作家に就いて」『女子文壇』明治四二・六、『学燈』より転載）として、かつてはあった（そして今は既にない）ものとして語られるのと酷似している。「今日の日本の女流小説家には、あまり感服することが出来ない。一葉女史はとにかくえらかつた」（片山天弦「女流文学と精神生活の根底」『女子文壇』明治四三・一）のような一葉像が、こうした女性作家論として展開されているのは今や明らかである。そして、〈自然な女〉＝〈女優〉は、新たに要請された理念であり、これを〈回帰〉と捉えるのは、転倒以外ではなかった。同様に、現在の〈女流作家〉の払底と対照され、そのままで女性であったとされる〈一葉〉も、その過去の地点で女性作家として認識されていないとすれば、女性作家の理念が転倒的に過去に求められた結果、それを埋める記号としてのみ召喚されたと考えられる。しかも歴史上の人物であるだけ、具体的で事実らしくみえる好都合の例なのである。

だからこそ一方で、〈一葉〉は未来に出現するものとしても語られている。たとえば「「未来の一葉」と期して行末を待つて居りましたでしたのに」（梅沢梅代「田中久子君逝く」『女子文壇』明治四一・一二）とは、病没した『女子文壇』の代表的投稿者、田中久子について述べられたものである。こうした言い方は比喩としてとりたてて珍しくないにしろ、まだ到来していない過去の女性・一葉、という矛盾した表現がはらむ時間の二重性は、再び〈女優〉が、かつてあったものと語られる一方で未来に期待されてもいたことと正確に一致する。〈女優〉が実現不可能な矛盾をはらんだ理念であったからこそ、現実ではない時空に求められるしかなかったわけだが、既に鬼籍に入った一葉は、実現し得ない理念を指し示すにふさわしい記号であったのである。

繰り返すが、これは明治四〇年代に新たに浮上した〈自然な女〉という問題系の一翼を担う理念としての〈一葉〉であり、実在した一葉がどう生きたか、どう書いたかという問題ではない。後で再び触れるが、平塚らいてうが一五年以上前に活躍した女性を「矢張り一葉は「都会の女」だ。しかも「旧い日本」の都会の女だ」（「女としての樋口一葉」『青鞜』大正一・一〇）とあえて弾劾しなければならなかったのも、このような文脈において、まさにらいてうの生きる現代の問題として、現代女性の依る新たな抑圧的規範として一葉が立ち現われてきたこ

との証左なのである。(11)

第三節　〈自然な女〉が書くべきジャンル

〈一葉〉が作品内容の検討を保留され、現実における理念の空白を充塡する語としてのみ流通していたことを確認してきたが、一方で考えなくてはならないのは、明治四〇年代には、一葉作品の詳細な検討をこそ可能にした重大な出来事が起こっていることだ。明治四五（一九一二）年の馬場孤蝶編『一葉全集』（前編・後編、博文館）の出版である。明治二九（一八九六）年に一葉が没して後、大橋又太郎編『一葉全集』（博文館、明治三〇・一）、大橋又太郎編『校訂一葉全集』（博文館、明治三〇・六）が既に出版されているが、(12)作品だけを収めたこれらに対し、四五年の全集の話題は、何よりも「前篇」に収録された日記にある。

日記は、一葉没後斎藤緑雨の手に渡り、彼に公刊の意思はありながら自身の病没によって果たされず、あとを託された馬場孤蝶によってようやく実現されたものである。出版のタイミングは、一葉の十三回忌という区切りもさることながら、自己を偽りなく語るべきとする自然主義的文学観の定着を背景に、直接の知己によって「日記は一葉の作物よりももつと尊いものだとする事が出来るかも知れ無い」（馬場孤蝶「日記を通して観たる樋口一葉」『早稲田文学』明治四四・一二）とお墨付きが与えられた結果であろう。そして、出版自体が「私どもは『日記』を一葉君の書き物のうちの最も重んずべきもの――と考へる」（馬場孤蝶「一葉全集の末に」『一葉全集』明治四五・六）とそのお墨付きに根拠を与える循環的な事態でもあるが、いずれにしろ、これらによって、以後〈一葉〉を論じる話題が圧倒的に日記に傾いていったのは事実である。

そして、そうであれば、内容に注目が集まった『一葉全集』の出版という事件は、〈一葉〉が記号としてのみ流通していた事実と一見矛盾するようにみえるが、そうではない。というのも、小説から日記へ、という重心の移動は、女性向きのジャンルが確定されたという事実とあいまって、〈一葉〉が女性の代表として新たにとらえ返されるこの間の事情を強化するからである。

ここで参照している『女子文壇』について飯田祐子が指摘したのは、文学のなかでのジャンルが明確に階層化され、小説の下位に位置づけられる散文が女性化されていたこと、『女子文壇』の投稿者には散文と素人性が奨励され、文学のヒエラルキーを上るべき階梯が用意されていないことであった。[13]しかも、第四章で確認したのは、『女子文壇』における散文の肥大は実質的なものではなく、女性たちの書く訓練が小説執筆に直結していたゆえに、女性の書くものは散文である、という名づけを繰り返すことでむしろ階層化を守る、行為遂行的言説の結果であったことである。

このようななかで、〈一葉〉が女性の代表となると同時に、小説作品ではなく、小説の周縁に位置する日記というジャンルにおいて語られるようになったことは当然であろう。代表性は、それが可能になるほどの女性の書き手の増加を示し、そのことこそが、男性と競合し得ない特定のジャンルへの女性の囲い込みを必要としたからである。いいかえれば、既に作家として認められていた〈一葉〉が女性一般の手本となるためには、この過程を経なければならなかったということでもある。

飯田も指摘したように、女性の書き手にとって、小説以外のジャンルに追いやられることは、同時に〈素人〉としての位置に追いやられることでもある。「生意気に文壇に出娑婆つて下手な駄文を見せびらかすよりも、一層退いて忠実なる読者を以て任じ、静かに他人のものした作物を味ひ、而して文筆を弄《いぢ》る暇を以て小遣帳でも付てゐた方が遙かに利益だと思ひます」（勝間舟人「女子と文学」『女学世界』明治三八・四）などが、女性雑誌での発言であることからすれば、

私の方へ見える女の方でも小説を書いたから見てくれと云はれて、見ることもありますが、何うも作家に

ならうと云ふ気があつて書くのと、単に書いてみやうと思つて書くのと、其処に相違があるやうです、小説志願者の書くものは何うも或る作家の型をねらつたりするから、却つて作り物になりすぎて、巧みであつても、成程女の観察点は違つたところもあると首肯《うなづ》かせるやうな作が少い、其処へ来ると『女子文壇』に集《あつま》つて来るものには真に女の書いたものらしいのが多い、取るに足らぬやうな作の中にも其《それ》がある。（小栗風葉「作中の意味（選評に就いて）」『女子文壇』増刊号「文壇の光」明治四一・一〇）

といった賞賛にかくされた本音も透けて見える。女性の書き手たちは素人であるべき、または素人である、と、これもまた行為遂行的に呼ばれているわけだが（本当は書かないのが一番正しい素人なのだ）、このような作家にはなれない（なってはいけない）一般女性のお手本に作家である〈一葉〉がなれたのは、文学の中心たる小説ではない、日記というジャンルで語られたから、つまり素人化されたからなのである。これは同時に、『女子文壇』に集った女性だけが及ばない能力のゆえに素人であったのではなく、〈一葉〉を含めた女性作家という階層の全体が素人とみなされたことを意味している。

しかも、一葉日記の出版、本当に素人であれば到底実現されるはずのないこの〈事業〉によっても、こうした〈一葉〉の位置づけは変わらない。むしろ「日記を読んで、吾々の眼前に表はれて来る一葉といふ人は、決して不思議な処の多い人ではない。むしろ、極めて平凡な、なみ〳〵の心を持つて居る女であつたと思はれる」（水野葉舟『女子文壇』大正一・一二）などに顕著なように、日記の出版によってこそ、いわば〈一葉〉の素人性が保証されるという矛盾した事態が起こっている。なぜなら、一般女性の散文が（例えば『女子文壇』の投稿のように）既にまとまった量として流通している後から一葉日記がやってくるという遠近法によって、「新進文士の文章の上達を期するが目的」であるはずの投稿雑誌で「十中の八九は、或は僅なる懸賞品に迷ひ夫《それ》を得んとし、或は一二等に掲載され自分の名誉を得んとするものゝみ」（上田たか子「投書について」新論文欄、『女子文壇』増刊号

「立田姫」明治四一・一二）と女性たちが玄人のように自作の流通を目論む〈嘆かわしい〉状況との対比で、「長い年月の間、箱の中に堅く蔵されてあつた秘密」（水野葉舟「一葉女史の周囲」『文章世界』大正一・一〇・一五）としての一葉日記は〈事業性〉を払拭され、発表することすらしなかった、いわば窮極の素人という意味づけを身にまとうからである。

このような理想的素人を見出す転倒は、前述した演劇論における〈女優〉概念にも通じるものである。〈女優〉が素人として求められながら、その概念がはらむ矛盾した要求が、実際の女性俳優たちを引き裂き、むしろ苦悩や自己否定に追いこんでいったことを考え合わせれば、〈一葉〉もやはり、実際のものを書く女性たちにとっては厄介な存在だったに違いないのである。

第四節　一葉日記というポルノグラフィー

もちろん、日記は、玄人と素人の峻別に絡んで語られるジャンルのジェンダー化に貢献しただけではない。一葉日記は「ある婦人の偽らざる思想、偽らざる生活を書いたもの」（馬場孤蝶「日記を通して観たる樋口一葉」）、つまり女性の内面を描いたゆえに、もしかすると文学として評価されているのかもしれないからである。だがいうまでもなく問題は、こうした文学的評価こそが、書き物の売買とジェンダーの問題に根深く絡めとられていることである。

実際、一葉の真価が日記にあるとの認識が定着するこの頃にこそ（その認識が日記の出版による内容の検討と連動しているのだから当然でもあるが）、一葉の小説の売買は話題に上っている。重要なのは、その一葉の小説の売買が、彼女自身の貞操という話題と隣接して語られるようになったことである。そして日記の内容を読めば、文学を職業だと自覚していた一葉像が浮上し、素人としての〈一葉〉イメージとの齟齬が当然生じるはずなのだが、小説の売買と貞操の話題の近接は、その齟齬の隠蔽に貢献しているようなのである。

例えば馬場孤蝶はこの時期、「一葉が小説を書き出した動機は全たく生活の為めであつたらしい」（「日記を通して観たる樋口一葉」）、「全く一葉君が小説に手を染めるようになつたのは金を取る為であつた、金を取らうと云ふより外に目的はなかつた、所が金の欲しくないと云ふ人のものは佳いものが出来ない」（馬場孤蝶「樋口一葉に就いて」『雄弁』大正一一・五・一三）と、一葉が小説を商売として営んでいたのを評価している。数年前の回想では、「恐らくは親類などの関係上から、小説などを書いてゐる事を彼是れ言はれるものだから、先生激して、女と雖も生活の道を立てる事は幾らもある、と云ふやうな訳で」（馬場孤蝶「故一葉女史」『明星』明治三六・八）と、荒物屋経営によって小説の執筆を金銭的課題と切り離した一葉の態度を評価していたから、金銭と小説の関係には変化が見られる。これは、この間に起りつつあった小説市場の拡大による作家という職業領域の確立[14]が反映したものと考えられるが、そうであればなおさら、女性にして小説を商売として書くなどは、当時のあるべき女性の姿からかけ離れているはずである。

だが、一葉の小説の売買という話題は、いわゆる久佐賀義孝事件――経済的に困窮した一葉が、「身上鑑定業」をしていた久佐賀に金銭的援助を申しこんだところ、見かえりとして肉体関係を要求され、「一葉は僅かの目腐れ金でわが操を買はうと云ふのなどは怪しからん奴だ、と憤つて金を貸してくれる気があるなら貸してくれ、後の相談には応じられないと云ふ返書を送つた」（「日記を通して観たる樋口一葉」）という――つまり、彼女の貞操に関する話題とごく近接して語られている。経済的生活という一連の流れとしては自然に見えるこの接続が重要なのは、女性が自ら生計を立てるにはごく限られた選択肢しかない当然過ぎる社会背景を説明しながら、一葉は貞操は売らなかったが小説は売った、言いかえれば、貞操を売る代わりに小説を売った、という読み取りを示唆するからなのである。

彼女が〈玄人〉であることを示してしまう小説の売買が、これまで述べてきた〈女らしさ〉＝〈素人性〉と矛盾しないのは、この文脈においてのみである。もちろん、小説を売って守られたのは、貞操という肉体のコントロールにかかわる〈女らしさ〉、身体の売買を行なわないという意味での〈素人性〉であり、女性の書き物の規範としての〈素人性〉とは異なる。だがここで、日記の〈素人性〉を支えもする「ある婦人の偽らざる思想、偽らざる生活を書いたもの」との条件が、「半井君に対する恋愛は同君と一葉とが肉体上の関係を結ぶまでに進まなかつた様に日記の上では見える」、「一葉が処女で死むだらしく思はれる」（馬場孤蝶「日記を通して観たる樋口一葉」）と日記での貞操の告白によって保証されているのを見れば、〈女性的〉な日記にこそ読み取れる女性の内面と、肉体の深部としての貞操は、互いに比喩的な関係を結びながら、一葉のプライヴァシーの領域を確定してさえいるのである。女性のプライヴァシーが性的なこととしてのみ限定された、と言ってもよい。

そして、これは、孤蝶に限ったことではない。「女子《おなご》が糊口の為でなく、ほんの筆すさびに小説いぢりをしてゐられるのは、あの人達も、まあ幸福な境涯と言はねばなるまい」（徳田秋江「当今の女流作家」『文章世界』明治四三・一一）と同時代の女性の書き手を〈素人〉とみなす作家が、一葉を「文芸の女神」として「崇拝」できるのは、「女史は明かに浄い処女《ヴァージン》として死んだのであつた。浄い乙女として死んだのであつた」（近松秋江「一葉女史の「一葉全集」」『文章世界』明治四五・六・一）からなのであり、「かくして彼女は異性を知らざる二十五歳の真の処女として逝《ゆ》いたのである」（清水柳三郎「一葉女史と其作品」『雄弁』大正五・四）と女性の深部を覗き見ようとするポルノグラフィーとして、〈一葉〉評価は生産されつづけるのである。

ここで身体の売買についての金塚貞文の論を参照すれば、彼が言うのは、性的身体というものがまず実体としてあり、それが売られたり売られなかったりするのではなく、売買されることを通じてしか〈性〉という抽象的なものがすべての人にあるという認識が備わらないという逆説である。

性的なものを商品として生産し、商品として流通させ、商品として消費しうるということは、それが市場に商品として存在していること、それが社会的共通了解事項として形成されることにほかならない。当事者間の限定された直接取引に留まるかぎり、性的なもの（行為、情報）は、愛とか誘惑といった恣意に委ねられた物々交換ないし不等価交換の可能性を排除しえず、それゆえ、性的なものを前にして人々は不平等のままであり続ける。しかし、性的なものが商品として流通することになれば、それは市場経済のルールに則った交換によって、原理的には、万人に平等にアクセス可能なものになる。（金塚貞文「売春する身体の生産」『売る身体／買う身体——セックスワーク論の射程』青弓社、一九九七年、四七頁）

一葉の内面表象としての日記が、彼女の身体の売買とのメタファーとして性的に機能している状況を確認した現在、金塚の論は、女性の書き物がしめす内面性についての指摘にもなるだろう。明治四〇年代の文学は女性の内面の謎への興味に満ち溢れているが[15]、女性の内面といったそれ自体では捕捉の困難なものが、文学の話題として「万人に平等にアクセス可能」になるのは、まずその商品としての流通があるのである。『女子文壇』の投稿者たちに負わせられた〈素人〉の名とは、彼女たち自身は文筆で生計を立てられないが第三者がそれで儲けることができる、という文学市場においての意味であるばかりでなく、流通しつつある身体のみに名づけられる、秘められた〈性〉の謂いなのである。

第五節　〈女装〉は解けるのか——平塚らいてうの批判

このような状況に対して、当のものを書く女性はどのようにかかわれるのであろうか。平塚らいてうの〈一葉〉批判を一つのケースとして検討し、さらに、そのなかで〈一葉〉がものを書く女性を抑圧した具体的様相を明らかにしたい。

婦人運動の旗手として知られるらいてうは、同じ女性として一葉に共感を寄せるどころか、「女らしい女の作家が女に限られたる感情を真実にそして色濃く描いたといふ点と、今一つには其描いた弱き女の悲しい運命が自からの強さを自覚することに快感を覚える男の同情を促し、あはせて女に対する男の理想――理想といふよりも利己的な、感情的な要求の一部を満足させる点に於て惹きつけられるに不思議はない」（「女としての樋口一葉」『青鞜』大正一・一〇）と一葉を非難してやまない。そして、その具体的矛先は、日記と作品を通じて一葉を論じる、というらいてう自身の前置きとは裏腹に、「一葉全集上下二巻、ことに其日記には自分は少なからず種々な意味に於て失望した」と日記に向けられている。

相馬御風の論を下敷きにしているらしいらいてうの論が、それと最も異なるのも、日記を中心化する点だが、らいてうが小説を取り上げないのは、「彼女に歌道の為めに尽さうといふ真面目な覚悟があつたことは既に言つた。けれど小説を書くことに関しては彼女は生活の資料を得る以外何の意味も認めてなかつた」と、一葉が小説を糊口のために書いていたことに不満を持っていたからである。

前述のように、すでに文学を職業として行なうことの誇りに覆われつつある文壇状況において、それに逆行するかに見えるらいてうの批判を、お嬢様気質と見ることはたやすい。だが、女性の書き手が小説というジャンルから排除され、素人にとどまることを余儀なくされていた事情を考える時、これらを、男性に対して後発の女性の書き手がどのように主体を構築していくか、という問題として捉えなおすことは可能である。他ならぬ日記――商売として書かれたものではなく、小説ではない一人称――においてらいてうが語ろうとしているのは、「作家としての一葉よりも、女としての一葉」だからである。

これは、「わたくしは女でも、男でもない、それ以前のものです[16]」とジェンダーの区別自体を拒否していたようにみえるらいてうですらが、〈女らしい〉書き物の規範を採用していることを意味する。もちろん、自己の存在を認知させるためには、男性のカウンターとしてのこのような規範を引き受ける戦略を取るしかない、という意味においてである。

文学雑誌として出発した『青鞜』で、後に小説が徐々に縮小していくことは、彼女たちが主体の認知とひきかえに〈女らしさ〉を受け入れ、明治四〇年代の女の書き物に対する規範を引き受けていく過程だともいえるだろうし、あるいはらいてう自身が母性を強調し、体制補完的な役割を演じてしまったことなどは、その負の局面であろう。

だが、そうであれば、女の書き物の規範を一手に引き受ける潔い〈一葉〉の一体何にらいてうは憤っているのだろうか。らいてうの一葉論は大雑把で、それからのみ結論を引き出すのは困難である。だが〈一葉〉が上記のような代表性を担っているのなら、らいてうの批判を、一葉個人ではなく〈一葉〉が代表するものに向けられていると考え、らいてうの他の評論も媒介としながら〈一葉〉の効果を測定することは可能である。

実際らいてうは、この一葉論と酷似する内容を全く話題の異なる他の評論で展開している。その評論とは、当時文芸協会による上演で大きな話題となったイプセン劇『人形の家』の主人公を論じた「ノラさんに」（『青鞜』明治四五・一）である。『人形の家』自体については、第七章でくわしく述べるが、らいてうの評論は、主人公ノラが主婦役割の欺瞞に気づき、家出する点について、女性の自立の問題として論じたものである。第一の共通点は、一葉について「彼女は個々の直接経験以上のものを其人格の中より創造する丈の深き内的生活を有つてゐなかつた」、ノラについて「内省を欠いて入らしつたあなた」というように、いずれの女性も内省がない、ということにかかわる批判である。

そしてこれと関連して第二に、一葉とノラが苦痛の発表をしたことを評価しながら、いまだ本当の自覚に至ってはいないと批判し、そこに至ったときには淋しさを感じるであろうとする認識の共通である。一葉について「弱者として何事にもぢつと堪へ忍ばねばならなかつた日本の女にかはつて、其悲しい胸奥の秘密、其苦痛を出来る丈の同情を以つて巧にしかも力強く発表してくれた」としながら、「けれど一葉の心はまだ左程に淋しいものぢやない。真に淋しいものぢやない。所謂近代的の女の心の淋しさとは違ふ。まだ年が若かつたからでもあらうけれど彼女には十分な反省がなかつた。意識的な処が少なかつた。自己に対して批評的な処が少なかつた」といい、ノラについて「ノラさん、あなたの響かせたドーアの音は全く威勢がよう御座いました。(中略) けれどまだあなたは人間になつたのではありません。何でも人間にならねばならぬ、とやつと気付かれた丈です」、そして自己として信じてきた幻によって、かえって自由独立を得られなかったと気づいた時、「あなたの御心のそこからは涙のない悲哀と寂寞が湧き出て来ます」というのがこれにあたる。

このように、全く異なる話題について繰り返される類似の指摘を、らいてうの発想力の貧困としてではなくとらえるとすれば、ジャンルを横断した、女性の自己語り、という共通の問題が浮上する。確かに、一葉論の冒頭にらいてうが引用しているのは、『青鞜』創刊号に記された与謝野晶子の有名な言葉、「一人称にてのみ物書かばや／われは女ぞ。／一人称にてのみ物書かばや／われは。われは。」(「そぞろごと」『青鞜』明治四四・八) なのであり、女性が自分自身の声で語る、という一人称の現場が問題にされているのである。

とすれば、ノラについての、

ノラさん、あなたは人間の誰でも有つてゐる二重の生活と云ふものをおもちにならなかつた。舞台の上でお芝居をする役者としての生活は有つて居らつしやるけれど、傍観者として自分のことをも他事に見てゐる色も香もない静平な世界を有つてゐらつしやらなかつた。だからあんなことになつたのです。

という批判は、らいてうが興味を持っていた禅からの影響のようにもみえるが、宗教観の問題ではない。ノラを演じる俳優についてではなく、あくまでもノラについて、むしろ舞台上の振舞いを冷静に計算する俳優の主体を求めるかのようなこの批判は、ノラさん、あなたのいつも浮々として、無邪気に、飛んだり跳ねたりしてゐらつしやつた事を内に堪へ難い重荷、――秘密があるからあゝでもして居なければゐられないのだと解するのは間違ひでせう。

と併せみる時、ノラの一人称がその奥に何の秘密も隠していないことを批判し、女性の一人称は表出されたものとは別に、なんらかの自己を保存するべきであると述べているのである。

〈女性〉という主体が、男性中心社会がつくりあげた〈女性〉イメージを引き受けることで構築されるしかないとすれば、これは当然でもあろう。女性の書き手が自己の存在を承認させながらも、作り上げられた〈女性〉イメージに回収されないためには、あるいは暴力的な読み取りに抗うためには、興味をそそるポルノグラフィーを演じながらそれをはぐらかし、異なる読解へと誘う戦略が必要であるはずだからである。[17] そして、その一人称についてはさほど言及のない一葉批判についても、このノラ批判を経由してらいてうの攻撃の矛先は推測できる。

一葉日記がポルノグラフィー装置として機能していたことは確認したが、それが気づかれにくいのは、この装置においてすら〈一葉〉が全くスキャンダラスではないからである。[18] その理由は、らいてうが「若い女の日記として、又かくまで文壇《ママ》にもてはやされた才媛の日記としてあまりに淋しい一葉の日記の前半に悲しい、淋しいとはいへ若々しい色彩を投げたものは半井氏に対する一葉のつゝましい恋である」と看破したように、恋愛か、それに伴う肉体関係という〈性〉に限定されていた女性のプライヴァシーが、〈一葉〉においては〈つつましすぎる〉、という一点に尽きる（仮に、桃水との恋が一葉本人にとっていかに切実であっても、ここでは関係ない）。覗いてもそこに暴かれるべき秘密自体が存在しないとすれば、ポルノグラフィー装置は作動しながら、結果として挫折するしかないからだ。つまり、一葉が処女か否かに目を凝らす行為は、多分にポルノグラフィックだが、一葉が処女であったという結果によってのみスキャンダルは回避され、まなざしがポルノグラフィックであったことも隠蔽されてしまうのだ。一葉日記に女性の内面と肉体的な処女性を同時に読みこむ前述のいくつかの引用とは、この過程である。

こうした一葉日記の振舞いを、ポルノグラフィーを挫折させる一つの戦略として方法化することは可能であろう。だがこれは、男性による暴力的な読み取りに対して、プライヴァシーを自分の手でコントロールしていることになるであろうか。むしろ、プライヴァシーの存在自体の拒否として、抑圧的な女性イメージへの退行も用意してしまうことはいうを俟たない。そしておそらく、読み取るべき秘密を用意しない、という極めて限定的な読解を施された一葉日記こそが、過不足のない女性の内面表象として〈女そのもの〉=〈一葉〉を作り上げており、これと併せ考えた時、一葉日記の振舞いは、プライヴァシーを持たない女性像を〈自然〉なものと認定する危険を冒すものでもある。

らいてうは、一葉を肯定的に評価するべきか、否定するべきか、迷っているように見える。その具体的現われが、「私は一時かつと一葉の心の総てを占領したあの烈しい反抗心が、彼女を駆つて自から「にごりえ」に投ぜしめなかつたことをよろこびたい。もし一葉に何等の教育も与へなかつたならば、又小説其他によつて、自己の感情を吐露する道を有たせなかつたならば、或は「お力」の道を歩んでゐたかも知れない」、また「彼女にはわるくすると「お力」、「お京」の道に赴かうとする傾向の方が寧ろ勝つてゐる」と、一葉がお力やお京にならないのをよろこぶと同時に、「一葉は理想に生きる女である。プライドの為めには身命を惜しまぬ女である。彼女は「わかれ道」のお京の心持はよく想像することが出来た、けれどお京となることはまだ〳〵容易でない」と、お京になれないことを非難するかのような矛盾である。このことは、まさにらいてうの〈一葉〉への関心が、〈女性〉のポルノグラフィーを引き受けながらかわす具体的方策にあったことを物語る。

というのは、話題にされている一葉作品『にごりえ』(明治二八年)の登場人物お力や、『わかれ道』(明治二九年)のお京は、自分の身を売って生計を立てているからである。お力は銘酒屋の酌婦、つまり表向きは酒を並べる店だが、その実は酌婦が客の相手をすることを売り物にした遊び場で働く女性お京は、一人身で仕事屋（裁縫師）をして生計を立てていたが、妾《めかけ》奉公を決意する女性である。しかも、芸妓・娼妓を営む者は警察より鑑札を受けなくてはならなかった当時にあって、あくまで裏家業とする銘酒屋は「曖昧屋」とも呼ばれていたのであり、妾もまたその身を金銭によって拘束されながら、「権妻《ごんさい》」などと呼ばれ、家族的領域ともみなされていた。つまり、酌婦や妾は、女性性を切り売りするにしろ体を売るにしろ、そのことのプロというには余りにも曖昧な社会的位置を割り振られている。

らいてうの時代には、おそらく一葉自身が生きた時代よりも、文学は職業として自立しはじめており、〈性〉が〈告白〉内容として確定されている[19]。そこでは、散文という形態でしか実現しない女性の一人称は、素人と名づけられながら市場に流通はしているもの、つまり一葉テクストのお力やお京と同じ曖昧な位置であり、女性が物を書くならばそこに挿入されることは免かれない。つまり、男性にとっては既に、作家の実人生や内面の告白は小説として認定され、収入にも直結していたが、対照的に、〈女性の小説〉は単なる語義矛盾であり、そのゆえに、らいてうによる娼婦の勧めとは、日記において女性作家がどのように自らのポルノグラフィーを統御していくか、という切迫した戦いだったのである。

らいてうは、文学士・森田草平と塩原峠で心中未遂を起こし（明治四一年三月）、スキャンダラスな報道は加熱したが、加えて、相手の森田草平こそが報道の好奇のまなざしに応えるように、事件を扱った小説『煤煙』を発表し、事件に一方的な解釈を与えた（第六章で述べる）。一方的であることは、すなわち、暴力的に読み取られたということでもあろう。その後一人称で自らを書きつづけたらいてうの選択とは、先取りすれば、一葉日記がプライヴァシーを拒否したのとは対照的に、興味をそそるポルノグラフィーを自ら演じながら、暴力的な読解に異なるものを滑りこませようとするものであり、そこでの〈女性〉主体とは、期待される女性の内面と、異なる自己との往還のうちに構築されつつあるものだということになろう。らいてうの〈一葉〉批判とは、誰でもが娼婦にならなければならないというらいてうの状況を、一葉日記がやすやすとすり抜けてしまうことへのいらだちだったのではないか。

ただし、らいてうの実践が状況を切り開けるかは保証の限りではない。プライヴァシーの読み取りを拒否する〈一葉〉の振舞いが、内面を持たない、より抑圧的な女性像を召還してしまうように、自分のプライヴァシーを奥にちらつかせる身振りにも、男性に読み取られるお決まりの女性像を再生産する可能性は常に付きまとうからである。〈一葉〉に関して肯定と否定の二つの評価にゆれるらいてうは、このアポリアを解決する方法をまだ見出していないといえるであろう。らいてうが具体的テクストを通してどのようなパフォーマティヴィティを実現できるのか、できないのかは、次章で検討する。

第六章　愛の末日

――平塚らいてう『峠』と呼びかけの拒否

平塚らいてうは、自ら書こうとするその前に、すでにスキャンダルの磁場にとらえられていた。森田草平との心中未遂事件と、草平自らがその事件を描いた『煤煙』（『朝日新聞』明治四二・一・一～五・一六。初出時タイトルは『煤烟』だが、便宜上統一する）のことである。

実際に平塚明子《はるこ》（らいてう）が自宅から姿を消したのは明治四一（一九〇八）年三月二一日、二四日にはいくつかの新聞が、失踪したのが会計検査院第一部第四課長検査官平塚定二郎の娘であると報道、この時点で、文学や禅に親しむ「禅学令嬢」の自殺かと推測されたのみであった失踪が、スキャンダルに発展するのは二五日、前日に明子が塩原で発見されたこと、文学士森田米松（草平）との心中未遂であったことが各紙に報じられてからである。ただし、掲げられた明子の友人宛の遺書には「余は決して恋の為めに死するものにあらず自己を貫かんが為なり自己のシステムを全う為《ママ》せんが為なり孤独の旅路なり」（『時事新報』明治四一・三・二七）とあり、本人が語った「自分の精神を貫く為」との理由も、期待された令嬢の性的逸脱の物語とはそぐわなかった。草平も事件によって社会的地位を危うくしたが、こうした不可解な事件を解読したいという読者の期待を背景に、彼自身が事件を告白した『煤煙』を発表するに及んで、文壇の寵児にまで押し上げられた。事態を収めるために奔走したのが夏目漱石であったことはよく知られている[1]。

時事新報　大正四年四月二日

峠（二）

平塚明子

私の眼はいつか二間ばかり先の地上に見るともなく落されて仕舞つた。足も何だかこわばつてきてともすれば躓きさうに思はれた。私は大事をとつて出來る丈靜に歩いた。小嶋先生がぢつとどちらなを見てゐるに相違ないといふ意識のもとでさうせねばならぬかのやうに靜かに歩いた。眼をちよと反しさへすれば、すぐ額のあたりに先生の姿が見えるやうに思はれて一度仰向いて見たくて仕方がないのだけれど、今一つの自分がじつかりそれを抑へ付けてゐるやうで頭の筋が自分のものでありながらさう自由に動いてくれなかつた。

けれどこんなぎごちない興奮はほんの一時的のものであつた。水道橋にかゝつた頃は、それからあの停車場の石段を昇つていく頃はもうすつかり消えてゐた。

私はかういふ經驗にはどちらかと言へば

ともすれば滑稽な分子さへ含んでゐたが—に包まれてゐた。大きなぢちらかと云へば肥つた肉體をもちながら、下半身はいかにも力なさゝうにそわそわしてゐた。

「あの獨逸譯をもつて來ました。大分書き入れなどして汚れて居ますが。」暫くして、レクラム版のツルゲネフの「スモーク」を示しながら先生はかう云つた。

それは或理由から—その理由は後に說明する—特に私から願つて借りたのであつた。書き入れの多いのが寧ろ望ましかつたのだ。先生はその時確かダヌンチオの「快樂兒」だつたかを一緒にもつてゐた。

私は受取つた書物を無意味に開きながら、何か答へはしてゐたが、心の内では全く別のことを考へずにはゐられなかつた。といふのは先生の何かしら未決定な狀態になやんでゐるやうな、または孩

図26　現場の写真が入り、事実として読まれることを期待された『峠』初出（『時事新報』大正4年4月2日）

森田草平は、『煤煙』の主人公・要吉もまたそうであるように、ダヌンチオの『死の勝利』に傾倒しており、同時代的には、心中未遂事件はそれを実行しようとしたものとして認識されていた。飯田祐子の指摘によれば、『煤煙』では、要吉が『死の勝利』という参照枠によって朋子（むろんらいてうがモデルとされる）を読み、さらにその「イリュウジョン」を自己反省的に否定する身振りが繰り返され、「誤読」を強調することによって「読む」行為が前景化される。つまり、朋子（らいてう）は一方的に〈読まれた〉のである（「『煤煙』における誤読行為の歴史的意味——そして、『峠』における誤読行為について」『日本文学』一九九六・一、『彼らの物語』名古屋大学出版会、一九九八年、所収）。

前章で触れた「女としての樋口一葉」をらいてうが書いた時期は、『煤煙』単行本の第一巻が明治四三年八月と発表され、第二巻が明治四三（一九一〇）年二月、注視のなかで『青鞜』が発刊された一連の流れのなかである。それゆえ、二人に何があったのか、らいてうとはどんな女性であるのか、性的な内容への興味も含めて覗き込まれていた状況を、前章ではポルノグラフィーと呼び、らいてうと〈一葉〉の交点に生じる意味をさぐったわけだが、実はこの後も「煤煙事件」は終わらない。なぜなら、『煤煙』単行本の第一巻、第二巻こそ、初出と近い時期に発表されているも

のの、第三巻と第四巻はそれぞれ大正二（一九一三）年八月、一一月とかなり遅れて発表され、しかも初出との異同の多さからは事件の解釈が揺れ続けていることが窺える。少なくとも草平にとって事件はまだ終わっていないのみならず、らいてうの名も、そのたびに召喚され、解釈の磁場に巻き込まれ続けたのである。

だかららいてうが、『煤煙』の内容をほぼなぞった小説『峠』（『時事新報』大正四・四・一〜四・二二）[2]を、『煤煙』から六年、事件から七年も経て発表したのも、取り立てて不思議ではない。

『峠』は、「今から七年前、明治四十一年二月一日の朝、私は小嶋先生からこんな意味の手紙を受取つた」と始まり、「私」と小嶋（草平にあたる）の初めての二人きりの密会が、そこに至るまでの回想をさしはさみながら語られていく。心中未遂までを描く『煤煙』に対し、『峠』は、折から奥村博との子どもを妊娠していたらいてうの激しいつわりのために中断されたともいわれるが、僅かに、小嶋との第一回目の面会から帰ったところまでしか書かれていない。しかし、「私」が通う英語専門学校の教師である神戸の発起で作られた婦人ばかりの文学研究会（金葉会）で二人が知り合ったこと、小嶋が文学指導にかこつけて手紙や本を贈って寄こしたこと、研究会の相談と偽って「私」を連れ出したこと、富士見軒で食事をした後、暗がりで興奮した「私」が涙を流したこと、そして、「私」が小嶋から、現在企てている「大事業」に力をかしてほしいと告白されたことなど、出来事だけ見れば、『煤煙』を忠実になぞるように書かれているのである。

第一節　前史としての『炮烙の刑』論争

さて、本章では、『峠』を切り口として、前章までで検討した女性の書き物の規範に対し、女性自身が批判的にかかわっていく際の問題点について考察するが、問題点を明確にするために、従来『峠』で何が争点になっていたかを整理しておくことにしよう。

前述の理由によって、『煤煙』の穴を埋め、事件を立証する副証言として扱われることが多かった『峠』を、そのような補足的な位置からまず解放したのが飯田祐子の前掲論文であり、それを批判的に検討したのが高橋重美の論文（「言説空間としての「峠」――文末表現と指示語から見た〈「私」の物語〉」『立教大学日本文学』一九九六・一二）である。

飯田は、「読む」行為が前景化される『煤煙』に対し、『峠』は同じ事件を素材にしながら、『煤煙』を読んだ上で書かれており、女性である「私」が一方的に「読まれる」位置におかれていることに十分意識的であることを指摘、あえて「大嘘」を差し出すことも辞さない語りの姿勢に、男性と女性の非対称な関係を浮上させ、解釈を闘争の場とする政治的意図を読もうとした。

一方の高橋は、『峠』を実在の煤煙事件の文脈からはあえて切り離し、回想の構造を分析した。回想では一般的に、現在の〈語る「私」〉によって過去が意味づけられ、物語は統御されるといえるが、高橋の論は、その単一性が事件当時の〈語られる「私」〉という〈他者〉によって裏切られる過程を分析したもので、飯田の論とは鋭い対立をなしているといえる。飯田が『峠』における記述の主体としての「私」と作者・平塚らいてうを接続することに疑問を呈する高橋は、『峠』を『煤煙』のアンチテーゼとすること自体が、抑圧的な説話論的磁場にとらえられたものだと批判し、複数の〈私〉の分析によって析出される意味の非決定を、説話論的磁場からの離脱の可能性として提示する。

近代文学研究において、文学作品に作家の思想や意図を探ってゆく研究は、作家を作品を統御する特権的なものとみなし、読者を受動的な位置に置いてしまう点で批判され、次いで興ったテクスト研究は、テクストの読みから作家概念を切り離した。高橋の論はこの文脈上にある。にもかかわらず、飯田があえて『煤煙』を読む平塚らいてうという作家を再投入したのは、どのようにフェミニストとしての主体を構築するべきかという現実の政治に根ざした問題にこだわっていたからであり、それは女性としての研究主体の立ち上げという研究側の文脈でも切迫していた課題に応えるものであった。これは、自閉的な文学研究の閉塞化への危機感を背景にしたとき、テクストの構造に論を限定する高橋よりも、より政治的な行為に近いものに見え、実効性が期待されるだろう。

確かに、今日からすれば、高橋が想定するような、社会・歴史的なコンテクストからまったく逃れる言語が、果たしてありうるのかは疑問でもある。しかし、そうであればこそ、高橋の言うような多様な意味生成を、歴史的文脈から遁れるものとしてではなく、あくまでも歴史的状況においてのアイデンティティ形成の問題として考え直せないだろうか。高橋は、テクストに仕掛けられた空白がまずあり、さまざまな可能性を含むそれに文学史的意味を充塡することを抑圧としてのみとらえたが、むしろ空白を、説話論的磁場のなかでこそ生じるアイデンティティの脆弱さの一瞬の露呈として考えられないであろうか。というのは、『峠』とは、歴史的状況をさしはさむならなおさら、飯田の言うような女性主体の立ち上げが起こるどころか、まさにその不発から始まっているからである。

先ほど「煤煙事件」は終わらない、と書いたが、これらを事件の余燼ではなく前哨戦に変えてしまうのが、『峠』執筆の直前まで当の草平とらいてうの間で戦われた『炮烙の刑』論争である。『峠』を論ずるに先立ち、『炮烙の刑』論争において、主体の承認の不発が切迫した問題になっていた状況をまず確認したい。

年下の男性と恋愛をした龍子と、その夫・慶次の間に引き起こされた葛藤を描いた田村俊子の小説『炮烙の刑』（『中央公論』大正三・四）をめぐって、らいてうと草平によって行なわれた論争の全体像は以下の通りである。

①森田草平「四月の小説（上）」（『読売新聞』大正三・四・一二）
②平塚らいてう「田村俊子氏の『炮烙の刑』の龍子に就いて」（『青鞜』大正三・六）
③草平「『炮烙の刑』について青鞜記者にあたふ」（『反響』大正三・八）
④らいてう「森田草平氏に「『炮烙の刑』について青鞜記者にあたふ」を読んで」（『青鞜』大正三・八。の

ち『現代と婦人の生活』（日月社、大正三・一二）に収録）
⑤草平「『現代と婦人の生活』中、自分に関する一節について」（『反響』大正四・一）
（本文はすべて初出を用いている。以下ここからの引用は番号で示す）

論争は、いわば妻としての貞操を犯した龍子が慶次への謝罪を拒否する姿勢、つまり女性の道徳観、倫理観が主な争点になっている。(3)らいてうが、龍子の行為を罪悪だとする慶次について、「只男を有つた女が他の男を愛するのは罪悪だといふほんの外面的な通俗道徳を其儘自分の道徳としてゐる迄で、自分自身の何ものも有つてゐない」と評し、草平についても、

慶次と共に女に対する理解を欠いてゐる森田草平氏は女が自分の行為を罪悪ではないと男の前に言い張つた一事をもつて直にモラルセンスの欠乏と取られたものらしい。（中略）或は草平氏は単純な意味で龍子が他の男を愛したといふことを直に堕落と見做してゐられるのだらうか。（中略）氏のいふところの道徳とは（中略）たとへ断り書きはあつたにしても矢張りたゞ因習的な外面道徳らしい。（らいてう②）

と表面的な行為だけでは善悪は判断できないと批判、それに対して草平は、自分が使用した言葉は「モラルセンス」ではなく「倫理的意識」で、らいてうの批判は「何だか言ひがかりをされてゞも居るやうな」見当違いだと反論した（草平③）。さらにらいてうが、「モラルセンス」は草平からの直接引用ではなく、野上弥生子からの手紙による言葉だと再反論し、もつれていくのだが、実は、両者の主張はそれほど隔たったものではない。

このモラルは相対的な、第二義的な世間の所謂道徳、別の言葉で申せば「因襲的な外面道徳」（小乗の道徳

と申しても差支ありますまい）を指したので、（中略）こんな道徳は他から、くつ付けられたかりのもので自分自身の価値あるものとも思つて居ないばかりが《ママ》、却て自分達の真の成長進歩を妨げたものだと思つて居ます。そしてかういふものをまだ全然打破し得ない迄も打破することに常に努めて居ります。――何故ならより以上のもの、絶対自己の上に立てられた内面的道徳（第一義の道徳）を有つてゐるからでございます。かういふ意味からいへば、私達も所謂モラルセンスなどは有つて居ないのでせう。けれど私達は決して畜生ではありません。（らいてう④）

自分はモラル・センスと云ふよりは、最少し広い意味で倫理的意識と云ふ言葉を使つて居る（中略）モラル・センスがないと云へば、一般に不道徳な人間を指すものだらうが、不道徳な人間必ずしも倫理的意識が痛切で有り得ないことはない。と同時に道徳的な人間必ずしも倫理的意識が痛切なわけではない。（草平③）

道徳と言へば在来の旧い言葉で有る。倫理と言へば新しい学問上の言葉で有る。（中略）即ち道念と言へば、在来の旧道徳に拘泥する様な、意味の上に、いろんな附属物がくつ着いてくるが、倫理的意識にはそんな患れがない。（草平⑤）

「モラルセンス」の打破の先に「内面的道徳」があるというらいてうと、「モラル・センス」＝「道念」とした上でそれより広い「倫理的意識」の必要を説く草平、いずれの用語が当時一般的であったかをしばらくおけば、従来の道徳に代わる新しい規範を打ち立てるべき、という点で両者はほとんど変わりないのである。それでは何が論争を成立させているのか。

女史は龍子をジャスチファイしなければ気の済まぬ人である。それに対して、自分はジャスチファイ出来なければ出来なくとも可い、自己の行為に対する痛切な倫理的意識さへ伴へば、なほ恕するに足るとするものである。即ち堕落はしても、それに対する悔悟の眼さへ休まなければ、なほ人間として価値あるものと信ずるもので有る。されば龍子の悔恨に対しても、縦しやそれが朧げな不徹底なもので有つたにもせよ、本当に彼女の心から出たものとすれば、自分はなほそれに価値を認めやうとする者である。（草平③）

「この二つの言葉の中に氏と私とがどういう内容を盛っているか」に意識的ならいてうにとって、対立点は明確である。草平が求めるのが「悔悟」であること、つまり彼が「倫理的意識」をどのような意味で使っても、「悔悟」、「悔恨」の語には、〈反省〉のニュアンスが濃く、行為の逸脱が新たな事態を切り開くというよりは、すでにある道徳の存在を認めることになるという点である。ただし、草平にとってこれは単に「言葉の上の争ひ」で主張の根本的違いではないらしい。

にもかかわらず草平が執拗に譲らないとすれば、この戦いが内容の異同ではなく、だれがその言葉を語るのにふさわしいのか、つまりは主体の認知をめぐって戦われているからに他ならない。龍子の「弁解に理由のないこと」を「不真面目」と断罪した草平がこの言を翻し、「ジャスチファイ出来なければ出来なくとも」、「本当に彼女の心から出たものとすれば、自分はなほそれに価値を認めやう」と擁護するのが、「ジャスチファイしなければ気の済まぬ」らいてうとの対比においてであり、それは以下のような、〈新しい女〉と〈所謂新しい女〉との区別でもあるからである。

自分は新しい女〳〵と雑誌なぞの上で喧ましく騒ぐ婦人以外に、真に新しい道徳の下に新しい生活を営んで居る真の新しい婦人が世に存在して居ることを確信して居るもので有る。（中略）自分は嘗て女史等一味の人々に対して反感を有つて居るなぞと言つた覚えはない。縦しや又事実自分が所謂新しい婦人に対して反感を有つて居るとしても、それが何うして真の意味に於ける新しい婦人に反感を有つたことに成るで有らう。（草平⑤）

「所謂新しい婦人」が、既に「自分は新しい女である」（「新しい女」『中央公論』大正二・一）と宣言していたらいてうのことであるのはいささかも疑いがない。らいてうは『炮烙の刑』論争においても、龍子が従来の女のように謝らなかったことに関して「この点は一寸見ると多少なり本当に生きやうとする新婦人の態度を忍ばせるけれど龍子は決してさういう婦人ではない。さういふ立場から見るとき非常な物足りなさを感じる」（らいてう②）と自らの「新婦人」としての立場をアピールし、新しい道徳を模索する主体を度々「私たち」と述べている。ここに至るまで、例えば『国民新聞』が「所謂新しい女」（明治四五・七・一二、一三）と題する記事で、『青鞜』の同人が吉原を見学したことや五色の酒を飲んだことを「畸行」と揶揄したのをはじめとして、〈新しい女〉は負のイメージづけがなされていた。だから、らいてうの〈新しい女〉を名乗る一連の選択は、佐光《さこう》美穂も指摘するように(4)、負のレッテルに積極的に同一化し、主体を立ち上げたことを意味するであろう。

だが、このことは佐光が言うのとは異なり、むしろ名乗りとアイデンティティの承認がそうたやすくは結ばれていないことを証する事例でしかない。現実のらいてうを決して〈新しい女〉とは認知しない草平はまた、本当のそれが書かれていると彼が主張する『人形の家』、『罪と罰』、『カラマーゾフの兄弟』、そしてズーダーマン『罪』といった文学作品を「これは一つ未だ読んでおいでゞなければ、参考のために是非読んで頂きたい位のものだ」と執拗に勧めるものでもある。

一見、「所謂新しい婦人」を真の目覚めに導こうとするかに見えるが、ただし、ここで勧められているのは、〈読むこと〉である。単に学ぶ手段として勧められているように見える〈読むこと〉は、一面では、女性が小説中の主人公のように行為・発言することを封じ、一方的に受容する役割に封じ込めることでもある〔仮に、読むことが創造的営為であるとしても、彼女が読み手に留まるなら、発言や行為とは非対称である〕。草平はらいてうに〈読ませ〉ようとするのであり、その結果、小説のなかにのみ生息を限定される本当の〈新しい女〉は、現実の彼らを脅かすことはないであろう。理念としての〈新しい女〉と現実のそれとの落差は、意味内容の違いだけでなく、存在する世界の位相の相違なのだ。

龍子が免罪されるための「ジャスチファイ出来なければ出来なくとも可い」が、「ジャスチファイしなければ気の済まぬ」、つまり草平と同じ現実の位相で発言を続けるらいてうとの対比であったことを再び思い出したい。とすれば、「ジャスチファイ出来なければ出来なくとも可い」とは、論理として可能か不可能か、が問題なのではない。龍子は自らの行為を意味づけなくても、あるいは彼女が小説中の人物であるために意味づける言葉を現実のなかでは持てなくても、男性が代わりに汲み取るから構わないのであり、それは即ち、らいてうの書く主体を否定することに他ならない。

第二節　締め出されたものの回帰

このような状況を見るなら、『峠』で語られる過去の事件は、らいてうにとって、決して過ぎ去った過去ではない。

これ〔ズーダーマン『罪』―引用者注〕は又所謂教育のあるために不徹底を極めた女と、生まれながらに徹底した自然な女との対照を簡単明瞭に描いたものだ。〔中略〕只生きた女の例は前にも言つたやうに、自分も余り知らない。尤も反対に教育のあるために自己を知らなかつた例は一つだけ知つて居る。それはらいてう

女史其人で有る（これは冗談ではない。）（草平⑤）

ここで「生まれながらに徹底した」「真の新しい婦人」に与えられた「自然」というキーワードは、ここで扱っている大正初期よりも、むしろ『峠』の物語世界である明治四〇（一九〇七）年前後に文壇を席捲したものであること、そして、〈自然な女〉が、実現不可能な理念であったために、従来の女性像にあきたらない女性たちを文学の場に引き寄せながら、理念と合致しないことを理由に、文学の場から締め出すものでもあったことは、すでに再三述べてきた。らいてうもその例に漏れないであろう。『峠』において、「私」が地味な柄の着物ばかり着ていることについて小嶋との間に交わされたやりとり、

「故意《わざ》とらしくて、不自然ぢやありませんか。」

「只々派手に着飾つてゐる世間の若い女達の方がいくら不自然だかしれやしない。」かう思ひながら、「ぢや、私が不自然だから不自然なんでせう。」

と皮肉とも冗談ともつかぬ調子で答えた（一三回）

に似たものは、すでに草平の『煤煙』にもあった。[5] だが、先ほどの引用で、「所謂教育のあるために不徹底を極めた女と、生まれながらに徹底した自然な女」との言い回しが、〈新しい女〉を説明する文脈に接続されていたことは、〈自然な女〉の内実が、草平によって何の衒いもなく〈新しい女〉の語にスライドさせられ、男と女の戦いが語を変えて続いていることを示している（この点については、草平以外の例も挙げて第七章で述べる）。しかも、女性の活躍が、〈自然〉というキーワードの席捲によって現実においては抑制され、『煤煙』というテクストのなかにしか存在しえなかった時点より、すでに『青鞜』を経て、書く女が現実的になったこの時期にこそ、戦

いは切迫する。

『峠』では、二人の関係の発端は、「私にとつては生れて始めて書いて見た小説」である「愛の末日」（八回）を読んだ小嶋がその批評をよこし、「この刺激がまだ、私の心の一隅に残つてゐる時」に、「暇があつたら読んでみよ」と書かれたメモとともに、ツルゲーネフの『スモーク』とドーデー『サッフォー』が送られてきたことである（九回）。男と女の駆引きは、「何故先生が特にこの小説を私に読ませやうとするのかも気になつた」（九回）と文学を読ませようとする意図をめぐって戦われるのであり、小嶋が読ませようとする「先生」として立ち現われるのは、女が書き手として立ったときである。それは、物語内容としては「愛の末日」が試作された明治四一（一九〇八）年一月を指し示しながら、同時に、「「峠」は其思索と知識に於て、現代の新しき婦人の群に随一人と呼ばる、、平塚らいてう女史が苦心の処女作なり」（『時事新報』大正四・三・三〇）と、その小説が「始めて」であることが予告された『峠』前後の状況である。『峠』の回想形式とは、かつての「私」と現在の「私」を引き合わせ、「愛の末日」時点では実現されなかった、自分の名の下に語る場所を切り開くものに他ならない。その意味で、明治四〇年代に〈自然〉というキーワードが文学から締め出したものが大正期にようやく回帰し、文学に復讐を遂げたのだといったんは言うことができよう。

第三節　文学から社会へ

だが、すでにこのとき状況は変わっていた。この頃のらいてうと『青鞜』は「社会へ！」という大合唱に囲まれていた、との重要な指摘が米田佐代子にある。「一九一三年の後半から一九一五年はじめにかけて、大杉栄・堺利彦・荒畑寒村らの社会主義者をはじめ、生田長江・森田草平・土岐哀果らの当時の文壇・論壇の急進的な進歩派――『近代思想』『生活と芸術』『反響』のメンバー――は、密接に交流しあい、エールを交換しあっていたのであるが、ここで特に注目したいのは、それらのグループのいわば接点をなすものとして『青鞜』が存在して」おり(6)、そのなかでらいてうは、「要するにもつと社会的な人間になれ、社会我をもつと拡張して行かねが《ママ》ばならぬ」（平塚らいてう「談話に代へて「生活記者」に」『現代と婦人の生活』大正三・一二）と詰め寄った生田花世をはじめ、「どちらかと言へば思想に比較して実行の方が少し遅れてゐると私には思へるのです。（中略）私からあなたに望む事は書斎より街頭へ出て頂きたい。頭と同時に手を動かして頂きたいと言ふことです」（岩野清『現代と婦人の生活』序文）や、「らいてふ氏は（中略）すべての議論を自分の頭の中でこね上げる習慣から、兎角に純理論に陥る悪いくせがあります」（大杉栄「処女と貞操と羞恥と――野枝さんに与へて傍らバ華山を罵る」『新公論』大正四・四）のような批判に取り巻かれていたのである。

　そしてこの場合、青鞜社での馬場孤蝶の講演を取り上げて、大杉栄が「所謂新しい女が、文芸の方面に、力を尽すのも悪るくはない。けれども其等の事以上に、もつと実社会と接触して、此の根本原因〔今日の財産制度―引用者注〕と闘ふ覚悟を持つて欲しい。／僕は孤蝶氏の此の論旨に対して、更に附加ふべき何者をも持たない」（大杉栄「青鞜社講演会」『近代思想』大正二・三）と述べたごとく、批判されるらいてうの非社会性とは、文学とほぼイコールである。このような状況のなかで『峠』を小説として書くことが、らいてうの立場をよくしたはずはない。

　だが、すでに自らの体験の告白を、「これは小説ではありません。小説だとは決して思つては居りません。でも他人が小説ぢやないかと言ふなら別段争はうとも思ひませんが、私自身は小説を書かうと云ふやうな意志があつて筆を執つてゐるのぢやないと云ふことを申して置きたいのです」（平塚らいてう「一年間」『青鞜』大正二・二）と小説の拒否として書いていたらいてうが、『峠』をもそのように書くことは可能であったろう。

　自然主義的な告白小説と一線を画するかのように、『青鞜』においては、女性としての自己の体験を、小説と名乗らずに語ることが行なわれていたのである。自分自身の言葉の獲得という意味や、現実を動かす政治的な動きへの傾斜などもあったろう。例えば伊藤野枝も、辻潤との同棲中に木村荘太に恋愛感情を持たれた一件のいきさつや感情を、『動揺』（『青鞜』大正二・八）として告白したが、「らいてう様。私は今、あなたのお留守の間に起つた或事件に就いて、出来得る限り素直に何の装飾も加へず偽らず欺かずに、正直にその事件及びその間の私の心の動揺を語つてみたいと思ひます」という書簡形式をとって小説を拒否している。

『動揺』が、らいてう批判に反比例して野枝を評価する大杉栄によって、書き手としての野枝の起源として認められていたこと（「処女と貞操と羞恥と――野枝さんに与へて傍らバ華山を罵る」）、そして、らいてうでは小説を拒否した『一年間』の方が「らいてうの心もちも力強く描き出されて、次の俟《ま》たるゝ心地する作」（「三月の小説」『近代思想』大正二・四）と荒畑寒村に評価されていたことを併せみるならば、小説とするかしないかは、微細な差異でありながら評価の分かれ目となる案外重要な指標であり、仮に『峠』が小説でさえなかったら、少しは違った評価になっていたかもしれない。

だがらいてうにそれを選ばせなかったのは、奥村博との共同生活を支える「食べるための必要」であった[7]。らいてうは前年、奥村と共同生活をするために実家を出たが、その際『青鞜』（大正三・三）に載せられた「独立するに就いて両親へ」によれば、共同生活は、結婚制度内に収まらない、自由な恋愛と性道徳の模索として実行されたものである。しかしながら、画家である奥村と、らいてうのわずかな原稿料ではたちまち経済的に行き詰まり、「すぐに質屋通いということに」なった。そして『峠』は、この頃らいてう妊娠のスクープを取ろうとして空振りに終わった『時事新報』記者が、代わりにらいてう本人に依頼した小説執筆であり、承諾には報酬への期待が大きくかかわったのである。

このこと自体によって『峠』の価値が切り下げられている嫌いもあるが、らいてうが意識しようがしまいが、『峠』が小説として成立してしまったことはある問題を喚起し、それとの絡みにおいて、その成立が経済的事情であることは重要になる。というのは、上記のような、『青鞜』の一部と『反響』や『近代思想』の社会主義の結びつきを決定的にしたのは、生田花世のいわゆる貞操論争だったからである。

第四節　ポルノグラフィーの実践

周知の通り貞操論争とは、弟と自分が食べるために「貞操が砕かれ」たことを告白した生田花世の「食べることと貞操と」（『反響』大正三・九）に安田皐月が反論したのをきっかけに、主に『反響』と『青鞜』を舞台に、らいてうや大杉栄をはじめとした多くの人を巻き込んで繰り広げられた論争である。

花世は、自宅に身を寄せている知人の女性が、雇い主に性的関係を迫られ、仕事をやめざるを得なかった事件を記述するとともに、過去の自らが食べるために雇い主の要求を退けられなかったことを告白、「今の日本の家族制度及び社会制度が女をこの様に困らせるのである。女に財産を所有させせぬ法律がある限り及び女に職業がない限り女は永久に「食べること、貞操」の戦ひに恐らく日に何百人と云ふ女は貞操よりも食べる事の要求を先とするのである」と主張したのだが、これに対し安田皐月は、「泣き乍ら犠牲の押売を強ひて受けて居ると云ふ事は殆と《ママ》塵溜の中に自分の体を棄てゝ居る」、「暗い木蔭に紅白粉で心臓を塗り潰し乍ら明日の米代を男の袂に引くぢごくと何処に差別があらうと云はれた時氏は何と答へ得るであらう」（「生きることと貞操と――反響九月号「食べる事と貞操と」を読んで」『青鞜』大正三・一二）と密淫売婦にたとえて痛烈に批判した。

むろん、花世は皐月が経済的に恵まれているために、女性の窮状を理解できないのだと反論、続く応酬でも、貞操というよりは自らの意志を貫徹するかどうかの問題であると説く皐月とは平行線を辿った（生田花世「周囲を愛することと貞操と――青鞜十二月号安田皐月様の非難について」『反響』大正四・一、安田皐月「お目に懸つた生田花世さんに就いて」『青鞜』大正四・二、生田花世「再び童貞の価値について――安田皐月様へ」『反響』大正四・二）。仔細に見れば、花世の発言は回を重ねるにつれて主張の細部を変更もするのだが(8)、それぞれの掲載誌が『反響』

と『青鞜』であったことから、女性や労働者の社会的階級を問題化する花世と、比較的裕福な階層の出身者が多いこともあってそれらに気づかず、恋愛における自由意志に議論が傾きがちな『青鞜』、という対立の印象があることは否めない。

が、先に『青鞜』の一部と『反響』や『近代思想』の社会主義の結びつきが決定的になった、と述べたのは、花世がこれ以後も『青鞜』と離れなかっただけではなく、論争の過程で、伊藤野枝と大杉栄の交流が始まってもいるからである。野枝が、「貞操と云ふやうなものは不必要」と言いながら、「本能的に犯すべからざるものだと云ふ風に考へさゝれる」(「貞操に就いての雑感」『青鞜』大正四・二)と述べたことを大杉が捉え、「野枝さん。」との呼びかけが繰り返されるその評論で、貞操観とは、「財産の私有制度」以後、主人たる男によって「女特有の奴隷根性を養はれ」たものと指摘、野枝がこれらに無知であることを批判したのである(「処女と貞操と羞恥と——野枝さんに与へて傍らバ華山を罵る」『新公論』大正四・四)。その後二人が思想的にも心情的にも接近してゆくこと、またらいてうの後に野枝が引き受けた『青鞜』の方向性が変化してゆくことは、よく知られたところである。

こうした過程を経て、「私たち女に財産と職業とがない事」(「食べることと貞操と」)の改善を求める運動は文学に見切りをつけ始め、また研究においても両者が別個の領域として語られてきたため、その間に通路が開かれることは少ないが、貞操論争の起こっていた時期とは、文学の領域では、前章でみたように、明治四五(一九一二)年の全集出版を一つの弾みとして樋口一葉が再度大きなブームになっていた時期でもある。そして、この前後のらいてうの一連の著作こそは、一見無関係な両者の連続性を示唆するといえよう。

この時期とりざたされる〈一葉〉の問題の一つ目は、彼女に関する話題が、処女のまま死んだかどうかに集中し、女性の書き物が、身体の内奥と内面を覗くポルノグラフィーとして要請されていたことであった。そして、一葉批判を通じたらいてうの関心は、それを拒否するのではなく、自らポルノグラフィーを演じながらいかにして異なるものを滑り込ませるか、といった具体的方策の模索にあった。ならば自らの、世間で言うところの恋愛をキスシーンとともに書きつけた『峠』は、その実践であるということになろう。『峠』では、二人きりでの食事の場面で、＊印で中断された次のような箇所さえあるのである。

私はだん〳〵物とはなしの圧迫を感じ、先生の方に向いてゐる眼尻のあたりに幽な痒みを覚えたが、間もなく食卓の上に軽くかけていた右手をとられた。

＊　＊　＊

しかし、その時、私はどうしたことか自分にも分らぬ或る妙な欲求に囚へられて、その間絶えず大きな眼を明いて相手の顔を見詰めてゐた。顔は全体蔭になつてよくは見えないのだが、でも見落してはならないといふやうな、また見ずには置けないといふやうな気がして、矢張りぢつと見詰めてゐた。半《なかば》閉された二つの眼が一つに繋がつたり、顔が細長く歪んで見えたりした。

『煤煙』のここにあたる箇所では、二人はキスをしており、『峠』には「(十五)と(十六)とには社の方の依頼によつて止むを得ず削つたところが二三ケ所あります。――作者」(『時事新報』大正四・四・一八)との断り書きが付されていることから、らいてう自身はキスシーンを書きつけていたとも推測される。

だとすれば、自らの男性体験を書いて見せた『峠』と、貞操という肉体の内奥を開示して見せた生田花世とは、そのポルノグラフィーの実践という意味では遠くはない。

だが、ここで問題になるのが、〈一葉〉の第二点目、〈告白〉と読み替えるならば男性文学者にとっても中心的話題であったはずのこのポルノグラフィーが、男性においては既に文学の中心的ジャンルとなっていた小説とみなされていたのとは対照的に、女性においては決して小説とはみなされない、つまり文学の周辺としての〈小説以外〉として要請されていたことである。[9] 既に見たように、この住み分けは、明治四〇年代に無視できないほどに膨れ上がった女性の書き手たちが、文学の中心領域だけには進出しないよう、しばしば与えられた承認としての分業制であった。

ということは、射程を長くしてみるなら、貞操論争を外部の男性にも深刻に受け止めさせた生田花世の告白の真実性とは、文学の中心からの排除によって保証されているということになる。花世が、『女子文壇』の代表的投稿者であったこと、とりわけ美文・散文において評価されたことを示せば事足りよう。『女子文壇』では投稿者が、選者や編集者のアドバイスを受け入れる身振りによって、いわば検閲をすり抜け、模範的投稿者から寄稿家〈選のある投稿ではなく、本欄で著名人の寄稿と並べる位置〉へと階層システムを上昇していったこと、また、さらなる上昇の場となった[10]『女子文壇』外の雑誌でも、上昇過程で学習された当たり障りのない〈女性らしさ〉によって評価されているが、花世もまた、同様の過程を辿った優等生として、[11]『女子文壇』の外に活躍の場を広げたのであった。

もちろん、「食べることと貞操と」で語られた事実自体は深刻であり、「私」という記述の主体が、実体としての肉体と一直線に結びつけられることによって、女性の被害の告発に実効性を発揮しえたことは評価されるべきである。その限りでは文学からの排除など、むしろ喜ばしいことでしかない。だが、女性たちの文学中心部からの排除とは、〈素人性〉の要請とも重なっていたことを考え合わせるとき、事情はなかなか複雑である。

というのは、女性は〈小説以外〉が得意であるという言説は、決して事実ではなく、彼女たちの書くものに〈小説以外〉と名づけることによって階層化を守ろうとする行為遂行的な言説であったが、とすれば、ここに〈素人性〉が要請されることとは、結局のところ、プロとして小説を金に替えられるのは男性だけであり、女性が書く小説が簒奪されているという状況に他ならないからである。

らいてうの〈一葉〉批判とは、一葉がまだポルノグラフィーを演じる〈娼婦〉になりきれていないことに向けられていたことを思い出したい。らいてうの選択した〈娼婦〉は、もちろん生田花世のような実体的身体の問題ではなく、あくまでも表象の問題であり、女性の一人称に期待されるポルノグラフィーをどのようにすり抜けていくかという演技の問題であった。ポルノグラフィーを比喩としてしか語れないという点で、らいてうの限界もまた明らかであり、現実の改編を求める生田花世や伊藤野枝、彼女らを囲む社会主義者の側からすれば、机上の論理でしかなかったのも当然である。

だが、女性の小説からの排除＝女性が生み出したものの搾取は、まさに女性の書き物がポルノグラフィーとして承認されながら、女性自身が売り手とは認定されず、曖昧なうちに消費されることによってこそ起こっている。ここでの惨めな問題は、生田花世のような貞操（が破られたこと）の告白がどれだけ深刻な問題であったとしても、文学する女性からの簒奪というこの不平等が、その真実の度合によって解消されるものではおそらくない、ということである。

このときらいてうが、意識せずとも突き当たっていた文学という特殊な領域における再配分の問題は、文学か政治か、と整理されたときには見えにくくなってしまうものであり、『近代思想』や『反響』に寄る人々のいう再配分に対して、差異化を目指すものになる。こうした違いは、婦人問題を「その一つは男子と同等でそして同種類な女権の主張で、他の一つは男子と同等だが異種類な女権の主張」と二つに区分して見せ、エレン・ケイに傾倒して後者を主張するらいてう（「我国に於ける婦人問題の世界的地位」『現代と婦人の生活』）と、らいてうが同様の内容を述べた『婦人解放の悲劇』序文を引きながら、「此の先決問題の不明瞭な所に、らいてふ氏の平素の主張の不明瞭」があり、「在来の男子のいわゆる政治的仕事を人間の仕事として否認し、従つて男子も女子も共に此の仕事の破壊に与らなくてはならぬ事を要求する」ゴルドマン（とそれを訳出した伊藤野枝）を評価する大杉栄（『近代思想』大正三・五）の違いに遠く通じているが、草平との論争がアイデンティティの承認の問題でもあったことからすれば、この対立は、文化的アイデンティティの承認と、経済的／物質的なものの再配分の対立であるともいえよう。

ナンシー・フレイザーは、不公正についての二つの分析的理解として「承認」と「再配分」を挙げ、表象、解釈、コミュニケーションの社会的パターンに根ざした文化的な不公正を是正しようとする「承認の主張」が、「パフォーマティヴに創出するのではないとしても、ある集団の一般に認められている個別性に注目し、その価値を肯定するという形を取ることが多」く、「集団の差異化を促進」するのに対し、社会の政治経済的な構造に根ざしている不公正の是正（具体的には所得の再配分、労働分業の再組織化、投資を民主主義的な意思決定プロセスに委ねること、など）を目指す「再配分」は、階級構造そのものを廃止させるなど、「社会的集団を脱差異化」するものとして、両者が時に対立するというジレンマを示した[12]。これに従えば、らいてうの立場が、対立者からは階級に無自覚に見えてしまうのは想像に難くない。らいてうへの批判とは、いずれにしても彼女が差異化を目指すことに向けられたものなのである。

確かに、近代に対して後発の女性たちが搾取の構造に敏感になるほど、小説による報酬という特権的な要求は自身によって取り下げられてゆき、この問題はほんの一時期にわずかに出来するだけに過ぎない。しかし、その過渡期における選択の偶発性と必然性を確認するためにも、今しばらく、『峠』をめぐる出来事のゆくえを見てゆきたい。

第五節　不徹底な抵抗

すでに述べたようにらいてう自身がポルノグラフィーを模索していたことからも、『峠』が積極的に小説として企図されたわけではないであろう。だが、『峠』が結果として小説として成立したことは、文学という領域における女性の簒奪の問題、現在起こりつつありながら不可視にされている小説を書く女性とその共同体の回復の責務をらいてうに負わせることになった。

だがこれは、またもや承認を遅らせるものでもある。『峠』は、これを社会的関係の回避とみなす『反響』、『近代思想』側の人々はいうまでもなく、執筆理由を草平との関係の清算と見たり、中断を奥村の嫉妬に見る現代の研究に至るまで、大変パーソナルなものとして捉えられているといってよいが、ここでらいてうを共同体の回復者にするはずの事態こそが、『峠』をパーソナルに見せているからである。

というのは、くりかえすが、小説を書く女性たちが不可視なのは、〈小説以外〉を書く女性、あるいは、文学による連帯そのものを〈ありえないもの〉として読者に甘んじる女性の承認――これは、『女子文壇』投稿者一人一人の活動的主体を約束するものでもあり、彼女たちがそれにいかに満足げであろうとも、そのアイデンティティは常に集団的に把握できるものだということでもある――と引き換えになっている。〈女性の小説〉の可視化とは、この集団性を拒否すると同時に、そのようなものに回収しようと差し出される呼びかけの拒否として現われざるを得ない。

『峠』において、「私」と小嶋は以下に述べるごとく、ことごとに食い違っているが、すでに述べたように、小嶋／草平（語り手としての「私」の過去でありつつ、書き手の現在の対話を開くものでもある『峠』の輻輳性にかんがみて、小嶋／草平を敢えて重ねて述べる）が女性の書き手の認知という社会性への通路でもある以上、その呼びかけのはぐらかしこそ、相手が差し出してくる都合のいい承認への抵抗となりえるのである。たとえば、二人の食違いを端的に示す例として、自分の行動について許しを請う場面を見てみよう。

「今日《こんにち》の私の行為のいよ〳〵出で、いよ〳〵虚偽の多かつたことを御許し下さいますか」（一八回）、「お許し下さい。（中略）けれども切めて切めて先生だけ――私の言ふに言はれぬ苦しさが今日あつたので、私があんな事をやつたのも御許し下さいませうか」（一九回）など、「私」は主に手紙において何回となく小嶋に許しを請うが、同様に相手を欺いたことを当の相手に承認させる行為ではあっても、小嶋の行なうそれとは性質の異なるものである。小嶋が、急な相談のため神戸先生の家に行くと称した待合わせが、その実「私」と二人きりになる口実であったことがわかる以下のような場面がある。

Hさん、私はあなたを欺いたのです。欺いて此処まで連れ出したのです。それは折入つて聴いて頂きたい事があつたからですが、若し私のしたことをお腹立ちなら何卒介《どうぞかま》はず此処から御帰り下さい。御遠慮には及びません。（私は此処でまたむつとなつた。此処まで来て誰が今更帰れるものか、それをよく知つて故《わざ》と言つてゐるのだ、自分は今弱者の地位に置かれてゐると感じたので。）（四回）

小嶋がわびているのは、相手に読み取られるであろう自分の行為の意味と、内心での意図の二重性を意識しつつ演じていたことであり、

「私のしたことを矢張り憤つてゐらつしやる。」

「へ？——此処まで参つたぢや厶《ござ》いませんか。」私の声は低かつたが、冷たく険しかつた。

「も一度言つて下さい。も一度今の事を言つて下さい。」

私はむつとした。誰が二度と言ふものかと言はぬばかりに堅く口を結んで仕舞つた。（一一回）

とあるように、小嶋が喜びを隠せないのも「私」が嘘と知りつつ「此処まで参つた」こと、相手が共犯者になってくれたときなのであるが、「私」は共犯者にされることを拒否するのみならず、このような小嶋の嘘を「こんな言葉が女の心に与へる効果を予想して故と使つてゐるやうな不真面目なところ」（八回）と非難する。対して「私」が「嘘」というのは、たとえば「お許し下さい、昨日金葉会で「スモーク」の独逸訳の方を拝借したい

と申したのは全く其場の嘘でした。何のために嘘をついたのか、私にも解りませぬ」（一八回）というものだが、これには、

「小嶋君の小説の読み方と来たらそりやあ大変です。もう作中の人物と一緒になつて騒ぐのですから、書物には夢中になつて一杯アンダーラインがしてあります。」かう神戸先生がいつか何かの話の序に言はれたことなど思ひ出すと、私はその独逸訳といふ方が見たくてたまらなくなつた。自分もそれによつて読まう、さうすれば先生を知ることも出来るし、それを自分に読ませやうとする先生の心も察することが出来やうと思つた。（九回）

と整合的な理由が明記されており、一般的に言う嘘――行為の時点で外に現われた行為と内心の意図との二重性を意識すること――ではない。「私」が小嶋に比して誠実だという「虚偽」とは、自分の行為を自分が事後的に読む／書くことによって、行為者の意図とその解釈の間に、あるいは〈語られる私〉と〈語る私〉との間に距離が生まれることである。そして既に指摘されてもいるように、この分裂は、小嶋との会見時の行為主体と、帰宅後に手紙を綴る主体の二重化、それだけではなく、七年前の〈語られる私〉と現在の〈語る私〉としてもさらに輻輳しており、語り手がこうした構成に意識的であるにもかかわらず、「私」の位相は複数化されたまま統合されることもなく投げ出されている。

このように、対話者（小嶋／草平）との折合いの拒否は、自らの複数性の容認によっている。これは、都合のいい主体の承認への抵抗でありながらもなお、別の「私」の承認を要求して他者との関係を執拗に望むものでもあるが、折りたたまれた「私」の間の対話に自ら耳を傾けることが、対話者への関心をも欠いた行為に見えるなら、確かに、パーソナルと呼ばれてしまうものでもあろう。もちろん、親密な二人にひそかに交わされるような

承認を拒否するこの関係が、一般的な意味でのパーソナルな男女の関係に名づけられる恋愛とももはや呼べないように、ここでの〈パーソナル〉とは、言説権力の網の目から零れ落ちるものが処理される際の呼び名に他ならない。

ただし、このような実践が方法化できるものであるとは言い切れないであろう。『峠』は、かつてなかった女性の小説と書き手の共同体を回復するどころか未完のまま投げ出されている。らいてうの体調不良のせいでなくても、このようなずれゆく「私」の輻輳にストーリーとして一応の結末をつけることの難しさを想像することも容易であるのだが、いずれにせよ、そのようにして失われた言葉はもはや何も語ることはできない。

だから、『峠』が、らいてうにとってみればむしろ承認されるアイデンティティを構築しようとする一連の動きのなかで起こったことを確認すれば足りるように、これらの可能性はやはり、語るなかでようやく生じる亀裂としてのみある。

> 見向きもしなかつた文学によつて、私は始めて複雑多様な人間生活のあることを教へられた。（中略）然しまた一方に於て是等の物語の中の人物のどれもに対して私はいつも飽き足りないやうな一種の侮蔑をなほ感じてゐた。（中略）彼等の生活よりも自分の現在獲得してゐる境地の方がより高く、より深く、より美しく、より真実な尊いものであるといふやうな傲慢な一種の信念がいつも附き纏つてゐた。（六回）
>
> 作家とならうといふやうな事は嘗て一度として思つたこともなかつたしまたそんなことで満足出来さうな自分とも思へなかつた。その頃の私にはまだ芸術を軽んじ、芸術家の生活を卑しむやうな感情がどこかに残つてゐたから。（九回）

と文学への不審を語る『峠』は、誇らしげに文学の奪回を語りもしない。『峠』という新聞小説の執筆自体によって、この「傲慢な信念」は、「その頃の私」は持っていたが今は訣別したものと読める一方、現在の立場は保留されるのみであり、依然として「侮蔑」を感じている可能性も払拭しえぬまま、文学から排除されたものの回帰は完了することがない。だが、言説権力への抵抗とは、かつて存在しえなかったものを存在しなかったと語るしかないこうした不徹底さのなかで、アイデンティティを構築する言語自体の脆弱さとしてわずかに示されるのにすぎない。

逆にいえば、このような亀裂が「私」として語りだすことによってのみ呼び込まれる以上、このような不徹底な抵抗をあきらめることで、女性の小説が存在する場を切り開くという選択も可能となる。らいてう自身が次に書くときは、小説を完全に捨て去るときであり、まず母性保護論争として現われるそれは、さまざまな立場の違はあっても、〈パーソナル〉と批判されることだけはない、その意味で〈再生〉(13)であるには違いない。だが再生が母性保護論争であったことに明らかな通り、この方向転換は、フェミニズムからの批判も相次ぐ女性の一元化に傾斜することにもなった。小説についても、不徹底な抵抗を忘れ去るなら、承認される〈女性の小説〉が同様の方向を向かない保証はない。らいてうが手放したものはどのように受け継ぐことが可能であったろうか。残された〈女性の小説〉の場で格闘するのは、容易なことではない。

第三部　身体という舞台

第三部では、現実に上演された演劇を中心に、具体的な身体にかかわる規範の成立について述べる。一つ目の理由は、第一部で見てきたような〈女優〉の〈素人化〉によって、女性俳優は紙上で概念構築に寄与するだけでなく、実際に徐々に増加したからである。

二つ目は、現代において、セックス〈生物学的性差〉と区別されたジェンダー〈社会的・文化的性差〉という概念の一般化が、ジェンダー部分の可変性を確保する一方、生物学的性差についても、文化や社会にかかわらず不変であるのかどうかという問いを用意し、生物学的事実に多くを負うとされる〈身体〉の政治性が問われなくてはならないという理論的要請である。共通項としての女性身体という概念と体験を想定することによって、女性運動における多くの人々の連帯が可能になってきたという経緯は貴重であるものの、逆に、男女の区別に確固とした根拠を与えたいならば、自然で本質的な〈身体〉という考え方は、もっとも利用しやすい媒体ともなってしまうからである。

本書では、〈自然〉とみなされた身体所作についても、思考や言語の経験を通し、表象され、組織化されているという立場を取り、第七章では、文芸協会の『人形の家』上演を中心に、身体においてこそ強固に幻想される〈自然〉の構築過程を記述する。観客の反応などから、さまざまな観客への受け渡しの成立と失敗において、ジェンダー規範が実効性を持ってしまう具体的場面を確認し、また松井須磨子など、見逃されがちであった女優や女性観客の発言に、状況への批判を見出す。

ただし、〈演じる〉というキーワードで領域横断的にジェンダー規範を分析しようとする本書にとって、舞台上演を取り上げるのは、言葉の一般的な意味で妥当であるかに見えるが、自明のことではない。第一部の冒頭において、理論的枠組みとしてジュディス・バトラーを用いたが、そのパフォーマティヴィティの理論のなかに、舞台上の演劇がどのような位置を占めるのかは、実は問題含みだからである。実際の演劇では同じ脚本や演技が反復されこそすれ、それが舞台上のみの約束事に留まり、現実を改変する行為でないとすれば、パフォーマティヴとはいえないからである。バトラーが論じられるとき、必ず参照される言語行為論のJ・L・オースティンは、舞台上での発話をまず除外していた（『言語と行為』原著一九六二年、坂本百大訳、大修館書店、一九七八年）。バトラー自身は、「「これはただの芝居だ」と告げるさまざまな約束事があるおかげで、演技と実生活のあいだに厳密に境界線を引くことができる」と、ジェンダーの演技と演劇を区別するとも読める言い方から（「パフォーマティヴ・アクトとジェンダーの構成――現象学とフェミニズム理論」吉川純子訳、『シアターアーツ』一九九五年一〇月）、「芸術的再演は、その言葉を使うが、それだけでなく、それを見せつけ、それを指し示し、それがある種の効果を生産するために利用される言語の恣意的で現実的な例であることを明らかにする」と演劇の現実的効果をいうものまで（『触発する言葉――言語・権力・行為体』原著一九九七年、竹村和子訳、岩波書店、二〇〇四年四月、一五五頁）、幅を持っているように見られる。

本書では、舞台上での演技を、パフォーマティヴィティから除外することはしていない。これは、〈自然〉という概念や、〈素人〉としての〈女優〉という考え方の副産物だが、舞台上と客席が地続きになった特殊な事情があり、舞台外での松井須磨子自身の女性表現者としての承認が、舞台上での上演という行為に大きく負うものだからである。

さらに、名声を得た女優の秀でた身体ばかりではなく、一般化した身体を扱うために、第八章では、宝塚少女歌劇団について述べる。これらは、第一部の田村俊子と第二部『女子文壇』投稿者の関係と並行するともいえるが、〈見せる身体〉を扱う二つの章では、女性向け投稿雑誌よりは多少広く受け手の反応に触れられるという利点もある。ここでは特に男性観客の反応を指している。例えば『女子文壇』ならば、仮に一般男性からの反応が混在していても、女子向け投稿雑誌の強固な結束力によって女装されるしかないため、投稿者本人の性別の実態は掴みにくい。男性名での反応の多い宝塚少女歌劇では、結局は誌上でのジェンダーと投稿者の実態には慎重にならざるを得ないとはいえ、女性概念の変転が男性観客と共振する新たな局面を論じることができるだろう。

第九章では、夏目漱石の『行人』と、周辺の医学的言説を取り上げ、宝塚少女歌劇の健全な国民身体と補完しあう、病の管理について論じる。医療が中流以上の階級にとって消費行為となったこと、それが生じさせるねじれによって、女性たちが、医療に支払いをする顧客として扱われながらも、女性的器官のゆえに決して治らない〈病〉として表象されていることを明らかにしていく。

最後に第十章では、従来倫理性の側面から考察されてきた、文芸協会『故郷』の上演禁止問題について、〈新しい女〉への抑圧という側面からアプローチする。また女性俳優を描いた田村俊子の『蛇』から『木乃伊の口紅』に至る作品と、その評価を加え、小説を利用して自らの位置を承認させる行為の複雑性を解きほぐし、演劇と小説にまたがる女性表現者への抑圧の共通構造を抽出する。

以上を通して、明治四〇年代に男性によって期待された女性像を利用しながら生き抜いてきた女性表現者たちが、大正中期に表舞台から消されていく経緯を追い、パフォーマティヴィティを封じる論理の強固な洗練化を明らかにする。

第七章　『人形の家』を出る

――文芸協会上演にみる〈新しい女〉の身体

女性の自立を描いたとして名高いイプセンの『人形の家』（一八七九年）が、文芸協会によって上演されたのは、明治四四（一九一一）年である[1]。文芸協会は、坪内逍遙がかねてより早稲田大学の関係者によって催してきた朗読会が明治三八年に易風会と改称、これが母胎となって明治三九年二月に発足していた。当初は演劇のみに限らず広い文化的活動を目指していたが、明治四二年に立ち上げた演劇研究所の第一期生が、二年間の俳優養成期間を終えた四四年、第一回公演としてシェイクスピア『ハムレット』を上演するとともに、演劇を中心とする組織に一新されたものである。『人形の家』は、九月二二日から二四日まで、牛込余丁町の坪内逍遙邸内に完成したばかりの試演場で上演され、文芸協会が目指す演劇の方向性を明示した記念碑的な公演となった。演出は、ヨーロッパ留学から帰国後、評論などで目覚しい活躍をしていた島村抱月、主要な配役は、土肥春曙のヘルマー、松井須磨子のノラ、森栄治郎のランク、広田浜子のリンデン、東儀鉄笛のクログスタットなどで、試演では第二幕を抜いて演じられたが、続く同年一一月二八日から一二月四日には、完成したばかりの帝国劇場において、同じ配役で全三幕が行なわれている[2]（図27、28）。

この『人形の家』が、当時のあるべき女性イメージの確定にかかわる重大な事件であったことは[3]、これまでも断片的にふれてきた。〈女性〉に期待のかかる時代の複雑な構造をまず明らかにしておきたかったからだが、そ

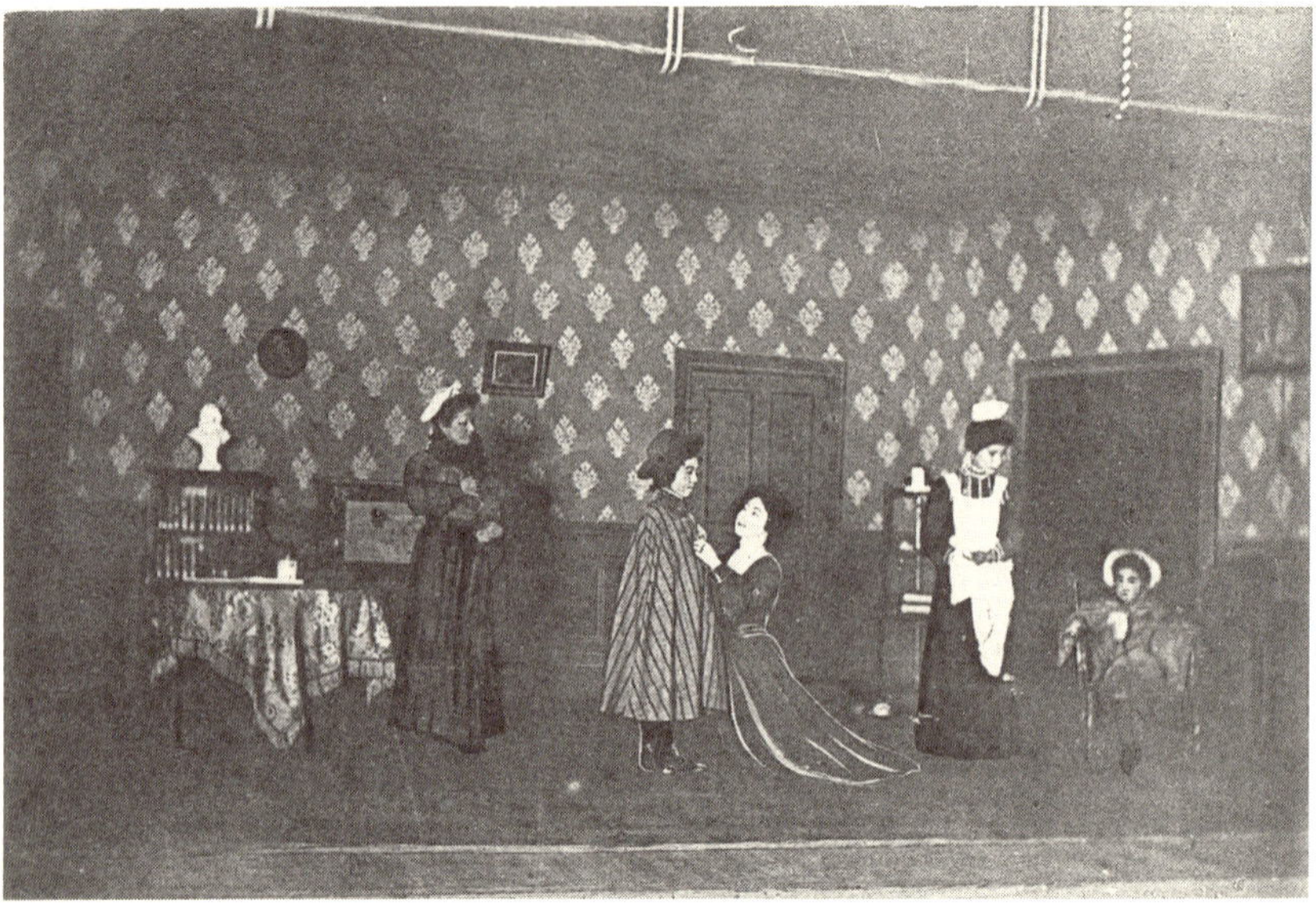

図27　文芸協会『人形の家』 良き家庭の主婦であったノラ。

図28　文芸協会『人形の家』 内心の焦燥を隠し，狂おしく「タランチュラ」を踊るノラ。

れらを経た上でなら、既に多くの蓄積がある『人形の家』の舞台自体の研究にも、何かを付け加えることができるかもしれない。

　過去の舞台に関する研究は、その困難さで人を惹きつける。当然のことだが、当時の記録をどんなに集めても、その内容を再現できないからである。仮に映像が残っていたとしても、上演は一回一回異なってしまうだろう。むろん本書が対象にする時代については、その映像すらほとんどない。だから、幸いにも観劇評の多く残されている(4)『人形の家』は、再現に近づく恰好の題材になるわけである。ただし、従来の研究では、観劇評（観客の反応）を、証言と考えるか、もしくは受容としてとらえるか、いずれにしろ、上演自体というものがあらかじめあると想定し、その二次的な反映と見てきたことは否めない。

　本章ではこれに反して、観客も演劇の生成にかかわる重要な要素ととらえ、生成の場自体の再構成を試みたい。問題としたいのは、記された言葉自体がさまざまなバイアスを持っていることである。舞台の再現は不可能であるが、それは資料の量に問題があるからではなく、唯一の事実を想定すること自体が不可能だからである。上演側、観客双方にわたるバイアスを測定しながら、〈女が女を演じる〉現場で何が起こっていたのか、さらに考えていくことにしたい。それは、女性の身体自体が一つの攻防の舞台になっていたことを明らかにする作業にもなるはずである。

第一節　〈新しい女〉の二様の評価

　イプセン『人形の家』が衝撃的であったのは、女性自身によって演じられた内容自体が、かなり革新的だったからである。改めてその内容について確認しておく。

　夫・ヘルマーに「雲雀《ひばり》」、「栗鼠《りす》さん」と呼ばれ、可愛がられて幸せな生活を送るノラ。しかし、彼女には一つ秘密があった。夫が病のため転地療養しなければならなくなったとき、その費用を捻出するために、父親のサインを偽書してクログスタットに借金をしたことである。自分ひとりの働きで、愛する夫の健康を取り戻せたことを、彼女は誇りに思っている。だが、クログスタットは現在、ヘルマーの部下で、首にされそうになったため、ノラが夫を説得しなければ偽書を公けにする、と彼女を脅す。この秘密を知ったヘルマーは、ノラを罵る。古くからの友人・リンデンの働きで事態は納まるものの、ノラは、ヘルマーが自分を愛するのは、人形のように何もしない時だけであると気づいてしまう。ノラが、夫も子どもも捨て、本当の生活をするために家を出る結末は、女性の覚醒と自立の象徴的場面とされている。

それゆえ、当時それぞれの生き方を模索していた女性たちは、これに引き当てて〈新しい女〉と名づけられただけではなく、自身もそれらとの交渉のなかで思索を深めていった。例えば、第五章では平塚らいてうの「ノラさんに」を取り上げたが、これは、『青鞜』の特集である「附録ノラ」（明治四五・一）の一部である。この特集は、前年の一一月「編輯室より」で予告され、同時に執筆の助けとすべく詳細な研究文献目録と、論ずる際の問題点も載せられており、たびたび近代劇を対象とした特集を組んだ『青鞜』においても、力の入ったものである。社員の感想ないし批評として、上野葉《よう》「人形の家より女性問題へ」、加藤みどり「イプセンの「人形の家」」、上田君子「「人形の家」を読む」、保持研子《やすもちよしこ》「「人形の家」について」を掲げ、松井須磨子の談、バーナード・ショーの評論翻訳などを併載した。「〔イプセンは―引用者注〕男性に対する女性の地位革新を将に来るべき問題として提供した」（上野）、「ノラの心機一転は、直に以て私等の明日と云はぬ、今現在の大問題」（加藤）、「婦人問題は男子問題と離すことが出来ぬ」（保持）など、さまざまな立場から女性問題を論じたものであった。[5]

しかし、等しく〈新しい女〉と呼ばれた女性であっても、文芸協会の上演によって一躍名を高めた松井須磨子（図29）の場合と、これら『青鞜』に寄稿した何人かの場合では、その受け取られ方に大きな違いがあったようである。

たとえば相馬御風は、須磨子については、

> 脚本で読んだ時には、こんな女があるものかと云ふ気がした。（中略）所が松井すま子女史の扮したノラを見ると、初めから妙に尤もらしい所がある。どこかしをらしい所がある。（特集「ノラに扮した松井須磨子」『新潮』明治四五・一。以下この特集からの引用は誌名・刊行年月を省略する）

と手放しで賞賛するのだが、『青鞜』については以下のように不満を表明する。

> 「青鞜」同人の「人形の家」の合評は、期待して居た程ではなかつた。なぜ此頃の女の人達はかう無暗と愚にもつかぬ屁理屈を並べたがるのだらう。（中略）よそいきの議論などは今更女の人達からなんか聞かなくても好い。もつと〲男の胸の中をかきむしるやうな、切ない女の叫び声を私達は聞きたいのである。（「一月の評論界（中）」『読売新聞』明治四五・一・一八）

図29　松井須磨子

御風が後者で言う〈女性自身の声〉が、自身を表出する相応の場を持ち得なかった当の女性以上に、男性作家たちによって熱望されていた経緯と結果については、すでに述べてきた。『青鞜』のような雑誌の創刊も、いわばこうした機運が後押しした部分もあるはずである。にもかかわらず、御風の『青鞜』のノラ論への反応は、一方の須磨子が、御風以外にも「女でなければ見ることの出来ない表情や、音声や、動作がよく現はれてゐた」（佐藤紅緑、特集「ノラに扮した松井須磨子」）や、「日本に生れた女優の口から初めて自然な台詞を聞く事が出来た」（川村花菱「私演場と『人形の家』」『歌舞伎』明治四四・九）など、その期待通りの反応を得ているのとは対照的である。この落差はどのようにして起こるのであろうか。

第二節　〈自然な女〉から〈新しい女〉へ

森田草平は、そのイプセン論において、「あらゆる作家は皆女性を理想化する」ものであるが「イプセンは其随一」とし、「女性を見る眼はロマンテイツクで、男子に対しては飽迄自然主義」という「偏頗な見方」は、「女性に対する無知」によるものであり、「実際の女性を知つた者なら、迚《とて》もイプセンの様に思い切つて女性を理想化することは出来なからう」と結論づける（「イプセンの女性」『読売新聞』明治四五・一・七）。

もちろん今日から見れば、「ノラの芝居を見て、イブセンを自分達の戦士の如く考ふる女流が有つたとすれば、其人は誠に気の毒」で、そもそもノラは「男の産んだ女性」であるのだから、とるべきところがあるとすれば「男性的な」「本質」しかない、という森田の解釈こそ偏頗にみえるかも知れないが、これ自体が当時の水準を大きくはずれているわけではない[6]。

それよりは、森田がここでノラを「自然主義」に対立する「理想化」ととらえていることが注目される。というのは、前章で見たとおり、数年後に『炮烙の刑』論争で平塚らいてうと対峙することになった彼は、「自分は新しい女〳〵と雑誌なぞの上で喧ましく騒ぐ婦人以外に、真に新しい道徳の下に新しい生活を営んで居る真の新しい婦人が世に存在して居ることを確信して居るもので有る」と言い、彼が真のそれが書かれているという『人形の家』、『罪と罰』、『カラマーゾフの兄弟』、『罪』を読むことを勧めた後、特にズーダーマンの『罪』について、次のように述べていた。再度引用してみよう。

これは又所謂教育のあるために不徹底を極めた女と、生まれながらに徹底した自然な女との対照を簡単明瞭に描いたものだ。（中略）只生きた女の例は前にも言つたやうに、自分も余り知らない。尤も反対に教育のあるために自己を知らなかつた例は一つだけ知つて居る。それはらいてう女史其人で有る（これは冗談ではない。）（「『現代と婦人の生活』中、自分に関する一節について」『反響』大正四・一）

つまり、ノラを「徹底した自然な女」に組み入れるこちらは、先ほどの「理想」というとらえ方からは方向転換されたように見えるわけだが、まさか自身の「イブセンの女性」を、相馬御風に「一寸聞くといかにも尤もらしくて、実は甚だ向ふ見ず」、「舞台の上で見るに及んで寧ろそれとは反対にイブセンと云ふ作家の案外な女性通である事を知つた」（「一月の評論界（中）」『読売新聞』明治四五・一・一八）と批判されたからではないだろう。草平の論が第一には、らいてうの〈自然な女〉としての不徹底の原因を「教育」に求め、いわば女性の知識や論理性の不要を主張している点で、第二は第一と絡み合ってはいるのだが、作中人物の声のみを許容する点で、現実の女性の声を封殺するものであることを前章で確認した。第一の点について、ここでは〈新しい女〉概念の変遷という別の文脈から改めて検討したいのだが、そのためには、〈新しい女〉議論の口火を切ったとされる坪内逍遙「近世劇に見えたる新しき女」（『早稲田講演』明治四三・九〜一一）[7]まで遡り、そもそもどのような人物像が〈新しい女〉と目されているのかを確認しておく必要があろう。

この講演で、逍遙はまず古代からの演劇史を「最初は人生の影を月夜の影法師の様に甚だ不細工に写して芝居の端が発かれ、中頃には段々細工が巧者になつて実物よりも大きく又は美しく人生を写した理想劇……即ち調子の高い芝居が出来、後には其調子の高い芝居に模して、調子高な実際生活を営まんと企つるものが出来た時代もあつた」と整理し、最近の傾向である写実劇は、フランス革命以後に高まった思想・空想の自由が、ナポレオンの失脚以後冷却し、公衆が現実とのギャップを意識したところに生まれたもので、その端を開いたのがイプセンだとする。

このような長い前段が必要になるのは、逍遙が〈新しい女〉を三つの型、つまり「第一、主として教育と待遇との為に止むを得ずして反発し新しき女とならしめられたる者」、「第二、半ばは演劇場の都合にて奇抜に作りなされたる者、したがって多少人間離れのしたる者」、「第三、前二者を合わせたるが如き性格」に分けて論ずるからで、日本にも生じかけている第一の例として挙がるのが『人形の家』のノラとズーダーマン『故郷』のマグダである。次いで、ほとんど絶無で日本にはないとされる第二の例に、イプセンの『海の夫人』、『建築師』、双方に登場するヒルダ、大体においては実際に成り立っているという第三の例にイプセン『ヘッダ・ガブラー』の主人公とバーナード・ショー『ウォレン夫人の職業』のヴィヴィが挙げられ、それぞれについての解説がなされている。

逍遙自身の区分は劇的効果の度合を基準にしたもので、女性のタイプとしていずれがいいかについては結論でむしろ価値づけできない旨を述べており、仮に演劇の進化過程としても、彼が演劇史を理想劇から写実劇への進化としている点、また第二の型については省略するつもりであったことも述べているため、少なくとも第二の型を称揚する意図があったとは思えない。

だが、「調子の高い芝居に模して、調子高な実生活を営まんと企つるものが出来」る、つまり現実が演劇を模倣する回路をも用意する逍遙の演劇史は、現実の女性という局面において意図とは異なって進化を含みこむものでもあった。例えばこの図式を引き継いだ加能作次郎は、「もとよりノラ自身は生れつき新しい女ではない。ノラの自覚は真に自己の内部から発したのではなく外部の圧迫、境遇の圧迫によって自覚した」のに対し、ヘッダを「はるかに進んで、全く現代そのもの、の産物」(「近代文学に現はれたる女」『太陽』大正二・六・一五)と言い、田山花袋は、ノラやマグダを「その自己には外部の圧迫を受けてそして出て来たやうな点がまだ非常に多い」

と「まだ」と述べるのに対し、「ベッダ《ママ》は余程内部的」と対比させているが（「現代の文芸と新しい女」『太陽』大正二・六・一五）、これらは、逍遥の言う第一の型から第二の型への進化としてとらえていることになる。類似の論理は多く、逍遥の区分けが女性のタイプの進化として解釈されていたことをうかがわせる。

とすれば、逍遥が「ヒルダの眼中には世間の義理とか道徳とか云ふものは更に無い、全く個人主義的の女である。個人主義ではあるが理論上の主張があるのではない、半無意識的の個人主義者。斯う云ふ女を衝動的とも本能的とも云ふ。其時に斯うと感じた事を其儘実行してしまふ女」と説明するヒルダにこそ「自然性のまゝに行ふ」との語彙を使っていたように、現実には存在しそうにない第二のタイプが、最も進化した形態として〈自然な女〉の理想（という矛盾）を代表していくと見ることは可能である。また、このように進化の最先端として語られる点に、〈自然な女〉が〈新しい女〉に呼びかえられていく契機を見ることもできるであろう。したがってこれ以後は、〈自然な女〉と〈新しい女〉に特に区別を設けずに論じることにする。

前述の「生まれながらに徹底した自然な女」を語る森田草平の「『現代と婦人の生活』中、自分に関する一節について」も、逍遥自身がノラを第一の型に数えいれていたのとずれはあるものの、草平が理想的な〈自然な女〉とするノラには、逍遥の言う第二のタイプの〈自然な女〉の特色である「半無意識的」、「衝動的」性質が流れ込んでいると考えられる。草平が重視したのは、教育や論理性の不要だったからである。現実のレベルに進出することのない小説や戯曲中の女性のみが「真の新しい女」と認められていることと併せれば、草平が忌むのは、女性が女性自らの言動の意味を考え、そして語ることに他ならない。

してみれば相馬御風が、ノラとしての須磨子には同情を寄せるが『青鞜』には厳しかった理由も同様に推測がつく。ありていにいえば、〈自然な女〉あるいは〈新しい女〉とは、その言動で「男の胸をかきむし」りながら、それをメタレベルで言語化することを知らず、意味は男性のみが汲み取る、というお馴染みの構図のことなのである。「教育のあるために自己を知らなかつた」と皮肉られたらいいてうは、自己を知らなかったというよりは、自己に期待されるものを知らなかったのであり、草平は、生まれながらに徹底した「生きた女の例」を知らないのではなく、それが実際にはありえないことを知らなかったのだといえよう。

第三節　お菓子の食べ方——文芸協会のノラ

このような須磨子が演じたノラと、女性の書き手のノラ論の受け取られ方の落差については、特にここで扱った相馬御風をも引きながら、すでに佐光《さこう》美穂が指摘している(8)。ただし佐光は、〈女優〉について、「女が女を表象することが、身体という目に見える、物質的な根拠を媒介に行われているということであり、〈女〉を本当に表象しているという根拠が、女という表現主体の立場ではなく、女の身体だと理解されていたことになる」と述べ、それと対比された『青鞜』のノラ論は、表現主体の立場と表現された内容を統合する明らかな媒介（身体）を持たないために不自然とみなされたと指摘するが、〈女の身体〉自体が自明な根拠となりうるか、つまり、何が〈女の身体〉に見えうるのかこそが問題であるのはいうまでもない。

川村花菱は、観劇後の車夫の感想として、「まるで人間見たいぢやありませんか、何だか夫婦別れ見たいな所が有りましたねー、あれなんざあもう、云ふ事もすることも、まるで本当《ほんと》の事のやうですからねー——あれがいゝんですかねー」（「私演場と『人形の家』」『歌舞伎』明治四四・一一）と、ストーリーや身体所作が従来の演劇とは劇的に変化したことを記す。だが、その「本当の事」とは、須磨子が差し伸べる腕を「見事な直線にする」まで、また「舞台声が所謂ピイピイ声でなくなつたり、笑いがお壺口でなくなるまでにも、相応の年月がいつた」（島村抱月「序にかへて」『牡丹刷毛』大正三・七）訓練の結果であり、これを引いて池田靖子が言うように、「「女らしさ」言説・規範は、身体技法と切り離されてあるものではない(9)」のである。

しかし、池田靖子が「「ピイピイ声」や「お壺口」から、はっきりした台詞の言い回し、大口をあけて笑える身体技法の習得が、「新しい女」の表象に不可欠」と述べるように、小説や戯曲で求められた〈自然な女〉または〈新しい女〉の理念そのままが、身体的訓練によって目指されていたと見るのは早計である。ノラ自体と、須磨子のノラが従っている規範には微妙な違いがあり、理念が身体動作として具体的に形成される場においてそれらが顕在化するのを見るべきであろう。

　身体技法の習得といえば、たとえば西洋的な動作をどの程度取り入れるか、などの議論が念頭に浮かぶが、それらは往々にして理念とはレベルの異なる具体的問題としてイメージされがちである。だが、身体技法は即物的なレベルの問題にはとどまらない。須磨子自身はノラを演じる苦心を、「現代劇であるだけに、妾《わたし》どもにも想像される心持を云つてあるだけにノラの心持と同化する事は出来ますが其れは知識の方から見たので、之に感情がはまらないと云ふ恨みがあります」と述べ、「リンデンにお菓子をやつて、自分でも食べると云ふ所」が、日常生活で繰り返している動作なので気乗りがしない、と極めて具体的に語っている（「『人形の家』と舞踊劇　其の三　松井須磨子」『読売新聞』明治四四・九・六）。調子の高い前半に比し、「リンデンにお菓子をやつて、自分でも食べると云ふ所」とは、あまりに即物的で気抜けがするほどだが、実はこれこそ、『人形の家』の女性理念に深くかかわっている。

　文芸協会の『人形の家』の稽古は、土肥春曙によれば、「島村、中村両氏〔島村抱月、中村吉蔵―引用者注〕が彼地の名優が演じたのを親しく見物して来られたので、それを便りとして両氏の監督の下に」行なわれ（「私の役はヘルマー」『歌舞伎』明治四四・九）、東儀鉄笛も同様のことを述べている（「真面目に研究して居る」『歌舞伎』明治四四・九）。その島村抱月は、ノラの性格について、三つの解釈を提出する。

　例へば極無邪気な、子供らしく、殆ど三人の子供の母親らしく思へぬまでに可憐な女として見るのが一ツ。それから三人の子供を持ち。《ママ》且つ長年の間貧苦と闘つた所帯じみた世話女房として見るのが一ツ。今一ツ

は寧ろ沈鬱な思想の勝つた女。（「ノラの解釈について」『歌舞伎』明治四四・一一）

以上の三種類だが、これは、中村吉蔵（春雨）が「外国で見物した『人形の家』」（『歌舞伎』明治四四・九）においで、実際に見たヨーロッパの名優の名で肉付けしながら、「ナジモヴァ」は「チャイルド、ワイフ」、「無邪気な婦人」が「一幕ごとに薄皮を剝いて行くやうに現はるゝ自覚的に進んで行」く演じ方、「コミザアセフスキー」は「寧ろ子持ちの妻と云ふ風で、万事大人びて居た」、「イレネ・ツリーシユ」は母親の心持を失わず、「コミザアセフスキー」の大人びた味も加えられている、と三分類するのとほぼ対応している。

さらに抱月は、この第一の解釈しかありえないと結論づけ、ただし、ただでさえ議論が集中する[10]ノラの前半と自覚以後のギャップが、特に第一の「無邪気」な演じ方を採用した場合にはより強調されるためであろうか、ノラの「自覚」以後については、解釈次第で表現が分かれる余地があると説明を続けている。

一ツは思ひ切り強く演じて、所謂新しき女の威厳もしくば《ママ》、長い間の圧迫に対して男性に反抗する力と云ふ如きものを集めて、殆ど犯す可らざる威力を持つた強く烈しいノラにして見せると、今一ツは最後まで女性の弱さを棄てぬ、謂はゞ精神は悲劇の犠牲になつて居る女、それが而かも弱くメソ〳〵と泣く女ではなくして、どこまでも覚めたる新しき女の強さを女性の情愛の底に包んで表はすと云ふやうな心持で見せるのと、此の二ツのどちらに行くかといふ事が、面白い問題である。（「ノラの解釈について」）

それでは、文芸協会では、どちらを採ったのか。抱月は「結局其後者即ち女と云ふ形容詞を失はぬ範囲内に於ての自覚」に決定した。「日本人の今の心持に当てはめるにはあの方が面白からう」という判断である。はたして上演の際、「それを何百万といふ女は犠牲に供して居ます」という部分で岡田八千代と長谷川時雨がハンカチを目に当てたことを聞いた抱月が「矢張近代人だね。普通の見物はノラが子供と分れる所では泣くが、彼処でも《ママ》泣かんよ」（伊原青々園「劇談会「人形の家」見物」『歌舞伎』明治四四・一二）と評したエピソード(11)は、子別れの愁嘆場に反応する、いわばあまり「近代」的ではない観客を想定していたことを物語る。

というのは、ここは『人形の家』のクライマックスとなる、ノラの自覚の場面なのである。ノラは、始めには父から、そして次には夫のヘルマーから人形扱いされ、彼らが自分の意志どおりに事を運ぶ言いなりになり、一度も夫婦が真面目な相談をしたことがなかったことを述べ、そうした生活から別れて一人になる必要があると言う。そして、借金に関してノラを罵ったことを弁解するヘルマーが、「ノラ、お前の為なら、私は昼夜でも喜んで働く——不幸も貧乏もお前の為なら我慢する——けれども、幾ら愛する者の為だつて、男が名誉を犠牲には供しない」というのに対して、先ほどのセリフ、「それを何百万といふ女は犠牲に供して居ます」が吐かれるのである。抱月は、一般の観客について、ここではなく、家出の結果としての子どもとの別れ、つまり従来の芝居でも演じられていたようなパターンに泣くと想定していたことになる(12)。

抱月はそうした観客と時雨の違いを喜んだわけだが、しかし、果たしてそうであったろうか。時雨がこのとき泣いたのは「最後の出て行くところ」（長谷川時雨、特集「ノラに扮した松井須磨子」）、つまりノラがもっとも強くある場面だからである。このことからすれば、「見物はなぜ泣いたか。ノラが泣いたからである。ノラは涙もろい日本の少女の如く解釈され、その感情は常に弱々しいおとなしやかな活《はた》らきを現はしてゐた」（無署名「最近文芸概観」『帝国文学』明治四四・一二）と言われるように、「自覚」自体をおとなしく、しおらしく見せた(13)、抱月のそもそもの演出意図が浮かび上がってくる(14)。

吉蔵も、須磨子についてはナジモヴァに似ているという（「外国で見物した『人形の家』」）。すなわち「チヤイルド、ワイフ」型であるということである。とすれば自覚後とのギャップが大きくなるわけだが、この演じ方を「此の様な演じ方は或は余りに激変で不自然なやうに見えるけれども、此れが原作通りのプロダル《ママ》シヨンであつて、最も自然でドラマチック」（「露独三女優のノラの型」『劇と詩』明治四四・九）と擁護する。

結局、文芸協会の演出は、大きな振れ幅のあるノラの性格を、「可憐」で「悲劇の犠牲になる」、「女性の弱さ」という一方の極で見せるものであった(15)。これはノラが与える刺激をほどほどに抑えて口当たりをよくすると同時に、思慮を重ねるというよりは「激変」する、つまり〈自然な女〉の〈理想〉である「無意識」性を損なわない、よくできたプランだというべきであろう。

そして吉蔵が、ナジモヴァとコミザアセフスキーの違いを具体的に示したのが、菓子を口にする動作と、子どものかくれんぼの場面であった。「外国で見物した『人形の家』」と「露独三女優のノラの型」から拾うと、ナジモヴァが「マッカルム(16)〔抱月訳の「菓子パン」にあたるもの―引用者注〕を口にして、ヘルマーの声がするので俄にコップの中に隠し、ピヤノの台の上に置いて素知らぬ体をして居る具合」は、「原書には菓子をポケットの内に入れるとあるのを彼女は斯う変へて演つて居た」のに対し、コミザアセフスキーは「摘み食をする子供らしい無邪気な態度でなくマッカルムを口にして居るとは見えない」し、子どもとかくれんぼをしてテーブルの下に隠れるときも、ナジモヴァは「全身をスッカリ隠して、一時見物から姿を見せなくしたが」、コミザアセフスキーは「一寸頭だけを卓《テーブル》の下に入れて」、「出るときにもトガキにある様に犬の様に匍《は》ひ出るといふ事をしない。何所迄も普通家庭に見る主婦の演り方」であった。

実際ナジモヴァ風に上演されたことは、「皆出て行つた後で、子供と隠れん坊をして、卓子の下から「バアー」と言つて顔を上げる途端に、意外にも、クログスタッドが来て居るので吃驚する所は、舞台技巧が面白いけれど、眼に立ち過ぎて、嫌味があると、連れの一人が言ふ」（佐久二郎「文芸協会私演印象記」『早稲田講演』明治四四・一〇）といった証言からわかる。

そしてノラが菓子を食べる場面は、第一幕の冒頭と、リンデンやランクが登場して以後にもある。第一幕冒頭ではヘルマーが、金を渡す傍から使い尽くしてしまうノラをかわいい浪費家として遇した後で、「お前は斯う

――何と言つてい丶か――斯う、変に怪しいぜ、今日は」、「此奴《こいつ》今日は可《い》けないといふ物を喰べましたな」、「菓子パンを一つ二つ摘みやァしなかつたか」と尋ねる場面で、ノラは「嘘ですつてばねえ」と否定する。

また、リンデンとランク登場以後の場面は次のようなものである。

ノラ　（隠しから袋を取り出す）ランク先生菓子パンを召し上がりませんか？
ランク　おうや、おや――菓子パン！　菓子パンは此の家じやあ禁制品だと思つてたが？
ノラ　さうです、けれどもクリスチナさんが持つて来て呉れましたの。
リンデン　あら！　私が？
ノラ　い丶え、よくてよ。びつくりしなくとも、よござんすよ。あなたは宅で是れを禁じた事を御存知なかつたんですもの。実はね、私の歯に悪いからといふんで、宅でそれを心配したのですよ。けれど、構ふものですか。一度つきり――是はあなたに、ランク先生（菓子パンを一つランクの口に入れてやる）それからクリスチナさんにも。それから私の番――ほんの小さいのを一つ、精々で二つ（又歩き廻る）

後年回想した楠山正雄が、今から見るとだいぶ歌舞伎がかっていたと留保はつけながらも、「須磨子のノラは、（中略）お菓子を口に頬張つて「あなたもお一つ先生もお一つ」の所や、（中略）テエブルから這ひ出してクログスタツトと顔を見合はせる所や、（中略）その他一《ひとつ》々の言語動作が今でもはつきり眼の前に浮かんで来るほどに、イプセンの引いた太い輪廓を出来るだけ太くくつきりと再現してゐた」（「二度目のノラ」『時事新報』大正三・四・一九）としていることなどを見ると、ここはたいそう印象に残る場面であったようだ。

ともあれ話を戻せば、ヘルマーに禁じられている菓子をこっそり食べる行為自体はたわいもない。しかし、菓子と隣接して言及されるノラの出費は浪費ではなく、借金の返済に充てていたのであり、菓子を夫には食べていないと言い張り、自分が買った菓子をリンデンが持ってきたものとごまかすのは、夫に嘘をついて違法な借金をしていることを象徴している。そうである以上、ここをどのように演じるかで、ノラの自覚の意味合いも左右されてしまう。子どもっぽく演じれば、借金も、世間知らずな彼女が後先考えずにした無謀な行為になるのだし、思慮深く演じれば、主婦として自らに収入のないなかで、夫の健康を案じたぎりぎりの選択になるのである。つまり、須磨子が苦心したお菓子の食べ方とは、まさにこれから現われる新しい女の方向性を決定する、即物的にして理念的な場面だったのである。演出家の抽象度の高い物言いだけが理念や思想であるわけではない。須磨子の発言には、表出の仕方の異なる高度な理念への思索がある。そして確かに、「ヘルマーが出て来る様子に、窃《そつ》と口を拭ふた時、見物はドツと笑つた」(佐久二郎「文芸協会私演印象記」『早稲田講演』明治四四・一〇)のである。

第四節　遅れているのは観客か

本章冒頭に引いた相馬御風の「松井すま子女史の扮したノラを見ると、初めから妙に尤もらしい所がある」(特集「ノラに扮した松井須磨子」)との評も、続く部分に、

ゴム鞠のやうな跳ねつ返りの「人形つ子」か「人形妻」見たやうなあどけない女が、或るはめに陥つた為めに初めて女として又人間としての自分の地位を自覚したと云ふ痛快さよりは、寧ろ無邪気な夫思ひの若い妻が、世間と云ふものを知らないでした過失の責めに苦しみ、剰《あまつさ》へ自分の真の心を夫に知られずに苦しむと云ふ哀れさ、いとしさの方が勝つて居た。

とあり、実はこうした演出を話題にしていたのだといえる。「尤もらし」さの根拠とは、前述の佐光美穂が言うように自明な女性の身体ではなく、身体訓練、もちろん新しくはあるが、抱月や吉蔵が共有していた程よい〈女性らしさ〉に合致する身体訓練だったのである。

そしてこれらは、小説・戯曲中の〈自然〉な〈理想〉とのずれをはらむゆえに、いくつかの典型的な印象を生むことになる。御風同様、この上演を見た正宗白鳥は、

それから「人形の家」は読んだ時は結末が面白かつたが、芝居で見ると、ノラは一度出て行つても又帰つて来るか、又出て行きさうで変心して居留まるのが自然のやうに思われました。ヘツダなどとも性格も違うし、初幕からの順序がさうなりさうです。（「四十四年の芝居」『歌舞伎』明治四五・一）

と印象の変化を語る。

また、饗庭篁村は「ノラが始めて自分を自覚したといつて夫を罵つて家を飛び出す時に、三人も有る子に更に思ひ及ぼさず勝手にしろと棄て行くに感嘆せず」、飛び出してはみたものの心細くなって家に戻ったノラが、おりしも子どもをもてあまし、今回の新聞沙汰から後妻も来ないだろうと嘆いていたヘルマーに迎えられて元の鞘に納まる後日談を書き、その後も時々はノラが飛び出す騒動を起こしはするが、「隣室《となり》や二階の者は馴《なれ》つこになつて、オヤ一階《した》が騒々しいがまたノラさんが自覚したのでせう、近所に事勿かれだとは能く云《いつ》たものですこと、ぐらゐの洒落で済みしとか」と落としている（「「人形の家」の後幕」『歌舞伎』明治四五・一）。

このような揶揄は、もともと原作についての議論として多く見受けられるものでもある。たとえば先ほど演じられたノラを「しをらしい」と述べた御風も、上演前には、

操り人形のやうな、ゴム毬のやうな女が、一朝にして女としての自分の地位を自覚すると云ふのが、世間を知らない私などにはどうしても受け取れない。(中略)一旦家を飛び出しても、ひよつと気が向けば直ぐにも帰つて来て、「わたし又来てよ」とでも叫んで夫の首ツ玉へでもしがみつきさうに思はれて仕様がない。

(「ノラと云ふ女」『読売新聞』明治四四・八・一三)

とコメントをしていた。同じく元の家に帰る行為を問題にしながら、それをやみくもな軽薄さと受け取るここでの御風と、むしろ着実さを見る先ほどの白鳥は表面的には対極だが、両者に共通するのは、文芸協会の演出こそが「しをらしい」ノラ像への変化をもたらしたことである。

逆に篁村はノラの軽薄さを上演自体に感じているが、家出という行為自体の突飛さを強く感じる観客にとって、前半と後半のギャップが助長される文芸協会の演出では、ノラはより軽薄に見えることもありうる。演出に基づいた須磨子の具体的身体が、両様の反応を生んだのである。

そして、抱月の発言をすでに引いたように、こうした演出は、往々にして近代劇に慣れない観客のための調整として理解される場合が多い[17]。確かに森律子も、「見物して居る女の方々で、大分ノラの気持ちが充分飲み込めない人々もありましたやうでした」、最後の「奇蹟」という言葉の意味についても「奇蹟とはどんな石だらう」と不思議がっていた女性もいた、と述べている(特集「ノラに扮した松井須磨子」)。この「奇蹟」とは、借金に関する公文書偽造が明るみに出ても、ヘルマーが「罪人は私だ」と罪を引き受けてくれるのではないか、とのノラの期待のことで、幕切れで彼女は、そうした都合のいい夢想から醒め、「私たち二人ともすつかり変」わる「本当の奇蹟」が起こらなくては、次に二人が会うこともない、「あゝもう、私、奇蹟なんぞは信じない」と述べる。全体のテーマに関わる重要なセリフが「石」と取り違えられては、イプセンも形無しである。

また大空子(仲木貞一)も、「廊下で女優を知つてる人に合つたから、「女優等は何と評して居ますか?」と聞くと、「解らない芝居だと思つてるらしい」と答へた。度し難い連中だと思はざるを得なかつた」（「文芸協会の舞台稽古」『劇と詩』明治四五・一）と記しており、必ずしも優れた鑑賞眼を持つ観客ばかりでなかったことは言うまでもない。だが、注意したいのは、それでもやはり、抱月の想定した観客と実際には、ずれがあることである。

抱月に「近代人」と評された長谷川時雨は、会場の様子を「あの芝居を見て可也老人《としより》の女の方々でノラの境遇や其の心持に大変同情して居る方が多う御座いました」と伝える。「近代人」は案外多かったのである。そして彼女たちこそが、続く結末について「幾らか反感を持つやうな気味」（長谷川時雨、特集「ノラに扮した松井須磨子」）だったのである。無理解な観客ではなく、時雨を含めた「近代人」の反感は、抱月の予想の外であったに違いない。

もちろん問題は、「日本の女なら決して夫を捨て子供を捨てゝ出て行きは」しない、と時雨が述べるように、この「反感」がノラの家出の切実さ自体への無理解とも見えることだが、前述のように、正宗白鳥が「ノラは一度出て行つても又帰つて来るか、又出て行きさうで変心して居留まるのが自然」と、しおらしいノラを考えるようになったのが観劇後であることをふまえれば、女性客の反応が、彼女たちがもともと持っていた行動規範の古さによるものだけとは言い切れまい。なぜなら、時雨が反感の原因を「日本の習慣と違ふせゐでせうが、出て行く時に鍵を渡したり、荷物を明日取りに来ると云つたりする」ところ、と分析しているからである。

ここは、先の述懐の後、出て行くのは明日まで待ってくれと懇願するヘルマーに向かい、ノラが毅然と拒否し、「はい、これがあなたの指輪です、私のを下さい」、「鍵は茲《こゝ》にありますよ。女中が凡ての事は知つてゐます、私よりも精しく知つて居ます。明日私が立ちましてから、クリスチナさんが来て私の荷物を荷造りして呉れませう、跡から送つて貰ふことにして置きます」と指示する部分である。とすると、反感を誘っているのは家出という行為自体よりも、文芸協会のノラがしおらしく演出されていればこそ、それにそぐわなくなってしまった実務的過ぎる台詞であるとも考えられるのである。(18)

同様に、おそらく口調から男性であると思われる客は、家を出るノラが夫の手紙や援助を断わる場面で、演じている松井須磨子に「平土間のあたりで驚いたねといった方がありました、私も驚きました」と記録されている（「舞台の上で一番困ったこと」『青鞜』明治四五・一）。ヘルマーが常日頃、何かノラに危険がふりかかったら命を投げ出してでも助けてやると言っていたにもかかわらず、クログスタットの手紙に左右されてノラに悪口し、自分の地位の安泰が決まれば、再び掌を返して罪を許すと言う、そこで「なぜ驚かなかつたかしら」と思う須磨子は、男の犠牲になるのを女の美徳とする今までの習慣に彼の驚きの原因を求めているが、多くの批評から窺われるように、男性観客の多くがすでに戯曲を読んでこの場に臨んでいるのだとすると、須磨子の理解するように、この客がストーリー自体に驚いたという保証はない。須磨子の「しをらしい」自覚と実務的な台詞の不釣合いに「驚いた」可能性も、捨てきれないのである。

第五節　〈新しい女〉の出現

このような演出はもちろん、「清新、潑剌、あざやか、水際立つて秀れた――之等の意味を引くるめたFrischeで人形妻の可憐な姿」には「詩人の新旧交錯した技巧を全く忘れて、第四の壁から迸り出づる濃厚な現実味に酔つた」が、人形から人間になろうとする革命的婦人としては「大分破綻があつた」（甲鳥〔五十嵐力〕「『人形の家』、脚本と舞台」『シバヰ』明治四五・一）という感想を呼び込むものでもあった。

多くが〈自然〉と受け止めたこの上演に、「この間の帝劇の「人形の家」ほど失望したものはない。始めから終まで舞台と自分とがとうと一つにならずに仕舞つた。（中略）今お芝居を見て居るのだ。お芝居を見せつけられて居るのだと云ふ感じが邪魔つけにも付き纏つてくるのでいやになつて仕舞つた」（『青鞜』明治四五・一。無署名、本文にタイトルなし）[19]と書いた平塚らいてうもその一人である。

らいてうは、『青鞜』が「附録　マグダ」を特集した際には、「尤も文芸協会の芝居も見たは見た。けれど例によつて自分の部屋で、自分独りで勝手に読んで、勝手に考へた時のやうには心に何も響いて来なかつた。／「ノラ」の時もさうだつたが今度は更にさうである。（中略）「観たマグダ」を評する気にはなれない」として「読んだマグダ」と題する評論を寄せている（『青鞜』明治四五・六）。『人形の家』の評「ノラさんに」（『青鞜』明治四五・一）では、それ自体に、戯曲だけについてなのか失望した舞台の感想も踏まえているのかの明記はないが、次のように書いている。第五章でもふれたが、ここでは異なる文脈について検討するため、もう一度引用してみる。

ノラさん、あなたは人間の誰でも有つてゐる二重の生活と云ふものをおもちにならなかつた。舞台の上でお芝居をする役者としての生活は有つて居らつしやるけれど、傍観者として自分のことをも他事に見てゐる色も香もない静平な世界を有つてゐらつしやらなかつた。（中略）

ノラさん、あなたのいつも浮々として、無邪気に、飛んだり跳ねたりしてゐらつしやつた事を内に堪へ難い重荷、――秘密があるからあゝでもして居なければゐられないのだと解するのは間違ひでせう。

らいてうが（須磨子ではなくあくまで）ノラ自身について言う「お芝居をする役者としての生活」が、以下でその欠如を指摘しているとおり、自分の言動を自分で冷静に観察する意識の二重化のことではないとすれば、無署名記事でも言う「お芝居」、現実を離れた大げさな身振りのこととなる。前章で見たように、この論はノラ自身についての抽象的な思弁でもあるが、文芸協会のノラの〈女らしさ〉に対する失望によって触発された論であるのも、一方の事実だろう。

というのは、ここでそうあるべき、と示される「内に堪え難い重荷、――秘密があるからあゝでもして居なければゐられない」様子とは、当時のノラ解釈の岐路、したがって演出の岐路にかかわっているのである。らいてうの論が、桑木厳翼によっていることは実際に確認できるが、(20) 彼が述べるのは「ノラは如何にも本能的な或は言ひ換へて見れば無意識的な女子」が「遂に一躍して大いに意識的になつて、或は自覚的と」なったギャップについて、「根本的に考へれば飛躍と云ふ程のこともないのであつて、初から所謂無意識的と云ふのが全然無思想と云ふ訳ではなく、一種の思想が多少根本にあつたのが、それが隠くれて居つたのに過ぎないので」、「それが機を得て大いに意識的になつたのであらう」（「イブセンの「ノラ」に就て」『丁酉倫理会倫理講演集』明治三五・五）といった解釈である。(21) そして文芸協会は既に見たように、ノラをもともと思慮に富むとする桑木のような解釈を退け、卒然自覚する須磨子のノラを特化したのだからである。だとすれば、ノラが無邪気すぎるとしたらいてうの評は、文芸協会の演出意図をかなり的確につかんでいたことになる。

いずれにしろ、らいてうが「内に堪え難い重荷、――秘密があるからあゝでもして居なければゐられない」はずのノラ像を提示し、しかもそれが「傍観者として自分のことをも他事に見てゐる色も香もない静平な世界を」持つことだとすれば、単に夫に相談せず金策をし、偽書したという事実を隠しているだけではなく、そのことを契機とした批評的な内面を押し隠すノラ像を、『人形の家』の解釈として提示したことは注目される。これは、他の女性論者の傾向でもあるからである。

『青鞜』の特集では加藤みどりもまた、「世の中の苦労も知らない平凡な女――否平凡以下の女のやうな」、「どう見ても無邪気な子供」である前半のノラについて、「ああ然しそれはほんの外面に表はれているノラの影に止つて居るので、真のノラはそんなものではない。ノラも自分で云つて居るやうに、「他人の思ふやうな馬鹿じゃあない」実にさうです。ノラの内心の苦労は自分を偽つて居るだけ無自覚の境遇にあるだけに、苦しいのではないでせうか」（「イブセンの「人形の家」」）のように、「無自覚」の語を使用して混乱はあるものの、自覚前でもノラは批評的な内面を持っていると述べている。

もちろん文芸協会の演出のせいだけではなく、「其の後〔家出後―引用者注〕の彼女は、気分任せに帝劇辺の女優ともなつて見、三越辺の女店員ともなつて見、裁縫師匠、花の師匠などにもなつて見、其れもマヅク行けば、三畳の間借りをしてマッチの箱をも張らねばならぬ仕儀ともならう」（「応問」欄、某女「ノラの将来は何うなるでせう」との問いへの答え、『丁酉倫理会倫理講演集』明治四五・一）状況の厳しさによって、女性自身すら〔立場は異なっても〕多くがノラは家庭にとどまるのが自然、と発言する状況[22]にあっては、家庭を出るのが近代的で、家庭に留まるのは無自覚、と二分することは、〈自覚的な女性〉の実現をますます遅らせてしまう。だから、家出という行為の成否にはこだわらず、まずは家庭にあっても女性が批評的な内面を持つと宣言することの方が、それが多様な生き方の到来を多少は遅らせるとしても、女性の意志を認知させる現実的な方策なのであろう。

ただし、「見物人、又は読者が」と論を進める加藤みどりは、文芸協会の上演は「未だ下坂《げはん》せられぬ為め」、この時点では見ていない。もし彼女が観劇後に書いていたら、前半のノラの印象が「無邪気」なものに変わっていたという可能性もあるだろう。だが、須磨子のノラについて、次のように述べた女性もいる。仲木貞一に言わせれば「度し難い」女優の一人、森律子である。

初め大変に燥《はしや》ぐのでも、苦痛を紛らす為めなので、燥いで居ながらも底の方にしつかりした所がありました。

（特集「ノラに扮した松井須磨子」）

「初め」つまり自覚前のノラについて、らいてうや加藤みどりと同様に隠された内面を見出しながら、しかし森律子は、多くが「無邪気」と見た文芸協会のノラについてこそ、このように述べた点で、他とは決定的に異なっている。

律子が読み取ったのは、ノラ自体の批評的内面だろうか、それとも、「私演の時には前の燥《はしや》ぐときを余り燥ぎ過ぎたやうに見ましたが、出演のときにはそれ程でも」なく変更（長谷川時雨、特集「ノラに扮した松井須磨子」）した須磨子の意識であり身体の批評性であろうか。おそらくその重なりこそ、〈新しい女〉が、作品としての『人形の家』に閉じ込められたノラとしてではなく、舞台という現実に現われる地点なのであろう。須磨子と同じく、〈自然な身体〉を獲得する訓練の只中にいたであろう森律子の言葉は、演出家の統御によってもなお、それをこぼれて何ものかが共鳴する瞬間があることを示している。

第八章　〈新しい女〉のゆくえ

——宝塚少女歌劇と男性

前章では、『人形の家』の演技者と観客の間に起こった、一瞬の変革と共感の様態を確認したが、それらは、いつも起こるわけではない。ノラは〈人形の家〉を出られるのだろうか。

大正三（一九一四）年七月の『山容水態』という雑誌の創刊号に、「野良子」の署名で次のような文章が載っている。

思へば〳〵早いものですね。（中略）矢も楯もなく、児迄なした夫ヘルマーを捨て、家をも捨て今出るには出ましたが、東西も分らぬこの御国の何処に妾《わたし》の望む奇蹟《ミラクル》が求められませう。妾は反対《あべこべ》に、幾千年のサムライの国には幾千年の美はしい女の作法といふものがある事を教へられました／これこそ誠の女の道と妾の心は初めて常夜の闇から醒めたのでございます。（中略）どうぞ妾のやうに真から醒めて下さい皆様。（中略）妾は今夫ヘルマーと共に此岡町に昔乍らの人形の家を営むで居ります。（野良子「人形の家より」『山容水態』大正三・七）

イプセン『人形の家』ブームにおいて、自我に目覚めた女性は「醒めた女」と呼ばれたが、それをふまえ、家庭の欺瞞に気づいたノラの家出を、正反対に書き換えたこの文章の書き手は、小林一三、箕面有馬電軌の専務であり、後に阪急電鉄、阪急百貨店、阪急東宝グループの創業者として知られる人物である。

宝塚線・箕面線の開通は明治四三（一九一〇）年だが、ほとんど需要もないこの路線の開業には、新中間層と呼ばれる都市型サラリーマンの出現、その新しいライフスタイルを見据えた小林の戦略があった。[1] 鉄道開業に先立って沿線の土地を買収し、住宅地として分譲、都市の勤め先に向かう乗客自体を作り出したのだ。「野良子」が住んでいる「岡町」とは、この分譲地の一つであるが、その販売にあたっては、当時として画期的であった月賦方式が採用されたから、ターゲットのありかが窺われるであろう。ノラの家出についての反発が珍しくなかったことは前章で述べたが、ここで、ノラとの懸隔として称揚される「幾千年のサムライの国」、「昔ながらの」〈日本〉は、手を伸ばせば届きそうなモダンな現実として現われる点に注目すべきだろう。消費文化の発展によって、郊外の住宅と都市の会社を往復するサラリーマンと、その家族のモダンな家庭は、もはや、ノラのように家出して捨てていいようなものではなく、望んで手に入れるべきものになったのである。こうしたなかで、〈自然な女〉＝〈新しい女〉の表象はどのような変化をこうむるのだろうか。

第一節　郊外生活と児童文化

冒頭に挙げた『山容水態』は、箕面有馬電軌が発行していたＰＲのための雑誌だが、ここでは、大阪の煤煙の健康への害がしきりに説かれ、緑に囲まれた郊外住宅地の健やかさがアピールされている。[2] 沿線には豊中運動場が整備され、休日には家族づれで、新進のスポーツである野球の試合を楽しむこともできる。さらに終点の郊外まで電車に乗れば、箕面の新緑や紅葉を見に出かけることもできるし、反対に都市側の端である梅田には、のちに阪急デパートが、ターミナルとしての役割を追加するであろう。モダンなライフスタイルが演出されつつあった。

〈新しい女〉との接触はこうしたなかで起こる。『大阪時事新報』は、大正二（一九一三）年三月二三日から五月中旬まで行なわれる宝塚婦人博覧会が、『青鞜』のメンバーに講演会への出演交渉をしたところ、広告的利用に憤慨して一蹴されたと報じ、「新しい女には懲々」と結んでいる（「新い女には閉口」大正二・三・二一、夕刊）。

それでも「新しき女室」というのが作られ、マジョリカ皿や焼絵を販売した商魂についてはともかく（『大阪時事新報』大正二・三・二二）、この対立が象徴的なのは、講演会の催しが行なわれた宝塚新温泉が、述べてきたような小林一三の文化戦略の大変重要な一つだったからである。電車の一方の終点である宝塚温泉を、箕面や豊中と並ぶ、むしろそれ以上の郊外レジャー施設とすべく、パラダイスと呼ばれる娯楽施設が建築されていたのである。〈新しい女〉が断わった婦人博覧会とは、ここで催されたイベントの一つだが、大正三（一九一四）年の婚礼博覧会、大正四年の家庭博覧会と続けざまに行なわれたイベントは、箕面有馬電軌鉄道の集客のための戦略が、それ以前の芸者踊りや遊女に関する展覧会とはうって変わり、〈家族そろって〉というコンセプトに大きく転換したことを物語っている。

そもそも温泉地であった宝塚に、小林一三がレジャー施設の計画に乗り出したとき、もともとあった旅館の主たちと折合いがつかず、新しく温泉を引いてパラダイスを作ったというが、その窮余の策は、図書室や遊技場を兼ね備えた新たな施設を可能にし、結果として、旧時代の習慣からの引き離しを促進することになったといえる。家族制度がモダンへの憧れによって無邪気に受け入れられるとき、それに背く〈新しい女〉は、より不可解で「閉口」なものとして位置づけられるであろう。

さて、この婚礼博覧会（図30）の余興として出発したのが現在の宝塚歌劇団の前身、宝塚少女歌劇（当初は宝塚唱歌隊）であることはよく知られている(3)（図31、32）。家庭にターゲットを絞った宝塚温泉にふさわしい、親子で顔を赤らめずに見られる余興を求めた小林一三が、三越少年音楽隊にヒントを得て考え出したのである。

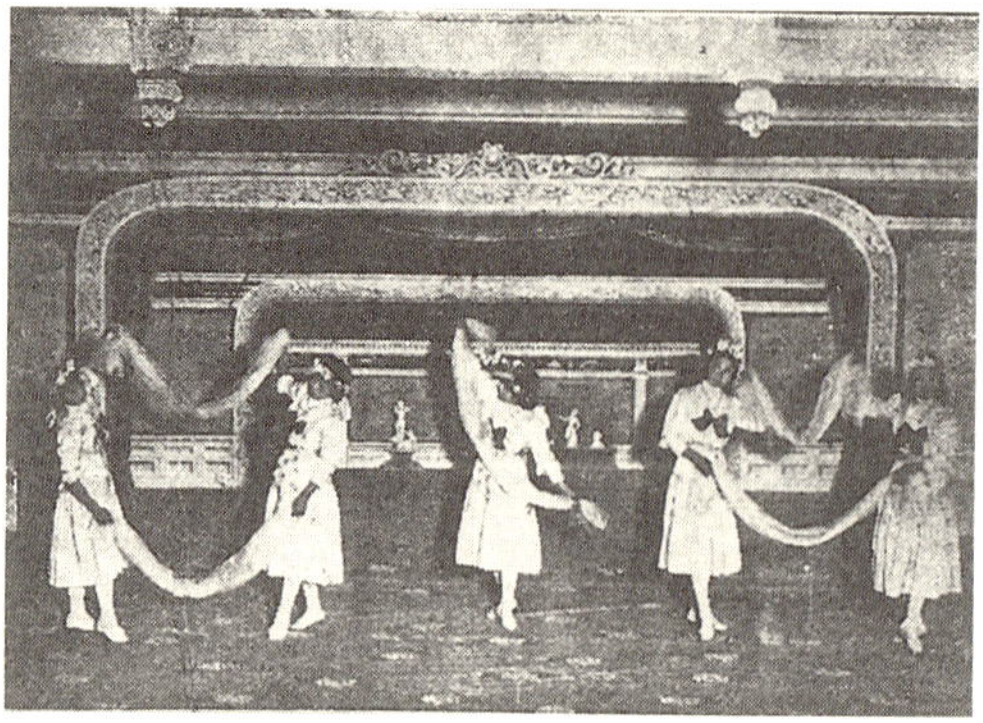

図31　宝塚少女歌劇によるダンス『白妙』（『山容水態』大正３年４月）

図30　婚礼博覧会（『山容水態』大正３年４月）　婚礼の風俗や支度品を紹介。

図32　宝塚少女歌劇による歌劇『ドンブラコ』（『山容水態』大正３年４月）　雲井浪子（後述）も出演。

宝塚における婚礼博覧会や家庭博覧会の展示・陳列には、三越呉服店や大丸、高島屋、十合《そごう》が参加しており、これらが結婚や家庭の商品化であることは、川崎賢子が『宝塚――消費社会のスペクタクル』（講談社現代新書、一九九九年）で既に指摘している。さらに第一章で見たような消費のジェンダー化が、そのセットとしての家族や、再生産としての子どものライフスタイルに直結することは見やすく、例えば三越百貨店は、流行を作り出す諮問機関「流行会」と並ぶ柱として、「児童用品研究会」を重視していた(4)。すでに明治四一（一九〇八）年三月に開設されていた子供部(5)には、翌年巌谷小波が顧問として招かれ(6)、四二年四月に児童博覧会を盛況に導いたのにひき続き、翌月には「一般児童用品ノ改良普及ヲ計ル」（『みつこしタイムス』明治四二・九）目的で、児童用品研究会が組織されている(7)。こうした、子どもを消費に取り込もうとする流れのなかで組織されたのが、小林一三が参考にしたという三越少年音楽隊であった。洋装に身を包み、洋楽器を演奏して買い物客を惹きつけても、彼らは働く子どもというよりは、消費する家庭の理想的子どもとしての役割を演じていたといえよう。

子どもへの着目は三越の独創であるばかりでない。白木屋では、少女による歌と踊り、それらを織り込んだ寸劇を余興として提供していた。明治四五（一九一二）年二月七日から翌年二月七日まで上演したコミックオペラ『羽子板』に始まり、第二回公演は明治四五年四月、本居長世作曲の『浮れ達磨』、大正二（一九一三）年になるとほぼ毎月新作を出している様子が(8)、広告用の雑誌『流行』から窺える。季節ごとの大売出しの記事と並んで紹介される余興が、日常的な消費を促す戦略の一つであったことはいうまでもない。例えば『新衣裳』という演目では、「三人の令嬢が三曲合奏に出るを約したるに其内の一人大川嬢は母が結婚の時に非ざれば新衣を作らずとの申渡しに晴れの衣裳なければ合奏には出られずと喞《かこ》つに友の二人は一策を案出し小川嬢は男装し寺川嬢は其母となり大川嬢に結婚を申込み柏座の食堂にて見合をなし首尾能く新衣裳を調製する」という筋であり、柏座食堂の場では三人が「弊店懸賞当選藤原模様を用ひたる美装には御一同納得せられたる御様子なりき」（『流行』明治四五・一一）とされている。『人形』では、玩具屋を舞台に、「歳暮売り出しの為め蔵調べをなし人形丈は大割引をせんと相談」する店主と番頭の話を聞いた人形が、それを阻止しようと動きだし、踊る（『流行』大正二・一二）というものであった。

大正三（一九一四）年四月、宝塚少女歌劇養成会の最初の公演で上演された北村季晴作『ドンブラコ（桃太郎）』、本居長世作『浮れ達磨』、舞踊『胡蝶』のうち、『浮れ達磨』は、この白木屋のレパートリーだったもので、少女歌劇が〈家庭〉を消費の単位として構想する流れの中に位置するものであることを伺わせる。

第二節　〈自然な女〉のゆくえ

そうであれば、宝塚周辺の事態と、婚姻制度においてもセクシュアリティにおいても、時に従来のそれらを打破しようとする〈新しい女〉が、対立関係として立ち上がるのは当然である。が、一方で、確認してきた〈自然な女〉や〈新しい女〉の曲折をふまえるなら、それらに当初期待された概念と宝塚少女歌劇は、むしろ連続性としてとらえられるばかりか、ある概念が、より強固に自然化しながら存続する軌跡を見出すことができるであろう。

既に確認してきたことは、〈新しい女〉が、そもそも男性によって期待され、現実には進出しない、もしくは彼らが思う〈女性〉に合致するのでなければ、女性自身によって書かれ（話され）た現実も〈女性自身の声〉とは認められなかった、ということ。そして、女性の芸術には理念として〈素人性〉が求められ、現実の女性の技術や収入は理念と齟齬せざるをえず、例えば〈女優〉のように、当初の期待は長続きしなかったことである。

大正二（一九一二）年七月の最初の宝塚唱歌隊公演は、当時まだなじみがなかったことなどもあって利用されなかったパラダイスのプールを、即席のホールに変えた余興として行なわれたが、雑誌でもその後繰り返し宣伝されることになるセールスポイントが、〈たゞで見られる〉であったことは注目される（初期の『歌劇』裏表紙には、公演期間の案内と〈たゞで見られる〉という文句が毎号記されている）。温泉入場料として支払う二〇銭のほかには、観客が余興に対して特に支払うことはなかったのである。むろん、電車終点部のレジャーランドに少女歌劇目当ての客が集まり、温泉施設の、そして電車自体の売上げが向上するのなら、この程度の投資は当然ともいえるが、箕面有馬電軌と少女歌劇団との関係は常に否定されている。

少女歌劇団は電鉄会社にて経営養成する如く誤解せらるゝ如くなれど、同団養成会は東京音楽学校の組織に範り、有志音楽家其他諸氏により独立経営せらるゝものにして、其宝塚に公演せらるゝ都度会社より幾分の補助をなす外何等関係なければ為念書き添ゆ。（北里龍堂「少女歌劇を見て」付記『山容水態』大正四・一）

第三章で、恒常的な公演や収入が帝国劇場の女優たちの評価を不当に引き下げたことと比べたい（九三頁）。もちろん実際には、宝塚の少女たちも何がしかの報酬を得ていたが、〈たゞで見られる〉に装われた観客への奉仕によって、文芸協会の女優も帝国劇場のそれも、ついに手にすることのなかった〈素人〉という称号は、いとも簡単に実現されるだろう。少女歌劇の路線と深いかかわりを持つ婦人博覧会が、ことさらに〈新しい女〉を否定している時期と、『青鞜』同人のふるまいが世間の耳目を集め、「所謂新しい女」の語が新聞などに乱舞する時期が重なるのは偶然ではない。

「所謂新しい女」の語は、例えば『読売新聞』の人生相談で、「貴女も所謂新しい女の一人ですね、だからさういふ考も起つてきませうが、兎に角私共人間には自分の情緒を満足さすために他人に苦しみを与へる権利はありませぬ」（「身の上相談　夫の他に恋人あり」『読売新聞』婦人付録、大正三・五・七）と使われるなど、かなり広範に使用された流行語となった。「所謂」を付加し、『青鞜』同人をはじめとする生身の女性たちを〈にせもの〉扱いする身振りによってかろうじて守られるのは、理念としての〈自然な女＝新しい女〉であろう。この理念は、自身を実現してくれる新たなとりつき先を探していたというべきであり、宝塚の文化は、『青鞜』メンバーや女性演者を否定する同様の身振りによって、ふさわしい着床地を用意した。宝塚の少女と〈新しい女〉の重ねあわせは奇妙かもしれないが、透けて見えるのはむしろ、われわれが自明に受け取ってきたそもそもの〈自然な女＝新しい女〉理念の偏向の方であろう。

後の大正八（一九一九）年三月、公会堂劇場という新劇場が完成した際には、一部に二〇銭の予約金を課すことになったが、すでに出来上がっていた少女歌劇団のイメージを改変するものではなかった。これに先立つ一月、宝塚少女歌劇養成会が解散され、周知の宝塚音楽歌劇学校が創立されていたからである（図33、34、35）。

従来の少女歌劇は未だ素人臭味を脱しない、（中略）其学生を見れば、雲井浪子を始めとして錚々たる立役者でも、実に清浄無垢高潔なる処女として尊敬すべきものである。東京の女優に通じて見る如き虚栄心なく、退廃的気分なく、三十余名の学生は実に温かき一家の家庭である。（田辺尚雄「日本歌劇の曙光」『歌劇』大正七・八）(9)

演技者は一五〜一六歳の少女に限定されているが、「素人臭味」、「清浄無垢高潔」は、少女であるだけで自動的に保証されているわけではない。なぜなら、ここでの「素人臭味」、「清浄無垢高潔」は、まさに創成期の〈女優〉と同様、一見矛盾するような〈見せる〉＝〈魅せる〉こととの一致としてのみあり、いつでもいかがわしい興味の対象に堕する危うさをはらむからだが、むろん、彼女たちが特殊な少女であったわけではない。

久米依子は、『少女世界』などの雑誌に明治四〇年代以降に登場する少女像が、リボンや袴の着こなしに苦心するそれであることに注目、従来の婦徳尊重から考えれば、人目を気にしたおしゃれは驕奢の禁忌に触れるはずだが、この時期、少女に求められる規範が変化し、男性によってまなざされ、愛され、選ばれることが条件と

図34　「教室」（『歌劇』大正７年８月）

図33　「宝塚少女歌劇団生徒の通学」（『歌劇』大正７年８月）　後ろに見えるのは温泉娯楽施設パラダイス。

図35　「宝塚音楽歌劇学校のダンスの教授」（『歌劇』大正７年８月）

若い男(30歳前後まで)	72名	少女	
若い女(20歳代の人を指す)	52	(推定15, 6歳までを指す)	3
女(中年の)	27	女の子	13
		男の子	7
男(同上)	16	老婆	2
		計	194名

表1　「ほの席の研究」(『歌劇』昭和4年9月。前から5列目に坐った観客の男女比)

して加えられたのだと指摘する[10]。これらは、自然主義的な男性の欲望、たとえば田山花袋『少女病』(明治四〇年)の男性主人公が、通勤途中の電車の中で美しい女学生たちを凝視したようなまなざしに即応するもので、むろん積極的に応えるものであってはならないが、少女たちには対象としてのセクシュアリティの発揮が求められていた。つまり、〈素人〉として望まれていたとおり、歌劇団の少女が特殊というよりは、どんな女性にも〈見せる〉=〈魅せる〉ことが望まれており、それこそが少女歌劇の学校化をスムーズにする一方、学校制度化によって、既におりこみ済みのセクシュアリティは隠蔽されていくのだ。

かくして、「彼女達は或る人の云ふ如く女優ではありません女生徒であるのです」(南雛作「彼女たちの将来に就て」『歌劇』大正八・四)といった、よく見られる議論のパターンが定着するが、ここでの「女優」が、最早文芸協会が養成しようとした当初の〈女優〉理念を指すのではなく、実現された女性演技者たちの失墜を指すのはいうまでもない。実際の女性演技者の登場によって行き場をなくした〈女優〉理念は、「私は少女歌劇は永久に少女歌劇として必ず少女といふ名が明確に与える意味での素人であらせたいのです」(柳川礼一郎「少女歌劇は永久に歌劇界のAmateurとして自己をみいだす可きや如何?」『歌劇』大正九・三)という熱烈な意志によって、今度は女優のときと同じ失敗は踏まないはずである。当時の宝塚少女歌劇が、現在のイメージとは異なり、男性観客が多かったと言われるのも当然であろう。多少後の時期の資料しかないが、観客の男女比を挙げておく[11](表1参照)。

第三節　観客の熱狂と国民化

しかし問題は、これほどの非対称性にもかかわらず、当の男性観客は、少女に同一化してさえいるように見えることである。

宝塚少女歌劇の受容の特徴は、何と言っても観客の熱狂的な共振にある。それを証するのが、脚本集、楽譜の発行部数の多さである。脚本集は「既に拾万冊」（小林一三「日本歌劇の第一歩」『歌劇』大正七・八）に達し、「其脚本及楽譜集は一公演毎に二万五千部以上を発売し尽す印刷物が他にありませうか」（小林一三「再び東京帝国劇場に宝塚少女歌劇を公演するに就て」『歌劇』大正八・八）といわれ、主催者側の誇大を割り引いても、少ない数ではない。確かに、『歌劇』にも、「脚本集と未だ幕の明かない舞台とを五分五分に見比べて居ると」（ペラ三郎「オペラ妄語」『歌劇』大正九・一）、また「脚本を脱してまで卑猥なる言葉を出すとは」、「脚本集のない人達は何が何だか意味が分からぬと云つて居た」（堤千二郎「高声低声」『歌劇』大正九・一）など、脚本集と首っ引きで鑑賞する観客の様子が散見される（「高声低声」は読者の投稿欄）。

演劇を見るにあたってあらかじめ筋書きを読んでおくことは珍しいことではないが、少女歌劇の場合、「大部分の人々は少女の優しい、歌、亦異様なる音楽を聞き、覚えんが為に行くのです」（KY生「高声低声」『歌劇』大正九・一）など、観客の脚本購入の目的が、上演内容の理解・鑑賞というよりは、自身の参加であることが窺える。「後からきけば私は貴女のなさる通りに動いておりましたさうです」（大阪みさと子「高声低声」『歌劇』大正一〇・三）、「見物やら女優やらわからぬ宝塚　南北」（『歌劇』大正一〇・一〇）[12]は、会場の熱狂的な共振ぶりを伝える（図36、37）。

歌は、掛合いのせりふ劇と異なり、それぞれが短く、また一人でも完結できるので、共振を誘いやすいこと

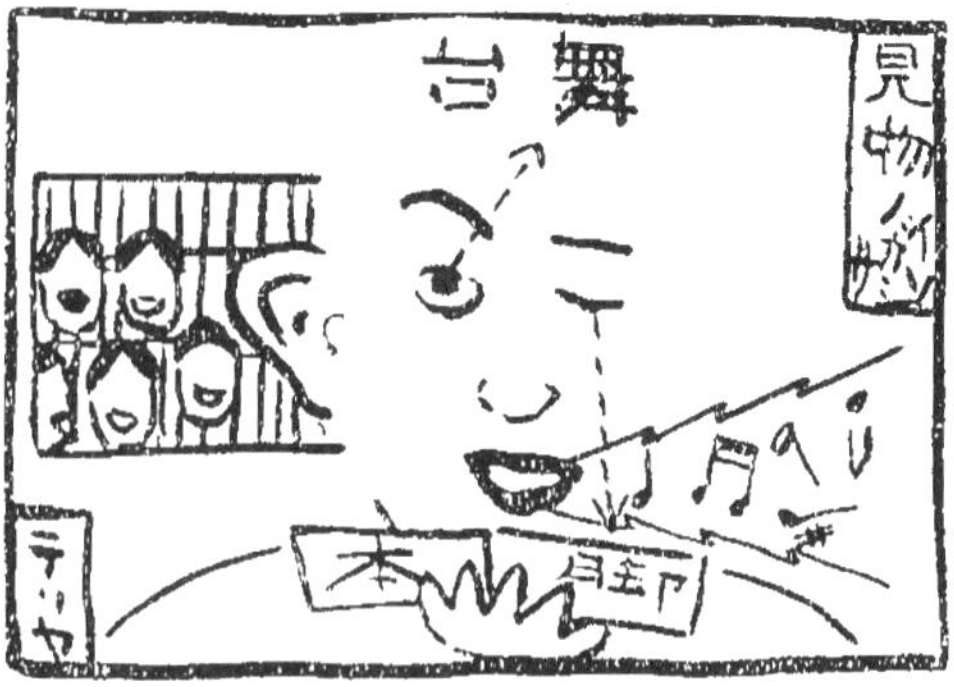

図36　舞台を見たり歌ったり，観客は忙しい（投稿者によるスケッチ。『歌劇』大正10年１月）

図37　脚本と首っ引きでセリフを覚える男性（投稿者によるスケッチ。『歌劇』大正10年６月）

は確かである。しかしそれだけではなく、「むづかしいことを知らぬ低級な私に感じたまゝをのべさせて貰ふ」（岡野鉄棒「高声低声」『歌劇』大正九・三）、「素人の私――たゞ歌劇を見せて頂くだけの私から斯うした書を捧げた処でお取り上げは無いかも知れない」（藤井雅楽亭「高声低声」『歌劇』大正一〇・一）などの発言を見ると、完璧に演出された〈素人〉イメージが、観客の感情移入を取りつけていることがわかる。

翻訳劇から開始された新劇は、ごく限られた教養ある人士、客席数も千席程度の有楽座や、せいぜいが二千名以下である帝国劇場を埋めた観客を対象とし、観客として各雑誌に批評を掲げるものの多くは、自身も何らかの形で文芸の執筆に携わるものであった。少女歌劇に熱狂したのは、自身をそうした見巧者と自認できない青年層だったのである。[13]坪内逍遙らの新劇が〈素人〉を名乗ったところから、時代は一巡りした。男性による熱狂的な共振は、新劇などのハイカルチャーからの距離として実感されたのである。

これは観客をして、「宝塚の劇は、阪神急行電鉄株式会社小林一三の劇でもなければ坪内士行氏の劇でもない。要するに私たちの劇」（文三「高声低声」『歌劇』大正一〇・五）と言わしめることとなる。また確かに、歌劇に関して実行されているイベントや誌面の改良についても、『歌劇』誌への投書による要望から実行されたように見えるものも多いのである。例えば、パラダイス図書室への『歌劇』常備（T生「高声低声」『歌劇』九・一二）、劇団関係者の声の誌面掲載（「私の初舞台」『歌劇』大正一〇・八、「私の御化粧の仕方」『歌劇』大正一〇・一〇ほか）、誌友大会つまり通常誌上に集っている読者・投稿者が、実際に集まって情報交換などをする会の実施（『歌劇』大正一〇・七）、また正月公演新作曲目梗概の掲載（『歌劇』大正一一・一）などがある。また、歌劇上演脚本を懸賞募集したり（『歌劇』大正一〇・一〇、大正一一・一）、東京公演での演目を投票で決定するなども、観客提案によるものである（『歌劇』大正一一・九、大正一一・一一）。

そして注目されるのは、その様相が、「高声低声」は中々面白いよと聞いてゐたので始めから多少の注意を以て望みましたが、その一つ一つに切り離すと殆ど価値のないものが大部分を占めてゐはしまいかと思はれました、処がずつと全体を終つた私は茲に一つ大きな或る物を見出だしたのです。それは、近頃やかましく云ふ民衆芸術と云ふものが現はれて居る事です」（S「高声低声」『歌劇』大正九・六）と、「民衆芸術」と認識されていることである。

民衆芸術論は、大正五（一九一六）年四月、島村抱月の芸術座がトルストイ原作『復活』、ワイルド『サロメ』を浅草の常盤座で上演し、小山内薫がこの大衆化を批判したことを直接のきっかけに、まずは大正六年から八年にかけて盛んに議論され、文学としての演劇が限られた階級の観客以外に目を向けたものであり、本間久雄の「民衆芸術の意義及び価値」（『早稲田文学』大正五・八）を一つのメルクマールとする。ただし、彼が「一般平民乃至労働階級の教化運動の機関乃至様式としての所謂民衆芸術の意義」を説き、民衆を教化すべきものとしたのに対し、安成貞雄や大杉栄が反論、特に大杉が「新しき世界の為めの新しき芸術」（『早稲田文学』大正六・一〇）では、「先づ民衆其者を持つ事から始めよ。其の芸術を娯しむ事の出来る自由な精神を持つてゐる民衆を。容赦のない労働や貧窮に蹂みにじられないひまのある民衆を。有らゆる迷信や、右党若しくは左党の狂信に惑はされない民衆を。自分の主人たる、そして、目下行はれつゝ、ある抗争の勝利者たる民衆を」と述べたことが、その後平林初之輔「民衆芸術の理論と実際」(『新潮』大正一〇・八)などにいたるプロレタリア運動への傾斜を決定的にした。

これだけで「民衆芸術」を概観するのは、やや乱暴すぎるとはいえ、少女歌劇に熱中し、「高声低声」欄に毎号膨大な投書をし、自分たちも劇場を動かす一員であると自負する観客に、仮にどちらかを問うとすれば、本間のいう教化される民衆を自認しているわけはなく、大杉側の認識に近いといえるかもしれない。むろん、これ自体が大変奇異なのは、観客が「民衆芸術」と呼ぶ歌劇の内容が、大杉とは対立するはずの官製教育にしばしば最も接近しているからである。

しばらく学校における歌とダンスのあり方を辿ってみよう。少女歌劇の成立に近い大正二(一九一三)年一月二八日、日本における最初の「学校体操教授要目」が発令されている。これによって学校体育の内容は「体操」「遊戯」「教練」として整えられ、さらに遊戯は「競争ヲ主トスル遊戯」、「発表動作ヲ主トスル遊戯」、「行進ヲ主トスル遊戯」に分けられることになった。このうち、ダンスに関わるものは後二者、歌詞のある曲を伴奏に用い、その歌詞の意味を体の動きで表現する「発表動作ヲ主トスル遊戯」と、音楽のリズムにダンスのステップを合わせる「行進ヲ主トスル遊戯」にあたる。いずれも明治期以降、欧米の影響を受けて創案され、整えられてきたものである。

しかしながら、「行進ヲ主トスル遊戯」の方は、社交ダンスに類するもの、舞踏系のものについて、鹿鳴館時代への反省も含めてか、まずは円舞(むろん実際の体育としては女子のみで行なわれるが、もともとはカップルの男女が向き合うポジションをとる)を嫌い(14)、次には明治三八(一九〇五)年の体操遊戯取調報告まではあった「方舞ノ類」(カップルの男女が横に並ぶポジションをとる)を除外してきており、ここで話題にしている「学校体操教授要目」に至っては、各学年に配当されながら、その内容すら明示されていない(15)。

それに対し、主軸と目されているのは「発表動作ヲ主トスル遊戯」だといえよう。振り返れば、体操取調係・

音楽取調係主幹を歴任した伊沢修二の唱歌遊戯、デルサート式体操の影響を受けた白井規矩郎の表情体操、また高井徳造・土方菊三郎・福田甚市の表情遊戯などの系譜が挙げられる。伊沢修二が徳性の涵養を掲げていたように、明治期を通じての音楽教育が、音楽を言葉に服属させた唱歌教育を中心としていたのは、国民主義を注入する意図が大きかったからであり、遊戯において唱歌と体操は連携し(16)、精神の徳性がそのまま身体のコントロールでもあるような規格化として、子どもたちを囲い込んでいったことは、すでに坪井秀人によって指摘されている(17)。

観客が自発的に参加しているというだけで少女歌劇が「民衆芸術」を名乗るのが奇妙なのは、歌劇がこの遊戯の延長だからである。少女歌劇の前身が〈唱歌〉隊であったことはいうまでもないが、第一回目の公演演目に選ばれた北村季晴作『ドンブラコ』が表現した「桃太郎」とは、例えば図38が一例だが、明治三八年「体操遊戯取調報告」での「動作遊戯」から、「学校体操教授要目」の「発表動作ヲ主トスル遊戯」に至るまで、学校遊戯において多くのヴァリエーションを生みながら花形であり続けた物語である。

宝塚の観客は、「出演者は舞台に於ては全く自分と言ふ者を忘れ、そして自分の扮して居る人其の者す《ママ》になり《ママ》まさなくてはならない。それに宝塚の少女歌劇に於てはどうであるかと言ふに寧ろ出演者は個人々々でやつて居ると言つた様な感がある」（秋山愛「高声低声」『歌劇』大正一一・五）ことを、一般の演劇との違いとして称揚するのだが、これすら学校体育におけるダンスの変化と対応しているといえるだろう。役になりきることができないとすれば演劇としては致命的であるはずだが、遊戯ならば何の不思議もない。例えば遊戯『桃太郎』は、桃太郎になりきることよりも、身体の規律の自然化の結果、規律に同調する身体が「個人々々」の身体に見えることの方が重要だからである。

坪井秀人は、大正期の詩について、北原白秋であれ民衆詩派であれ、「民衆」に目を向けた作者が、「理念としての民衆（および民衆芸術）と現実の民衆との乖離を克服するために、《真純素朴な日本の声》というような形で表象された〈国体〉幻想（＝想像された共同体）に回帰し」、その際「本間久雄や大杉栄らの民衆芸術論の議

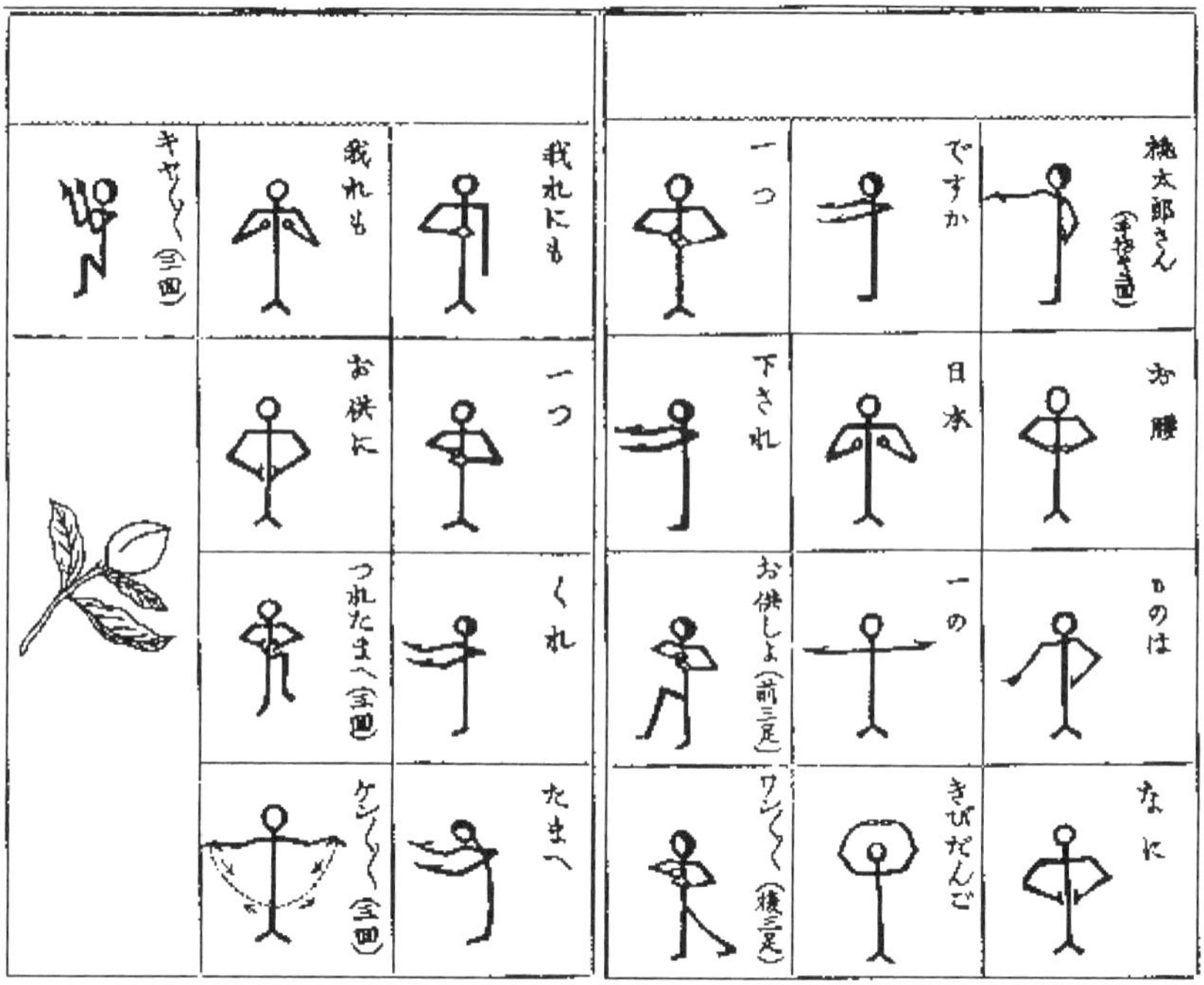

図38 『桃太郎』を題材にした遊戯例（高井徳造・土方菊三郎・福田甚市『唱歌適用新編表情遊戯』明治35年、耕文社）

論で話題に上がっていた階級性や民衆運動といった問題はもちろん捨象された」ことを述べ(18)、同様に、〈官〉製自由主義教育と一見対立して見える『赤い鳥』、『芸術自由教育』などの芸術自由教育論における〈自然〉概念すら、〈情操〉を通じて〈国民〉を錬成しようとした唱歌教育の流れと構造的に通じ、なおかつ、受け手に主体性・自発性があるという特徴を指摘した。それらは容易に舞踊への接近を生み、やはり〈官〉への対抗文化という意味も含み持っていた童謡舞踊が、官製〈唱歌遊戯〉となじみながら、家庭踊りなどとして自主的な広がりを獲得するという。宝塚少女歌劇も、当然同様の構造としてとらえられるだろう。第一回公演で、『ドンブラコ』と並んで行なわれた『浮れ達磨』作者の本居長世については、その娘たちとともに童謡舞踊の普及者として坪井によって名が挙げられており、家庭踊りを広めた田辺尚雄は、先ほど引用したように、『歌劇』にも文章を寄せるなど、少女歌劇との関係は浅くはない。宝塚の劇場は大きな学校であったのである。(19)

むろん、問題となるのは、媒介したのが少女である点である。新たな動きが女性ジェンダー化されて語られるとき、そのなかに女性本人は数えいれられているのだろうか。次節では、あるスキャンダルを例に、見ていくことにする。

第四節　祝福されない結婚

小林一三は、少女歌劇に向けられる世間の批判を、「遊戯的気分で物足らない、真面目でない、芸術的でない、千編一律である、どうかして現状を打破したい、少女を看板にしてゐるのが不愉快だ、変態教育的情操の表現には力もなければ生命もない」(「少女歌劇の意義」『歌劇』大正一一・一)と列挙している。現代の視点から、男役と女役に別れた女性同士で演じられる倒錯的なイメージを以て見るなら、特に「変態」の文字によって、若い女性同士の熱狂的な集団が異端視されていたかのように読まれることもあろうが、「遊戯的気分」とも言われる内実は、これまで述べてきたようなものである。

巌谷小波が「それから今一つ惜しいのはトミーでもチヤーレーでも、男役になりながら、帽子を取る事の出来ない事だ。それは鬘《かつら》を使はぬと云ふ此座の見識から来る事」(巌谷小波「七年振りに来て見て」『歌劇』大正一〇・一)というように、宝塚の方針では、長らく鬘を使わず、お下げ髪などで演技が行なわれており、倒錯があるとすれば、訓練され規律化された〈少女〉こそが、役になりきれない〈素〉と見なされていたことのほうなのである。

しかし、そうであればこそ、不変な少女としてあらしめることも、望まれてはいなかった。結成以来既に数年を経たこの時期に、歌劇団と周辺で緊急課題とされているのは、「先づ第一に考へなければならぬ事は少女歌劇が成女歌劇に移る過渡期に於て、既に少女の域を脱したる生徒を如何にするか」（川方哲二「何れに行かんとするか」『歌劇』大正七・一二）という問題である。川方は、小林一三が少女歌劇の「向上」と「芸術の効果」を言いながら（「日本歌劇の第一歩」『歌劇』大正七・八）内容が不明瞭であることを批判し、その上で、男女混成歌劇に成長させる可能性を提案する。これに即して、「其一は之等成年に達したる女子（仮に女優と呼ぶ）を少女に交らせて演技せしめる事。其二は、之等の女優を少女歌劇より分離して教養する事」のいずれかを選ばねばならない、と論を進めるが、これは、男性を導入すると生じる「男女優間のロマンス」を考慮しなければならないからである。彼は結局は男女混成を非とするが、しかし、一応その是非が議論されなくてはならないのは、少女歌劇がセクシュアリティとしてのみ語られるゆえに、いつまでも不変な少女として自足することも望ましくはないからである。つまり、少女たちはむろん異性から遠ざけておかねばならないが、いずれは異性愛に育たなくてはならないのである。この矛盾の両立はいささか困難な課題であり、少女が女性だけで自足する前に、無理にでも異性への目覚めは発見されなくてはならないが、それは早すぎても遅すぎてもいけないために、厳しく監視されるようになる。

するに後部の隅つこの所に篠原浅芽が腰掛けてゐるのに気がついた、縮みの単衣に海老茶の袴をはいて、俯き勝ちに、たしか有島さんの「或女」の後編を余念もなく読んでゐた。（中略）彼女の瞳には無邪気な光が失せてゐるし、彼女の顔には少女らしい柔らかみがなくなつてゐる。そして衣服に包まれたその肉体は、既に成熟し切つた女であることを思はせる。（堀正旗「ポプラの教室から」『歌劇』大正八・八）

田山花袋『少女病』のパロディであるかのように、歌劇団員は通勤する電車の中で執拗に観察されている。彼女が読んでいる有島武郎の『或る女』は、「はじめに」で扱ったとおり、婚約者のいる葉子が、アメリカへ向かう船中で、妻子ある倉地と恋に落ち、上陸を目前に婚約者を欺いて帰国する物語であり、特に後編には、倉地と生活を始めた葉子が肉体的な歓楽の限りを尽くしながら、彼への執着と、自らの若さの喪失ゆえの疑心に揺れ、挙句に懲罰のごとく子宮後屈症を得て死んでいく、すさまじい女性描写があり、ここでは読む本人の内部（「衣服に包まれたその肉体」）を想像させる指標とされている。だが、場合によっては、指標すらなくてもよい。

女学校のやうに或年限が来れば惜しくても惜しくなくてもどし〳〵卒業の栄冠を与えて去らしめるに限る。（中略）誰れにでも少女優として巣立すべきものは解る方法がある。それは少女の眼である。「性の眼覚め」である。（米富孝「叫ばずに居られやうか」『歌劇』大正八・一一）

性の目覚めは必ず発見され、されたら最後、少女たちから隔離されなくてはならない。同性同士の関係は、管理され、構造化されている。同じ時期に「私は年頃になつた歌劇団の生徒は好縁があれば自から仲媒人となつて夫々片付けて上げ度い、それが私の義務であると信じてゐる」（池田畑雄（小林一三）「吁、由良道子」『歌劇』大正七・一二）との発言に従い、年長者の結婚退団が恒常化してくるが、これは、後に至るまでの歌劇団のオフィシャル・イメージとなる（もしくはオフィシャル・イメージでしかないかもしれないが、それがカモフラージュたりうる場合の問題点については、第三章を参照いただきたい）。むろん、測られねばならないのは、少女歌劇の成長が必ずセクシュアルな成長として語られていることと、結婚退団とのギャップである。

この矛盾を顕在化させる一つのスキャンダルがある。少女歌劇を指導していた坪内士行と、歌劇団員の雲井浪子の結婚である。少女歌劇に、男子禁制の清純さという一般化されたイメージを当てはめるなら、このスキャンダルは極めてすわりが悪いのだが、しかしまずは、想像されるように教師と生徒の恋愛であることがスキャンダルの原因かというと、必ずしもそういうわけではない。

『歌劇』では二人の結婚に際して、「歌劇団創設当初からの私共の希望として主張した通りに家庭の主婦となられる事は、此上もない喜びである」（久松一声「貞淑な主婦として」『歌劇』大正八・八）というきわめて平穏な祝福が寄せられているが、特に機関誌ゆえの糊塗ではなかったことは、一般紙にも「愈よ婚礼とまで漕ぎつけた坪内士行さんと雲井浪子　媒酌役は……少女歌劇のお父さん小林阪急電車専務」（『大阪毎日新聞』大正八・六・二一）、「浪に千鳥の裾模様」（『大阪毎日新聞』大正八・七・二一）などの祝福記事が出ていることからもわかる。もちろん、少女歌劇の記事を多く載せるこのメディアが、それと最も近しい関係にあり、多少贔屓目な報道を行なっていたことは、折から養子離縁になっていた坪内士行を「士行の離籍は今回の結婚問題が原因ではなく十年前に今後は互に独立して行動することに相談一決してゐたものである」（「養子離縁になつた士行氏」『大阪毎日新聞』大正八・七・二二）と逍遙の談を載せて擁護する点から推測することもできるが、しかし、次のような報道によって、スキャンダル化には別の複数の事実が介在していたことがわかる。

「その料理屋の給仕女《ウェイター》がホームスさんだつたから吃驚《びつくり》した　と伊予丸で帰朝した伊阪梅雪氏目を丸くして語る　同情に堪へない坪内士行さんの前夫人」（『大阪毎日新聞』大正八・八・一八）との見出しの記事は、帝国劇場の幕内主任などを務めた伊阪梅雪の欧米劇場視察旅の土産話だが、内容は、ニューヨークでたまたま食事をした日本料理屋で、坪内士行の前妻であった女性が働くのを見た、というものである。士行は坪内逍遙の甥で、幼時から逍遙の養子になり、早稲田大学卒業後、ハーヴァード大学で学び、イギリスに渡って俳優修行をしたのち大正四（一九一五）年に帰国したが、イギリスで知り合ったマッグラルト・ホームスと結婚し、宝塚行きにも伴っていたのである。[20] 記事は、「丁度此時日本から来た新聞に士行君と雲井浪子との結婚記事が出て居たから之れを打開け様かとも思つたが余り気の毒だから黙つて居たよ、夫人は一向その話は知らないらしく「士行さんと日本はどうしても忘れられぬから近い中《うち》に是非日本に行きたい」といつてたが胸中を察すると実に同情に堪へなかつた」

と続き、三角関係によるホームスの犠牲が示唆されている。

内容には深く立ち入らないが、この件に関して坪内士行は『金髪のもつれ』（蒼生堂、大正八・一〇）という告白手記を出し、若い彼女と知り合って帰国するまでの経過、結婚による養家との折合いの悪化、さらに彼女の品行の悪さと宝塚で終に彼女の姦通が発覚し、相手の男性に引き取らせる顚末までを暴露、これは離婚・結婚が士行の放蕩のせいではないと示して新聞報道の汚名を雪《そそ》ぐ意味があったらしいが、少女歌劇では小林一三が「『金髪のもつれ』に対して」（『歌劇』大正九・一）を執筆し、士行の真面目な人となりを擁護してスキャンダルの沈静化を図っている。つまり、士行の場合、この三角関係、とりわけ外国人女性を交えたそれに耳目が集まったのであり、師弟の愛であることはいささかも規範をはずれるものとは捉えられていない。このことは、同様に少女歌劇において日本舞踊の指導をしていた楳茂都《うめもと》陸平の場合と並べれば、いっそう明らかである。

士行の結婚に際し、「私事の様に嬉しい」と祝いの言葉を寄せていた楳茂都は、そのはずで、すぐ翌月に少女歌劇の一員である吉野雪子と結婚している。前回の騒動をあらかじめ封じるためであろうか、吉野雪子本人による「私には何にもわからないのよ、楳茂都先生のお父さんが私の宅へ時々入らしやつてお父さんとお話をするんですの、何かしらと不思議に思つて居ましたの、私何にも知らない間にお話があつて何が何だか、私夢のやうで、何にもわからないの」（「私にはわかりませんわ」『歌劇』大正八・一一）という談話が掲載されもするが、特段に話題になることもない。

つまり、結婚自体は教師／生徒の間であってもオフィシャル・ストーリーをいささかも傷つけない。というよりもむしろ、これ自体がオフィシャル・ストーリーであり、正しいセクシュアリティの成長に、教師／生徒の関係は不可欠とすらいえるだろう。彼女たちは自分自身では意識せずに目覚めを待ち、男性によって導かれなくてはならない。それはまさに、〈女優〉を切望しながら、実際の女性俳優を退け続けていた小山内薫こそが、「宝塚少女歌劇の可愛い役者達が舞台監督なり楽長なりを神様のやうに思つて小学校の生徒が体操の先生の号令一つで動く様に一挙手一投足其命令を待つてゐる様子は将来の歌劇の実に理想的な模型だと思ひます」(小山内薫、『歌劇』大正七・八〔『時事新報』からの転載〕)と絶賛した少女歌劇の形態とパラレルなのであり、教師／生徒は恋愛において望ましくさえあるのだ。

第五節　発展すべき少女歌劇

先ほどの川方が、少女歌劇団の成長としての男女混成歌劇を、セクシュアリティの問題として語っていたのも、こうした流れのなかに位置するものでもあり、実際、一方の陣営によって、男女混成への成長は実現されようともしていた。小林一三が、「家庭娯楽本位の宝塚の少女歌劇は依然として少女歌劇であらねばならぬと思ふ」と前置きしながらも、「選科を設けて其修業年限を四ケ年とし特に男子を入学せしめ坪内士行先生の指導の許に一種の歌舞劇を創設して見てはどうか」(小林一三「生徒の前途はどうなりますかといふ質問に対して」『歌劇』大正八・一)というのがそれである。ところが、発表されるや否や、計画は波紋を巻き起こし、「志操高潔なる少女歌劇団を男女混成演劇部にするとの事(中略)浅草式歌劇団にするなぞ私は大の反対ですどこまでも反対します」(西本まさる「高声低声」『歌劇』大正一〇・三)に代表されるような強固な反対者が続出し、ついに計画は中止に追い込まれることになったのである。

「浅草式」とは、当時流行していたいわゆる浅草オペラ——帝国劇場がイタリア人の振付師ローシーを招聘して行なったオペラ・オペレッタの上演が頓挫した後、その流れを汲んだ演者が、浅草を中心に安価で上演するようになり、大正の中期に人気を得た——を指していよう。いくつかの上演集団があるが、例えば中心的な女性演者の一人、高木徳子は、「サロメダンス」など、アメリカ仕込みの官能的な踊りを得意とするだけでなく、夫との間に離婚訴訟を起こして「問題の女」と呼ばれるなど、スキャンダルにも事欠かなかったし、浅草オペラといえば、ペラゴロと呼ばれる熱烈なファンが、それぞれひいきの女性演者に掛け声を掛け合い、少年や学生の「不良」化が問題になってもいた。前述の投稿者が、少女の出演という共通項を持つものとして特に想定したのは、後に東京少女歌劇団と改称するアサヒ少女歌劇であると思われるが、こちらでは男性も出演するなど、確かに、雑駁な賑わいを見せていたのである。(21)

しかし、選科が幻の計画であっただけに、詳細を知ることは困難とはいえ、生徒によれば、「選科生は始め男ばかりだつた。で、第一回の試演には女役も男が代つて済したけれど、（中略）少女歌劇の新生徒の中から、特にエロキウシヨンやゼスチユアの研究がしたいといふ志望者を募つて、その足りない女優を満して」（緋紗子「忘れ得ぬ人々」『歌劇』大正九・八）行なわれたようであり、坪内士行によれば、「選科男生養成《ママ》の企ては、勿論少女歌劇の中へ男を交ぜようとする無謀千万な企てゞなかつた」（「人間としての真価」『歌劇』大正九・一）。つまり先のファンが心配したような、少女を男性と共に演じさせる「浅草式」ではなく、少女同士での遊戯の時期を経て、成熟したもののみが男女混成の選科に歩を進める、といったものであった。

そしてそうだとすれば、異性愛への成長過程そのままをなぞったかにみえるこのシステムは、(22)〈正常な〉成長を促しこそすれ、少なくとも少女に関しては、セクシュアリティの禁忌に触れたものではなかったはずである。同意してもおかしくない観客・投稿者が、それほど怒りを露わにするのはなぜなのか。少女のなかに男性を混ぜるとの誤解もあるだろうが、そもそもそのように取り違えられるほど、「成女」が男女混成になることに対する強い嫌悪感があったという事情を考えた方がよさそうである。なぜなら、先ほどから述べている選科を任されていたのは坪内士行その人であり、選科への攻撃と、彼の結婚へのバッシングは重なっているからである。彼は先ほどの文章に続けて、

選科男生養成《ママ》の企ては、勿論少女歌劇の中へ男を交ぜようとする無謀千万な企てゞなかつたことは少しなり

とも考へのある人には分明な事で、要するに廿三四以上にもなつた成女と提携すべき男生を予め養成する親切心に他ならなかつたのですが、時早きに過ぎて、少女歌劇団々員中には男子と提携してまで永久に芸術家として立つて行かうと云ふ希望者が一人も出なかつたために中止解散となつたのですが、その中止の一因は不徳短才な私が主任であつたからであると思へば（「人間としての真価」『歌劇』大正九・一）

と、反省している。反省するべきは、三角関係を持つような私生活の乱れであったろうか。雲井との、師弟の恋愛自体が問題にならないとすると、他の教員とは異なり、士行だけが選科の主任として、その関係を歌劇団に持ち込んでいる点が注目される。士行自身、すでに述べたように自らも舞台に立つ実行者であり、そして、妻である雲井浪子を男性に混じって演じられる女優にしようとしたのである。ただしこれは、私的な関係性を持ち込んで全体の規律を乱すという意味ではない。そうではなくて、少女歌劇団自体の成長の夢想と、個々の少女の異性愛への成長過程を、男女混成の選科への成長という実行によって結びつけてしまったという意味である。

少女歌劇そのものが「永久に芸術家として」成長し続ける、という夢想は、よく観客側に立つことのできた小林一三こそが提唱していた。選科の試みも、ここから発したものである。「宝塚の少女歌劇が今や民衆芸術の卵として若い国民に歓迎せられつゝある」（小林一三「再び東京帝国劇場に宝塚少女歌劇を公演するに就て」『歌劇』大正八・八）ことを誇りとする小林は、「私は単純に理想に生きむことを楽むものではない、（中略）私は実行家でなければならぬ、（中略）宝塚少女歌劇の運命は西洋の歌劇一点張りの理想論に中毒しない処に生命があるのである、（中略）男声のない、少女歌劇は、特有なる少女歌劇として、芸術的に発達すべき意義の有し得るものである」（小林一三「少女歌劇の意義」『歌劇』大正一一・一）ことを力説する。西洋の、完成され成熟した芸術が一方に対置され、人間として成長途上にある〈少女〉は、発展途上の日本のイメージを背負わされており、理想としての西洋と、日本の現実や伝統を折衷する「実行家」としての小林の自認が説得的に語られる。

しかし、歌劇団が「発達すべき」（傍点引用者）として期待されるのは、個々の少女たちの成長が性的なものに限定され、その結果家庭に収まることによって、芸術的成長としては決して完遂されることがないからに他ならない。少女歌劇という「芸術の卵」は、メンバーの入れかわりによって、いつまでも卵のまま、決して孵《かえ》ることはないのだ。小林が、「民衆」と相容れないはずの馴致される「国民」を何なくつないでいるように、観客は自発的に均質な集団に囲いこまれていくが、その際、「国民」であるとの実感は〈少女〉を同一の契機として共感されている。しかしながら、少女たちは日本国民イメージを媒介はするが、自身がそのなかに数えいれられているわけではない。「国民」としての権利や利益は女性や子どもには分配されず、むしろ、少女に〈同一化〉しているかのようなイメージによって、女性たちが締め出される問題は解消されたかのように扱われてしまうのである。青年たちの興奮は、少女たちの使い捨ての上にしか成り立たない。そして、方向を誤った彼らの「民衆芸術」が、もし本間久雄や大杉栄の主張を正しく理解していれば、違った局面が開かれていたのか、それはわからない。階級を解消しようとする運動が、男女の不均衡に目を向けてこなかったことは、既に多くの研究が明らかにしているからである。

さて、少女歌劇団の成長とは、異性愛への成長を語るためにのみ必要な比喩でしかなかったにもかかわらず、選科への芸術的成長として両者を結びつけ、実行してしまったところにこそ、坪内士行の計画の不穏さがある。坪内は図らずも、女性の〈プロ化〉の禁忌に触れてしまったのである。仮に前妻との関係が事実であるにしても、そのスキャンダル化は、こうした不穏なイメージこそが拍車をかけたものであろう。宝塚で初めて鬘を使って物議をかもしたのが坪内士行であったことも、偶然の符合ではないかもしれない(23)。士行は小林の言を、真面目に受け取りすぎたと言うべきであろう。彼はこう嘆息せざるを得なかった。

三期四期の連中の多くも、呑気千万なその顔の裏には、「今にい、所へ嫁《ゆ》きますわ、」と書かれてある。たよりない日本の女性！　彼等にはまだ〳〵芸術は弱い〳〵魅力しか持つてゐないと見える。（中略）僕は将来の日本芸術（ばかりでない、一般社会の文明）は、日本の婦人が徹底的に目醒めなければ進展しないと思つてゐる。（坪内士行「宝塚の少女歌劇」『新文学』大正一〇・一二）

最後に、再びイプセンに目を向けよう。『歌劇』には有島武郎「イブセン劇の考察」（『歌劇』大正一〇・六）という文章が載っている。(24)内容的には『人形の家』から『海の夫人』にいたる通覧で、他の有島の発言に比して取り立てて目を惹くものではないが、復刻版『歌劇』の内容見本でも大きく取り上げられ、歌劇団が文化において重要な役割を果たしたことを示す代表例と目されている。

そして、セクシュアリティの試験紙ともなっていた『或る女』だが、先ほどの少女が読んでいたのは、『有島武郎著作集』第八輯、第九輯として大正八（一九一九）年に刊行されたものである。この『有島武郎著作集』は「個人不定期雑誌」であり、この時期有島は他の雑誌には作品を発表せず、読者と直接の連絡を取ろうとしていた。

有島の読者の半数以上が女性であったとの山本芳明の調査を受け、(25)藤森清は、このような「人格者である有名作家と、彼を取り囲む女性読者たちが形作るインティメイトな読書空間」は、有島だけではなく、島崎藤村主宰の女性雑誌『処女地』などにも通じる社会的・文化的な構造であるとし、「『青鞜』が、政治性に重心を移動させながら、大正五年に終刊をむかえ、女性の解放の問題が、文学の領域から社会的な実践の領域に移行」、つまりは女性の表現者が文学の領域から去ってしまったときにこそ、「男性作家が女性たちを代理＝表象しうるような環境が、整った」と述べた。(26)『青鞜』の女性が文学を捨て去っていく経緯の一端は第六章で述べたが、『青鞜』自体は大正四（一九一五）年以降、平塚らいてうから伊藤野枝に編集が譲渡され、社会運動への傾斜を強めながら、やがて野枝が谷中村の鉱毒事件に関心を持つなど、実際の運動に身を投じたことにより、大正五年二月号を最後に、無期休刊のまま途絶えた。その後に完結した『或る女』で、主人公・葉子は、女性が係累のために結婚を選ばざるを得ない社会のあり方に猛烈に反抗し、男性を意のままにするためには自滅すら辞さない。有島自身が葉子への同情を語った有名な書簡、

何物も男性から奪はれた女性は男性に対してその存在を認めらるゝ為めに女性の唯一の宝なる貞操を売らねばなりませんでした。生殖に必要である以上の婬欲の誘引を以て男性を自分に繋がねばなりませんでした。然しこの不自然な妥協は如何して女性の本能の中に男性に対する憎悪を醸さないでゐられませう。男女の闘争はこゝから生れ出ます。同時に女性はまだ女性本来の本能を捨てる事が出来ません。即ち男子に対する純真な愛着です。この二つの矛盾した本能が上になり下になり相剋してゐるのが今の女性の悲しい運命です。私はそれを見ると心が痛みます。「或女」はかくて生れたのです。（石坂養平宛、大正八・一〇・一九）[27]

を傍証としながら、『或る女』は、家父長制に対立する女性主体を描いたものとして評価もされてきたのだが、藤森は同論文において、その『或る女』でさえが、実際の受容空間においては、一人の男性作家に拝跪する読者という役割に女性たちを封じ込め、家父長制の抑圧下を生き延びる戦略性を奪っている問題を指摘したのである。『歌劇』と有島との個人的関係がいかなるものであるかは措く。男性による女性への限りない同感と、女性自身の芸術的成熟が一致しない、宝塚少女歌劇という場にふさわしい作家として、有島が選ばれた必然性はもはや明らかだからである。

第九章　医療のお得意さま

──夏目漱石『行人』にみる悪しき身体の管理

消費社会は身体をどのように階層化するのであろうか。宝塚少女歌劇がまさに生まれ出ようとしている大阪を描いた小説がある。夏目漱石の『行人』（『朝日新聞』大正元・一二・六〜同二・一一・一七）である。[1]その冒頭で長野二郎は大阪の梅田駅に降り立つ。[2]親戚の娘であるお貞の縁談相手を見極めてくるように親から言いつかり、仲人役の岡田夫妻を訪ねたのだが、彼らの周囲には、前章で見たのと類似の大阪の発展がある。すなわち、岡田夫妻の住まいがある天下茶屋は、南海鉄道と阪堺電気軌道の複雑な競合によって、箕面有馬電軌ほど華々しく取り上げられることは少ないものの、難波から浜寺公園がすでに明治四〇（一九〇七）年に電化され、住宅地として発展していた場所である。[3]岡田が、来訪者である二郎に「天下茶屋の形勢」（「友達」二）や「大阪の富が過去二十年間にどの位殖え」たか（「兄」九）を語り、あるいは岡田が二郎へのもてなしとして提案する宝塚温泉行き（「友達」十一）は、電車での通勤と日曜日の消費がセットになった新中間層と呼ばれるサラリーマンの新たなライフスタイルの開始を象徴している。[4]むろんこれは、東京の長野家が娘の買い物に三越に出かける（「帰ってから」十）のに対応する。

もちろん、『行人』のよく知られたストーリーとは、以下のようなものである。語り手の「自分」（長野二郎）は、母と兄夫婦との大阪旅行において、兄・一郎から、その心を摑みきれない妻・直の貞操を試すため、直と二人で和歌山に旅行することを頼まれる。しぶしぶ実行したものの、偶然襲った暴風雨により、一泊を余儀なくされてしまう。むろん疑われるようなことは何もなかった一夜の弁明をきっかけに顕在化するのは、学者である一郎の近代知識人としての孤独と不安、自らを神と主張する狂気である。

『行人』を構成する四つの短編、「友達」、「兄」、「帰つてから」、「塵労」のうち、大阪が描かれているのは「友達」だが、一郎をめぐる事件が始まるのは、次の「兄」で、母と一郎夫妻が大阪に合流して以降のこととなる。しかも「友達」は、二郎が大阪で落ち合って一緒に旅行する予定だった友人の三沢が、胃病で入院した一件に多くのページが割かれているから、『行人』最大のテーマから少々外れているようにもみえる。果たして、「友達」が取り上げられるとき、三沢のエピソードのなかで、一郎の苦悩に直接連結できる一部分（その内容は後で述べる）のみが多く触れられてきた。

しかし、その布石のためだけなら、「友達」は長すぎるようだ。一体、「友達」には何が書かれているのだろうか。二郎が訪ねる岡田は母の遠縁にあたり、かつて二郎の家・長野家の食客だった時分に、この家の仕立物などを頼まれていたお兼さんと知り合い、所帯を持った。岡田はその恩返しのために、現在の「宅の厄介もの」であるお貞さんの縁談に骨を折っている。

とすれば、「友達」に描かれているのは、〈家族〉の境界線である。二郎が遣わされるのは、まだ結婚していない長野家の次男である彼が気楽な身の上だからだが、だからこそ次代の家長たる兄がすでに結婚している今、縁談に「自分の結婚する場合」を想像せずにはいられない。東京から大阪へという二郎の移動が示すのは、単に物理的距離ではなく、長野家の内部と外部の境界線を複数の人間が移動している家族制度なのだ。それは、使用人も含めた大規模な伝統的家族というよりは、家の外での賃金労働が可能にした家族のユニット化であるという意味で、既に述べた経済の発展とライフスタイルに大きな関わりがあると言える。東京で、父親が妹娘・お重の機嫌を取るために三越に同行しなければならなかったのも、お貞さんの嫁入り支度の着物にかこつけて、嫂が早く嫁に行けがしの態度を取った、とのお重の訴えに由来しているのである。とすれば、他の例に洩れず、『行人』の恋愛と結婚、そしてセクシュアリティは、経済的布置と密接に関わっていることになる。

従来の漱石研究も、こうした家族制度の変化を見逃してきたわけではないとはいえ、問題なのは、それが「友達」の大部分を占める三沢の病みついた身体とともに語られてはこなかったという事実である。結論めいたものを先取りすれば、おそらく、「友達」で語られる家族の境界と病みついた身体とは、一郎の苦悩が、一郎自身が思うほど精神だけの問題ではなく、極めて具体的な身体と、それを基礎づける経済的問題でもあることを示唆している。

前章で扱ったのは、少女の身体が、消費できる階層の娘として一元化されながら、その痕跡が消去され、むしろ〈国民〉といったイメージの全体化への契機をはらんでいたこと、そして、それが個々の身体の自律的訓練によって実現化されていたことである。一方の『行人』に描かれている身体と精神の〈病〉は、宝塚を取り巻く少年少女たちの健全な身体の対極ともいえるものの、やはりこれを通して個々の身体が自己を自律的に管理していく、もう一つの場だと言えよう。病が、想像された健全さの失敗であることは確かだが、失敗は常に回収不能というわけではない。病という危機の表象をいかに管理するかによって、一元的な健全な身体は、より強化されるからである。

そしてもちろん、一郎の狂気が発動するのは、〈女〉との関係においてである。経済的階層と病と女性は、『行人』のなかでどのように絡み合っているのか。第一章、第三章で取り上げた『三四郎』の美禰子は、煤煙事件直後に漱石宅で平塚らいてうについて語った草平に対し、漱石が「あゝ云ふのを自ら識らざる偽善者と云ふのだ」と言い、「君が書かなければ、僕がさう云ふ女を書いて見せようか」（森田草平『漱石先生と私』下、東西出版社、昭和二三）と述べた約五ヶ月のうちになったものだという。自立した意志を持ちながら、内面を容易に明かさず、それが結婚という制度と分かちがたいという点で、美禰子やらいてうの系譜にも連なる[(5)]『行人』の直において、消費社会とジェンダーのゆくえは、特に身体やセクシュアリティの側面から、さらに解きほぐされることになるであろう。

以上の目論見を持った本章は、『行人』全体の分析を目的としたものではない。まずは、「友達」に書き込まれた医療を入口に、個々の身体の自律と消費社会の関係について考えて見たい。

第一節　身体の自己管理と支払い

述べたように、『行人』研究において「友達」が浮上するとき、それは〈家族〉という関係性の重視と連動しているように思われる。(6) 先ほどの長野家の内外の移動を、サラリーマンという新たな階級のライフスタイルと、それを生み出した資本主義社会の複雑な帰結として論じるとき、長野家のかつての食客であった岡田は、もっとも刺激的な思考のきっかけともなり、また効果的な事例となるからである。

一方そうした話題は、三沢とともには語られにくいのであるが、その理由を考えるために、改めて彼についてのプロットを整理してみよう。

二郎が縁談の使いついでに大阪で落ち合って一緒に旅行する予定だった友人の三沢は、胃病で入院する。「友達」の大部分は、病院に毎日のように三沢を見舞う二郎が、「あの女」と呼ばれる入院患者と三沢の関係を観察する経過に割かれているのである。が、三沢は芸者である「あの女」に宴席で一度会っただけで、特別な関係にあるわけでもなく、三沢の執着が、彼の家でかつて預かっていた「娘さん」に「あの女」が似ているせいだと明かされて終わる。「娘さん」は、一年足らずで離婚になって三沢の家に預けられていたのだが、精神を病み、三沢が外出する度に、「早く帰つてきて頂戴ね」と言い続けた。三沢はそれを、元の夫に言われるはずの言葉であったと承知しながら、自分が思われていると信じたかったのだと言うのである。

こうして「友達」において三沢は、いささか空想めいた異性への感情を語るのみの単独者である。ならば彼が、家族論の優先順位からはずされてしまうのはもっともである。その限りでは、例えば「友達」での家族を、〈血縁〉に結ばれた従来の〈大家族〉が資本主義時代に移行しつつある新たな関係として論じた余吾育信(7)が、家族や言語に代表される制度と対立するものとして、三沢の病める〈身体〉を位置づけるのも首肯される。三沢と「あの女」の関係は、病をこそ媒介とした、私的でアモルフな欲動の経験であるとされ、そこに、家族や言語に代表される制度からの逸脱の可能性が読まれるのである。

だが、このように〈身体〉を制度には絡めとられないものとしてとらえるには、三沢の身体は〈家族〉をこそ基礎づけている金銭にあまりにも多くを負っており、だからこそ、その流れを顕在化させている。三沢の急な入院の支払い費用と化すのは、「母や親類のものから京都で買い物を頼まれた」(「友達」二十八)金銭であるが、これは、階級こそ違え、二郎の父の話に登場する「盲目の女」の夫が「楽に今日を過すやうにして置いて呉れた」(「帰つてから」十六)のと同様に、既に亡くなった三沢の父が残したものであろう。また三沢は、岡田に金を立て替えさせている。友達と飲みに行った茶屋で出合い、そのときから具合が悪そうにしていた「あの女」に、「酒を呑んで胃病の虫を殺せ」と酒を強いた。自らの病の底知れなさへの恐怖からとはいえ、「あの女」の病の悪化には責任があるという彼が、彼女への見舞金にするため岡田に借りた金は、「結婚はしたいが子供が出来るのが怖いから、まあ最う少し先へ延さうといふ苦しい世の中」(「友達」四)に、来るべき家族のためにお兼さんが備えたものかもしれないのである(8)。

同様に、三沢と「あの女」の関係に、共同性に還元されない個別的な関係を見るにしては、「無論素人なんぢやない」(「友達」十九)「あの女」との関係が、金銭によって媒介されていることを忘れることもできない。三沢の「あの女」への名づけられない感情自体を否定するものではなく、それが言語や社会的関係性に還元できないからこそ、金銭はとりあえずの、しかし切実な表現法として機能するのだろうが、「気の毒なら、手ぶらで見舞に行く」（「兄」七）のが一般的な世間において失礼にも金銭の提供が可能なのは、「あの女」が玄人だからである。そして、むろん、この金銭とは、内実は苦しいはずの「あの女」の治療費として差し出されている。三沢が伝えるところによると、「あの女」は「ある芸者屋の娘分として大事に取扱かはれる売子《うれつこ》」で「商売に勉強」していたそうだが、二郎の推測通り、「それ〔器量と芸―引用者注〕を売る事が出来なくなつた今でも、矢張今迄通り宅のものから大事がられるだらうか」はわからないのであり、三沢が宣言するとおり、実の親が病室に付いていることもできないのは、「入費がない」からなのである。

三沢の入院中に他の患者が、「今日明日にも変がありさうな危険な所を、附添の母が田舎へ連れて帰るのであつた。其母は三沢の看護婦に、氷許《ばかり》も二十何円とか遣《つか》つたと云つて、何しても退院する外に途がないとわが窮状を仄めかした」（「友達」二十四）という一件があるが、三沢の詫びが金銭によって支払われるのは、金がなければ治療を受けられない医院におけるあからさまな階級差を照らし出すものに他ならない。

ただし、三沢が入院した病院[9]のあり方を、美馬達哉のいう、「新国家のエリート層が西洋的教育を受けるところ」としての医学校付属病院と、「広い意味での治安を目的とした収容施設」[10]としての避病院に二極化され、「統一的システムとしての病院はある意味で不在」であった出発期の近代医療と並べてみるとき、〈治療には金がかかる〉という事実は、近代的職業としての医師像の確立と、それに伴い、またそれを支えもした消費行為としての医療という大きな変化として捉えられるだろう。

新たな領域の立ち上がりの際には境界の画定が常に問題にされるように、例えば医師による歯の治療の合法性や、催眠療法などに代表される類似医療の排斥など医学の周辺領域がたびたび問題にされながらも、明治七（一八七四）年の医制の制定に始まる近代的医師とそれ以外の線引きは、明治三九（一九〇六）年五月一日の医師法の公布によって一応の完成を見ていた。そして特に同年の医師会規定制定以後の各医師会が、加藤時次郎の社団法人実費診療所などとの対決に頭を悩ませたように、明治末から大正にかけて一気に押し寄せたいわば医療の価格破壊は、医制が医業を経済行為と認めて以後も長い間うやむやだった医療技術の商品としての認識を定着させようとしていたといってよい。

実費診療所は、堺利彦や幸徳秋水とかかわる社会主義者として有名な加藤時次郎によって、明治四四（一九一一）年九月に設立され、収入の少ない人を対象に、診察料は無料、薬価・手術料は実費（当時の医療費の三分の一から四分の一程度という）、しかし、貧者を救済対象として施しをする慈善事業ではなく、我も彼も利害を得る「事業」であることを明言したものである。(11) すでに述べたように、医師会はこれを快く思わず、執拗な攻撃を繰り返したが、三越の日比翁助が資金提供をしていたことも影響してか、「ヨリ多くの患者を招来せんとする一種の広告術なり」、「聞くが如くんばデパートメントストアの三越にては一円以下の物品は総て原価にて発売するも、二十円、三十円となれば相当の利潤を算入しありて彼是相殺して損失なき計算となり居れりと云ふ、是れ三越の如き大資本を擁するものにして始めて実行し得べきもの之れを以て一般の標準とすべからざるや勿論なり」（医学博士山口秀高氏談「実費診療の研究」『日本医事週報』明治四五・七・二〇）(12) などと、おりからの消費時代のシンボルたる百貨店にたとえられて、開業医の顧客である患者を奪う価格破壊の先鋒と敵視されている。

また、「斯の如く漸次施療病院が出来て来ると吾々開業医はボンヤリしてはゐられない、吾々の領地を侵害されない工風をしなければならない、今迄の例に依ると、慈恵医院とか永楽病院とかへ行くヤツは多少の資産があつてドウやらカウやら薬価の支払も出来る様なのが猾智があるものだからゴマかしてロハ飲みに行くので」（「蛇口仏心」欄、東京市の一開業医による投書、『日本医事週報』明治四二・一二・一三）と、貧民の救済を掲げる各地の施療病院でさえ、開業医の顧客である患者を奪うものと捉えられるが、これらは、患者にそれほどに切迫した病勢があったにしろ、そしてもちろん、安いほど良いという考えに流れるのは当然とはいえ、より多くの人が自己の健康な身体の維持にお金を払い始めていたことを意味していよう。

これは、身体への外部の人工的な介入という意味で、当然に身体の疎外でありながら、医療の恐怖性を軽減し、日常的で受け入れ可能なものに加工する過程でもあった。外科的であれ内科的であれ、自己の身体への外部の介入は恐れを伴うものであるが、かつて、素人にはうかがい知れない高度な専門性、なかんずく国家権力と直結した西洋医学としてのそれが、目に見えない病根への恐怖とあいまって、むしろ魔術的な権力として認識されていたことは、たとえば明治期の何回かのコレラの流行と医療的措置のイメージを想起するだけでも十分であろう。一八七〇年代のコレラの世界的流行のなかで、日本においても明治一〇（一八七七）年の「虎列剌《コレラ》病予防法心得」に基づいて各地に避病院が作られ、伝染予防のため、患者は警察業務としてここに強制的に隔離されるようになり[13]、人々の恐怖感と反感は、例えば竹槍一揆を起こすまでに高まっていたのである。

もちろん、こうした伝染する病と、三沢の胃腸病を一緒にすることはできない、というよりも、このような病を代表するものの交替自体が、病が集団的に把握されるものから個人的なものへと変化したことを物語ってもいるわけだが、医学が強迫的になるか慰撫になるかは病の重さや社会に与える影響の大きさによって異なる、または医学的技術の進歩と啓蒙の成功の度合によってのみ異なる、という認識はナイーヴに過ぎるだろう。医学が身体への人工的な介入とみなされる以上、それがどれだけ進歩したところで、病気が悪化すれば医学の無能が実感され、病気が完治すればそもそも治るべき病気だったのだとの疑いを払拭できず、自ら以外のために自らの身体を差し出しているという感じは、いつでも付きまとう。まして、たとえばかつての大学病院が学術研究のために解剖された死亡患者に支払っていた「祭祀料」[14]は、消費社会のなかでは、自らの死亡が何かの役に立ったことへの支払いに容易に転化し、その「何か」としての医学を実体化してゆく。

治るかどうかわからないが、他に方法もなく、これに賭けるしかない、という状況を負っている患者にとって、医学の発展のための検体としてのみ自らがあるという想像は、できればしたくない。自ら支払うことによる自律性の幻想は、医学の進歩のための検体として自らの身体を差し出す、という恐怖を気休め程度には軽減し、近代的医療を個人的なものにシフトさせたと考えられる。病を予防し、身体を健全に保つ努力は国民国家における国民の義務として強迫的に編成されてきたことはすでに常識だが、それは少なくとも中流以上の階級にとっては、それ以下の階級や国家に不利益な病者と認定されたものへの強迫的管理とは多少異なり、消費を通じての身体のイメージ化と自己によるケアとして実現されたことは今一度確認しておくべきである。

こうした患者の主体性の増大は、患者への一方的な贈与によって生活が立ち行くはずもない医師（『日本医事週報』をはじめとした当時の医療関係の雑誌ではたびたび患者の薬価踏み倒しが話題になっている）の側の営業意識の先鋭化がもたらす〈お客様大事〉の気分とともに、医師の権威の切り下げに通じることはもちろんである。

これ以前の小説中の医師像をいくつか想起してみれば、『行人』のそれとの差は歴然としている。たとえば、泉鏡花の『外科室』（『文芸倶楽部』明治二八・六）では、貴船伯爵夫人は、重病の手術に臨み、麻酔を拒否する。九年前に一目見ただけの男性、今日の執刀医の高峰への思いがうわごととして洩れるのを抑えるためだが、たった一言交わされた言葉で、互いの思いを確かめえた夫人は、彼の執刀に自ら手を添えて自殺し、高峰も後を追う。ここでは、他の人にはわからない夫人の身体の内奥の秘密を知る医師は、語り手である友人「予」の語りに外側から描写されるだけの、素人には計り知れない謎めいた存在であり、その死を扱う手つきは、誰にも知られない女性患者の秘密が彼だけに開示されるクライマックスの手術シーンに明らかなごとく、かなりにセンセーショナルである。

また、『外科室』のロマンチシズムを支える謎めいた力が胡散臭さに傾くなら、小杉天外の『はやり唄』（明治三五・一、春陽堂）のように、医師は、人妻にまだ発現していなかった淫蕩の「血」を見出して共に淪落することになるであろう。『はやり唄』では、円城寺雪江が、婿養子の夫と芸者との関係で悩む折、本家の客として滞在する医学士・石丸に病を看てもらったことを発端に、結末で終に関係を結ぶのだが、物語冒頭で噂される淫乱の血筋の発現とみなされるこの事件が「はやり唄」に乗って村中に広まるには、園丁の堀田の介在がある。

石丸の登場以前の堀田は、東京で薬剤師の学校に通った過去によって、他に漢方医一人しかいないこの村で尊敬を集めていた。彼の調合した薬が雪江に否定されるのは、東京に戻れば大学病院に勤めるのであろう医学士・石丸の権威との比較によってである。雪江と石丸の関係の流布が、堀田による腹いせであると匂わされながら明記はされないが、ここに描かれたのは、西洋医学の教育機関である東京帝国大学医学部を頂点とした、医学関係の職業の序列化である。西洋に範をとった医薬分業は、すでに明治七（一八七四）年の医制に定められ、明治二二（一八八九）年三月の「薬品営業並薬品取扱規則」（薬律）もまた薬剤師制度を規定するものの、附則では、医師が自ら診察する患者に限り、自宅で薬剤を調合・販売することができる、との規定が加わり、実際には分業はなかなか実現されなかった。大学出の医師の権威の下で、薬剤師は生計を立てることも困難であったとされる。『はやり唄』は、よくこの間の事情を描いている。圧倒的な特権ゆえの不気味さも与えられているのは、『外科室』の主役と同様、東京大学医学部出身の医学士なのである。

　さて、これらと比べれば、『行人』の医師は、時間になると回診する律儀に職業めいたものであり、三沢の質問に対しても「ええまあ左右です」（「友達」十六）という、もっとも平凡きわまる答えしか返さない。医師の計り知れない力はかつての小説中のそれより目減りしているが、それこそが〈使える〉近代的職業としての医師の表象を可能にする条件でもあるということだ。

　だから、「平生から胃腸の能くない」三沢が「此処へ入院したのも、医者が勧めたのでも、宿で周旋して貰つたのでもない。たゞ僕自身が必要と認めて自分で入つたのだ。酔狂ぢやないんだ」（「友達」十五）というように、患者自身が医師の強制によらない強い節制をし、「消化器病の書物などを引繰り返して、アトニーとか下垂性とかトーヌスとかいふ言葉を使」い、「素人が何を知るものかと云はぬ許の顔」を見せ（「友達」十三）、まるで医師のように自己を管理することと、その彼が回診の「院長に会ふと、医学上の知識を丸で有つてゐない自分たちと同じやうな質問をし」、「平生解らない述語を使つて、他を馬鹿にする彼が、院長の前で斯う小さくなる」ことのギャップは、二郎の思うとおり「滑稽」（「友達」十六）だが、矛盾はしない。患者を恐怖に陥れる魔術性に取って代わった医師の職業的専門性への尊敬は、患者自身の自己管理こそが成り立たせているからである。

だが一方で、医療の技術を金銭で取引されることへの毛嫌いとでも言ったものが制度的にも保証されており、むしろ医師の側はその専門性を、営業以上の何ものかであるという特殊な仕事の権威として説明しようとしてもいた。

第二節　階層別の医学的恩恵

まず、「医師は其の技術及薬品の授受に由り報酬を受くと雖も之を営業と認めず」（「商事会社の病院」『日本医事週報』明治四三・一〇・一）という医師の保護は大前提だが、そのなかでも、曖昧な医薬分業とのかかわりで、大学病院でも一般的に患者の支払いは、薬価、入院諸費用といった名目で、医師の診察料や施術料ではないのを筆頭に[15]、医師会がそれぞれ設けた診療報酬規定においても、薬価はともかく、診察料の規定の有無はまちまちであり、またあったにしても、その徴収は各医師の判断に任されていることは多い[16]。また、すでに「商売上に広告がいかに必要、有益なるかは今更申すまでもなき」（「広告の利用」『時事新報』明治四四・五・一三）時代に、明治三九（一九〇六）年五月一日交付の医師法第七条「医師ハ其ノ技能ヲ誇称シテ虚偽ノ広告ヲ為シ又ハ秘密療法ヲ有スル旨ヲ広告スルコトヲ得ス」と、それに続く内務省令によって、医師の広告は学位、称号、専門科名のみに制限されていた[17]。

たびたび実施される医師法第七条を超えた広告の摘発は、医師自身によって過剰に歓迎され（「非医者の検挙」『日本医事週報』明治四二・八・一四）、「公衆の益宜の為めに自己の存在を示さんと欲する好意に出づるに非ずして、自己の飯櫃の為め」に成り下がった医師の広告が、「尚ほ余等が断然制限せんとする売薬業者と其轍を同ふするが如き嫌なからずや」（田代義徳「医師の新聞広告」『日本医事週報』明治四四・一〇・二一）とされるように、医療と不可分の関係であるはずの薬剤についても、売薬の広告が行き過ぎである、という以前に、売薬自体への攻撃は枚挙に暇がない。

また、大学病院に勤務する医師が「大学にて相当の報酬を受け乍ら自宅に於て沢山の患者を扱」い（「大学教授内職問題」『日本医事週報』明治四三・一〇・八）、それが大学が保証する名誉によって「一寸脈を握って三円五円」、「一回の往診に何十円」（「医業トラストとはなんぞ」『日本医事週報』明治四四・六・三）という荒稼ぎになっていることが問題となるように、医師自身による商売への嫌悪も根強い。

これらが伝統的に見られる〈医は仁術〉という観念の残存であるだけでなく、医学の領域でも〈近代〉とイコールであった〈西洋〉においても医療が慈善として考えられてきたことの拘束は大きいが、商売と広告の時代、そして金を払う患者の増大という状況における商売嫌いという医療の特徴は、結局は中流以上をお得意様としながら、その実、医療には金がかかる、というストレートな意味以上のねじれを担うことになる。

建前としての医薬分業の理念によって、「薬は薬屋で売る医者は薬は売れず診察料は取れず丸で仕方が無い」（「蛇口仏心」欄、活難人による投書、『日本医事週報』明治四五・四・六）挙句、例えば『行人』では「氷許も二十何円」も使わせて医師の営業が回避されるとき、医業は、切羽詰った施術というよりは、「氷許」に支払える階級のものとして強調もされてしまうからである。『行人』における入院患者たちの多くが、「毎日子供を負ぶつて、廊下だの物見台だの他人の室だのを、ぶら〳〵廻つて歩」き、三沢と二郎に「丸で病院を娯楽場のやうに思つてるんだね」、「第一何方が病人なんだらう」と評される患者や、「手提鞄抔を提げて、普通の人間の如く平気で出歩」く患者、「二人差向ひで気楽さうに碁を打つてゐる」夫婦者の患者など（「友達」二十五）、気楽そうで病人には見えないのは、致し方ない。

最も現代的な医師と患者の関係が以上のようなものだとすれば、近代的職業へ脱皮しようとする医師たちのもっぱらの敵は、「下等社会の人又は寒村僻地の田舎にて医士の診断治療を受けがたき者は止むを得ずと雖、医士の診察を受けらる、中等以上の人にて売薬を求むるは愚の至りなり」（「非医士《しろうと》療法につきての注意」『婦人衛生雑誌』明治三一・一〇）のように、医薬が不可分であるとの一般的な認識からは意外にも、薬剤師であり、売薬であり続けた(18)。

　例えば日本薬剤師会東京支部が貧民に薬を施した際の「薬剤又は売薬を、薬剤師の手より直ちに病者に施さんとするのである。まったく医師をのけものにしてしまはふとするのである、慈善を売りものにして広告をしやうと云ふのである、病気は医師の診察を受けないでも、薬さへのめばなほると云ふことを一般公衆の頭の中へ吹き込まふと云ふのである」（「慈善の売りもの」『日本医事週報』明治四四・一一・三）との批判に顕著なように、薬剤師による売薬が攻撃されるのは、すでに述べたように実は薬価で収入を得ていた医師の営業の道を狭めてしまうからであるのは当然である。そして、先ほど見たように実費医療が最先端のデパートメントストアに比されるのに対して、売薬の方は、「世間の識者を相手にするものではない」とされ、すぐさま岸田吟香——明治初年に新聞記者として活躍し、その後は精錡水という目薬を売り、早くに新聞広告を利用した人物として有名である——に結び付けられてしまうように（「売薬広告の取締り」『日本医事週報』明治四二・一〇・一六）、古めかしいイメージを付与され、〈飲めば治る〉というはなはだ怪しげな効能の宣伝によって、いまやかつての医師の魔術的な力の行使を肩代わりしているといえよう。

　三沢が会ったとき「あの女」は「ジエム」を飲んでいた（「友達」二十一）。

三沢は其時既に暑さのために胃に変調を感じてゐた。（中略）ある時は変な顔をして苦しさうに生唾を呑み込んだ。丁度彼の前に坐つてゐた「あの女」は、大阪言葉で彼に薬を遣らうかと聞いた。彼はジエムか何かを五六粒手の平へ載せて口のなかへ投げ込んだ。すると入物を受取つた女も同じ様に白い掌の上に小さな粒を並べて口へ入れた。

「ジエム」すなわち愛国堂山崎栄三郎の「ゼム」は、いうまでもなく当時の新聞雑誌におびただしい広告を出していた、医学的見地からすればせいぜい清涼剤だが、「あの女」が「薬」と呼ぶのは、「飲酒後ゼム四五粒を噛下せば酒に悪る酔せず心神を爽快にし然かもアルコール中毒に罹る恐更になし」、「胃弱家は勿論胃弱ならざるも食後にゼム五六粒を服せば能く食物の消化を補け身体の栄養を盛んにす」（『婦人世界』明治四〇・一一）などに代表される宣伝文句によるものである。医師は、売薬の宣伝のいかがわしさに対して実直なのであり、三沢が自己をケアしながらなんとか退院にこぎつけるのに反して、売薬でしのいだ「あの女」のほうは手遅れになって「ことによると死ぬ」（「友達」三十一）のである。

そしてこの医師対売薬の対立に対応しているのは、すでに予告したように、階級の違いである。自己管理に耐えられるのは「大した物持ちの家に生れた果報者でもなかつたけれども、自分が当主だけに、斯ういふ点に掛けると、自分達より余程自由が利」く（「友達」二十八）中流以上の人士であり、芸者である「あの女」のように、「家業が家業」（「友達」二十一）で「何うせ芸妓屋の娘分になる位だから、生みの親は身分のあるものでないに極つてゐる。経済上の余裕がなければ、何う心配したつて役には立つまい」（「友達」二十三）という身分なら自己のコントロールはできず、その不摂生が死を招き寄せるのである。

第三節　ロマンティックな死と遅れた医療措置

かくして「あの女」の死のイメージは医学的にはいささか時代遅れのものとなるが、さきほど『外科室』や『はやり唄』を引用して述べたかつての医学が、その怪しげで魔術的な力によってこそむしろロマンティックな物語を支えているのを考え合わせるならば、三沢が二郎に語った「娘さん」のエピソードが、「直接「あの女」

図39　ジョン・エヴァレット・ミレー「オフィーリア」（1851–1852年）

と何の関係もなかつたので猶更意外の感に打たれた」（「友達」三十二）と二郎が困惑したほどの連絡のなさにもかかわらず、「あの女」と関連づけられようとしているのは偶然ではない。

三沢自身は語らなかった話だが、二郎が兄の一郎から聞いた（一郎も、同僚で三沢の保証人たるHから聞いたという）精神病の「娘さん」に関するエピソードに、「三沢が其女の死んだとき、冷たい額へ接吻した」（「兄」十）というものがある。この「純粋で且美しい」話は、一郎の指摘を待つまでもなく「詩的」（「兄」十一）だが、それ自体が証明もするように古めかしい。二郎が三沢の部屋で見た「女の首」の油絵は、三沢が「娘さん」の死後に彼女をモデルに描いたものだというが、「其女は黒い大きな眼を有つてゐた。さうして其黒い眼の柔かに湿つたぼんやりしさ加減が、夢の様な匂を画幅全体に漂よはしてゐた」というイメージによって二郎は、「此絵を見ると共に可憐なオフヒリアを連想した」（「塵労」十三）ほどである。

オフィーリアとは、むろんシェイクスピアの『ハムレット』におけるハムレットの恋人であり、ハムレットが、父王を殺した叔父と母に復讐を企てるなかで犠牲になり、狂死する。「すそがひろがり、まるで人魚のやうに川面をただよひながら、祈りの歌を口ずさんでゐたといふ、死の迫るのも知らぬげに、水に生ひ水になづんだ生物さながら」[19]との入水の様は、多くの絵画に描かれてきた。とりわけラファエル前派の画家、ジョン・エヴァレット・ミレーの描く「オフィーリア」（一八五一―五二年、図39）は、川の流れに仰向けに身をゆだねるオフィーリアが印象的な絵で、漱石はロンドン留学中にテート・ギャラリーで見ており、『草枕』（明治三九年）の重要なモチーフにもなっているほど、影響を受けている。

話を『行人』に戻せば、オフィーリアに似た「娘さん」の絵の、苦のない「夢の様な匂」は、「あの女」にも還流するものだといってよい。「あの女」も、「血色にも表情にも苦悶の迹は殆んど見えなかつた。自分は最初其横顔を見た時、是が病人の顔だらうかと疑つた」（「友達」十八）と、病苦にもかかわらず、苦悶を留めない表情をしているからであり、「あの女」の顔は、すでに死人のそれなのだといえよう。「娘さん」の「詩的」な古めかしさは、「あの女」の時代遅れな医学的経過とも重なるのである。

村山敏勝は、十九世紀イギリスのブラッドンの『医師の妻』とそれ以前のいくつかの小説の比較分析を通じて、作中人物としての医師と作家が、前時代のそれぞれが持ついかがわしさを切り離しつつ近代的職業の表象を獲得していくことと、主人公の女性の冒険的恋愛の後退がリアルな近代小説を保証していくことの間のパラレルな関係を指摘したが、[20]『行人』は、内部の構造としてその分裂を抱え込んでいるといえるであろう。

むろん『行人』のスキャンダルとは、シェイクスピアからの隔たりによってではなく、もう一箇所での小説への自己言及によって、小説をこそシェイクスピアの古めかしさにまでひきさげ、自らとそれとの差異を語ろうとするところであろう。[21]すなわち、和歌山で直と二郎が一夜を明かした際のことである。平生とは似つかず、津波ですべてがさらわれる様を見たいと言い出す直に、二郎は不審をもつが、直はなおも「妾そんな物凄いところが見たいんですもの」と言い、「妾死ぬなら首を縊つたり咽喉を突いたり、そんな小刀細工をするのは嫌よ。大水に攫はれるとか、雷火に打たれるとか、猛烈で一息な死方がしたいんですもの」と畳み掛ける。直が口にした「死」の覚悟について、二郎は「小説などを夫程愛読しない嫂から、始めて斯んなロマンチックな言葉を聞いた」と語り、直には「何かの本にでも出て来さうな死方ですね」（「兄」三十七）というコメントを返すのだが、ここでいわれる「何かの本」や「小説」が、『行人』自らのレベルをさしているわけではもちろんない。

真剣な直にとってはともかく、「大水に攫はれるとか、雷火に打たれるとか、猛烈で一息な死方がしたい」というその「死」の決意をありえないものと考える二郎を通して、このテクストにとっての「小説」とは、「死」

を大げさに取りざたするすでに時代遅れのそれであり、シェイクスピアという大時代的な例と肩を並べるものですらある。「あの女」から「娘さん」を経て直にまで結びつく女性たちの連鎖によれば、日常にありえないことを空想させる「小説」とは、医学的には不完全な売薬の広告文程度のものであり、これに影響される読者の程度も高が知れている、ということになる。そして、すでに身体を扱う「友達」の章の外部に位置する直のエピソードを、時代遅れな〈治りがたさ〉に十分に接続させるのは、「小説」という媒介以上に、きわめて具体的な身体のイメージである。

というのは、単に顔だけで「あの女」と「娘さん」の類似を語れる程度には顔へのこだわりを見せる『行人』において、女性たちが何らかの形でその顔色に注目されないことはない。「あの女」（「友達」二十四）の進行する病勢と「血色の悪くない入院前」のつりあいの悪さが、逆説的に悪くあるはずの顔色を示し、また精神的病の「娘さん」が「蒼い色の美人」（「友達」三十三）であるように、顔色の悪さは身体内部の不具合を外から読み取るための指標であるが、そのなかで直も、和歌山行きで（「兄」二十八）、あるいは二郎の下宿で（「塵労」二）、何回となく「蒼白い」顔色の悪さを書き込まれているからである。(22)

まず注意したいのは、この顔色が、一方で女性を細分化し、その価値づけを表わすものだということである。第二章で述べたとおり、女性の化粧が〈自然〉という新たなキーワードで語られ始めた明治四〇年代以降、消費の時代へ向けて大量に商品を売ろうとする発想は、一部の玄人ではなく、より多くの素人を買い手に指定した。そのため、〈自然〉な最新式化粧で健康な皮膚を彩るべき一般家庭の主婦や令嬢が新しいターゲットとして優遇されたのに対して、「俳優や芸娼妓の素顔を見れば直ぐ知れるが、第一眼に附くのは襟足と眼の縁の黛《くろ》づんで居るので、それが甚しくなると顔面の皮膚が凡て蒼黒《さうこく》色に変じて全身の要部《かなめ》々々の機能《はたらき》が弛み、恰も瘻麻窒斯《レウマチス》患者の酷くなつたやうな状態である」（KT生「米国女優の化粧法」『女学世界』明治四〇・七）といったように、今までの化粧法を身につけた玄人は仮想敵とされ、顔色の悪さはそのシンボルとされたわけだが、(23)時代は一巡し、健全なカテゴリーに属すはずの「娘さん」と直とが、いまやこの暗鬱な色に塗り込められていることになる。

しかも、二人はともに、いうまでもなく「噫々《あゝ》女も気狂にして見なくつちや、本体は到底解らないのかな」（「兄」十二）との感慨によって一郎の恋愛をめぐる狂気につながれている。一郎は、直の心を理解できず、メレディスのいう「霊も魂も所謂スピリツトも攫まない女と結婚してゐる」（「兄」二十一）のだと二郎に語り、「人間が作つた夫婦といふ関係よりも、自然が醸した恋愛の方が、実際神聖」（「帰つてから」二十七）であるとの解釈から、二郎と直に婚姻関係の外にあるはずの恋愛を見定め、その気持を試す。

一郎が、三沢と「娘さん」のエピソードに興味を示すのも、「娘さん」が夫には抱き得なかった自然な恋愛を、精神に異常を呈したために、人目をはばからず三沢に洩らすことになったのだと解釈し、この関係を、直と自分と二郎の上に当てはめるからであり、「噫々女も気狂にして見なくつちや、本体は到底解らないのかな」とは、直を二郎と一泊させても終に確信を得るに至らない結末への、先取りした反応だといえよう。こうして、本章の冒頭で予告したとおり、「娘さん」と直が重なり合うことと、ともに顔色が悪いことは無関係ではない。

第四節　悪しきセクシュアリティの顔色

一郎の求める自然な恋愛について、卓越した指摘を行なったのは水村美苗である。(24) 一郎は自然な恋愛を語る際、ダンテの『神曲』のなかにあるパウロとフランチェスカの話――パウロは兄の妻フランチェスカと慕い合っていたが、夫に見つかって殺される――を引合いに出す。水村によれば、フランチェスカの夫との婚姻関係を〈法〉〈社会〉〈制度〉などと言い換えることも可能である）、弟との恋愛を〈自然〉とみなし、むろん後者に特権的な地位を与える一郎の思考は、西洋形而上学の骨格を成す二項対立のなかでももっとも基本的なものだが、実は一郎と直もそうであった当時の見合い結婚は、周囲がその気になるだけでなく、当人もその気になって成立するものであり、強制された〈法〉による結婚ではありえない。その意味で、「一郎の狂気とは二項対立のないところに二項対立を見いだそうとするところにある」。

〈自然〉と〈法〉の対立を、本来それがありえないところに見出そうとする一郎の錯誤は、水村以降多くの論者によって確認されてきたが、さらに佐藤泉が同時代の恋愛をめぐる言説に指摘したように[25]、セクシュアリティにおいてそれまでは対極とされていた娼婦と妻を連結し、生活のために愛と一致しないセクシュアリティを切り売りする、いわゆる玄人の古めかしい領域に妻をも繰り込んで、新たに用意された真空空間でこそ〈自然〉は可能になる。果たして、大正期の妻や恋愛を語る言説には、この手のものが散見する。例えば安田皐月は生田花世との貞操論争において（第六章）、食べるために雇い主の性的強要を拒まなかった花世を「ぢごく」つまり私娼と同じだと批判しながら、世間の妻をも引合いに出し、

動かす事の出来ない自分の所有物、自分を考へる事を忘れて親の為兄弟の為に針の尖程の愛もない結婚をして一挙一動虚偽の着物に自分自身を塗抹して生きて居る奥様も世には貞淑を以て目される。入籍と、一人の男を守りて居ると云ふ事と、生涯の生活の保証を夫に持たせて居ると云ふ事と、そんな外面条件を幾つ並べた処でそれが肉の切売だと云ふ事に対する何の反証にもならない。（「生きることと貞操と――反響九月号「食べる事と貞操と」を読んで」『青鞜』大正三・一二）

と愛がなければ結婚も「肉の切売」だというが、類似の発想は、後では与謝野晶子や厨川白村にも共有されることになる[26]。

とすれば、『行人』において、「娘さん」と直が玄人の顔色に塗り替えられるのは、まさしくこの機構に対応している。『行人』は、「顔色」という符牒によってのみ具体的な女性の身体表象とかかわりつつ、「娘さん」と直

を、悪しきセクシュアリティとして実現しようとしているのである。

精神に異常を呈した「娘さん」が三沢に見せる媚態は、その「娘さんに思はれたい」、「少なくとも僕の方ではさう解釈してゐたい」という三沢にとってはともかく、夫に向けられるはずのものを誰彼かまわず差し向け、その露骨さに「台所のものは内所でくす〳〵笑」い、二郎にも「色情狂」とレッテルを貼られる、つまりは娼婦のそれであり、その限りにおいて不特定多数に媚態をふりまく芸者としての「あの女」とも重なる。「あの女」の「血色の悪くない」面影が、オフィーリアを連想させる「娘さん」の死後の肖像を経由して、苦悩のない死人のそれと捉えられることは既に述べた。重篤な現在はまして、「あの女」の病室からは「声も姿も見え」ずに（「友達」二十七）、三沢と二郎の連日続く噂による意味づけをすべて受け入れざるをえない、既に死人にも等しい様態を呈している。「娘さん」の「蒼い色」が、あくまでも生前のそれであることを考え合わせるなら、彼女たちの苦悶のなさは、娼婦性が昇華される唯一の瞬間としての〈死〉を示しているといえよう。むろん、直の疑わしい顔色の蒼さも、死なければ拭い去られることはない(27)。

そして、そうだとすれば、すでにテクストのなかに指示対象としての器質的病を見出せない直の「顔色」という兆候は、しばしば一郎によるその捏造が問題になる直の内面どころか、そのセクシュアリティとのかかわりにおいて、身体の内部にその原因を深読みさせることになるであろう。すなわち、内藤千珠子が指摘した(28)ような、「顔色」が「血色」という語によって媒介される身体の内部、数多くの器官の有機的連関ではなく、血に浸された女性の器官、子宮という特殊な深部を、である。このことは、以下にも述べる悪しきセクシュアリティとしての女性の融解とかかわってもいるが、だからこそ、三沢の場合で確認しておいたように、医療の階級性を確実に分けようとしているこのテクストの傾向に照らしたとき、異様ですらある。下流と〈治りがたい〉身体を共有している直の身体こそは、医療の恩恵にあずかり、あるいは顧客であるべき中流の身体であるからである。

もちろん、女性の健康が他でもない女性的器官の健康として語られる言説に目を移せば、これもまた、中流以上の女性をそれ以外から区別する当初の目的のために影響力を持ったといってよい。[29]「労働社会の婦人中には月経のときにも尚ほ平生の労役をして毫も差し障りを感ぜぬ者もある。が、読者諸姉の中にはその体力と健康とが労働社会の婦人よりは劣れる者も多く、従つて身を処するに安静にしなければならぬ者も多からう」(『婦人衛生雑誌』明治四一・二)のような安静を伴う月経の定着は、『婦人衛生雑誌』などに大学病院の産科出張広告がしばしば見られ、または『婦人世界』に〈無学〉な産婆に頼ったための失敗談が散見するのとあわせ見るとき、三沢の場合と同じく、医療による中流以上の顧客化の一環には違いなく、「下等社界などにありてはシタクを用ゐずして(中略)之れが為め黴菌の媒介をなして遂に治し難き子宮病を発するもの頗る多し」(『婦人衛生雑誌』明治三二・七)のように、不適切なケアによる病が繰り返し下層と結びつけられ、線引きが行なわれた成果であろう。

だが、一方、このような語り方がすでに予兆をはらんでもいるのだが、婦人雑誌上で次第に整備される症状の分類[30]は、不妊症や子宮内膜症に月経困難や月経不順などを並列して月経自体をすでに病の兆候と位置づけ、階級という社会的カテゴリーによる境界を完遂はせず、どんな女性に対しても、彼女自身の手当てを容易にその不手際に滑り込ませる。[31]「婦人の身体には毎月一度づつ血液の新陳代謝があり」、「毎月の経水が不調な人は必ず皮膚の色が悪」いのだが、それは大切にしなければならないはずの「月経中の養生」が実行されていないからなのであり(村井弦斎「婦人一代の生活法」『婦人世界』明治四〇・二)、天然の健康の対極は、「婦人にあつては白粉焼となり色黒く重きは子宮を害し心臓を損ね流産するなどのことがある」と顔色の悪さと子宮の悪さを直結させる(所青楓『美容と化粧』明治四一・八)。およそすべての女性はその器官のゆえに、潜在的に病んでいるとされるのである。[32]

またこうした症状には、「今や結婚した計りの美貌なる夫人は数日を経ずして蒼白き容貌と変り頭痛、腰痛、寸白等は持病となって漸々身体は衰弱し容易に子を挙ぐる事は出来ず」(「通俗花柳病談」『婦人衛生雑誌』明治四一・五)と、夫を媒介に伝染する花柳病のイメージが重ねあわされ、これもまた中流の家庭の婦人と家庭外の女性の境界をゆるくする。(33)兆候に不安を感じながらも「専門家の処へ行くのがドーモいや」、「医師には恥かしくて行かれませんから」(「婦人衛生問答」『婦人世界』明治三九・八)とくりかえされる恥ずかしさは、患部の限定性のせいなのか、それが下層の婦人の病だと想定されているからなのかは、判断が不能になる。すでに見たように、確かに知識の基盤は共有しながら、売薬と医師が、領域確定に際しては互いに言説の盗用を非難して鋭く対立する時代である。にもかかわらず内藤千珠子が、女性という病についてのみ売薬の言説を医学的言説と等価に扱えるのは、その病を認定した医学こそが、医学の無力を証明してしまう治せない病としての女性を、一括して医療の対象から放擲し、安心して売薬の領分にゆだねようとするからに他ならない。

このように女性においては、身体の中流化が進行しながらも、常に下流に融解する危険が警告され、化粧品が、そして薬が、常に用いられなくてはならないとされる。だが、『行人』の「あの女」と右の雑誌中の女性たちで確認したように、彼女たちが頼らざるを得ないのは、医師というよりは売薬である。一方、男性たちは医師の顧客であるが、その病院や医院の入院費に比べれば、女性たちが使う売薬の価格など高が知れているにもかかわらず、医術が商売であることの隠蔽により、またもや消費者に仕立て上げられるのは女性であり、医療によって再生されるのは稼ぎ手としての男性である。もちろんこれは、第一章でふれたような資本主義社会が男女それぞれに割り振った役割以外ではない。肉体が制度に収まりきらない可能性を秘めたものだとしても、そこに書き込まれる〈病〉とは医療の場でもある限り、他の可能性が浮上するのは案外に難しい。一郎は、その言葉と思考の極限において、直の「霊も魂も所謂スピリットも攫まない」(「兄」二十)ことではなく、堅固に編み上げられた言説にさえぎられ、「肉」に触れ得ないことをこそ悩むべきだったのかもしれない。

振り返れば、血色をよくし、美しく健全になることを勧める化粧関連の雑誌記事でも、婦人病薬の広告でも、適度な運動の利益を言わないものはなかった。前章での運動する身体と本章での病は、表裏となりながら、自己の身体のふるまいを管理していくものであるといえる。そして、とりわけ身体的な規範の反復という点では、本書で述べている〈演じる〉ことと無関係なわけではない。

ここに、直と同じように悪しきセクシュアリティに塗り替えられた二人の女性がいる。「しかしさう云ふ家庭〔大分個人的な家庭―引用者注〕であると云ふことはとし子君が新しい女である為めと云ふよりも、深い原因は子供がない為めだ」（無名氏「家庭の人としての女史」『新潮』大正二・三）、「彼の女の肉体は円満に発達して居る、東京で医者をして居る友人の話では不妊症の女であるとの事だから其豊かな髪、膨くよかなる顔、艶やかな肌は普通の女よりも稍々永く彼の女の持ち物として保存せられやうが」（高天豪「松井須磨子」『満洲日日新聞』大正四・一二・六）と、ともに女性器官の不全を噂されるのは、田村俊子と松井須磨子だが、かつて彼女たちは〈素人〉の健全さを期待されていたはずである。〈自然な女〉＝〈新しい女〉理念の純化に伴って、生身の彼女たちに対する評価はどのような変転を辿ったのか、さらに次章で確認することにする。

第十章　封じられた舞台

——文芸協会『故郷』以後の女優評価をめぐって

文芸協会によるズーダーマン『故郷』[1]初演（明治四五・五・三〜一二、有楽座。図40、41）は、公演終了後の五月一五日、その上演が禁止された。

内容は、主人公マグダと父の葛藤である。マグダは、父の勧める結婚を厭って家出した後、オペラ歌手として成功し帰郷するが、父とは折り合わない。あまつさえ未婚のまま生んだ子どもがいることを知った父は、子どもの父親と正式な結婚をすることをマグダに勧めるが、相手はマグダが仕事をやめることを条件にしたため、彼女は自己を通すために拒絶する。怒った父は、彼女をピストルで撃とうとして卒中で死ぬ。幕切れの「あゝ、帰つて来なければよかつた！」というマグダの有名な絶叫に、『人形の家』を出た後の女性像を提示しようとした文芸協会の意図をうかがうことができるだろう。

上演禁止の理由は、「日本在来の倫理思想に反し、吾が国家道徳と相容れざる点がある」（警視庁警保局長・成沢真致氏談「道徳標準の相違」『読売新聞』明治四五・五・一九）ことであった。故郷の音楽祭と、そのために凱旋したマグダは、「それからあの、町は国旗と花とで一杯でございます……そして大変お金のかゝつた織物を窓から懸けましてね……まるで天長節のやうでございますよ」（第一幕第一場）、「ちやうど俺等《わし》が——ドイツ館の所まで来るとな、其の辺一杯の人で身動きも出来ん、みんな一生懸命に見て居る様子が少くとも皇族方のお着《ちやく》とで

図40　文芸協会『故郷』第一幕　マグダの凱旋を迎える家族。

図41　文芸協会『故郷』第四幕　芸術に生きんとするマグダは、父と折り合えない。

もいふ風ぢや――ところがそれが――何――何――何の為ぢやつたと思ふ？　オペラの女優ぢやが……」（第一幕第七場）と「皇族」にもたとえられている。父も、「この方面から、陛下のために勇敢な兵士を育て、、そして貞淑な嫁を娶《めあわ》せてやりませうぞ」（第一幕第五場）と家族国家観を奉じているが、皇族に喩えられるマグダこそが、結婚を迫る父に、「ねえ、お父さん、是れまでに私が身を許した男は、あの人一人だと思つていらつしやるの？」という言葉を浴びせかけ、父を間接的に死に至らしめる〈堕落〉したセクシュアリティの体現者であることが、体制側の忌避を招いたことは想像に難くない。

この禁止は波紋を広げたが、さらに、『故郷』での大阪公演を控えた文芸協会が、マグダが自らの行ないを反省・後悔するように脚本の結末を書きかえて再び上演許可を得たため、その是非をめぐる大きな論議を呼び起こした。当事者である島村抱月も坪内逍遙も、これ以前の文部省の文芸奨励に、それぞれ別の立場ではあるがかかわっていたことを加えみるなら、この一連の事件は、演劇の芸術化とその自立を問題化するものであり、その意味で、禁止と対応の倫理的側面が大きく取り上げられてきたのは当然である。[2]

だが、『故郷』の禁止が、脚本ではいったん許可されながら上演で禁止されたという落差をはらむにもかかわらず、倫理性を問う先行論では、上演に携わった俳優は、もちろん主役を演じた女優・松井須磨子も含めて取り上げられてこなかった。一方、須磨子について語られる際、『故郷』は必ず、妻子ある島村抱月との恋愛のきっかけとしてのみ引き合いに出されてきた。[3]この二つは、アプローチの違いに尽きるのであろうか。そうではなく、身体所作を通して女性の主体性が更新・実現される際の、権威による拒絶として結び得るものなのではないか。

本章では、〈上演〉という出来事に注目し、文芸協会の後身である芸術座の活動も含めて、『故郷』以後の〈女優〉をめぐる言説を射程に納めながら、女性身体を場として機能する〈禁止〉の様態について検討したい。また、この事態への田村俊子の応答をとりあげ、女性表現者が批判される際の構造的共通性について考えてみたい。

第一節　上演禁止というスキャンダル

そもそも、等しく女優導入が議論されながら、新派でも歌舞伎でもなく、新劇の女優だけが大きく取り沙汰された経緯については、第二章で述べた。そして『人形の家』のノラ役でその出現を印象づけた松井須磨子は、

松井女史のノラは日本の新しい女優に一段の光彩を添へたものには相違ないが而しその芸の何所かにはまだ「素質ある未成品」たるの感を免れなかつたのである。今度のマグダそは《ママ》の未成品と云ふ感を立派に払拭し去つて了つた。眼を射るばかり鮮かにしてクフ《ママ》アインされたその芸は自由に女史の心奥から放出されて濃い色彩で舞台を覆ふて居る。（人見東明「文芸協会公演「故郷」合評（一）」『読売新聞』明治四五・五・五）

須磨子のノラとマグダとの間には著しい技芸の発達がある。（中略）彼女が最早現代第一流の天才の女優であるといふ事を証明するにはこの部分丈けで十分であると思ふ。（仲木貞一「文芸協会公演「故郷」合評（二）」『読売新聞』明治四五・五・七）

と『故郷』に至って、天才と呼ばれるまで高く評価されることになった。

しかも、右の人見や、「彼女は、其の故郷にシユワルチエを有するや、自らマグダたるを感ずる事無きや。彼女が、ノラとなり、マグダとなり、油の乗りて、顔の美しく輝くは、深き、切なる、自覚の光にあらずとせんや」（横山健堂「文芸協会公演「故郷」合評（四）」『読売新聞』明治四五・五・九）といった言が示すのは、女優が〈女そのまま〉として要請された背景をなぞるように、マグダの心情は須磨子自身のそれと見られてもいたこと

である。

一方で、脚本を高く評価しない評も見られるが、それらにしても、「〔脚本には―引用者注〕別に教へられることも、考へねばならぬ問題もないやうな気がする。（中略）作物がナマヌルイといふ感を外にして、演技としては、寔《まこと》にすぐれたもの」（土岐哀果「文芸協会公演「故郷」合評（五）」『読売新聞』明治四五・五・一〇）、「文芸協会の「マグダ」は実価以上に面白かつた。（中略）しかし脚本その物には左程敬服しない」（正宗白鳥「「故郷」の印象」『国民新聞』明治四五・五・一〇）と演技については評価しており、原作以上と評価されるマグダの「デリケートな人間味とでもいふ様な潤ひ。微妙な霊と霊との接触する色合、気合」が「須磨子が本来持つてゐる力。須磨子の複雑な性格」（楠山正雄「『故郷』の印象」『国民新聞』明治四五・五・一〇）と直結されている点でも、方向を大きく異にするものではない。

脚本への低評価は、新旧思想（芸術と社会・道徳）の対立というテーマが新奇でない点に向けられており、欧米で目新しくないからこそ、それと同様の進化過程を少し遅れて辿っている日本にとっては現実、との見方がいまだ説得力をもって、むしろ上演の評価を高めているのである。こうした見方が、当然上演側とも共有されていたことは、

この前の『人形の家』では、婦人問題とは言ひ乍ら、日本の婦人にはあゝいふ思想はまだ机の上で味ふものとしては了解が出来るが、身につまされる実地問題としてはさほど反響がなかつた。まして男子の方にはそれまでにも行かなかつたと思はれる。然るにこの『故郷』の方ではマグダが代表してゐる芸術家の世界、及び一般道徳の上からの新らしい世界といふものが、前にもいつた如く断片乍ら今の新代の人の胸には往来している実地問題で、或るものは久しく経験しつゝある身の上の問題なのである。（島村抱月「ズウダアマンの戯曲『故郷』に描かれたる思想問題」『新日本』明治四五・五）

と『故郷』を実地の問題だとする抱月、さらに、「世界的」なイプセンのノラよりも、「地方的」なマグダの方が「今日の吾国の事情」には適している、と日本を世界の一地方とみなす中村吉蔵(4)などに明らかであり、須磨子の演技は、新思想＝芸術である点において評価されているといえる。

しかしながら、抱月が今の引用において、芸術が「実地問題」であることを、直前での『人形の家』の婦人問題が「男子の方にはそれまでにも行かなかつた」ことと何の疑いもなく接続してしまうように、多くの男性評者にとって、マグダを自分たち新思想の代表者と見ることは、それを実際の女性問題と見ることとは別であったと考えられる。

イプセンの受容においても類似の事情があったことは既に指摘があるが、(5)『故郷』においては、先ほど芸術問題を論じていた批評は、賞賛の割には須磨子の演技・所作にさほどふれず、具体的に述べたものが、「須磨子のマグダは男や女を遣り込める鋭さはあつても、父を慕ひ妹を慈しみ昔の恋を懐しみさては父に両頬を手に挟まれて熟《じつ》と父の顔を見て居られぬ後めたい、淋しい、心細い、頼なげな――約言すれば弱々しいヒユメーンな側《サイド》に至つて少しも活躍する処がない」（小宮豊隆「文芸協会公演「故郷」合評（二）」『読売新聞』明治四五・五・八）、また「マグダが自分にはどうもドライな性格に成り過ぎてゐるやうに思はれた。もつとやさしい人情のうるほいがなくては、マグダの内心の葛藤が味深く成り立たない」（片上伸「故郷」『シバヰ』明治四五・六）など、潤いの欠如を述べており、これらは、しばしば見かける「マグダ見たいな女はまだ〳〵今の日本には居ない(6)」との実感とあわせ見るなら、女性として評価したものといえるだろう。

マグダの演出については、幕切れに「自ら悔い悲しむやうな心持を出さうとした」イギリスのカムベルの演じ方より、「高すぎる」との非難はあっても「たゞ一人となるまでも粛然として立つてをる」サラ・ベルナールを良しとする抱月の発言もある（「ズウダアマンの戯曲『故郷』に描かれたる思想問題」『新日本』明治四五・五）。だが一方、本間久雄の談によれば、抱月は、マグダが元の恋人と会うシーンを陽気に演じたベルナールよりも、「恋人にあう、はっと驚く、体がふるえるのをこらえる、昔の情熱がよみがえる、捨てられたことを想い、憤りがわき、それが同時に今日の喜びになる」というデューゼの演じ方を好んで須磨子に教えた、と伝えられており[(7)]、実際には、自己を貫く女性というよりは、周囲に感情をかき乱されるしおらしい女性として演出されたのではないかとも推測できる。そして、とすればなおさら、それを潤いの欠如ととらえた先ほどの評者の女性観の程度も推し量られ、新思想を体現するはずのマグダを、〈新しい女〉の実現としては認知しない、という抑圧の構図が見て取れる。

上演禁止後、良識ある人々は、むろん圧倒的に禁止の理不尽さを言い立て、「古賀と云ふ人〔警保局長―引用者注〕は決して趣味の高級の人でない。それはあの人が浪花節の信者であると云ふ事で一切をつくしてゐる」（平出修「マグダ上場禁止問題」『二六新報』明治四五・六・二〇）など、禁止に当たった役人の演劇観の古さが批判されていく。

しかし例えば、当局を非難する「マグダ問題の記録」（無署名「劇界」『早稲田文学』大正一・一〇）では、「之れによつて見れば当局者の『故郷』観はマグダ中心であつて、作全体としての意味についてはあまり考へなかつたらしい。即ち『故郷』と云ふ脚本全体がその中に描き出されたマグダと云ふ女一人の為めに犠牲とされたのである」として、芸術擁護のために、マグダという女性は『故郷』の一部にすぎないと切り捨てており、それ自体としてみれば如何にも禁止への抵抗でありながら、すでに述べた、新思想から女性問題を分離する論の反復でしかないことは明らかである。とすれば政府の禁止とは何だったのか。

一般世評の如くマグダに扮せる松井須磨子は其の技神に入り洵《まこと》に天才の名に背かず、余は恍惚としてマグダに魅せられつゝも一種云ふ可からざる戦慄を覚えたり同劇内容の危険は前夜既に観覧せし古賀局長其他諸氏の言に依りて略《ほ》ぼ諒知し居たるも斯くばかり危険性を帯べりとは思ひ設けざりき（内務省警保局保安課長・石原磊三氏談「マグダの上場禁止」『読売新聞』明治四五・五・一九）

石原の戦慄とは、家族国家観を侵食する女性・マグダの現実化へ危惧であり、それが須磨子の演技に起因していることを率直に述べている。即ち、須磨子の台詞回しや身体所作が、これまでの劇とは一新された見慣れなさへの違和感を上回って、現実と地続きの〈自然〉として認知されたということであろう。上演禁止とは、むしろ、文学者たちが芸術問題と女性問題を分離することで、〈新しい女〉の実現を見ないふりをしていたことの暴露であり、だからこそスキャンダラスであったと考えられる。

文学者たちはそれらのあからさまさに眉をひそめ、禁止以後にこそ、以前と同じ手順を改めて確認しなくてはならなかったのである。ここには、上演禁止による恐怖の伝染ではなく、禁止のあからさまさを体制の禁止に預けることによって、暗黙の禁止がその洗練度をあげていく様子を見出すことができるだろう。

そして事実、上演禁止を嗤《わら》い批判する言説こそが、「今更新旧思想の衝突などいふべきものでなく、実は過去に於る新旧思想の衝突だ（中略）松井須磨子のマグダは好かつた、ノラの時よりもズツと上手である。がそれは須磨子の技の上達もあらうけれど、一つは役当りがノラよりも嵌つて居るやり《ママ》好い為であらう。ノラを出すのは仲《なかママ》を六かしいが、マグダは容易《たやす》い。即ち日本のつまらぬ松井須磨子位な女優にもやれる程にマグダは旧い者である」（内田魯庵氏談「笑ふ可き哉」『読売新聞』明治四五・五・一九）、また、「あの幕切れは日本在来の芝居の型と違はないやうに思はれる。此の劇は頗る平凡で、私は前回の「ノラ」ほどに深き印象を受けなかつたし、また大した新思想の主張があるとも思はない」（得能文氏談「道徳的に見る可らず」『読売新聞』明治四五・五・二八）と、マグダは須磨子が演じられるくらい古いものとして、脚本以上であったはずの須磨子を古さに引き下ろすことになったのである。

第二節　須磨子批判と演技の近代

ところで、須磨子が新派の女形・河合武雄との類似において語られることは、「芸術座の星《スター》として舞台に表れるやうになつてからは女性と云ふ本来の軌道から気儘に逃れてたゞ一図に観客の注意を攫まうとする、不純粋な芸人的欲望が遂におやまの芸と何の選ぶ処が無いやうにしてしまつた。舞台の効果から云つて河合武雄に迥《はるか》に及ばぬことになつた」（加藤朝鳥「最近の須磨子」『読売新聞』大正三・一・二七）など、当時から繰り返され、[8] 舞台でも「河合！」という掛け声をかけられているほどである（「芸術座の「剃刀」と「復活」」『福岡日日新聞』大正四・二・二）。

そしてこれは、文芸協会解散後、須磨子を押し立てた芸術座が、経済的理由から大衆向け公演をするようになった堕落との見方が当時から一般的である。だが、各地で四〇〇回を越える公演を重ね、大衆化のメルクマールとされるトルストイ原作『復活』の、そもそも初演（大正三・三・二六）以前であるこの時期から加藤朝鳥のような発言が見られることは、須磨子と河合の重ね合わせが、事実としての大衆化とはさほど関係がないことを示している。

むろん、大衆化以前でも、須磨子がなんらかの特有の節回しや身振りを身につけていたことは考えられる。しかし、そうだとしたところで、それが河合に似て聞こえるかどうかは、新劇の登場当初、現在からすれば大仰な赤毛つけ鼻の扮装が〈自然〉と実感されてしまった例を挙げるまでもなく、事実というよりは、認識コードの形成と共有に大きく負うものである。

そして、この時期、須磨子が似ているといわれたのは実は河合だけではなく、「旧劇で云へば羽左衛門」（相馬御風「『故郷』の所感」『歌舞伎』明治四五・六）、「五代瀬川菊之丞の如き芸風」（幸堂得知「有楽座の『故郷』」『歌舞伎』明治四五・六）、「顔のつくりから、歩き振りから、すつかり土肥春曙のポーシヤそつくり」（くれがし「芸術座評判記」『読売新聞』大正二・九・三〇）と、見方の違いというにはあまりにも多様なのであり、誰かに似ているとする発言が、須磨子を男性の模倣に貶めたい欲望であることを明らかにする。

つまり、すでに述べたように、『故郷』において須磨子が早くも〈古いもの〉へ引き下げられ、遅れてきたものとイメージされたことが、すぐさま男性の模倣との言い換えを呼び寄せるのであり、これは、〈新しい女〉の実現を禁止するヴァリエーションに他ならない。

おそらく、これらを実態以上に事実らしく見せているのは、〈自然〉な演技を目指す当時の新しい演劇論が、一見すると矛盾に見える反復を強く要請していたからでもある。

例えば、文芸協会の後身（経緯は後に述べる）である芸術座の旗揚げ公演『モンナヴァンナ』（大正二・九・一九～二八、有楽座）上演に際し、岡田八千代が「之等の間が、初日と二日目とでは、其長さが確に違つて居た」、「其他にも初日と二日目とは歩き処、立ち処が違つた処が大分あつた」と神経質に毎日の須磨子の動きの違いを書きとめ、それらを「合手の人と打ち合せがしてあるとは見えなかつた。もし私の眼に見えた通り、全く須磨子氏の勝手に演り変へて居たのだとすれば、須磨子といふ人は舞台上の徳義と言ふ事を知らぬ人」（「芸術座のモンナヴンナ」『スバル』大正二・一一）と怒りを込めて主張するのは[9]、まずは演出の確定の必要性、つまり、演劇の文学化にかかわる脚本重視と、脚本の忠実な再現としての反復である。

次には、〈自然〉に見える身体コードの俳優間での統一と、観客との共有の問題でもある。第七章でも述べたように、〈自然〉な演技が理念として新たに作り上げられ、修得されるものだとすれば、当初から全員一致で共有されていたのではないであろうし、それを〈自然〉として受け取る、という観客との合意も、訓練によって取りつけられていくものだからである。そして、これらは八千代の言うような演出の確定と、往々にして重ねて語られていると考えられる。小宮豊隆が「文芸協会の役者は歌舞伎役者としても新派の役者としても何の閲歴もない人達である丈に、自己表現の様式として新たなる「型」を創造しなければならない」、「新しき劇を試みると共に其人物に対する徹底的の解釈と其解釈を活かすために、自家の心持と是を表現する声と形との関係を端的に捉へて生命の流動する「型」を創造しなければならない」（「自由劇場と文芸協会」『新小説』明治四五・六）と主張し、人間を類別した役のパターンや、伝統的な身体作法からの離脱を示すために、わざわざ旧劇の「型」の用語を用いているのがそれであろう。

こうした反復の規範化を、(10) 抱月もかなり厳しく内面化していたことは、次のような発言に明らかである。

〔役者の──引用者注〕気分を持続させる為めにはタイプと云ふものが何うしてもなければならぬ事になるのである。（中略）例へば台詞にしても、役者が只台詞の意味だけを覚えてゐて、その瞬間々々の気分で演ずる時には、演ずる度にその気分が違つて来る。「私は」と言ふ処を「私が」と言ふ様な些細なてにをはの違ひでもはと言つた時の気分とがと言つた時の気分と云ふものは非常な違ひを持つて来て、さあその後はその違つた気分でやつて行くから終ひには何うする事も出来なくなつて了ふ。で、役者の第一の勤めと云ふものは与へられた台詞の暗誦と云ふ事である。（島村抱月「演劇の型」『早稲田文学』大正三・六）

俳優の「気分を持続させ」「演ずる度にその気分が違つて」しまうのを避けるために「タイプと云ふものが何うしてもなければならぬ」とする彼は、続けて「同じタイプでも、いや誰のタイプだとか云ふ歌舞伎に見る様な型は、無意味」と旧劇の型から区別している。

そして、〈女優〉が〈女そのもの〉として要請され、しかも自然でありさえすればどんな人間でもいいわけではなく、新しさの実現としてのみ要請された時代らしく、日本人の貧弱な「生活力」改善の具体例を、「私共の関係して居る芝居の役者は男でも女でも、特に女は多少位顔は悪くつ《ママ》も女優になつて稽古させると美しくなる、初めはすつかり元の筋肉を崩させて、夫から口を動かし、目を動かし、表情を中心に自由自在に練習させて居る内に、だん〳〵筋肉の平均を保つて来るで《ママ》、社会的美貌の発達は第一に心持の開放である」（島村抱月「新芸術と演劇」二三『福岡日日新聞』大正四・一・三一）と語る抱月らにとって、演技とは、舞台上の表現コードの問題であるだけでなく、演技を通じての日常的身体の改変と、それに伴う主体化によって、一般女性の現実を改変するものでもあり[11]、〈自然さ〉とは一見矛盾して見える強迫的な反復は、むしろ新たな身体動作の一般化・自然化の結果として、彼らのなかでの矛盾はなかったといえる。

もちろん、そうであればこそ、どのような身体所作を〈自然〉に見せるコードとして選択するかは大きな問題となる。この点について、演出が常に上演禁止とのにらみあいだったとしても、抱月の演出は、おそらくいつでも控えめな女性像と、そしてそれに対応する身体動作を要求していた。

『人形の家』については第七章で詳しく見たが、他にもメーテルリンク『モンナヴァンナ』では、「なぜ須磨子のジオヴナン《ママ》はプリンツイヴアリの前で、あの様に男から何うかされはせぬかと心配してゐるげな処を見せたのだらうか。ジオヴンナは何うかされると云ふことを承知して来た女である」、「人里離れた場所で出歯亀にでも遭つたときの驚き――さう云ふ種類の表情にしかなつてゐない」と述べる小宮豊隆（「芸術座の『モンナ、ヴンナ』」『新小説』大正二・一〇）に従えば、主人公モンナは、陥落寸前のピサの町と司令官の夫を救うため、敵の大将プリンチヴァルレの求めに応じて全裸にマント一枚という姿で敵陣に赴く設定[12]にもかかわらず、ドラマ上不可欠な、姦通という強い覚悟を持たない女性として演出されている。岡田八千代（「芸術座のモンナヴンナ」『スバル』大正二・一二）もほぼ同様のことを述べている。

この演目に限らず、『青鞜』同人をはじめとする一部の女性観客からたびたび表明される違和感が、こうした劇中の女性像に起因していることは想像に難くない。また、「開放」の足りない不自然なものに見えてもしまうだろう。

そして、新らしい劇、新らしい劇と申しますけれども、新らしい劇といふのは、やがて自然に近く演ずるものをいふのでございませう。その尤も自然に近く演じやうとして起つた此等の新らしい俳優の劇を見ますと、ともすれば立上り、ともすればこぶしを握つて震へます。そんなに人間といふものは、大仰な事をやたらにやるもんぢやありません。親が死んだと聞いたつて恐らく近代人は目をぱちりとやるかどうかも疑はしいと存じます。（岡田八千代「松井須磨子さんへ」『歌舞伎』大正三・五）

岡田八千代が須磨子に向けて、もっと〈自然〉に演ずるよう、度重なる苦言を呈するのも、抱月らが選択したコードの錯誤を、特に身体所作の面から指摘しているのだといえるが、しかし仮に、彼女の提案通りに選択するコードを変更しても、このとき須磨子の評判は、先ほど述べた〈男性の模倣〉言説の席捲によって、すでに回復しがたくダメージをうけている。このことを、これらと並行して起こっている抱月とのスキャンダルによって確認しておきたい。

第三節　反復の強要

周知の如く、文芸協会の解散と芸術座旗揚げ（大正二年九月）のきっかけは、『故郷』上演頃が発端とされる抱月と須磨子の恋愛関係と言われる。妻子ある抱月と須磨子の恋愛は、その後、大正七（一九一八）年に抱月が流行のスペイン風邪で死亡し、芸術座でも孤立した須磨子が後を追って自死するという結末を迎えた。同じ墓に埋めてほしいとの遺言も叶えられず、死を賭した愛に同情した人々によって芸術比翼塚が建てられ、これ以上ない悲恋の物語として語り継がれている。だがその恋の当初は、報道を見る限り、後世のドラマ化あるいは真実探求の欲望に取りつかれた研究が語るほど、スキャンダラスには取り上げられていない。

文芸協会の解散では、当事者である抱月や坪内逍遙が恋愛問題について沈黙しているのはもちろん、周囲からも逍遙と抱月の文学をめぐる新旧思想の対立と解釈され、「今や坪内博士は、卿等（松井須磨子―引用者注）の芸術を卒ゐて衆愚に媚びんとするに非ずや。何ぞ夫れ速かに去らざる。文芸協会は、卿が為に真個人形の家たらんとす。卿の天才を以て何ぞ博士と共に人形の踊を学ばん。去れ、速に去れ、ノラの如く去れ」（新潮一記者「坪内逍遙老博士に与へて文芸協会の堕落を罵る書」『新潮』大正二・三）といった記事に見られるごとく、むしろ非難されているのは逍遙の方であり、抱月・須磨子の関係は、煤煙事件などとは性質の異なる、いわば不発のスキャンダルだといえる。

しかし、これは、ジャーナリズムが抱月に近い人脈で形成されていることや、芸術を理解するものの良心だけを意味するわけではない。というのは、このスキャンダルの不発を支えているのは、「我等の意見を以てすれば、縦し抱月と須磨子とにどんな関係があらうとも、彼等の芸術さへ堕落しない以上は、其の私交の如きは敢て問ふところではない」（新潮記者「文芸協会問題の真相」『新潮』大正二・七）や、「（松井須磨子は―引用者注）あれだけにいろ〳〵な評判を立てられて居ながら、恋愛問題は恋愛問題、劇術は劇術と、すつかりクギリをつけて一生懸命に技芸大事と勉強して居る其熱心は、感心なもの」（松居駿河町人（松葉）「日本女優の将来？」『時事新報』大正三・二・一四）といった、私生活と舞台上の芸術を分ける見方でもあり、これは、女優を女形と同様〈女を演じている〉とみなす、すでに述べた言説の浸透を示唆するからである。

そして、女優を男性の模倣とみる一連の言説の便利さとは、女性のオリジナリティの剝奪にあるだけではむろんなく、〈男が女を演じる〉ように〈女が女を演じている〉として、舞台上の行為に演じる者との乖離を呼び込み、期待された〈女そのまま〉である〈女優〉には満たないものだとして、女性俳優の存在意義を奪う点にあるのである。

例えば、灰野庄平の架空の対話（「須磨子に関する対話」『演芸画報』大正四・六）では、抱月をモンナヴンナ、抱月夫人をその夫ギドー、モンナを愛す敵将プリンチヴァルレに須磨子を喩える一方に対し、他方は須磨子と抱月の恋愛関係に疑問を呈し、

過不及なくエクスプレッシブに表はれるとまでは行かなくとも、若し彼等の行為がさう云ふ尊いものに奉仕した結果であるとするば《ママ》、その態度に敬虔な所があるとか、或はその尊い心が吶りながらにも表はれやうとして居る方向を取つて居るとか、何処かにほのめきが見えさうなものではないか。処があの事件以後の須磨子の芸は表面の流暢さをまして行つたが、その滑らかな表面を流走する彼女の心の影は恐ろしく荒んで来たやうに思はれないか

と言う。舞台上の行為には私的な内面をのぞき見ることはできないという当然の事態と、しかし、芸術であればこそ舞台上の行為が女優自身の内面であるはずとの二つの見方に引き裂かれた挙句、表面の流暢さを見えもしない内面のすさみの表われと読みかえてしまうこれは、スキャンダルを不問に付す論理をなぞりつつも、期待した内面が演技に見いだせないことにいらだつ「描写はあつても告白がない」（笹本甲午「描写があつて告白がない」『演芸倶楽部』大正三・一二）のような批判にそのまま寝返るものであろう。ここから、この時期より須磨子に集中的に浴びせられる批判との距離は近い。

忌憚なく云ふと須磨子は唯外部からのみ人を模倣しやうとして居ます。その考察が人の内部には滲入して居ません。脚本に引擦られつゝ、競々乎としてその外面を模倣してるのみで、内部から溢れ出る人そのもの、生命の閃光を見る事は出来ません。（中略）私は斯うするから貴方は斯うなさいと、稽古場で申合せて来た型を、

唯々懸命に繰返して居るとしか見えません。（真山青果「松井須磨子の芸」『演芸画報』大正三・一）

真摯の気と、熱烈の情と、執着の力とが最後に到達すべきは、即ち超自然の世界である。神秘の世界である。やがて象徴の世界である。（中略）さうして今や竟に彼女の霊魂の何処にも、かかる熱情、真摯は果敢なくも消え去つて了つた。（倉田啓明「自然に帰れ」『演芸倶楽部』大正三・一〇）

それで、僕は肉体と言ふ事を、人の一人の身体の中に包蔵されて居るすべてのものを現はす言葉だと思つて居る。人の精霊はその肉の中で生きて動いて居る。（中略）この人は、その自ら扮する役——その原作の脚本に対して真に生きた肉体で相交つて居ない。たゞ、少しく文学を好む人々が、簡単な考へ方から始まつた解釈と称する、極く不確実な、軽卒な断定から始まつた概念を頭に描いて居るにすぎない。（水野盈《みつ》太郎〈葉舟〉「松井須磨子に送る書」一・二『時事新報』大正三・一二・二八、二九）

須磨子への批判の多くは、このように深く達していないとするものだが、演技が、それ自体としてではなく、常に想像された俳優本人の内面との関係によって語られるのだとすれば、いかに演じようとも、評価を得られないのは当然である。この時期の批評用語の変遷に呼応して、須磨子に不足しているのは内部の生命、象徴、肉体とさまざまに変化してはいるが、いずれにしろこれらは、演技によって〈新しい女〉を認知させ、実現もさせようとする須磨子のパフォーマティヴィティを、〈単なる反復〉に切り下げて封じようとする言説なのであり、事実ではないといえるだろう。

なぜなら、今の真山青果が須磨子を貶めて言う〈単なる繰返し〉は、次に述べるように、多く須磨子が忘れてしまった望ましい過去としても言及され、決して改善が期待されてはいないからである。

川村花菱は、「須磨子が唯舞台慣れて、得意になつたと云ふだけで、更に進境を認めない」マグダへの失望から、『人形の家』のノラの「純な初々しい態度」を思い返し、その成功要因を「抱月氏が噛んで含めるやうな説明と、殆んど口移しのやうなエロキユーシヨンとを熱心に教へ込」んだことに求めており（「松井須磨子の技芸」『演芸画報』大正四・六）、森栄治郎は、デビューの『ハムレット』公演で「男も女も殆ど台詞を言ふ人形のやうで、たゞもう一生懸命目を据ゑて先生に教はつた通りを繰り返へすといふ風、さすがの小林さん（松井須磨子―引用者注）も動《や》もすると咽頭《のど》がつまつて狂乱の歌がおろ〳〵声になる始末」だったことを、その後「総てが余程技巧的に成つて来て所謂「客をつかむ」ことをおぼえ」、「最早《もう》教はつた通りを繰り返す小林さんではなくなつて」しまった不満とともに、懐かしく追憶している（「小林さん」『演芸画報』大正四・六）。〈単なる繰返し〉とは、批判にみえながら実は望ましくもあり、名指すことで須磨子をそのようなものにとどめおこうとする言説だといえるだろう。もちろん、さきほど彼女らにとって演技と日常が地続きであることを確認しておいたように、〈単なる繰り返し〉に貶められることによって封じられているのは、パフォーマティヴに実現されているはずの現実の改変である。

そして、そうであればこそ、既出の岡田八千代の提案どおり、選択するコードをさらに自然なものに変えたところで、事態は改善されないであろう。須磨子の芸が慣れによってその清新さを摩滅させたというなら、〈自然〉や〈素人〉を体現する新人女性が次々に後を埋めるだけであり、事実、近代劇協会の衣川孔雀が『人形の家』（森鷗外訳）でノラを演じた際、「観客には言葉の三分の二は透らないほどの私語《ホイスパアリング》」（楠山正雄「二度目のノラ」中『時事新報』大正三・四・二〇）、「例の自覚の所などは、それが為めに、言ふことがよく分からんほど興奮してゐて、且つ声が小さかつた」（上司小剣「幹部といふ言葉」『読売新聞』大正三・四・二五）と言われる演技は、「自然に近いといふ点に於ては、臆面なしに見える須磨子氏のノラよりも、孔雀氏の何処かおど〳〵して、考へた通りには物の言ひにくさうなノラが勝つてゐた」（上司）と須磨子のデビュー時をなぞるように、その初々しさが〈自然〉と評価されている。

だが同じ演技に対してなされる、「徒に外形上の自然に囚はれ、芝居を自然に運んでゆかうとすることにばかり腐心して見物に聞えぬまでの低声で度々囁くやうなこともあつた。(中略)内に充分に理解があつて其理解から自然に流露した自然ではなくて口だけで尤もらしく自然らしく言はうと勉めてゐるのだ。それだから空疎で力がない」(桝本清「近代劇の「ノラ」」『読売新聞』大正三・四・二二)との批判は、どれほど自然なコードに変更したところで、女性俳優が〈女が女を演じる〉もの、即ち内面とは関係ない表面的なものとしか翻訳されなくなっている状況を示してしまう。

今や須磨子の名声は過去のものになり、公私にわたる指導者・抱月の存在は、教えられたことを繰り返すしか能のない須磨子像にお墨付きを与えることとなる。(13) むろん、多くの批判がそれでも「けれど、何をいつても須磨子は日本一の女優」(既出、川村花菱)、「彼には芸術に対する理解がないけれども、理解しやうといふ子供らしい努力がある」(秋田雨雀「純粋な心に帰れ」『演芸倶楽部』大正三・一〇)とする一言を伴っているのは、常に努力するものとしては認知し、話題にし続けることで、女優が芸術家にはなれない約束を履行し続けなければならないからに他ならない。

第四節　田村俊子(へ)の批判

だが、女性表現者への抑圧の構造的特性を見ようとする本章にとって、須磨子一人を再評価するだけでは十分ではなく、また、そもそも自分を語ることが少ない女優は、一方的な解釈にさらされやすく、それだけを取り上げても事の一端しかとらえられないことになる。最後に田村俊子を例に、これらと女性の書き手がどのように切り結ぶのか、それによって抑圧される側に生ずる微細な亀裂も含めて見ておきたい。

田村俊子の小説『蛇』（『中央公論』大正五・一二）[14]は、浅草公園の劇場に出演し、生活のために気に染まぬ男性の世話にもなり、鬱々とする女優の愛子が、館主に足元を見られ、半裸体に蛇をまきつかせてその苦悩の表情を見せる出し物を提案されて悩乱するさまを描いた短編である。

冒頭で、見知らぬ人からの花束にくくりつけられていた手紙は、「あなたのやうな天才が、あゝした小屋に其の容色と一所に芸までも荒ましてゐる事を私はほんとに悲しんでゐます。あなたの声は嗄れてしまひ、あなたの踊る足許はよろ〳〵してゐるぢやありませんか。何と云ふ哀れな疲労でせう」と愛子の堕落を哀れむ。そして、これによって愛子が思い出す自身の過去とは、

叔母の家を逃げた愛子は、進藤と二人して暫らく世帯を持つて隠れてゐた。芸術の尊い事を頻りに男から聞かされたのもこの時であつた。西洋の戯曲の研究や、日本の演劇の批評を、彼女は絶えず男の口から耳にした。斯うして男の知識が女の理解を育て、、愛子はだん〳〵に舞台の芸術がわかつて来た。唯、舞台へ出るのが面白そうだと云ふばかりでなく、もう少し地道な考へを芝居の上に持つやうになつて、彼女は三味線を弾いて無駄な言を饒舌《しやべ》つてゐる暇に、進藤の友達などを相手に、一生懸命に芝居の稽古を初めた。そうして、人間の理智、感情――その自然な理解から特殊な技芸が、形や台詞の上に造られて行く事を、彼女は初めて知つた。

と、一緒に暮らした男性によって芸術に開眼し、初めての舞台では「成功して、みんなから賞賛された。彼女の作る舞台の気分が、新らしかつた」と新しい演技を成功させている。そして、その頃の「自分の魂の中に宿つてゐた大層気高い、純朴な、勝れたもの」が、「忘れてゐた」、「尊い」過去と位置づけられている点で、これまで述べてきた、松井須磨子の堕落が語られる状況の引き写しであるといえる[15]。

そして結末で愛子は、蛇責めを自ら受け入れ、「厭な奴に対する脅喝。世間へ対する脅喝。それから弱い自分に乗じて自分を虐げやうとする館主への脅喝。――蛇は其れに味方をしてくれる」、「自分を「天才だ」と云つた男の事が、ふと彼女の胸に浮かんだ。／「私の生活を悲しい生活だと云つたが、それを見たらあの人は何と云ふだらう。」／彼女はその男まで馬鹿にしてやるやうな快い心持がした」と、これから演じる蛇責めを、自分を哀れんだ手紙の男やパトロンを含めた男たちへの恐喝ととらえかえしており、その点で、男性中心システムへの反抗者として既に評価されてもいる。(16)

確かに田村俊子が、男性作家が女性作家の登場を待ち望む時期を逃さず『あきらめ』(『大阪朝日新聞』明治四四・一・一〜同年三・二一)で再デビューを果たしたこと、しかも、『遊女』(のち解題されて『女作者』)、『木乃伊の口紅』、『彼女の生活』を挙げるまでもなく、テクスト外の俊子をも指し示すような〈書く女〉を作品に頻繁に登場させ、女性作家に期待されたセクシュアルな告白を引き受けることで、現実における俊子自身の地位を思うさま高めもし、それを利用して異なるものをすべりこませてもきたのを見るとき、『蛇』に彼女ならではの表現の獲得と成功を見ることは可能である。

だが注目したいのは、愛子自身が蛇責めを積極的に再文脈化しても、実際の演技がどのように観客を変えるのかはテクスト内では触れられないことである。愛子の主観的な受け止め方は変わっても、おそらくは愛子に向けられる〈堕落〉という好奇のまなざしが食い止められることはない。むしろ現実を改変するパフォーマティヴィティは無効になっているのである。これは、例えば再デビュー当時の『あきらめ』において、〈書く女〉である主人公富枝が、男性社会に最初の一歩を印そうと共に闘う分身として、女優の三輪を終始併走させていたことからの大きな変化である。

すなわち、『あきらめ』と『蛇』との間に位置する『嘲弄』(『中央公論』大正一・一一)、『木乃伊の口紅』(『中央公論』大正二・四)(17)では、〈書く女〉である主人公が、書くことへの行き詰まりから女優を志しながら、いずれも結果として舞台に立つことを断念する方向に傾いていく。その理由は、文芸協会とおぼしき研究所に入る『嘲弄』の礼子の場合、彼女が女優・ます美（もちろん「須磨子」を連想させる）に「あの可愛らしいと思つてる口のなか〻ら何か湿《うるほ》ひのある情を含んだ言葉は聞かれないものか」と情緒的な期待をするのに反して、ます美の方は「真面目くさつて、勉強の事だの堪忍の事だのを成功の秘訣とでも云ひ度いやうな口調で話するばかり」であり、周囲の研究生たちもまた、「自分のこゝろを小さな袋のうちに押し詰めて、そこからは些つとでも自分の心を覗かせまいとするやうな」態度を取るなど、芸術的イメージとはほど遠い女優たちのつまらない内実と礼子の齟齬である。また『木乃伊の口紅』のみのるにおいては、新しい脚本を理解しない俳優や旧派出身女優に煩わされて「この劇団の権威をみとめる事が出来なく」なり、「自分の最高の芸術の気分をかうした境で揉み苦茶にされる事は、何うしても厭」になったからである。

つまり、演劇に芸術[18]を求める二つのテクストの主人公は、女優の内実がそれと異なることを不満とし、演劇から離反するのだが、これが、芸術を標榜するがゆえに須磨子を貶めたあの論理と共通していることは言うまでもない。そして、このつまらない女優たちとの対比で、「芸術本位の劇評はみのるの技芸を、初めて女優の生命を開拓したとまで賞めたものもあつた」、「舞台へ上り度いといふのは唯芸術に対する熱のほかにはなかつた」（『木乃伊の口紅』）など女優の正統であることを示唆される主人公は、どちらも最後には〈書く女〉に戻る。それによってテクスト外の俊子をも指し示し、俊子自身を芸術としてパフォーマティヴに作り上げようとしている。そのことを考えるとき、女優の内実を暴いた『蛇』においては、貶められた愛子にパフォーマティヴィティが期待されず、さらにテクストとしてのパフォーマティヴィティも封殺されていることは、ある意味当然といえるだろう。しかし、テクストが、俊子の現実を改変するパフォーマティヴィティを企図していればこそ、俊子自身が、須磨子を堕落と呼んだのと同じ批判にとらえられなくてはならなかった。

俊子は須磨子を「演劇の生命――それが何であるか恐らくあの人は考へた事もないのでせう。創造の意味――

それが何であるか、恐らくあの人は考へたこともないのでせう。（中略）私の云ふ芸道は演劇そのもの丶の外廓で、芸術と云ふのはその内面を指すのです。だが、須磨子はまだ芸術を知らない。芸術の生命は何所にあるかと云ふ事を知らない。其れを解釈するだけの力さへない」（田村俊子「現劇壇の新女優」『中央公論』大正二・一〇）と罵っている。

だが、その俊子に寄せられた批判とは、彼女を「恐らく今の文壇で此の作家の右に出るものはなからう」としつつ「併し真の自己の欲するところのものは何かについての明らかな自覚もなければ、真に自己の不満なる心の正体についての明らかな自覚もない」とする相馬御風（「芸術家としての才分と素質」『新潮』大正二・三）、「その才気と、感触とが僕には僅かに表皮の上に起つた、刺激に対する反応としか見えない。（中略）婦人の持つて居るあらゆるもの、薄弱な感傷、技巧の為めの技巧、真実に対する不敬虔、感情の不純な狭隘、肉体に対する無自覚、さう言ふものに依つて生活して居て、少しも、自ら苦悩して居ると思はれる処がない」とする水野盈太郎（葉舟）（「田村俊子女史に送る書」『文章世界』大正三・七）など、自覚や深い内面の欠如が言われた須磨子への批判と酷似しているのである。

〈書く女〉の系譜につらなる主人公はやがて、『破戒する前』（『大観』大正七・九）[19]で、「今まであなたの為て来た仕事の上には霊《たましい》がなかつた」と決めつけるRという男に導かれるままに、「小供らしい自分の快活——自然にあふれてくる——を見出して、昔に返る自分の心のなつかしさに彼女は現在を忘れ」、Rの連れてゆく「小供の時に見たうつら〳〵した無限の世界」を自らの芸術的信条として、過去の「思ひ出に耽りながら」過ごすことになる。これを、俊子が新たな恋人たる鈴木悦《えつ》を得た伝記的事実と重ね合わせるならば、こうした境地は松魚との愛憎から離脱させる癒しの生活であるとも、あらたな心境へ一歩を進めたとも言えるのかもしれない。

だが、果たしてそうであろうか。彼女は周囲に期待される女性像をある程度演じることで、承認を得てきたといえるが、過去の自分を芸術として哀惜するという新たな役を演じなければならないなら、自分自身を現在の芸術として示し続けることは不可能である。結局のところ、パフォーマティヴィティは無効にならざるを得ないだろう。俊子は、自らがそれにのっとって須磨子を批判したのと同じ構図によって、承認の契機を奪われたのではなかったか。

俊子がバンクーバーへ向かい、日本の文壇から一時姿を消すのが大正七（一九一八）年一〇月。妻子ある恋人と、自らも夫を持つ俊子の恋の逃避行として語られるその事件まであと一歩だが、彼女も、そして大正八年一月にこの世を去った須磨子も、愛に殉じたというよりは、まるで「現今の女芸術家で、柴田環松井須磨子田村俊子の三人を推賞するに躊躇しない。しかし、日本の社会が此等の才女を充分に発展させるだらうとは思はれない」（正宗白鳥「俊子論」『中央公論』大正三・八）という予言を実現してみせるかのように、女性の代表として退場を余儀なくされたといえるのではないだろうか。

まとめにかえて

本書では、近代小説の市場が自立した頃から、大正半ばまでを対象とし、いくつかのジェンダー規範の構築の過程と、女性たちの交渉の具体相を明らかにしてきた。女性たちは、明治期半ばの女子教育の興隆期以降、リテラシーの向上とともに書きたい、表現したいとの欲望を高め、男性たちから期待されもしたが、これまで述べてきた経緯を辿り、大正半ばには、いったん影を潜めてしまうように見える。むろん、ほんの数年たてば、プロレタリア文学と呼ばれる作家たちが活躍し始めるが、新たなモードによって迎えられる彼女たちについては、稿を改めなくてはならない。

序章において、有島武郎の『或る女のグリンプス』と『或る女』を比較し、本書を通じて両者の変化を、有島の思想的変化やテクスト内部の構造とは異なる観点から示すと予告した。振り返れば、前者で、衝動を実行する田鶴子が、倉地との関係によって今までとは異なる世界へ一歩を踏み出すのは、本書で明らかにした明治四〇年代の〈自然な女〉の系譜に位置するだろう。良妻賢母規範に縛られた他の作中人物とは明らかに異なる田鶴子は、一見自由な女性に見えるが、残念ながら自己への意識を欠いた情動的な偏った女性像として描かれ、現実に動きだした女性が出現していたにもかかわらず、その活躍も紙のなかでのみ許されていたのであった。だからこそ現実の女性たちは、紙のなかのそれらと単に真似るなどとは言いえない複雑な関係を結び、思索を深めたのでもあったが、自らの承認を賭けたゆえに、大正期にはそのパフォーマティヴィティはさらなる封殺の対象となった。有島の意図がどうであれ、『或る女』において、葉子が男性を惹きつけるために演技をしたのは、女性たちが〈自然な女〉を演じなければならなくなって以降の主人公だと言えるし、子宮後屈という女性的器官の病による死を、自らの意志を通すことへの罰であるかのように与えられていたのは、パフォーマティヴィティの封殺に正確に対応していた。

文学作品を現実の反映と言うことは可能であり、女性の変化に即応したのは有島の良心ともいえようが、一方で文学作品は、想像や願望に形式を与え、物語化されたその枠組みで現実を見るように強く促すものでもある。文学は時にその両面を都合よく使い分けながら、自らが行なう力の行使を、現実を映しただけなのだと言ってみたりもする。有島もまた逃れられたわけではないが、責められるべきは彼の過失というよりも、このことを曖昧にしたまま読み継いできた現在の研究のありかたであるのは、本書の結びに当たって今さらいうまでもない。

むろん、文学研究の領域は限られており、主に研究対象となる作品が現在の人々に与える影響も、かつてより目減りしたのかもしれない。しかし、類似の語りの形式は、ジャンルを拡張したり転じたりしながら消えはしない。本書で、〈新しい女〉から宝塚少女歌劇への概念の譲渡を一例として見たように、同じ構造は反復もされていた。しかも、装いを新たに、人々を惹きつけ、納得させながらである。田村俊子と松井須磨子が表現の表舞台から消えたとしても、あるいはそれだからこそ、自他共に期待はしながら、表現の中心には近づけない人々や、表現が限定されていることへの無感覚は作られ続けてきた。本書が、対象を文学に限定せず、買い物や化粧や観劇といった、現在においては遙かに広範に生活を覆う領域を多く対象としたのは、ある制度による女性の排除と、その隠蔽の現在に至る構造をまずは明らかにするためであった。

だがその作業は、従来の文学史には決して載らず、放置されていた女性の言葉に意味を与えようとしながらも、完璧な抵抗する主体は容易には立ち上がらない、と一貫して確認する過程でもあったといえる。『青鞜』に集った、能力にも環境にも恵まれた戦う書き手たちですら、制度の共犯者となることを逃れられたわけではなかった。また、中心的でない表現をわざわざ拾い上げても、全く斬新な新たな価値を見出せる可能性は、われわれの感性の訓練の度合や、その表現が抹殺されずに残された経緯を考え合わせれば、それほど大きいわけではないだろう。だが、だからといって、文学や文学研究に完全に絶望する必要もない。

例えば、『青鞜』の女性たちの幾人かは、現実の権利をもたらさない文学に見切りをつけ、政治運動に走った。現在の研究が、政治をも考慮するべきであるとき、かつて期待されたまま終わったようにもみえる女性の文学に対して、過去として記述するだけが行なえるすべてなのだろうか。そのような疑問が、本書の初めにはあった。しかし、それが残念だからといって、意趣返しとして〈そうであったらよかった〉歴史、つまり女性を中心とする歴史を創出することも、意図的に禁欲せざるを得ない。確かに、想像や願望に形式を与えるという文学の一側面は、抑圧的にも働く反面、希望を描き出せるものでもあり、それらを身内に取り込んでいる文学研究も、その方途を熟知もしている。だがそれが可能な研究とは、今現在の〈書く女〉、書けるようになった女が行なう行為でもある。さらに、序章でも述べたように、私個人の来歴が発見され、重ね書きされる場でもあるだろう。だからこそ、過去に向かうとき、〈そうであったらよかった〉歴史の創造には用心深くならねばならなかったのだ。完璧な主体が立ち上がらない女性たちの素描は、その配慮の結果でもある。そして、このような創造の問題に組み込まれている点でのみ、本書は、扱ってきた女性表現者から自らを切り離した単なる記述ではなく、彼女たちへの冷淡さによってこそ、その系譜に連なろうとするものであったといえる。

以上の見地に立てば、女性中心の文学史を構築しないことは、女性にいつまでも被害者の位置を与えようとする画策ではない。主体の立ち上がらなさの確認は、逆説的ながら、抵抗の成就を簡単に言挙げすることによって見過ごされてしまう問題に、さらに目を凝らすことであり、複雑な権力の網の目のなかで生き延びる方途をも研究自体として示すきっかけともなる。本書の表現は、時に具体的な事例に泥《なず》みすぎたように見えたかもしれないが、互いに女性であるというだけでの連帯や、それに基づいた大きな転覆が困難な現在、具体的な文脈の検証によってのみ示せた抵抗の事例があった。

むろん、過去の文学を主な対象とする以上、書き手が取り込まれてきたのは中流階級的な幻想であり、そこでの抵抗の追求は、すべての見えにくいものを明るみに出すわけではない。対象の選択は今後も模索されるべきであろう。しかし、想像・創造の形式へのアプローチという本書における試みは、今後も課題であり続けるのではないだろうか。

注

はじめに

（1）引用は『有島武郎全集』第四巻、筑摩書房、一九七九年。
（2）『小説神髄』（明治一八・九〜一九・四）。引用は『明治文学全集16』（筑摩書房、一九六九年）による。
（3）『新磨　妹と背かゞみ』（明治一九・一〜九）はしがき。引用は注2前掲書。
（4）引用は『鏡花全集』巻五、岩波書店、一九八七年。
（5）引用は『有島武郎全集』第二巻、筑摩書房、一九八〇年。
（6）山田俊治「『或る女』の方法」（『有島武郎　〈作家〉の生成』小沢書店、一九九八年）に詳細な分析があるので一例に留める。
（7）上杉省和「『或る女』論」（『有島武郎――人とその小説世界』明治書院、一九八五年）、山田俊治「『或る女』前編の改稿」（注6前掲書）は、運命に対する受動性という異なる観点から、この事態を論じている。

第一章

（1）引用は『紅葉全集』第七巻、岩波書店、一九九三年。
（2）三井呉服店の『時好』は明治三六（一九〇三）年八月創刊、明治四一（一九〇八）年五月に終刊、四一年六月からは『みつこしタイムス』として引き継がれた。その後さらに、四四年三月に『三越』が創刊され、これ以後は『みつこしタイムス』と『三越』が並行して発行されていく。両者の内容的な違いは、『みつこしタイムス』が店内や催し物の案内、流行の呉服柄や商品の紹介などを中心とし、『三越』ではそれらの記事は重なりつつ、流行会の講演録や小説をふんだんに載せている点（流行会の軌跡については神野由紀『趣味の誕生――百貨店が作ったテイスト』勁草書房、一九九四年に詳しい）と、明治四三年四月に、当初定価を付けていた『タイムス』が非売品となったのとほぼ入れ代わりに、非売品だった『三越』が明治四四年七月に販売されだした点にある。『三越』の明治末の発行部数は五万部といわれる（『時好』明治四四・八）。一方の白木屋の月刊誌『家庭のしるべ』は明治三七（一九〇四）年七月創刊、三九年一月からは『流行』と改題され、内容に多少入れ代わりはあるものの、小説は一貫して載せ続け、一般にも販売している。発行部数は八〇〇〇部といわれる（『白木屋三百年史』白木屋、一九五七年）。本章ではこれらについて、便宜上明治末年までを分析対象とする。

（3）百貨店の出現による〈見る〉ショッピングへの変化、また並走する消費の女性ジェンダー化、メディアを通じての自己イメージの反射という概念については、レイチェル・ボウルビー『ちょっと見るだけ――世紀末消費文化と文学テクスト』（原著一九八五年、高山宏訳、ありな書房、一九八九年）に指摘があり、示唆を得た。ただし、本論は、著名な男性作家の小説テクストだけを中心化せず、PR誌や女性作家の表象を具体的に扱う点で、大きく方向を異にする。

（4）一般にPR誌と呼ばれる企業宣伝のための刊行物は、扇谷正造によって創出され、それにあたるような戦前期の刊行物は、「ハウスオーガン」（House Organ）、翻訳語としては「機関雑誌」、「広告雑誌」、「店報」と呼ばれるのが一般的であったと言う（土屋礼子「百貨店発行の機関雑誌」『百貨店の文化史――日本の消費革命』世界思想社、一九九九年、一二三頁）。ここでは一般的なイメージのしやすさから「PR誌」の名称に統一する。

（5）郵便振替送金口座制度の新設に伴い、口座の承認を受け、『時好』明治三九（一九〇六）年三月号からは指定振込用紙が付けられた。さらに土屋礼子は、明治三二年九月創刊の『流行』（東京京橋区炭町の流行社発行、定価一冊一五円。後述する白木屋の『流行』とは別物）の通信販売機能について、PR誌の初期には、『花ごろも』以下の冊子が得意客用の非売品として、『流行』は一般客用に販売するという戦略的な使い分けがなされていたのではないかと指摘している（「百貨店発行の機関雑誌」注4前掲書、一二七頁）。

（6）『読むということ――テクストと読書の理論から』（ひつじ書房、一九九七年、二六二頁、二五八頁）。

（7）むろん、消費のすべてが女性向きというわけではない。寺田寅彦「丸善と三越」（『中央公論』大正九・六）に端的に示されるように、書籍や文房具といった領域では、男性が主な顧客と目され、女性向きの衣服消費と対置されていた。商品は男女双方にジェンダー化され、カテゴライズされていたと考えられる。ここでは、特に話題を百貨店と衣服消費に絞り、その構造を論じることにする。

（8）遅塚麗水「軍人の妻」（『時好』明三七・八）や、留守宅の妻の近隣の娘への裁縫教授の形式で読者に裁縫の知識を与える物語「裁縫指南」（『家庭のしるべ』明三七・六〜三八・一一。明治三八年六月から「小説　裁縫指南」に改題）など。

（9）この後に述べる陳列販売という点では、初田亨『百貨店の誕生』（三省堂、一九九五年）が述べるような、勧工場も広く視野に入れる必要があるが、ここでは、百貨店の直接の祖となったのが呉服店の側の系統であることに注目している。

（10）「流行を追はゞ贅沢に流れるといふ事も間々聞く所であるが、（中略）安価《やす》い物に満足すれば、決してさういふ心配もない」（「大隈伯の衣服と流行談」『時好』明治三八・七）、「吾人の生活には他所行きは稀で平常《ふだん》が多い事はいふ迄もないのだから、平常を愉快に、正しく、美しく生活《くら》すのは衛生上からいっても無論宜しい」（在大阪不羨「常着に就て」『みつこしタイムス』明治四一・九）、「同じ着物をいつ迄も着て居るよりも、時々替へた方が可い、百円のを一枚より二十円のを五枚製《つく》つて代る代る用ゐる方が、着ても見ても気持ちが宜い」（佐藤紅緑「流行に就ての予の希望」『流行』明治四一・五）など、流行の経済性に衛生的観点が加わり、一度の晴れ着よりも日常の着替えが推奨された。これらは終に、「別段珍しくも難儀な事でもなく、少し気軽にマメにすれば一日に三度や四度乃至五度や六度の衣服を着換へるのは極めて尋常にでき得る日課」で「更に平凡なことに過ぎない」（熊谷生「お召換は家庭の美徳なり」『時好』明治四〇・一二）と言ってのける主張にまでエスカレートしている。

（11）各自の顔色が異なるとの認識は、第二章で述べる〈自然〉な化粧への変化によるものであり、色の調和の要請もこれに連動している。

（12）初田亨『都市の明治』（筑摩書房、一九八一年）、高柳美香『ショーウィンドウ物語』（勁草書房、一九九四年）など。

（13）田島奈都子「ウィンドー・ディスプレイ」（『百貨店の文化史——日本の消費革命』世界思想社、一九九九年）によれば、明治二三（一八九〇）年の内国勧業博覧会が、現在のようなマネキンを用いたディスプレイの嚆矢であるという。また、この時期には、在来の「生き人形」の系譜を引くものと、舶来の蝋製品の二種が使われていた。

（14）見物左衛門「三井呉服店縦覧記（十一）」（『時好』明治三七・五）ほかによる。

（15）時代別の装束を復元したものであるが、元禄風や桃山風の流行を中心になって作り出した三越に対抗したイベントである。

（16）『日本貿易精覧』（東洋経済新報社、昭和一〇年）によれば、明治三八（一九〇五）年の硝子厚板（一〇〇〇平方センチメートル以下）輸入量は一四五万九八八五平方メートルで、前年の三倍強に跳ね上がっている。硝子薄板（一平方メートル以下）も明治三九（一九〇六）年の四四万三六二二平方メートルは前年の二倍ほどであり、この頃から輸入量は急増する。また、国産ガラスの製造は明治四〇年から始まっているが、鏡用ガラスの生産はずっと遅れており、三〇年代半ばから増加していた輸入ガラスを国内で鍍銀するのが一般的だった（先田与助『日本ガラス鏡工業百年史』日本ガラス鏡工業百年史編纂会、一九七一年）。

（17）株式会社三越『株式会社三越85年の記録』一九九〇年。

（18）拵えが異なるので親子と推測することも可能であろうが、年齢も近いようにみえるので姉と妹であるかも知れない。

（19）これら雑誌に掲載された文芸関係の記事については、瀬崎圭二「三越刊行雑誌文芸作品目録――PR誌「時好」「三越」の中の〈文学〉」（『同志社国文学』二〇〇〇・一）に詳細な目録があり、同「流行／モードを追う女性――三越、白木屋呉服店PR誌における文学的言説」（『日本文学』二〇〇一・二）に分析がある。また、三越と白木屋のPR誌では、創刊当初から小説欄を設けているが、その理由は、デパートが消費の単位として狙っていた〈家庭〉を、小説が理念として取り上げていたため、〈家庭〉概念の普及に役立ったからであろう。消費の構図のなかでの男性芸術家の位置を書いた小説の数が増加するのは、デパートの戦略が固まる明治三八（一九〇五）年ぐらいからである。

（20）白木屋では『家庭のしるべ』明治三八年一〇月号から裾模様などの意匠の懸賞募集を行なっており、ここでいわれる蘆手模様も、三越の元禄風に対抗し得る新趣向として白木屋が力を入れていたものである。その三越でも意匠の懸賞募集は早く『春模様』から行なっており、どちらの店でも当選作品はデパートに陳列されるだけでなく、当選者氏名を、後には肖像写真とともにPR誌に掲載し、デパートの季節行事の目玉としていた。

（21）流行の研究に飽き足らず、流行の創出を目指しはじめた当時の三越「流行会」において、とりわけ小説家が熱心にみえるのも、こうした文脈からすれば、商品の作り手＝男性のアイデンティティの獲得のためだったと考えられる。

（22）飯田祐子『彼らの物語』（名古屋大学出版会、一九九八年）「第五章　『三四郎』　美禰子と〈謎〉」。

（23）藤森清「『或る女』・表象の政治学」『総力討論　ジェンダーで読む『或る女』』翰林書房、一九九七年、一九七頁。

（24）『三四郎』の引用は『漱石全集』第五巻、岩波書店、一九九四年による。

（25）周知のように、すでに両親を亡くしているという設定による。

（26）夏目漱石「文学雑話」『早稲田文学』明治四一年一〇月。

（27）藤森清、前掲書、一九五頁。

（28）例えば「小説家の手帳」（『三越』明治四四・九）は、小説執筆の材料探しに避暑地に出かけた作家の覚書きという体裁で、人々が着ている流行の衣裳を綴る。

（29）第四章参照。

第二章

（1）「『三田文学』の発刊」『荷風全集』第七巻、岩波書店、一九九二年。

（2）「衛生意識の定着と「美のくさり」――一九二〇年代、女性の身体をめぐる一局面」『日本史研究』三六六号、一九九三年二月。

（3）井上章一『美人論』（リブロポート、一九九一年）一五二頁に指摘がある。

（4）「人間の皮膚といふものは、丁度家屋の壁や屋根のやうなもので、壁や屋根が破れてゐれば雨が洩り風が吹き込むと同じく、皮膚が弱いと、とかく病気に罹り易いものです」（医学士天本治「冷水摩擦と婦人病」『婦人世界』明治四四・一一）。

（5）「つまり血色の宜くないのは何処か不健康の徴候《しるし》であるから之を治すには化粧以外の化粧法、即ち衛生に則つた根本的治療法に因らなければならぬ」（岸恒彦「日常生活女子美容法」『女学世界』明治三九・八）。「△あまり精神を労するなかれ／精神状態と顔の色とは密接な関係がある。心に苦労なく、楽天的に生活して居る婦人は、その顔の色に光沢《つや》があつて、平和な色を浮べて居るけれど、常に心を労し、或は神経の病気に罹つて居る人は、顔の色が蒼白く何んとなく淋しく見える」（大森柳二「顔の色を白く美しくする法」『女学世界』明治四二・一）。

（6）洗顔に関連して、化粧水の紹介のなかに、洗顔水に入れるトイレット・ウォーターが多いこと（前掲「化粧かゞみ」ほか）を間に置けば、明治期にまず化粧水というアイテムが発展を見せたのも、水への信頼の延長線上であることがわかる。

（7）したがって、これから述べる化粧によって実現される〈自然〉が、偽物の〈自然らしさ〉に過ぎず、本当の〈自然〉は素肌にこそある、とは言えない。〈素肌〉として語られるものが、常に入浴や栄養価の高い食事などの科学的手入れを経由していなければならない点で、〈素肌美〉も同じく人工的技術が生んだ〈自然らしさ〉である。（入浴も含めて）化粧こそが素肌を作る、いいかえれば、化粧は素肌より素肌らしいのである。

（8）「化粧の手引」（『演芸画報』明治四〇・八）などによる。

（9）『東京朝日新聞』では明治四一年七月一九日～九月三〇日。

（10）この頃の『東京朝日新聞』の広告掲載行数は『大阪朝日新聞』の約二分の一であり、そのなかでも出版広告の割合が高いという特徴を持つ（山本武利『広告の社会史』法政大学出版局、一九八四年、六二頁）。したがって化粧品広告としては

『大阪朝日新聞』を調査するのが適当だが、東京を中心に展開する新演劇との関係を見る目的から、今回広告の日付はあえて『東京朝日新聞』のものを使う。しかし、本章で検討する化粧品広告は『大阪朝日新聞』はもちろん、主要新聞、婦人雑誌にほぼ同じ形で掲載されている。

(11)『東京朝日新聞』明治四二年一月二三日〜二月二三日。

(12)『東京朝日新聞』明治四二年七月一七日〜三〇日。

(13)『東京朝日新聞』明治四四年九月一二日〜一〇月二三日。

(14)伊東栄『父とその事業』（伊東胡蝶園、昭和九・七）、高橋雅夫『化粧ものがたり――赤・白・黒の世界』（雄山閣、一九九七年、一三八頁）などに記述がある。

(15)みやげものの「御園文庫」なる小冊子は、『都新聞』明治四五年二月一〇日によれば、第一編「化粧十則　中村雁治郎口述」、第二編「芝翫」、第三編「名優化粧談」、第四編「化粧鏡」と確認できる。

(16)明治四三年四月、煉白粉、四四年四月、水白粉・粉白粉発売。

(17)明治四四年一月二五日締切（『東京朝日新聞』明治四三・一二・八）、審査員は伊原青々園、高信峡水、中内蝶二、桑谷定逸、柳川春葉、増田義一、桜井鷗村、応募数五九六通という（『東京朝日新聞』明治四四・四・五）。

(18)『東京朝日新聞』明治四四年四月七日。

(19)『東京朝日新聞』明治四四年六月二一日。当選文の部分も再掲されている。

(20)実際には、御園も時代に即した〈自然〉な化粧法を推奨していた。練・粉白粉ともに淡紅色を発売、俳優の舞台化粧が素人の日常化粧との違いには広告で注意が喚起され、令嬢から「女中」までカテゴリーごとの丁寧な指導を行なっている（「化粧くらべ」シリーズ）。

(21)内藤千珠子『帝国と暗殺――ジェンダーからみる近代日本のメディア編成』（新曜社、二〇〇五年）の「第二章　女たち」が詳しく論じている。

(22)これらは「なりきる」という俳優本人の主観的体験や、観客の演劇の物語内容への没頭とは別の問題である。

(23)貞奴以前にも、女優模索期にあっては、例えば明治二四（一八九一）年、伊井蓉峰の男女合同改良演劇以降、芸者であった千歳米坡などが舞台に上がっている。

(24)「終日何のなすこともなく、ただ粧《けは》ひを凝らして他《ひと》のために媚を求むる賤しき婦人のあるものなどを見習つて、（中略）

立派な教育を受けてゐる人には似合しからぬ、極めて卑しい心を以て化粧するものもあるやうだと申します。（中略）これは、断じて制止せねばなりますまい」（下田歌子「女学生の化粧と服装と」『婦人世界』明治四四・四）。

(25) 一般的な「女優」の語についていえば、新劇に関してのみ、あるいは女性の役を演じる女性にだけ使用されていたとは限らない。歌舞伎でも女優の導入について肯定的な議論があったことは第三節の冒頭で述べたが、たとえばお狂言師の流れを汲み立役を演じた市川久女八（粂八）も「女優」と呼ばれる場合はある（一三四頁、半井桃水の発言を参照いただきたい）。ただし、本章では、新劇を中心にした理念を表わすために〈女優〉とカッコつきで示し、久女八を含むような一般的な語としての「女優」とは区別している。

(26) 教育を受けられる女性を読者に想定した『婦人世界』、『女学世界』などの雑誌で、芸者が化粧法を披露することはないが、新劇俳優の化粧法紹介は許容されている（上山草人「新式の化粧法」『婦人世界』明治四四・七など）。

(27) 文芸協会では素顔を露出させないことを方針としており（「文芸協会訪問記」『演芸倶楽部』明治四五・四による）、旧劇俳優のような舞台姿と素顔のギャップは免れていた。

(28) 第三章参照。

(29) ここでは女形が例に挙がっているように、芸術を技術と背反するものとしては捉えていない。

(30) 第五章参照。

(31) 『東京朝日新聞』明治四一年五月二九日。選者は狂句が柳川春葉・伊原青々園、狂歌が黒田撫泉・伊坂梅雪、都々一《どどいつ》が石橋思案・中内蝶二。

(32) 『東京朝日新聞』明治四一年一〇月一〇日。

(33) 『東京朝日新聞』明治四三年七月二九日。

(34) それぞれ『東京朝日新聞』明治四三年七月二九日、同年八月二三日。

(35) 田村俊子は複数の名前を使用しており、それらは彼女のアイデンティティに大いにかかわるが、ここでは便宜上、「田村俊子」に統一する。

(36) 胃潰瘍で入院し、実際の審査には森田草平が当たった。

(37) 普及している単行本本文との異同については、長谷川啓「解題」（『田村俊子作品集』第一巻、オリジン出版センター、一九八七年）、大森郁之助『考証少女伝説――小説の中の愛し合う乙女たち』（有朋堂、一九九四年）に整理がある。

(38) 単行本化の際の大幅な改稿に伴い、キンツル香水、ホルマリン石鹸の場面は削除された。
(39) 挿絵は野田九浦による。
(40) 矢野芳香園の大学白粉は「東京小間物化粧品商報」によると明治四〇(一九〇七)年七月頃の発売と思われる。明治四二年一二月頃より脚本風広告、あるいは小説風広告をいくつも出すが、私見では実際に募集はしていない。
(41)「鏡台を前に据ゑて、お化粧《つくり》をしてゐた姉《あね》の都満子は、富枝を見ると微笑した。(中略)「もう、お湯へ入浴《はい》つて?」とその艶やかな姉の顔を見て富枝は聞いた。姉はポツトで粉白粉を叩き込んでゐた、粉が浴衣の襟にかゝつて散つた」(四回)。
(42)「貴枝は先きへ入つて鏡台の前へ坐る、お埓《らち》は又鞄の中から化粧道具を出してやつた。貴枝は浴衣の肌を脱いで器用に化粧《おつくり》を仕上げる。お埓は傍から口を添へて髪は自分が撫で附けてやつた。女は洗面器に湯を汲んできた」(五九回)。
(43)「塵泥」の内容が紹介される富枝と三輪との再会場面は、都満子の嫉妬の場面に隣接し、両者の関係を導いている。
(44)「新派のもう一方の驍将」といわれるが、ここでの「新派」は、現在演劇史でいう狭義の「新派」だけでなく、まだ名称の定着していない「新劇」とみてよいだろう。
(45) 女優としては、市川華紅、佐藤露英、花房露子の名を使用している。
(46) 明治四三年一〇月、中村吉蔵作『波』(本郷座)に出演し、ヒロインの音楽家を演じた際の発言は、〈女優〉への期待をよく体現している。
「中村〔吉蔵―引用者注〕さんがこれは男が女の真似をしては到底出来ない役で、是非とも女でなければ出来ぬ役だからと仰しやつて、色々お勧めでしたから、(中略)唯一ツ調子だけは土肥〔春曙―引用者注〕さんのお蔭でどうやらかうやら成功しました、白《せりふ》の調子は、新旧両派以外に、普通に口を利くやうな、極自然に出すと云ふのが将来の劇に附いて行く調子だと仰しやつたのを守つてやつて見ました処が、土肥さんはそれがモウいつそう訓練されたなら理想的だと仰しやいました」(花房露子「私の扮した女音楽師」『歌舞伎』一二五号 明治四三・一一・一)。
(47) 女性の歌舞伎役者である市川久女八に踊りを習い、川上貞奴の女優養成所にも採用されている。森井直子「女優 佐藤露英・市川華紅」(『国文学 解釈と鑑賞別冊』「今という時代の田村俊子――俊子新論」二〇〇五・七)に詳細がある。

第三章

（1）第一部冒頭で述べたが、ジュディス・バトラーは、ゲイやレズビアンにみられる異装や服装転換、男役／女役のアイデンティティという性スタイルなどが、蔑視の文化の一部をなす形式の模倣を選択することで、ジェンダーの起源《オリジナリティ》自体が神話であることを露わにするとした（『ジェンダー・トラブル――フェミニズムとアイデンティティの攪乱』原著一九九〇年、竹村和子訳、青土社、一九九九年）。バトラーは、そのような実践である「パフォーマティヴ」と、「パフォーマンス」を分けており、本章で「パフォーマンス」の語を使用するのも、これに基づいている。

（2）嶺隆『帝国劇場開幕――「今日は帝劇明日は三越」』（中央公論社、一九九六年）に詳しい。

（3）二人の関係には、化粧籠の移動が介在し、異装を解いた男性・田里と女性・千萬次との関係として読むことができ、その籠も「夫婦籠」である。

（4）古川誠「同性「愛」考」『ｉｍａｇｏ』一九九五年一一月。

（5）『蘭の季節』深夜叢書社、一九九三年。

（6）「「女性同性愛」という「病」とジェンダー」『ジェンダーの日本近代文学』翰林書房、一九九八年。

（7）アドリエンヌ・リッチ「強制的異性愛とレズビアン存在」『血、パン、詩。』大島かおり訳、晶文社、一九八九年。

（8）古川誠（注4前掲論文）は、ホモセクシュアルの抑圧のゆえに、セクシュアリティを排除された「同性愛」という語が、この時期から特に女性について使用される転換が起こったと指摘している。

第四章

（1）「『青鞜』におけるレズビアニズム」新・フェミニズム批評の会『『青鞜』を読む』学芸書林、一九九八年。

（2）渡辺みえこの他に、近藤富枝「近代女流とレズビアニズム」（『近代日本文化論8　女の文化』岩波書店、二〇〇〇年）など。

（3）ここでは便宜上、欄編成などの方針がほぼ定まる四巻から、『青鞜』が創刊される年の七巻までを分析の対象とする。

（4）飯田祐子「愛読諸嬢の文学的欲望――『女子文壇』という教室」（『日本文学』一九九八・一一）、北本美沙子「〈妊娠・出産〉は誰のものか――『女子文壇』における選者と投稿者の攻防」（『埼玉大学国語教育論叢』二〇〇二・八）、金子幸代「『人形の家』上演研究序説――「女子文壇」と「青鞜」を視座として」（『富山大学人文学部紀要』二〇〇四・三）、紅野謙介「日露戦争下の雑誌から(12)――「女子文壇」」(『日本古書通信』二〇〇四・一二)、金子幸代「「地方」と「都会」――「女子文壇」における投稿の研究」(『近代文学研究』二〇〇七・一)など。

(5) 岩田なつ「「青鞜」の文学――杉本まさをの場合」(『鶴見国文』一九九五・一二)、飯田祐子「『青鞜』の中心と周辺?」(『名古屋近代文学研究』一九九七・一二)。

(6) 瀬崎圭二「三越刊行雑誌文芸作品目録――PR誌「時好」「三越」の中の文学」(『同志社国文学』二〇〇〇・一)、同「国立国会図書館蔵白木屋呉服店刊行PR誌署名記事一覧――「家庭のしるべ」「流行」をめぐって」(『同志社国文学』二〇〇〇・一二)に詳細がある。

(7) 第一章参照。

(8) 『女子文壇』にはほぼ毎号三越の広告があり、また森茂枝「三越の店頭」(美文欄、四巻一〇号)、佐藤万寿子「買物」(美文欄、五巻一号)、みやこどり「おんなをチャームする三越呉服店」(五巻八号)など三越を扱った投稿が多く見られる。女性雑誌として特に珍しくはないが、そもそもある水準のリテラシーを持つ女性が三越で消費できる階層の出身であろうことと合わせて、PR誌と『女子文壇』の読者にある程度の重なりを想定するのは妥当である。

(9) 『明治文学全集82　明治女流文学集(二)』(筑摩書房、一九六五年)では単行本『絵の具箱』(籾山書店、大正一・一二)を底本にしており、初出を記していない。

(10) 『あきらめ』で確認したように、女性同士の同性愛的な関係は、姉妹と呼び合う文化を持っていることから、ここでの関係も、肉親であることと同性愛的なニュアンスが漂うことは抵触しない。

(11) お光の主治医である片山医学士をはさんでのお島とお光との関係もこのヴァリエーションとなっている。

(12) 尾崎紅葉『金色夜叉』からの引用は『紅葉全集』第七巻(岩波書店、一九九三年)による。

(13) そもそも、お島が舎監の部屋でお光の縁談を一人聞かされる設定から、『金色夜叉』で宮が富山との見合いのために熱海に出立した留守中に、貫一が宮の父に縁談を含ませられる状況をとりこみ、「行末好かれ」と思う「翁《をぢ》さん姨《をば》さんの頼《たのみ》と有つて見れば、僕は不承知を言ふことの出来ない身分」である貫一と、身寄りもなく「気の弱いあの人〔お光―引用者注〕の為」に舎監が勧める縁談を「あたしが、承知が出来ないといふ余地もなければそんな権利もあたしにはありはしない」と考えるお島を重ねている。

(14) 注20参照。

(15) これは、お島がお光だけでなく、「夢の場の宮のやうに死にたい」、「あたしが若《も》し宮であつたら」など、貫一に愛される宮への同一化を夢想していることとあわせて、男性の女性への欲望の女性自身による内面化とも受け取れる。だがそれはそもそも貫一を「自分が今最も好んで居る」からとされ、どこまでも男性は欲望の絶対的な起源からずらされている。

(16) これらはイヴ・K・セジウィックの「ホモソーシャル」概念を参照している（『男同士の絆』原著一九八五年、上原早苗・亀沢美由紀訳、名古屋大学出版会、二〇〇一年）。男性について言われる「ホモソーシャルな欲望」は、女性蔑視と同性愛嫌悪を前提としたものだが、女性の場合「「ホモソーシャル」対「ホモセクシュアル」という弁別的対立は、遙かに不完全であるし二項対立的でもない」（同書三頁）。

(17) ここで扱った同性愛的欲望はあくまでも、夫に商品を、または自分という商品を、という二重の意味で〈買ってもらう〉女性についてのものである。経済力をもつ男性同士が、女性を交換価値とすることで強力な連帯意識と権力を保持し、女性同士の関係が経済力を持たない社会において、女性が経済力を求めれば、例えば、両親がいないために姉が妹の結婚の支度を三越でするが満足にしてやれない尾島菊子『糸子の支度』（『流行』明治四五・五）のように、女同士の関係は苦い思い出となるしかない。また本人が三越の事務員でもあった神崎恒子『タイピスト』（『青鞜』明治四五・四）では、主人公のタイピスト龍子は、くらしに不自由せず画を描いている友人と百貨店の店内を歩き、ともに芸者の美に惹きつけられるが、結局それらに違和感を抱く龍子だけが同性の関係のなかから疎外されてしまう。

(18) 冒頭に挙げた『青鞜』の小説群における類似の問題は、浅野正道が「やがて終わるべき同性愛と田村俊子――『あきらめ』を中心に」（『日本近代文学』二〇〇一・一〇）で論じている。

(19) ただし『お島』に限っては、女性同性愛を過去に放擲する基本構造を持ちながら、結末は語りの現在に戻らず、お島の体験は対象化されない。また、宛先人についての具体的情報が全く与えられないお島の手紙の引用は、読者に彼女たちのやり取りを擬似体験させる効果を持つなど、構成の観点からは完成度を引き下げるように見えるものの、読む現在に物語世界を回帰させるさまざまな工夫があることは注目に値する。

(20) これらや、お島が「貫一は道無き道の木を攀《よ》ぢ……」の「文章を覚えよう」としているエピソードは、岡田八千代自身が「丁度其〔富士見小学校―引用者注〕高等二三年の頃に紅葉先生の金色夜叉が読売へ出だし」、「金色夜叉の貫一の夢の処を清方〔鏑木清方―引用者注〕さんがお描になつて烏合会展覧会へお出しになつた例の「貫一は道無き道の木を攀ぢ云々」の処などは競走《ママ》して暗記するやうな騒ぎ」、「後には鏡花先生のものに大分夢中に」なった（「芝居好き」、四巻四号）という経験を踏まえているが、ここで扱っている女学生同士の感情が書かれたものとして流通するのは、『女子文壇』では明治四〇（一九〇七）年以降であり、この極めて新しいテーマにしたがって過去を再解釈したのが『お島』の『金色夜叉』であると考えるべきであろう。また仮に岡田本人にとってありのままだとしても、ここで考えたいのは、次に述べるように、世代の異なるはずの『女子文壇』投稿者が、こうした過去を共有していることの問題である。

（21）「愛読諸嬢の文学的欲望――『女子文壇』という教室」（『日本文学』一九九八・一一）。

（22）一つの目安だが、「小説談」を課題とする「文壇余興」（四巻一七号）で採用された投稿一〇篇のうち、五編が『不如帰』に、二編が『紅葉全集』または『金色夜叉』にふれている。

（23）「誌友倶楽部」の「諸嬢と記者」のコーナーでは、投稿方法や形式についての類似の質問が相次ぎ、それにふれて飯田祐子は、「全くの初心者、あるいは、成長を特に望まない読者の集う場所」としているが（注4前掲論文）、類似の質問はむしろ、「記者様私は文壇を非常に愛読して居ります者であります一度投書してみたいと思ひますが何分浅学な者でありますから何だか恥かしくて投書する勇気がありません今迄も和歌や消息文を何度も何度も作りましたけれど皆すて、しまいました」（愛読女、「諸嬢と記者」欄、明治四〇・六）といった、投稿をしたいがためらう潜在的投稿者の多さを示すものでもある。彼女たちは、「私は一昨年の九月からの愛読者で御座いますが満十五にたらない不束なもので今まで幾度となく文を作つて見てはやぶりぶりしてゐましたが此度は思きつて投書致しました」（いし子、「諸嬢と記者」欄、明治四一・二）というように、創作欄への投稿を待つ者たちである。初作欄は明治四四（一九一一）年一月より設置され、初めてする投稿を専門とし、したがって一度出た投稿者は二度目には載せない、という規定があり、ためらう潜在的投稿者を表に引き出す効果があったといえる。これらの点については、北本美沙子「『女子文壇』で学んだこと――上昇意欲の自己生成装置と〈女性〉という戦略」（埼玉大学大学院修士論文）に指摘がある。

第五章

（1）関礼子「闘う父の娘――一葉テクストの生成」『語る女たちの時代――一葉と明治女性表現』新曜社、一九九七年、一四九頁。

（2）山本笑月『明治世相百話』有峰書店、昭和四六年。

（3）『読売新聞』（明治二七・六・七）、『東京名所図会　神田区乃部』（明治三一・七・二五）などによる。なお市川久女八については、神山彰『近代演劇の来歴――歌舞伎の「一身二生」』（森話社、二〇〇六年）「第六章　女役者と女優の時代――久米八の残像」に詳しい。

（4）本書における「女優」と〈女優〉の使い分けについては、第二章注25を参照。

（5）すでに関礼子が「「女流」がこんにち用いられるようなイメージづけをされるようになるのは、おそらく明治四十年前後、いわゆる自然主義文学の作家による二十年代文学の再構成以降のことといえよう。（中略）個別性を生きる「職業作家」のひとりとしてとらえるのではなく、「特殊な女」＝「女流」としてとらえようとする立場である。もちろん「特殊」は「特権化」にもつながり、女性一般との落差が「女流」を構成する条件となるのである」（「樋口一葉」『日本近代文学を学ぶ人のために』世界思想社、一九九七年、四八頁）と指摘している。ただし、関がこうした変化を論じる側の変化（フェミニズム批評の認知）に求めている点、女流を女性一般との落差として捉える点について、本書は立場を異にする。

（6）『一葉全集』での孤蝶は双方の見方にゆれているように見えるが、「当時の普通一般の女を離れて、男性の方に一歩変化しかけたやうに感ぜられる婦人」、「何処にも女らしく無いと云ふ所は挙げ得られ無いに拘らず、何所と無く女離れが為て居るやうに私には感ぜられた」という見方は、最終的には「私どもは一葉君の女なることを忘れて居た傾がある。人たる一葉君を余まりに重んじ過ぎたので、今日までも女としての一葉君を忘れて居たのだ」（馬場孤蝶「一葉全集の末に」『一葉全集』明治四五・四）と再解釈され、後者を結論としていると言える。

（7）小川昌子は、一葉をめぐる文壇のヘゲモニー争いについて、ジェンダー論とは異なる視点から論じている（「変貌する「一葉」――明治三十〜四十年代における「一葉」語りの諸相」『日本近代文学』二〇〇二・一〇）。

（8）「自画像のレッスン――「女学世界」の投稿記事を中心に」『メディア・表象・イデオロギー――明治三十年代の文化研究』小沢書店、一九九七年、二九四頁。

（9）ここでの分析は便宜上、欄編成がほぼ確定する三巻から五巻までとする。

（10）すべての例を挙げるのは煩雑なので、代表的な「新家庭」についてのみどのような内容であるかを紹介する。

「一体自分はどうして此頃斯麼《こんな》に漠然《ぼんやり》に成たのだらう。夫《それ》をまた旦那様は何か落ち度の在れかしと目角立て、求めて被居《ゐらつしや》るよ。（中略）それでも今晩の様に穏かに有仰つて下さるならまだ善《い》い、（中略）ちら〳〵聞く様子ではお友達の手塚様の処へなんかいらしつて私の事をさんざ悪く有仰つた上に、（中略）新しいしやつが用意してないから風邪引て了ふと突然《だしぬけ》に有仰る故早速の間に合せにおしやつの上に真綿を付けたらと申たのを御礼廻りの家々へ此麼《こん》なとんちんかんな事をしたと御いひ遊したとか。（中略）僕の理想は二三千持参金の在る女かさもなければ女学校の教師の出来る人か其の意《つもり》で在たと昨日か一昨日有仰つた時、私は復喫驚して、夫なら何故私の様な持参金無しの資格無しの女を彼麼《こんな》に有仰つて下すつたんですと申たら、僕は全然《すつかり》或る人に騙された、之は僕の一生の失策だつたと仰せられた」。

（11）この時期の一葉評価については、既に中山清美が「明治四十年代　一葉受容と「新しい女」――「円窓より　女としての樋口一葉」を中心にして」（『名古屋近代文学研究』一九九七・一二）において重複する資料を用いて分析しているので、相違点を確認しておくならば、中山は、明治四〇（一九〇七）年から大正にかけての情勢を、一葉受容史に転換点を作ったいてうをはじめとする「偶像破壊的」一葉論と、それまでの一葉崇拝の並存と見、これらをともに一葉が旧態依然たる女性像であるところから起こった対極と位置づけているのであるが、本書では、すでに述べた通り、四〇年代に召還された一葉像は、古いものへの回帰という姿を取ってはいるものの、新たに出現した女性像としてとらえており、作家評価の新しさ／古さは、幾重もの捉えなおしをはらむもので、作家の生きた時間的な前後がそのまま反映されるものではないと考えている。

（12）宗像和重「『一葉全集』という書物」（『文学』一九九九・一）に詳しい。

（13）「〈告白〉を微分する――明治四〇年代における異性愛と同性愛と同性社会性のジェンダー構成」『現代思想』一九九九年一月。

（14）飯田祐子『彼らの物語』（名古屋大学出版会、一九九八年六月）第Ⅰ部第二章「「作家」という職業」。

（15）藤森清「『或る女』・表象の政治学」（中山和子・江種満子編『総力討論　ジェンダーで読む『或る女』』翰林書房、一九九七年）一九七頁。

（16）『元始、女性は太陽であった――平塚らいてう自伝』上、大月書店、昭和四五年八月、二一九頁。

（17）女性の書き物が、それまでに形成されているメタフォアとしてのジェンダーを引用しながら、内面の表現として書き換えられていくモデルは、水田宗子『物語と反物語の風景』（田畑書店、一九九三年）が早く提示した。水田は、定型化されたジェンダーのディスコースを〈物語〉、物語に反する自己語りを〈小説〉と呼び分け、〈物語〉の語で平安期の物語というジャンルまで射程に収め、規範的なジェンダーのディスコースを、長いスパンで取り扱った。本書では、より微分された歴史的過程としてジェンダー規範を扱うことを目的としている点で、方向を異にする。また、女性の「私語り」については、北田幸恵「女の〈私語り〉――清水紫琴『こわれ指環』」（岩淵宏子・北田幸恵・高良留美子編『フェミニズム批評への招待』学芸書林、一九九五年）、平田由美『女性表現の明治史』（岩波書店、一九九九年）が、ともに清水紫琴『こわれ指環』

(『女学雑誌』明治二四・一・一)を取り上げて論じている。ともに一人称小説がはらむ〈時間〉や〈私〉の複数性・多層性に着目したものと言えるが、本書との関係でいえば、特に後者が、言表の主体と言表行為の主体の複数性によって、言表行為の主体自体の問い直しが起こることをモデル化している。示唆的な論であるが、本書では、言表行為の主体としての〈わたし〉については、具体相を記述できないため除外し、言表の主体の複数性としてのみ論じている(具体的には第六章参照)。

(18) 小説のポルノグラフィー装置については、村山敏勝「私は作文を引き裂いた――『ヴィレット』と語る女性の私的領域」(『(見えない)欲望へ向けて――クィア批評との対話』人文書院、二〇〇五年)に指摘があり、示唆を得た。

(19) 例えば紅野謙介が述べたのは、明治三〇年代の文学における投稿・懸賞の隆盛が「相場師」にも譬えられる投機的対象であったこと、そして具体的には島崎藤村の『破戒』(明治三九・三、『緑蔭叢書』第一篇)が『家』(『読売新聞』明治四三・一・一~同年五・四、『中央公論』明治四四・一、明治四四・四)に至るわずか数年の間に、「生活」=「労働」の論理がそれに代わり、文学の投機性が隠蔽されたことであった(「文学への投機――小説と相場」『投機としての文学――活字・懸賞・メディア』新曜社、二〇〇三年)。その文学市場の自立は、飯田祐子が明治四〇年代について指摘した、文学が〈職業〉として発見され、相応の報酬の獲得を文学者が当然視しだした事態にすぐさま接続されるであろうが(注14前掲書)、その変化を画する文章として取り上げられたのが「小説家の告白」と題されていたように(黒衣僧「小説家の告白」『新潮』明治三九・一一)、それらは、内面の〈告白〉という文学的傾向と同時進行的に起こっている。

第六章

(1) 佐々木英昭『「新しい女」の到来』名古屋大学出版会、一九九四年。またメディア論的視座から「煤煙事件」を見た論文に、金子明雄「メディアの中の死――「自然主義」と死をめぐる言説」(『文学』一九九四・七)がある。

(2) 『峠』の本文は初出『時事新報』による。

(3) 黒沢亜里子「田村俊子ノート――平塚らいてう・森田草平の『炮烙の刑』論争を中心に」(『日本文学論叢』一九八七・三)が分析している。

(4) 「〈新しい女〉に見る表象=代表の政治学――近代劇をめぐる書く女と演じる女の」(飯田祐子編『『青鞜』という場――文学・ジェンダー・〈新しい女〉』森話社、二〇〇二年)一一七頁。

(5) 「貴方は毎も地味な柄ばかり着て坐つしやるやうだが、何故なんです。縞柄のことなぞ能くは解らないが、何だか斯う枯葉の様な色合ばかりぢやないですか。」／「私には彼《あゝ》云ふ色が一ばん能く自分を表はしてる様に思はれますから。」／要吉には此返辞が何故か不快に思はれた。で、其通りに、「故意《わざ》とらしくて、不自然ぢやありませんか。」／「え、不自然なんです、私が不自然なんですもの。」（十の六、『東京朝日新聞』明治四二・二・一八）。

（6）『平塚らいてう——近代日本のデモクラシーとジェンダー』吉川弘文館、二〇〇二年、六七頁。

（7）『元始、女性は太陽であった——平塚らいてう自伝』下、大月書店、昭和四五年九月、五五四頁。

（8）「生殖の適当な年齢を境遇の余儀ない力に——それは生活難のために——左右されてさうして労働して独りでゐたからヒステリイに罹つてゐたのであります。私の身体が異性を求めてゐたことは——ある異性を——申す必要もないことです。（中略）しかし私が自分の童貞を捨てたために何と交換したとあなたはお云ひになりますか。私は損をしてゐます」と、自らの身体的要求であったかのように語りなおす部分もある（生田花世「再び童貞の価値について——安田皐月様へ」『反響』大正四・二）。

（9）女性作家が蒙るポルノグラフィックな視線については、村山敏勝（「私は作文を引き裂いた——『ヴィレット』と語る女性の私的領域」『（見えない）欲望へ向けて　クィア批評との対話』人文書院、二〇〇五年）によりながら、飯田祐子が「〈語りにくさ〉と読まれること——杉本正生の「小説」」（飯田祐子編『『青鞜』という場——文学・ジェンダー・〈新しい女〉』二〇〇二年、森話社）で指摘している。飯田は、こうした〈告白〉とジャンルの関係性についても述べている。

（10）具体的分析は、北本美沙子「〈妊娠・出産〉は誰のものか——『女子文壇』における選者と投稿者の攻防」（『埼玉大学国語教育論叢』二〇〇二・八）に詳しい。

（11）生田花世の『女子文壇』寄稿欄への執筆は、「帝国図書館の婦人室」（明治四三・一〇）から度々行なわれ、投稿家であった服部貞子と山田邦子が「本誌の閨秀作家として常に優秀の作物を寄せつ、ある右の両嬢は今回編集会議の上、本誌の寄稿家として以後其作物は本欄に掲ぐる事とせり」（『女子文壇』明治四一・七）と大書されたような派手さはないが、「外に各地婦人風俗の執筆者、及び三宅やす子、藻の花、山田夢殿守、山百合、長曽我部菊子（生田花世—引用者注）、は、き木、白木糸子等の諸作の作物は、特殊の寄稿なれば此中に加へず」（「本号所蔵作物選抜の結果」『女子文壇』明治四四・七）と一般投稿者と区別されている。むしろ服部貞子と山田邦子の前例があったゆえに、投稿者のレベルがある程度に達すれば、寄稿家に出世するというのは、暗黙の了解になっていたものと考えられる。

（12）ナンシー・フレイザー『中断された正義——「ポスト社会主義的」条件をめぐる批判的省察』原著一九九七年、仲正昌

樹監訳、御茶の水書房、二〇〇三年、二六頁。

(13) 注6前掲書、七八頁。

第七章

(1) 引用は島村抱月訳、『早稲田文学』明治四三年一月による。

(2) 秋庭太郎『日本新劇史　下』(理想社、一九五六年)、松本伸子『明治演劇論史』(演劇出版社、一九八〇年)、大笹吉雄『日本現代演劇史　明治・大正篇』(白水社、一九八五年)、神山彰「坪内逍遙の「演劇神髄」――「演芸」と「民衆芸術」の間」(『国文学』二〇〇五・一一)。

(3) 中村都史子『日本のイプセン現象　一九〇六―一九一六年』(九州大学出版会、一九九七年)に詳しい。

(4) 劇評については、二階堂邦彦「文芸協会「人形の家」の反響と劇評」(『坪内逍遙研究資料』第十六集、一九九八・六)に詳細な調査があり、示唆を得た。

(5) 金子幸代「『人形の家』上演研究　序説――「女子文壇」と「青鞜」を視座として」(『富山大学人文学部紀要』二〇〇四・三)は、『青鞜』での特集を、『女子文壇』での『人形の家』の扱われ方とともに、総括的に論じている。

(6) たとえば高安月郊が、婦人権利同盟会から招待を受けたイプセンが「私は何も婦人の権利の為に働いた覚えはない」と会員が表わした感謝の意をはねのけたエピソードをもって、『人形の家』は「女子の参政権とか独立とかを主張したのでは」ない(「「人形の家」の原作」『歌舞伎』明治四四・九)と述べている。類似する見方は、他でも見受けられる。

(7) 同年六月二〇日の早稲田大学校外教育部の神戸における講習会の記録。後に加筆され『所謂新しい女』として単行本化される。

(8) 「〈新しい女〉に見る表象＝代表の政治学――近代劇をめぐる書く女と演じる女の」(飯田祐子編『青鞜』という場――文学・ジェンダー・〈新しい女〉』森話社、二〇〇二年)一一四頁。

(9) 「「女優」と日本の近代：主体・身体・まなざし――松井須磨子を中心に」『立命館国際研究』二〇〇三年三月。

(10) 「末段には変化が突飛過ぎる様な所があるかも知れない、此点は此頃会読した人々が皆一致して居つた」(桑木厳翼「イプセンの「ノラ」に就て」『丁酉倫理会倫理講演集』明治二八・五)。

(11) 「文芸協会の「人形の家」を見て居た岡田八千代女史がノラの「男は誰れの犠牲にもならないけれども女は数百人の犠

牲になつて居る」と云ふ述懐の所で▲堪り兼ねて涙をこぼすと隣席の長谷川時雨女史も、らい泣きをした▲が二十四日総見をした帝劇の女優連も矢張り同じ所で涙をこぼして居たと云ふ話だ」（「喫煙室」『読売新聞』明治四四・九・二六）とも伝えられ、岡田八千代本人も「私はこの芝居を見て泣かうとは思はなかつたが、なんだか無闇に涙が出てしかたがなかつた」（「第一回文芸協会試演」『歌舞伎』明治四四・一一）としている。

（12）大阪公演を見た女性観客の意見としては、「初めの日は大変感じて思はず泣きました、泣いた訳はノラが自覚して夫も子も振り捨て、出やうとする時にヘルマーが「出てゆけばもう内の事など思はないだらう」と云ふのに顫へを帯びた涙声で「い、え良人の事も子供の事も時々は思ひ出すでせう」と申しました時、あ、矢張女だと思ふと何だか俄にはら〳〵と涙がこぼれました」（田辺五兵衛氏令嬢・田辺しま子「屹度帰る」『大阪毎日新聞』明治四五・三・一八）、「私の泣いた訳ですか、私はほんとに子煩悩で一寸外出しても何うしてるだろうと心配で心配でならないんですよ、それにノラは自覚したからとて直《たゞち》に夫は兎に角三人の可愛い子まで残して出て行くなんて何うしてそんな気に成れるのかと、ツヒ自分に比べて泣いたのです」（林龍太郎氏夫人・林よね子「泣いた訳」『大阪毎日新聞』明治四五・三・一八）などが記録されている。

（13）「凛とした強いノラになつた時も依然として其の眼は優しい小雲雀のノラであつた」（桃華生「イブセン劇と舞踊劇」『東京日日新聞』明治四四・九・二四）とも言われる。

（14）このような「しをらしさ」について、中村都史子は抱月の日本語訳という観点から迫っている（『日本のイプセン現象一九〇六―一九一六年』第二章二「日本語になったイプセン――抱月訳と鷗外訳の『人形の家』」）。だが氏は「それを、何百万といふ女は犠牲に供して居ます」の部分を「日本文が、元の英文より過激になった」（一四二頁）とし、抱月は「核心の部分ではイプセンの科白をそのまま伝えようとしている」（一四五頁）としている。そのうえで演出に落差がある点は興味深い。

（15）「スマ子の演じたノラ其の者がイブセン理想のノラであるか何うかは疑問である」（一記者「文芸協会の『人形の家』（上）」『二六新報』明治四四・九・二四）、「すま子嬢のノラが脚本を読んで想像してゐたノラとはまるで違つてゐた」（無署名「最近文芸概観」『帝国文学』明治四四・一一）など、原作との乖離を言うものは多い。

（16）例えば森鷗外の翻訳では、「マクロン」とそのまま使用されている。

（17）金子幸代「日本のノラ――日本文学における『人形の家』受容」（『目白近代文学』一九九〇・一一）。また、注2の神山彰前掲論文では、特に『人形の家』公演についてではないが、文芸協会の初日がクラブデーに当てられたことに対し、

「「新劇」の客層とは違う、いわばおよそ「非芸術的」だった」と述べている。試演時の観客については、「婦人雑誌の口絵の中に、洋装で見た貴婦人、早稲田に関係ある人、その親類の娘さん、奥様――と云ふやうな人と、文壇に名のある人々、若い作家、批評家などの、所謂ふりの客と云ふやうな者を除いたあまり芝居へ行かない人々が、安心して見に来て居る」との川村花菱（「私演場と『人形の家』」）の観察がある。

(18)「ノラが、家に帰ると云ふて、次に家がないと云ふた時に、思はず観客より一度にドット笑声が聞へた」（片山潜「文芸協会の試演『人形の家』を見る」『東洋時論』明治四四・一〇）という証言もある。ただし、第二幕を抜いた試演時の印象については、別に考察の必要がある。

(19) この文章は埋め草的な無署名記事だが、『元始、女性は太陽であった――平塚らいてう自伝』下（大月書店、昭和四五・九、三五一頁）によってらいてうの筆であることが確認される。

(20)「『人形の家』については、女子大時代に学校の図書館で、丁酉倫理会雑誌に出ていた桑木厳翼博士の「イプセンのノラに就きて」という紹介記事を読んで感動したあと、だれの訳文であったか日本語訳を読んでいました」（『元始、女性は太陽であった』下、三五〇頁）とある。

(21) このような解釈は、たとえば「ノラの本来の性格が、親と夫との為めに人形的の扱ひを受けて居た処へ、時代が急潮流になつて、女子の覚醒が自ら現れてきた。（中略）表面は陽気でも、何処か真面目な考がへ込んで居るやうな演り方こそ至当」（高安月郊「ノラの性格」『歌舞伎』明治四四・一一）など、一般的なものである。

(22) 与謝野晶子『感想集　一隅より』（明治四四・七）や保持研「人形の家に就て」（『青鞜』明治四五・一）などが代表的である。

第八章

(1) 宝塚歌劇と誕生の背景について、主として参考にした文献は以下の通りである。

津金澤聰廣『宝塚戦略――小林一三の文化戦略』講談社、一九九一年。

阪急沿線都市研究会編『ライフスタイルと都市文化　阪神間モダニズムの光と影』東方出版、一九九四年。

「阪神間モダニズム展」実行委員会編『阪神間モダニズム　六甲山麓に花開いた文化、明治末―昭和一五年の軌跡』淡交社、一九九七年。

川崎賢子『宝塚――消費時代のスペクタクル』講談社、一九九九年。
渡辺裕『宝塚歌劇の変容と近代』新書館、一九九九年。
渡辺裕『日本文化モダン・ラプソディー』春秋社、二〇〇二年。
植田紳爾『宝塚　百年の夢』文藝春秋、二〇〇二年。

(2)　鈴木勇一郎『近代日本大都市形成』(岩田書院、二〇〇四年)「第四章　私鉄による郊外住宅地開発の開始と「田園都市」」に詳しい。

(3)　宝塚唱歌隊から、大正二(一九一三)年一二月、宝塚少女歌劇養成会に改称された。

(4)　神野由紀『趣味の誕生――百貨店がつくったテイスト』勁草書房、一九九四年、一六四頁。

(5)　株式会社三越『株式会社三越85年の記録』一九九〇年、五〇頁。

(6)　『みつこしタイムス』明治四一年一月。

(7)　神野由紀「百貨店の子ども用品商品開発」(『百貨店の文化史』世界思想社、一九九九年)に詳しい。

(8)　「大笑の春」(『流行』大正二・一)、「胡蝶楽」(『流行』大正二・三)、「花婿」(『流行』大正二・四)、「まつりの賑ひ」(『流行』大正二・六)、「くしやみ」(『流行』大正二・一〇)、「人形」(『流行』大正二・一一)などであり、たいていの場合、梗概もしくは脚本が載せられている。

(9)　『歌劇』は大正七(一九一八)年八月に創刊された少女歌劇の機関誌。

(10)　「少女小説――差異と規範の言説装置」(小森陽一・紅野謙介・高橋修編『メディア・表象・イデオロギー』小沢書店、一九九七年)、「構成される少女」(『日本近代文学』二〇〇三・五)。

(11)　近い時期の「高声低声」投稿の男女比については、津金澤聰廣「大正・昭和戦前期の総合芸術雑誌『歌劇』(一九一八～一九四〇)の執筆者群と読者層」(『復刻版歌劇　執筆者索引・解説』雄松堂出版、一九九九年)に調査がある。

(12)　荒俣宏は「少女歌劇と大正雑誌界」(『復刻版歌劇　執筆者索引・解説』雄松堂出版、一九九九年)で、演目における日本もの重視が共振現象をひきおこしたと述べている。

(13)　大正六(一九一七)年の一日の平均入場者数は一八五三人に過ぎないが、宝塚少女歌劇の特徴は、開演日数の多さにあり、一九六日開演したこの年では一年間ののべ入場者数は三六万人を超える。翌年は二〇一日開演、のべ入場者数は四二万人を超えている(小林一三「再び東京帝国劇場に宝塚少女歌劇を公演するに就て」『歌劇』大正八・八)。また、大正一三年には四千人規模の大劇場を完成させた。

(14)「舞踏ヲ運動遊戯ニ用ヒントスルトキハ其ノ選択ニ注意スベク特ニ円舞ノ類ハ学校ニ於テハ之ヲ課セザルベシ」(「体操遊戯取調報告」明治三八年)、「不健全ナル思想ヲ誘発スル虞アルモノ。例バ盆踊、又ハ円舞ノ類」(井口阿くり他『体育之理論及実際』明治三九年)。

(15) 村山茂代『明治期ダンスの史的研究――大正二年学校体操教授要目成立に至るダンスの導入と展開』(誠信社、二〇〇〇年)を参考にした。

(16) 改正小学校令施行規則(明治四〇・三・二五)においても、唱歌と体操の時間数は分けられていない学年があるなど、流動的な扱いとなっている。

(17)『感覚の近代』名古屋大学出版会、二〇〇六年。

(18) 注17前掲書、二三七頁。

(19) 兵藤裕己は、日清戦争から日露戦争を支えた身体の〈国民化〉が、「近代化されたナンバの身体」という和洋の折衷であったことを述べ、それらの背景には、西洋音楽のタクトと、日本的なヨナ抜き音階や七五調二拍子を接続させた軍歌の浸透があったとしている(『演じられた近代――〈国民〉の身体とパフォーマンス』岩波書店、二〇〇五年)。これらが口語体唱歌とも隣接し、大正期の流行歌、新民謡に引き継がれることを、兵頭は特に講談や演歌、新派劇を中心にして論じているが、中流意識から発展し、青年知識人も多く流入した宝塚少女歌劇のような現象にも敷衍して考えるべきであろう。一方、明治三〇年代に新舞踊劇による「国劇」を目指した坪内逍遙は、大正一〇(一九二一)年一一月に、甥の士行がいる宝塚少女歌劇を訪れたが、その直前の五月には、逍遙作の『和歌の浦』が、士行を舞台監督に、宝塚少女歌劇出身の雲井浪子を迎えて上演されている。その経緯については、渡辺裕『日本文化　モダン・ラプソディ』(春秋社、二〇〇二年)に精しい。渡辺が、逍遙らの取組みをもう一つの近代化として評価している点は、本書とは方向性を異にするが、逍遙から宝塚少女歌劇に至る一連の流れを把握する上で示唆を得た。また、帝国主義と宝塚歌劇団の関係については、ジェニファー・ロバートソン『踊る帝国主義――宝塚をめぐるセクシュアルポリティクスと大衆文化』(堀千恵子訳、現代書館、二〇〇〇年)に言及がある。

(20) 籍は入れていなかったという(坪内士行『越し方九十年』青蛙房、昭和五二年)。

(21) 増井啓二『浅草オペラ物語』(現代芸術社、一九九〇年)、曽田秀彦『私がカルメン――マダム徳子の浅草オペラ』(晶文社、一九八九年）を参考にした。
(22) 第三章参照。
(23)『マダム・バタフライ』上演の際、丸髷を採用した（坪内士行、注20前掲書）。
(24) 文末に「四月末大阪演芸談話会の会員小集の席上、十余名の知友と共に承はつたお話の要領」との注記がある。
(25)「『或る女』の読者論――女性読者の投稿を中心に」『総力討論　ジェンダーで読む『或る女』』翰林書房、一九九七年、一七二頁。
(26)「『或る女』・表象の政治学」『総力討論　ジェンダーで読む『或る女』』二〇〇～二〇三頁。
(27) 引用は『有島武郎全集』第一四巻（筑摩書房、二〇〇二年）による。

第九章

(1)『行人』の引用は『漱石全集』第七巻（岩波書店、一九九四年）による。
(2) ここでは、現在のＪＲ大阪駅のこと。
(3) 鈴木勇一郎『近代日本大都市形成』（岩田書院、二〇〇四年）「第三章　明治末期大阪天下茶屋における郊外住宅地の形成」に詳しい。
(4) 第八章参照。
(5) 佐々木英昭『「新しい女」の到来』名古屋大学出版会、一九九四年。
(6) 須田喜代次「「行人」論（1）新時代と「長野家」」（『大妻国文』一九八九・三）、同「「行人」論（2）「男の道徳」「女の道徳」」（『大妻女子大学文学部紀要』一九八九・三）、また言葉の問題から論じた石原千秋「「行人」　階級のある言葉」（『国文学』一九九二・五）。
(7) 余吾育信「「行人」への連関性／差異性の運動――「長野家」の外部／内部としての「友達」の〈言説〉」『文研論集』一九八七年一〇月。
(8) 結婚して既に五、六年たっている岡田夫妻には子どもがなく、岡田は妻の兼が「一人前の資格がない様な気がして」いる。二郎が兼と二人だけでいるとき、「奥さんは何故子供が出来ないんでせう」と聞くと、お兼さんは「急に赤い顔をした」。その意味は二郎にはわからない。子どもがないのは身体に関わる問題である一方、「御酒を召上らない方は一生のお得ですね」という兼の発言から、この家にさほど余裕がないことも知れる。

（9）漱石自身の入院体験をモデルとするなら、大阪市東区今橋の湯川胃腸病院。

（10）黒田浩一郎編『現代医療の社会学　日本の現状と課題』（世界思想社、一九九五年）「第三章　病院」七四頁。

（11）成田龍一『加藤時次郎』不二出版、一九八三年。

（12）実費診療所、または施療病院をデパートに比す言説は田代義徳「医師の新聞広告」（『日本医事週報』明治四四・一〇・二一）ほか多数見受けられる。

（13）山本俊一『日本コレラ史』東京大学出版会、一九八二年。

（14）施療患者が「在院中万一不幸にして死去するときは」「学術研究の為あ《ママ》患部剖検に付し祭祀料として金三円」交付、「身元保証人の情願に依りては本院の費用を以て埋葬し且つ祭祀料金三円」交付（「帝国大学附属第一医院」『婦人衛生雑誌』明治三四・七）。私費患者の場合、祭祀料は五円となる。

（15）帝国大学医科大学第一第二医院の私費患者の場合、支払うものの内訳は、「入院患者よりは入院料　看護婦貸料　看護婦を貸したるときに限る／外来患者よりは薬代　雑品代　薬瓶　繃帯等の代」（『婦人衛生雑誌』明治三四・一）である。

（16）青柳精一『診療報酬の歴史』思文閣出版、一九九六年。

（17）「病院、医院、其他公衆の需めに応じ診察治療をなす場所の設立者は業務上何等の方法を以てするを問はず其の診察所、治療所の療法又は経歴に関する広告をなす事能はず（但し医師の学位、称号及び専門科名を記するは此の限りにあらず）、若し違反したる者ある時は百円以下の罰金に処せらる、事となれり」（『読売新聞』明治四二・七・一八）。

（18）天野宏『明治期における医薬分業の研究』ブレーン出版、一九八九年。

（19）「ハムレット」福田恆存訳『シェイクスピア全集』10、新潮社、昭和三四年。

（20）「メアリー・エリザベス・ブラッドン『医師の妻』――センセーションとプロフェッション」石塚久郎・鈴木晃仁編『身体医文化論――感覚と欲望』慶應義塾大学出版会、二〇〇二年。

（21）すでに述べたように、ここでのオフィーリアは、ミレーの絵画のイメージでもあり、シェイクスピアと時代が異なるともいえようが、いずれにしろ過去であり、これらは輻輳した過去ととらえることは可能である。

（22）中山和子は、直が「蒼白い」女であることについて、「元始女性は太陽であつた。真正の人であつた。今、女性は月である。他に依つて生き、他の光によつて輝く、病人のやうな蒼白い月である」（『青鞜』明治四四・九）と書いた平塚らいてうのイメージに通じると指摘している（「「行人」論――家族の解体から浮上するもの」『漱石研究』一九九七・一一）。直が〈新しい女〉の系譜に連なる点は首肯に値するが、本書では、男性に期待されもした〈新しい女〉こそが悪しきセクシュアリティにおとしめられていく経緯を述べることを目的とし、らいてう自身の認識とは異なった側面からアプローチしている。

(23) 第二章参照。

(24) 「見合いか恋愛か――夏目漱石論」上・下（『批評空間』一九九一・四、一九九一・七）。

(25) 「お直はなぜ嫉妬されるのか」『漱石がわかる。』朝日新聞社、一九九八年。

(26) 菅野聡美「快楽と生殖のはざまで揺れるセックスワーク――大正期の日本を手がかりに」（田崎英明編『売る身体／買う身体――セックスワーク論の射程』青弓社、一九九七年）に詳しい。

(27) むろん、一郎も何回となく蒼白い顔色を書き込まれ、神経衰弱と結び付けられることについては、男性ジェンダーの視点から考察するべきであろうが、本章の中心的課題からは外れるため、今は省く。

(28) 『帝国と暗殺――ジェンダーからみる近代日本のメディア編成』（新曜社、二〇〇五年）「第二章　女たち」。

(29) 川村邦光『オトメの身体』紀伊國屋書店、一九九四年。

(30) 「婦人の衛生」一～六（『婦人世界』明治三九・二～七）。明治三九年八月からの「婦人衛生問答」で症状の分類項目が整備されるのはほぼ四〇年からである。

(31) このような悪しき身体は多く不妊と直結し、一見子どものいる直には当てはまらないようだが、当時の婦人向けの雑誌では、「一子不妊症と云ふのは、一度分娩した限り、あと少しも子供の出来ないものを云ふのであります」のように子どもが〈一人しかいない〉女性を「一子不妊症」と呼び、この〈病気〉の治療を勧めている（『婦人世界』明治三九・七ほか）ことからも、実態というよりは〈女は治りがたい〉というイメージであり、矛盾しない。

(32) 荻野美穂「女の解剖学」（『制度としての〈女〉』平凡社、一九九〇年）、川村邦光『セクシュアリティの近代』（講談社、一九九六年）に指摘がある。

(33) 栗本庸勝『売春ノ害毒及其予防』（南江堂、明治四四年）では、未婚者の罹患率は男七九％女一〇％、既婚者の罹患率は男二〇％女四七・五％という数値を挙げ、「未婚者に在つては婚外の情交、即ち野合は多く男子にて、其半数なり、即ち密売淫、女郎に接すると云ふ事が明である、次に結婚者に在つては女の方が却て多い」、「畢竟男が結婚して男より女に感染せしめたに相違ない」というのだが、専門家にあっても「花柳病は経験ある医師にあらざれば往々にして診断を誤り、或は療期を逸」する（「日本花柳病予防会の建言」『東京医事新誌』大正二・二・八）といわれていた病について、既婚者の女性の数値が素人目にも高いのは、「故に男の罪になるのではあるが、尚ほ仔細に其の源に遡りて見ると婚外の情交は殊に売淫に帰するので矢張り女子も充分責を負はねばならぬ」（栗本庸勝『売春ノ害毒及其予防』）という男性を免罪する論理に支えられているからである。統計的数値のバイアスも考える余地はあるだろう。

第十章

（1）引用は島村抱月訳『故郷』（『早稲田文学』明治四五・三〜四）による。
（2）松本伸子『明治演劇論史』（演劇出版社、一九八〇年）「第八章4　文芸院設置問題――附「故郷」禁止問題」。
（3）尾崎宏次『女優の系図』（朝日新聞社、一九六四年）、河竹繁俊『逍遙・抱月・須磨子の悲劇』（毎日新聞社、一九六六年）。
（4）「イブセンのノラはユニヴアサル世界的であるが、マグダの方は寧ろクレリカル地方的（中略）然ながら西洋の劇評家のオーソリテイーと称せらる、人々が、口を揃へて言うて居るマグダがクレリカル地方的であるといふ点が、偶々今日の吾国の事情には世界的なものよりも却つて適してゐるといふ奇妙な現象が存在してゐる」（中村吉蔵〔春雨〕「ズゥダァマンの「故郷」」上、『時事新報』明治四五・四・二六）。
（5）佐光美穂「〈新しい女〉に見る表象＝代表の政治学――近代劇をめぐる書く女と演じる女の」『青鞜』という場――文学・ジェンダー・〈新しい女〉』森話社、二〇〇二年。
（6）木内錠「マグダに就て」（『青鞜』明治四五・六）に記録された、観劇した人の談。
（7）尾崎宏次『女優の系図』朝日新聞社、一九六四年、一三〇頁。
（8）だが抱月によれば、「松井は殆ど河合の芝居といふものを、観てゐない。従つてそれを真似よう等とは、夢にも思つたことはないらしい」（「河合の芸風と彼女と」『演芸倶楽部』大正三・一一）。
（9）公演途中でも「欠点のある個所は」「直し切るまでは気にかゝつて仕方が無い」（島村抱月「「故郷」実演後の所感」『ホトトギス』明治四五・六）抱月の指導によるものとも考えられ、安部豊「舞台裏から見た復活劇」（『新演芸』大正五・六）にも「〔五月四日明治座の「復活」公演の楽屋で抱月が――引用者注〕『シモンソンがカチユーシヤカチユーシヤと呼びながら中へ這入るだらう、あすこは奥の方にゐる気で小さな声で返事をした方がいゝやうだから今日やつて見玉へ』といふ。須磨子は「さうですかぢややつて見ませう」と返事をして上手に行」と上演中の指導が記録されているが、判断は難しい。

(10) 忠実な反復という理念は舞台装置にも及ぶ。芸術座は、地方公演でも「背景も電気も小道具もすべて出し物に必要なものは（中略）帝劇とか有楽座とか云ふ中央の劇場で使用した背景をそのままもつて行く」、「地方の観客は芸術座だけが中央の舞台をそのまま見せてくれるものと思つてもい丶」（笹本甲午「松井須磨子とその一座」『新小説』大正五・五）と同じものの提供に腐心している。これは、例えば近代劇協会の地方公演が、「長い旅をしてゐてみじめなもので、例へば『復活』の場面でも獄屋の場は黒幕がつるしてあるばかりであつた」（菅乾作「松井須磨子を迎えて」『台湾日日新聞』大正四・一〇・三）、また「上山さん〔上山草人―引用者注〕は舞台に出ると、真剣といいますか夢中といいますか、時には自分のセリフまで忘れて、（笑）しぐさだけで」（戸板康二編『対談　日本新劇史』「三村伸太郎の巻」、青蛙房、昭和三六年、一〇一頁）と時々の感興によって台詞を改変する場合さえあったのと比較したとき特異である。また、松井須磨子の性格の悪さとして引かれるエピソードの一つに、他の女優の体調不良時に、舞台監督が早めに幕を下ろしたのを須磨子が自分の邪魔をすると激怒した、というものがあるが、「島村先生もご立腹で、仲木先生と舞台裏をしてゐらしつた花岡さんに、「たとひ病気でも、それでは余り無責任だ。」と散々におつしやつた相でございます」（村田栄子「芸術座京阪巡業日記」『演芸倶楽部』大正三・六）というのをみると、島村らの反復に対する厳格さを示すものとも理解される。

(11) 須磨子が自身のデビュー小説（「店の人」『早稲田文学』大正二・六）に、「初舞台らしい素人くさい」菓子屋の新米店員が、先輩の口調や身振りをまねぶことで初めて自分の居場所を確保できた日常の一場面を描き、須磨子自身の小説デビューも確保しようとしているのも、その一例である。中山晋平「或る夜の記述」（『中央公論』大正八・二）によれば、抱月は、女優で食べられなくなった場合のために須磨子に文学的素養をつけることを望んでいた、とあり、「店の人」は、その実践だろう。

(12) 「ヴンナの衣裳は作意だと第二幕以下外套一枚を着て出ることになつてゐるが、それは敵将に降服して自分の国を救ふ、その身代りといふ意味で特にそういふ敵からの条件に基づいたものであつて、恐らく素裸の上に外套を着るのであらうが、それではたとへ脱がないにしても具合がわるからうから、別の解釈に従つて身に武器だけをまとはないといふだけの意味に解して、下へは薄絹を着させる事にして見たい」（島村抱月「芸術座のモンナ、ヴンナ」『歌舞伎』大正二・九）。

(13) 他の男性が引合いに出されることもある。須磨子が女優を志したのには、以前に結婚していた前沢誠助の影響が言われることも多く、以下にもそうした男性指導者の存在がほのめかされている。「何でも文芸協会にはいつたはじめに坪内先生の沙翁講義に英語のテキストを用ひたんださうだ。さうすると須磨子は英語を知らないと云ふのが癪で、内に帰つてはある人に発音訳とを習つて、すつかり振がなをして教場に出ると、たもとでそれをかくしては読んでゐたと云ふ話さへある」（笹本甲午「松井須磨子とその一座」『新小説』大正五・五）。

（14） 引用は『田村俊子作品集』第二巻（オリジン出版センター、一九八八年）による。

（15） 芸術座は、大正五年四月に浅草常盤座で公演し、その大衆化路線に批判の声も上がった。

（16） 古郡明子「〈感傷〉の暴力――田村俊子『蛇』と永井荷風『蛇つかひ』」（『日本文学』二〇〇三年）、長谷川啓「田村俊子のセクシュアリティ表現、そして言説――「枸杞の実の誘惑」「蛇」を中心に」（『国文学解釈と鑑賞』別冊「今という時代の田村俊子　俊子新論」二〇〇五・七）。

（17）『嘲弄』、『木乃伊の口紅』の引用は『田村俊子作品集』第一巻（オリジン出版センター、一九八七年）による。

（18）『嘲弄』で研究所通いは「こゝへ通つて唯遊びさへすればいゝ」とあるが、『木乃伊の口紅』でもみのるの態度は「芸術に遊ぼう遊ぼうとする」と示され、「遊び」は「芸術」と背反しない。むしろ書くことが〈生活のため〉に堕しており、そこから脱する理想の追求である。

（19） 引用は『田村俊子作品集』第二巻（オリジン出版センター、一九八八年）による。

あとがき

研究を始めた頃、これほど女性にこだわるとは思ってもみなかった。〈女性〉になるために張りめぐらされる、さまざまな見えざる規範に違和感があったのだから、女性の集団は居心地が悪かったし、当然、女性が集まっているようにみえるフェミニズム研究にも、当時すでに隆盛ではあったが、素直に入れたわけではなかった。ありがちないくつもの誤解を解くことからはじめ、分岐するジェンダー論に自身とかかわる問題意識があることを知り、また、研究を志してからは、こだわらなければ特定の文化の結果である女性嫌悪に簡単に裏返る自らの立ち位置を確認しながら、方法を模索してきた過程が、本書のもととなった。

いまやジェンダー論は、私の研究の重要なアイデンティティの一つになっている。むろん、本書が扱った話題は、歴史的な女性の位置づけと無関係ではないが、さまざまなメディアを結んで示しえた方法は、この間の近代文学研究の動きに即するものでもあるだろう。そして、どのような意味でも、一度こだわってしまったものを、どうしていくことができるのかは、今後の楽しみな課題である。

本書は、二〇〇六年度に慶應義塾大学文学研究科に提出した学位論文「近代日本における文学・演劇とジェンダー――明治十年代から大正中期まで」の一部を、大幅に加筆・修正したものである。審査にあたってくださった慶應義塾大学の関場武先生、松村友視先生、亜細亜大学の関礼子先生には、審査の過程で数々の有益なご指摘やご助言をいただいた。関礼子先生には、日常的な違和感を研究に結実させていく方法と、その際の対象との距離のとり方を教わった。松村友視先生には学部時代からご指導いただいている。具体的に教わったことは数知れないが、批評的な立論は、資料に向かう丁寧な態度によって支えられる、という重要なことを学ばせていただいた。大学院時代、研究対象を特定の作家に定めることができず、作家にこだわらないのが自分の方法だと気づくまで時間がかかったが、真摯にご指導くださった。感謝は言い尽くせない。先生と出会っていなかったら、研究を続けられていただろうかと思う。

この間、さまざまな方と勉強させていただいたが、特に明治三〇年代研究会では、文学研究そのものの意義を問いながら、方法を精錬することの重要性と楽しさを学んだ。発表や議論を通じて、文学を文化研究や他領域の研究に開いていく方法について、多くの助言を得ることができたのは貴重な経験である。また、日本大学文理学部の曾根博義先生、紅野謙介先生、金子明雄先生には、日頃からさまざまなヒントを与えていただいている。学問的な思いつきを気軽に口にでき、受け止めてもらえる刺激的な環境にあることは、得がたいことと思う。

三井呉服店の調査に関しては、三越広報室（三越資料室）に貴重な資料のご提供をいただいた。

出版にあたっては、新曜社の渦岡謙一氏に大変お世話になった。煩瑣を厭わず丁寧に原稿を見てくださり、適切なアドバイスをくださった渦岡氏には感謝を申し上げたい。

注にお名前を挙げることのできた方は限られている。本書が形になるまでには、実にさまざまな方から影響をうけている。また本書完成にいたるまで、私を支え、励ましてくれた友人、特に火星クラブのみなさんにも、心からお礼を申し上げたい。

最後に、ずっと見守り続けてくれている家族に、あらためて深い感謝の気持を捧げたいと思う。

二〇〇八年一月

小平麻衣子

初出一覧

本書は、二〇〇六年一〇月に慶應義塾大学に提出した学位論文の一部に、加筆したものである。ただし、学位論文に含まれる部分に関しても、全面的に加筆・修正している。

序　章　「ニンフォマニア」『国文学　解釈と教材の研究』二月臨時増刊号　恋愛のキーワード集（二〇〇一年二月、学燈社）一部を使用した書き下ろし
第一章　「もっと自分らしくおなりなさい――百貨店文化と女性」『ディスクールの帝国――明治三〇年代の文化研究』新曜社、二〇〇〇年四月
第二章　「女が女を演じる――明治四十年代の化粧と演劇・田村俊子『あきらめ』にふれて」『埼玉大学紀要教育学部（人文・社会科学）』第四七巻第二号、一九九八年九月
第三章　「再演する〈女〉――田村俊子「あきらめ」のジェンダー・パフォーマンス」『国語と国文学』（東京大学国語国文学会）第七七巻五号、二〇〇〇年五月
第四章　「「けれど貴女！文学を捨ては為ないでせうね。」――『女子文壇』愛読諸嬢と欲望するその姉たち」『文学』隔月刊第三巻第一号、二〇〇二年一月
第五章　「〈一葉〉という抑圧装置――明治四十年代の女性の書き手をめぐる諸相」『埼玉大学国語教育論叢』（埼玉大学国語教育学会）第五号、二〇〇二年八月
第六章　「愛の末日――平塚らいてう「峠」とその周辺」『語文』（日本大学国文学会）第一一五輯、二〇〇三年三月
第七章　「「人形の家」を出る――文芸協会上演にみる〈新しい女〉の身体」『語文』（日本大学国文学会）第一一九輯、二〇〇四年六月
第八章　二〇〇三年度日本大学文理学部人文科学研究所共同研究B「共生の新しい形を求めて――文学における女性像の変遷とその歴史的意味の研究」シンポジウムにおける口頭発表「〈新しい女〉のゆくえ――演劇とセクシュアリティ」（二〇〇三年一月一八日、於・日本大学文理学部）に基づいた書下ろし
第九章　「医療のお得意さま――『行人』をめぐる身体の階級」『漱石研究』第一五号、二〇〇二年一〇月
第十章　「封じられた舞台――文芸協会「故郷」以後の女優評価をめぐって」『日本近代文学』（日本近代文学会）第七四集、二〇〇六年五月

索　引

か 行

さ　行

た　行

ま　行

や 行

ら 行

わ 行

関連略年表（事項欄の年の後の数字は月を示す）

西暦	元号	月	事　　項
1890	明治23	8	劇場取締規則改正により、大劇場10座、小劇場12座が公認される。また、男女俳優混合演劇の興行が許可される。
1894	27	8	清国に宣戦布告（日清戦争）。
1995	28	4	日清講和条約調印。
		6	泉鏡花『外科室』（『文芸倶楽部』）。
		11	三井呉服店、東京本店の二階を陳列場に改装。
1896	29	11	樋口一葉没。
1897	30	1	尾崎紅葉『金色夜叉』『読売新聞』に連載開始（1902.5まで）。
		1	三井呉服店、最初のPR誌『花ごろも』発行。
1899	32	2	高等女学校令公布。修業年限は４年を原則とし、３年・５年も認める。
1900	33	2	泉鏡花『高野聖』（『新小説』）。
		5	三井呉服店、初めて女性店員を採用。1903年には公募で449名から26名を採用。
1901	34	4	日本女子大学校設立、開校式。
1902	35	1	小杉天外『はやり唄』（春陽堂）。この頃、新派全盛期。特に伊井蓉峯、河合武雄の女夫劇が人気。
1903	36	2	シェイクスピア作、江見水蔭翻案『オセロ』、明治座で初演。川上音二郎、貞奴、市川久米八ら出演。
		8	三井呉服店『時好』創刊（1908.6に『みつこしタイムス』と改題）。
1904	37	2	ロシアに宣戦布告（日露戦争）。
		6	伊東胡蝶園創業。無鉛「御園白粉」発売。
		7	白木屋呉服店『家庭のしるべ』創刊（1906.1に『流行』と改題）。
		12	三井呉服店、株式会社三越呉服店となり，「デパートメントストーア宣言」を出す。
1905	38	1	河合酔茗編『女子文壇』創刊。
		4	坪内逍遙、東儀鉄笛、土肥春曙などの朗読研究会を易風会と命名。文芸協会の前身といわれる。
		6	三越呉服店に流行会が結成される。懸賞募集、公開的開催、課題研究、講演などを企画した。
		9	島村抱月，欧州留学より帰国。
		9	日露講和条約調印。
1906	39	2	坪内逍遙、島村抱月らにより、文芸協会発会式。
		3	『文章世界』創刊。
		4	中山太陽堂「クラブ洗粉」発売。この年、資生堂「かへで（黄色白粉）」「はな（肉色白粉）」発売。
1907	40	3	東京府主催東京勧業博覧会（同年7まで）。
		5	田山花袋『少女病』（『太陽』）。
		9	田山花袋『蒲団』（『新小説』）。この年、島村抱月、岩野泡鳴、長谷川天渓などを中心に、自然主義に関する文学論盛ん。
		10	箕面有馬電気軌道株式会社創立。
1908	41	3	森田草平と平塚明子（らいてう）の心中未遂が塩原小花峠で発見される（煤煙事件）。
		9	夏目漱石『三四郎』、『朝日新聞』に連載開始（同年12まで）。
		9	川上貞奴の帝国女優養成所開所式。
		11	藤沢浅二郎、東京俳優養成所設立、授業開始。
1909	42	1	森田草平『煤煙』、『朝日新聞』に連載開始（同年5まで）。
		2	小山内薫、二世市川左団次、自由劇場創立。
		5	文芸協会付属演劇研究所開設。松井須磨子、沢田正二郎、上山草人、山川浦路ら学ぶ。

		7	帝国女優養成所が帝国劇場付属技芸学校と改称。森律子らが学ぶ。
		11	自由劇場第１回試演、イプセン作、森鷗外訳『ジョン・ガブリエル・ボルクマン』（有楽座にて）。二世左団次主演。
1910	43	4	中山太陽堂「クラブ煉白粉」発売。
		5	『三田文学』創刊。
		5	大逆事件の検挙始まる。
		8	韓国併合に関する日韓条約調印。
1911	44	1	田村俊子『あきらめ』、『大阪朝日新聞』に連載開始（同年3まで）。懸賞当選作。
		1	有島武郎『或る女のグリンプス』、『白樺』に連載開始（1913.3まで）。
		3	帝国劇場（横河民輔設計）開場式。山崎紫紅『頼朝』ほか上演、六世尾上梅幸、市川高麗蔵、森律子ら出演。プログラムには、「帝劇を見ずして芝居を談ずるなかれ、三越を訪わずして流行を語るなかれ」の広告（大正期のヒットコピー「今日は帝劇、明日は三越」の原型）。
		3	三越呉服店『三越』創刊。
		5	文芸協会第１回公演、シェイクスピア作、坪内逍遙訳『ハムレット』、帝国劇場にて。春曙、鉄笛、松井須磨子ら出演。
		5	第１回帝劇女優劇、益田太郎冠者作『ふた面』。
		5	箕面有馬鉄道、宝塚新温泉新設。
		8	帝国劇場歌劇部新設。
		9	平塚らいてうら、『青鞜』を創刊。
		9	文芸協会第１回試演のなかで、イプセン作、島村抱月訳『人形の家』初演。松井須磨子ら出演。11月には帝国劇場で公演。
1912	45	1	白木屋少女音楽団発足。本居長世作『羽子板』上演。
	大正元	5	文芸協会第３回公演、ズーダーマン作、島村抱月訳『故郷』上演、有楽座にて。抱月と須磨子の関係はこの頃からと言われる。
		7	宝塚新温泉パラダイス開業。
		8	平塚らいてう『茅ヶ崎へ、茅ヶ崎へ』（『青鞜』）。
		11	田村俊子『嘲弄』（『中央公論』）。
		12	夏目漱石『行人』、『朝日新聞』に連載開始（1913.11）まで。
1913	2	4	田村俊子『木乃伊の口紅』（『中央公論』）。
		4	宝塚唱歌隊募集開始。
		5	抱月、須磨子、文芸協会脱退。
		9	抱月、須磨子ら、芸術座を旗揚げ。『内部』『モンナ・ヴァンナ』上演。
1914	3	3	芸術座、トルストイ作、抱月脚色『復活』初演。劇中歌「カチューシャの唄」大ヒット。解散までに全国で440公演。
		4	宝塚少女歌劇第１回公演。婚礼博覧会の余興として。
		4	近代劇協会、森鷗外訳『ノラ（人形の家）』上演。
		4	田村俊子『炮烙の刑』（『中央公論』）。
1915	4	4	平塚らいてう『峠』、『時事新報』に連載。
1916	5	2	『青鞜』無期休刊。
		4	芸術座、『復活』『サロメ』を浅草・常盤座で上演。この大衆化路線は話題になる。この年から翌年にかけて、民衆芸術論も盛んになる。
		12	田村俊子『蛇』（『中央公論』）。
1917	6	1	高木徳子一座『女軍出征』。浅草オペラの嚆矢。
1918	7	9	坪内士行、宝塚少女歌劇の顧問に就任。
		10	田村俊子、大陸日報社に赴いた鈴木悦を追い、バンクーバーへ。
		11	島村抱月、スペイン風邪で没。
1919	8	1	松井須磨子、芸術倶楽部で自殺。
		1	宝塚少女歌劇養成会解散、宝塚音楽歌劇学校となる。
		3	有島武郎『或る女』前編刊行（後編は６月）。

著者紹介

小平麻衣子（おだいら まいこ）

1968年生まれ。慶應義塾大学大学院文学研究科博士課程単位取得退学。博士（文学）。

現在，日本大学文理学部教授。専門は日本近代文学。

共著書：『書いて考えるジェンダー・スタディーズ』（新水社，2006年）。

論文：「楽園の扉に舌を挿し入れる――星野智幸における虚構とセクシュアリティ」（『群像』2005年10月），「文学的実験の実際的効果――「眼に見えた虱」と「古い女」を結ぶジェンダー規範」（『横光利一の文学世界』翰林書房，2006年）ほか。

新曜社 女が女を演じる
文学・欲望・消費

初版第1刷発行 2008年2月15日

著 者 小平麻衣子

発行者 塩浦 暲

発行所 株式会社 新曜社

〒101-0051 東京都千代田区神田神保町2-10
電 話(03)3264-4973・FAX(03)3239-2958
e-mail info@shin-yo-sha.co.jp
URL http://www.shin-yo-sha.co.jp/

印刷 星野精版印刷
製本 イマヰ製本所
ISBN978-4-7885-1086-9 C1095